DANIELLE THIÉRY

LA PETITE-FILLE DE MARIE GARE

récit

ROBERT LAFFONT

ISBN 2-221-08322-9

À mon père, Le Gus
À maman
À tous les petits-enfants de Marie Gare

1

APPELEZ-MOI PATRON !

Paris, gare du Nord, un jour ordinaire...

L'été bat son plein. Une chaleur intense qui semble ne jamais devoir mollir engourdit les plus résistants, les quelques sacrifiés qui n'ont pas encore quitté Paris pour s'agglutiner sur les autoroutes ou dans les trains avant de satisfaire leur soif de grégarité sur les plages.

Je ne fais pas partie de la transhumance. Mon bureau est une fournaise malgré les fenêtres grandes ouvertes, et le combiné du téléphone, que je transfère sans cesse d'une oreille à l'autre, est insupportablement collant. Il est presque treize heures et Jean, un ami lyonnais de passage à Paris, s'impatiente : il a faim. Je le rassure : encore un ou deux détails à régler, des affaires de la nuit qui n'en finissent pas, un problème de garde à vue houleuse et à nous la fraîcheur du Terminus Nord...

Le téléphone me rattrape à la porte :

– Patron ?

– Évidemment, qui voulez-vous que ce soit ? soupiré-je, excédée. Que se passe-t-il encore ?

– Il y a le feu à la gare. Regardez par la fenêtre...

En effet. Sous le ciel blanc, vierge de tout nuage et de tout espoir d'une petite averse rafraîchissante, des échappées de fumée filtrent par les joints de la toiture de zinc du bâtiment d'en face. Il constitue la façade latérale de la gare, et seule la cour des départs le sépare de mon service que l'on appelle ici la « police des trains ». Cinquante mètres tout au plus. Les premières sirènes des pompiers et des véhicules de police me parviennent en même temps que des explosions sourdes qui projettent des flammèches vite retombées.

– Que s'est-il passé ?

– On ne sait pas encore mais ça peut être un court-circuit qui a enflammé une gaine de ventilation. Le feu s'est communiqué dans les combles, il devait couver depuis un bon moment.

– Je descends.

Mon ami m'interroge du regard. Doit-il m'attendre ici, dans mon bureau ? Je lis dans ses yeux qu'il meurt d'envie de m'accompagner. Je l'entraîne après m'être munie de l'outillage essentiel : un téléphone portable et un « mobile [1] ».

– Viens avec moi, tu verras ce qu'est le boulot de flic. Toi qui rêves d'aventures et de frissons.

Comme tous les non-initiés, il est fasciné par la police et ses mystères. Ceux qu'il soupçonne ou ceux auxquels on le laisse croire. Nous déjeunerons plus tard, ou pas, c'est le métier qui veut cela. Nous devrons peut-être nous contenter d'un sandwich après le coup de feu... si je puis dire compte tenu des circonstances.

L'incendie est de taille. La toiture tout entière du bâtiment est en flammes, les pompiers ont pris possession des lieux et le quartier est bouclé par les effectifs de la Préfecture de police. Des curieux par dizaines sont massés contre les barrières installées en un tournemain, dans l'attente d'un scoop ou de l'effondrement du bâtiment. Les explosions et les morceaux de zinc calcinés et brûlants qui tombent du toit arrachent, à intervalles réguliers, des murmures excités à la foule. Des gens veulent entrer dans la gare pour prendre un train, les arrivants sont évacués par la gare banlieue, les convois prennent du retard, les taxis ne savent plus où déposer leurs clients, la fumée recouvre le quartier d'un voile noirâtre et âcre. C'est la pagaille.

Dans l'agitation générale, je rejoins les enquêteurs et un responsable de la SNCF en train d'exposer son hypothèse de l'incendie accidentel. Il montre le lieu de départ du feu sur un plan. Chaleur excessive, accumulation de poussières... ? L'enquête rondement entreprise en décidera. Nous ne pouvons qu'assister, impuissants, à la destruction des toits classés d'une partie de la gare évacuée en quasi-totalité.

Puis c'est la routine, chacun fait son boulot sans en faire tout un plat. Mon ami assiste, épaté, au déploiement de forces. Il ne

1. Émetteur-récepteur radio permettant de se mettre en communication avec un central et avec d'autres mobiles.

fait aucun commentaire, ne pose pas de questions. Il regarde et écoute passionnément. Pourtant, il n'a pas oublié sa faim ni le déjeuner promis au Terminus Nord. Vers quatorze heures trente, je suis sur le point de céder aux exigences de son estomac – et du mien – et commence à m'organiser pour aller prendre un petit en-cas rapide quand une nouvelle agitation nous parvient. Un de mes officiers me rejoint, essoufflé, et désigne le toit de la gare où un groupe de pompiers joue aux acrobates funambules, se passant de main en main un objet que j'identifie aussitôt comme une valise.

– Ils l'ont trouvée là-haut, m'explique l'officier en montrant du doigt une construction en verrue sur le toit, pourvue d'une fenêtre grande ouverte.

– Comment cette valise est-elle arrivée là ? demandé-je, interloquée.

Il hausse les épaules avec un geste d'ignorance. Tandis que la valise descend, manipulée avec précaution, je l'envoie vérifier ce qui se trouve derrière la fenêtre et essayer de savoir pourquoi ce bagage s'est retrouvé en ce lieu plutôt insolite.

La valise arrive au sol et avant même de l'ouvrir nous comprenons, à l'odeur qu'elle dégage, que nous allons faire une épouvantable découverte. C'est un bagage bas de gamme, usagé, constellé de décalcomanies et d'autocollants. Deux hommes s'escriment dessus et, quand enfin ils viennent à bout des serrures, nous reculons tous, affolés par l'odeur qu'exacerbent les trente-cinq degrés ambiants. Le contenu est indéfinissable, de la chair putréfiée et putride autour d'os qui ont la forme d'un membre dont l'articulation brille dans le soleil. C'est plutôt petit et, si c'est humain, ce sont les restes d'un enfant. Les supputations vont bon train. Les pompiers s'en mêlent. Ils pensent comme nous que l'on est en présence d'un morceau de corps humain abandonné sur un toit en flammes. Par qui ? Pourquoi ? Aussitôt l'hypothèse de l'incendie criminel destiné à effacer le contenu macabre de la valise fait galoper les imaginations. Surtout que l'officier revient : la construction qui dépasse du toit abrite des toilettes, et ce local, réservé au personnel de la gare, est facilement accessible par n'importe quel individu à la recherche d'un coin tranquille pour y déposer un colis encombrant. Nous avons le SAMU sous la main, prêt à toute éventualité à cause de l'incendie, et nous décidons de soumettre notre trouvaille au médecin présent. Son diagnostic est formel : il s'agit bien de restes humains. À première vue, il pense qu'il s'agit d'un morceau de bassin et d'un membre inférieur d'un enfant d'environ huit ans. Nous sommes consternés. Mon ami Jean a perdu définitivement l'appétit et pris du recul, un peu pâle. Tandis que la valise et son invraisemblable contenu prennent le chemin de l'Institut médico-légal sous bonne escorte, que démarre une enquête criminelle néanmoins réservée au verdict final et incontournable des spécialistes de médecine légale, je lui propose un petit remontant au bar du coin, faute de mieux. Je distribue quelques consignes saluées de « d'accord, patron » ou de « OK, patron » voire de « ça roule, patron ».

Jean avale un cognac d'un trait, en souhaite un autre. Je me demande s'il ne va pas s'évanouir. Chiffonné, il me fixe longuement puis, tout à trac, profère :

– Pourquoi est-ce qu'ils t'appellent « patron » ?

J'attendais une réflexion sur l'incendie, la valise, des questions sur ce qui pourrait bien devenir une affaire, pas cette réaction saugrenue qui me fait néanmoins sourire :

– Comment veux-tu qu'ils m'appellent ? Commissaire, comme à la télé ?

En France, mais surtout à Paris, tous les flics appellent les commissaires « patron ». Je suis commissaire de police. Je suis un « patron ».

Il croit bon d'insister, lourdement me semble-t-il :

– Même les femmes ?

Je suis flic. Et, ce qui n'arrange rien, femme flic ! Et patron, puisque au moment où se déroule cette scène je dirige le service de sécurité des chemins de fer, une unité de quatre cents hommes et femmes de tout grade, en tenue et en civil.

Avant d'en arriver à ce point d'une carrière que d'aucuns qualifient de fulgurante – sous-entendu pour une femme ! – j'ai franchi bien des étapes, surmonté bien des obstacles après avoir défriché une terre où, a priori, les femmes n'avaient pas leur place.

Le 5 janvier 1970, juste après 1968 et son mai de tous les miracles, j'embrassais un métier d'homme et je jure qu'à aucun moment je ne l'avais prémédité. J'étais une des premières femmes à y être admise et, parmi toutes les raisons qui ont pu me pousser à faire ce métier, celle qui faisait de moi une pionnière en me jetant au visage un formidable défi – forcer la porte d'un monde jusqu'alors réservé aux hommes – me semble la plus évidente.

Ce métier, je ne l'ai pas choisi, il s'est imposé à moi. J'ai eu envie de le faire. Mais pas une envie comme une autre, en passant. Une envie importante qui ne m'a pas quittée, pas un instant, depuis tout ce temps et malgré les moments de découragement, les drames et les catastrophes qui font douter d'avoir fait le bon choix et craindre le pire pour son équilibre ou son avenir.

Pendant longtemps, j'ai cru que mon père, dit « Gus Denis », était pour quelque chose dans cette envie. Il était lui-même « dans la police » et on aurait pu penser que l'atavisme agissait. Mais il ne pouvait me transmettre un gène qu'il n'avait pas puisque, lui, c'est pour le sport qu'il y était entré. Pour être honnête, il voulait d'abord échapper au Service du travail obligatoire, à la fin de la Seconde Guerre mondiale et, avant tout, à une absence d'avenir dans sa condition de commis de ferme. Il avait rejoint, en 1945, les rangs de la Police nationale. Il a été judoka, professeur de self-défense à l'École nationale des sports pour la police, moniteur de tir, maître nageur, champion en tout genre mais flic point. Enfin, pas un flic tel que je le concevais et qui correspondait à ce qui me fascinait : l'enquête, l'investigation, la traque et la chasse. Un côté homme – ou femme – des cavernes, une réalité impalpable dont je n'avais pas alors la moindre idée puisque mes seules connaissances de ce métier ne m'avaient été transmises que par quelques polars lus en cachette.

En vingt années, je fus successivement inspecteur de police à Lyon, à la brigade des mineurs, puis à celle des stupéfiants et du proxénétisme ; chef de groupe à la 3e section territoriale, secteur de Vénissieux-Les Minguettes... un cadeau de départ avant mon entrée à Saint-Cyr au Mont-d'Or, le sanctuaire des sanctuaires, là où sont formés les commissaires de police après qu'ils ont réussi un concours difficile et sélectif. Devenue patron, je choisis de rester lyonnaise et fus mutée au commissariat de l'aéroport de Lyon-Satolas, un contre-emploi (pour moi qui ne jurais que par la police judiciaire) imposé par les circonstances : ma fille venait de naître et je n'avais pas le courage de m'expatrier en laissant le reste de la famille derrière moi, un mari doté d'un travail attachant, Fred, mon fils de neuf ans, encore moins cette petite Marie toute neuve. Or, la sortie de Saint-Cyr au Mont-d'Or est ainsi faite que les postes proposés aux jeunes commissaires ne correspondent pas forcément à leurs rêves, surtout s'ils se trouvent, comme ce fut mon cas, loin dans le classement final. Le rang de sortie est une des conditions de l'obtention d'un « bon poste » et il est le résultat de la compilation des notes obtenues au cours de la scolarité et des stages effectués dans les services actifs. J'eus la malchance de trouver sur mon chemin de stagiaire un chef de service particulièrement acharné à me « casser la baraque ». Expliquer ce comportement serait bien trop long et hasardeux, je ne suis pas psychiatre, mais une chose est sûre, il me haïssait. Il eut néanmoins un mérite : il ne le cacha jamais, contrairement à d'autres qui faisaient mine de trouver normale l'accession des femmes dans le saint des saints : le corps des commissaires de police... alors que cette seule pensée les révulsait, qu'ils n'attendaient que de les voir s'étaler lamentablement, prêts même à tendre la jambe sur leur passage pour que ça aille plus vite. En tout cas, entre les sournois et lui, je perdis beaucoup de places au classement final. Je faillis même, grâce à l'entrain qu'il mit à me faire reculer, me retrouver aux Renseignements généraux, direction dans laquelle il exerçait. Horreur suprême pour moi – à cause de lui, pas du service – mais surtout pour lui qui prétendait me fermer inexorablement les portes du monde du renseignement. Paradoxe qu'il n'avait sans doute pas mesuré...

La Police de l'air et des frontières [1], dont les aéroports internationaux sont partie intégrante, n'avait pas très bonne presse encore, elle venait de se séparer des Renseignements généraux et avançait lentement vers la maturité. J'allais à l'aéroport de Lyon le cœur serré et avec la ferme intention de n'y rester que le temps de trouver un autre poste. Il ne me fallut que quelques semaines pour changer d'avis et oublier ce contre-choix qui avait failli me faire perdre le sommeil. Je restai six ans à l'aéroport de Lyon avant de « monter » à Paris pour prendre en main la sécurité dans les trains. Le voyage, le transport devinrent ma spécialité et je ne me posai pas alors la question de savoir pourquoi cette étrange et atypique destinée.

Mes soucis les plus urgents et les plus obsédants étaient de faire mon trou dans un métier d'homme, de m'y faire accepter et reconnaître comme patron tant par ceux que je devais

1. La PAF, rebaptisée récemment DICCILEC, Direction du contrôle de l'immigration et de lutte contre l'emploi des clandestins.

commander que par ceux auxquels j'étais moi-même subordonnée. Et les embûches les plus importantes ne sont pas forcément où on croit les trouver. Je m'attendais à des difficultés de commandement, à des réticences, à des refus d'obéissance même, dans mes pires cauchemars. Le parcours ne fut pas un long fleuve tranquille, mais les principales sources de soucis me vinrent d'en haut, de quelques petits chefs outrés de devoir se mesurer à des femmes et qui entendaient tout faire pour nous empêcher de monter.

J'ai toujours pensé que les femmes qui réussissaient le mieux dans ce « métier d'hommes » étaient celles qui restaient dans leur peau de femmes. Qui ne se travestissaient pas, n'essayaient pas d'imiter les hommes pour s'en faire accepter. Et il faut avouer qu'il y a une tentation dans ce défi à relever, une velléité d'identification à un monde masculin qui n'ouvre pas grande la porte. À mes débuts dans la police, j'ai marché dans cette combine, comme mes consœurs qui fréquentaient les cafés, buvaient et jouaient aux cartes. Comme eux, nous portions des jeans, des baskets et des blousons de cuir, ce n'était pas très féminin mais quand même plus adapté aux lieux crados que nous fréquentions que les fanfreluches et les talons aiguilles.

Inspecteur à la brigade des stupéfiants de Lyon, un matin, par inadvertance, je mets une jupe plissée. Le printemps s'annonce, l'air est chargé de milliers de signes qui débrident les envies. Et je suis invitée à déjeuner, alors... Naturellement, vers quatre heures de l'après-midi, le patron du Caveau – un bar proche de la place Bellecour – se manifeste : il a vu des dealers chez lui. C'est une obsession pour cet homme, les dealers. À sa décharge, il faut dire qu'il a déjà écopé de deux fermetures administratives.

Sur instructions du poste de commandement, je pars avec un équipage de gardiens de la paix pour contrôler le bar, puisque les dealers, c'est ma partie justement. En descendant du fourgon, mes escarpins accrochent un bout de ferraille qui dépasse d'une des marches du véhicule, je m'étale sur le trottoir, aux pieds des consommateurs massés à la terrasse sous les premiers rayons de soleil, ravis du spectacle, hilares. La jupe au menton, je n'ai plus qu'à me relever, rouge de confusion, puis, drapée dans ma dignité en perdition, à faire un signe autoritaire aux gardiens, leur enjoignant de regagner le fourgon au prétexte que je me suis trompée de bar. C'est un autre bistrot qui fait les frais de mon accès subit de coquetterie. Le soir même, je raccroche dans la penderie ma jupe plissée soleil. Pour de bon.

Pour autant, on peut porter des pantalons sans sacrifier sa féminité. Comme les hommes, nous parlions l'argot du métier et racontions des histoires d'un goût parfois douteux. Je fumais aussi et, provocation ultime, de grosses Boyard maïs, des cigares et même la pipe... Dans le commissariat et dans la rue, et plus les regards désapprouvaient, plus je me sentais conquérante.

Lors de mon passage à la brigade des mineurs j'eus à traiter une affaire de « galère ». Délicate appellation pour exprimer qu'une jeune fille a eu des rapports sexuels avec plusieurs garçons ensemble, une fois ou plusieurs, selon les appétits de la demoiselle. Cette figure de style (choisie, semble-t-il, eu égard au nombre de participants accrochés à l'embarcation...) ne saurait être confondue avec le viol collectif, puisque, nuance importante, la « victime » est consentante, voire demanderesse. Dans cette affaire, la maman, divorcée et infirmière de nuit, avait déposé plainte pour le viol de sa fille, inexplicablement enceinte à quatorze ans. La mère, qui ne concevait aucune autre solution à ce problème, entendait faire une recherche en paternité afin de contraindre le fautif à réparation !

Quand je commence l'enquête, la mère est très remontée. Elle me donne un nom que sa fille, à bout de résistance, lui a lâché après un interrogatoire en règle. Celui de Bruno, un jeune homme de seize ans qui a bien du mal à ne pas rire des déclarations de la maman décidément plus innocente que sa fille. Il reconnaît les faits sans hésiter et me donne trois autres noms. Quand le juge des enfants me demande d'arrêter les auditions, j'ai une quinzaine de pères possibles pour un enfant dont je ne sais d'ailleurs pas s'il a vu le jour. La demoiselle invitait les jeunes gens chez elle par trois ou quatre à la fois pour prendre du bon temps, en l'absence de sa mère. L'adolescente trouvait cela passionnant, copiant des scènes qu'elle regardait en cachette dans des magazines spécialisés découverts dans une cave de l'immeuble. Gag insolite : malgré ses airs délibérément affranchis, la jeune fille gardait ses chaussettes, elle avait ainsi l'impression de sauvegarder un pan de sa pudeur en péril ! L'affaire est clôturée quelques semaines plus tard par une instruction du juge des enfants m'ordonnant d'admonester les jeunes gens, aucune poursuite, vu les circonstances, n'étant envisageable à leur encontre. Du reste, la mère, écœurée, a retiré sa plainte. J'admoneste donc, debout derrière mon bureau, les adolescents qu'escortent leurs parents également debout. Au total une trentaine de personnes entassées un peu partout, l'exiguïté des lieux rendant inimaginable une autre configuration. Au premier rang figurent les plus petits et, parmi eux, le tout premier des amants de la jeune fille. Je remarque que Bruno ne parvient pas, malgré le sérieux de la situation et la sévérité de mes propos, à contenir un sourire narquois. À la fin, agacée, je le fais rester quelques minutes après les autres, j'en rajoute une couche, le menaçant du pire s'il n'a pas compris que je ne plaisante pas. Il m'avoue qu'au contraire je lui ai fait très peur mais qu'il n'arrivait pas à se faire à mon cigare, un gros Davidoff verdâtre qui dégageait d'énormes nuages de fumée odorante...

Rassurée par l'efficacité de mon intervention, je troquai cependant les gros cigares contre des petits et renonçai à fumer la pipe.

Je pris le parti de ne plus tenter de ressembler aux hommes pour me faire accepter d'eux en épousant leurs défauts, mais en cultivant au contraire ma féminité et en exploitant les atouts dont la nature m'avait dotée. Ce qui, si l'on en n'abuse pas, ajouté aux autres qualités indispensables pour réussir, à la pugnacité, à la résistance aux tentatives de découragement osées sous les formes les plus ingénieuses et à l'habileté à éviter les peaux de banane déversées par régimes entiers sous vos pieds graciles, est un incontestable plus.

Cela dit, j'ai, par goût et malgré leurs entreprises peu glorieuses et parfois lâches, toujours préféré les activités des hommes et leur compagnie. C'est sans doute une loi de la nature et je suis convaincue que le fait d'être jolie et féminine, d'avoir du charme et de s'en servir n'est pas un handicap dans un métier de commandement où il faut certes faire preuve d'autorité mais aussi et surtout de compétence et de sérieux. Et point n'est besoin d'avoir la grosse tête, de se regarder tous les matins dans le miroir de la salle de bains en se disant : « Je suis un chef » pour en être un. L'autorité ne se décrète pas, elle se gagne, comme les galons, sur le bitume et de face. C'est du moins ce que je crois. Le patron, homme ou femme cela n'y change rien, doit être capable de faire lui-même ce qu'il exige des autres, s'il veut être reconnu comme tel. Sans qu'il ait à en faire l'étalage au quotidien, on doit savoir qu'il sait le faire. Il lui faut naturellement une quantité d'autres compétences, des connaissances, de l'imagination, de l'organisation et ce petit truc qui fait toute la différence : l'aptitude à décider et à entraîner les autres derrière lui. Aujourd'hui on ne peut plus dire d'une femme qu'elle n'a pas cette capacité. Quand j'ai commencé dans la carrière de commissaire, on le disait. J'avais la chance – mais en est-ce une vraiment ? – d'avoir débuté par la base, comme il est coutumier de désigner les corps d'exécution. Je connaissais les pièges, les astuces, tous les bons et mauvais plis de ce côté de la barrière. Passée de l'autre bord, je m'en suis souvenue, et au lieu de seulement m'en méfier j'ai pris le parti de m'en servir. On savait que je connaissais la « musique », mais je ne développais pour autant ni confiance excessive ni paranoïa. J'avais été exécutant, je devenais patron après avoir travaillé dur pour présenter des concours et les réussir. Ceux qui s'y sont frottés tout en faisant leur métier connaissent toute l'ivresse du triomphe en cas de réussite et toute la cuisante déception en cas d'échec. Après cet estimable exploit, tout doit se passer dans la simplicité. On peut trouver la chose naturelle, et pourtant...

Un inspecteur avec lequel j'ai travaillé à la sûreté de Lyon, lui dans un groupe, moi dans un autre, avec des croisements aléatoires sur des affaires ou au cours de permanences, passe ce fameux concours dont de nombreux velléitaires prétendent qu'ils l'auraient passé s'ils en avaient eu le temps mais qui, en réalité, reculent devant la somme de travail à fournir. Le soir et pendant les temps morts, après le boulot – et quel boulot : sans horaires, sans la possibilité d'organiser quoi que ce soit, ni loisirs, ni sorties –, entre la vaisselle, les courses, le ménage et les enfants quand on a le handicap (pardon, la joie !) d'être aussi mère de famille. Ce collègue lyonnais décide donc de passer le concours de commissaire et le réussit, ce qui est tout à son honneur. Jusqu'alors, comme tous les flics de France et de Navarre, nous nous tutoyions. Sauf que, en France, en dehors de cas particuliers, les flics ne se tutoient qu'à grade égal, ou au moins à corps égal. Les commissaires se tutoient entre eux, les officiers aussi, plus rares sont les passerelles entre les corps. Un an et demi plus tard, il revient effectuer un stage d'application à la sûreté de Lyon et, comme je suis alors chef de la brigade des stupéfiants, il échoit dans mon groupe. Le premier jour, stupeur, il nous demande, à mes coéquipiers et à moi-même, de le vouvoyer. Il est devenu patron, on ne mélange pas les torchons et les serviettes et, comme il espère retrouver un poste à Lyon à sa sortie d'école, autant nous habituer tout de suite. Nous nous inclinons mais je ne peux m'empêcher de le mépriser pour ce mauvais geste qui n'est, en définitive, qu'un manque de confiance en lui ou une fatuité bien malvenue. Son stage ne lui laissera pas un souvenir impérissable, car, petite vengeance bien naturelle, nous prenons un malin plaisir à le « trimbaler » et à lui monter des « chantiers ». Nous le laissons ainsi planquer sur un trafic bidon une nuit entière – en plein hiver et il faisait froid dans la 4 L ! – sans rien lui révéler d'important et en l'appelant monsieur à tout bout de champ. Il n'est pas très fin, mais je crois qu'il a compris. Quelques mois plus tard, je réussis à mon tour le concours de commissaire, je passe un an à l'école de Saint-Cyr au Mont-d'Or, me retrouve en stage pratique à Lyon, et, le hasard décidément veille, dans son commissariat. Très chaleureux, il m'accueille en me... tutoyant. Un peu gêné quand même par ce qui s'est passé l'année précédente, mais, m'explique-t-il, avec les subalternes, il faut faire attention. Si on les laisse vous taper sur le ventre, on est fichu... Je le rassure, personne ne me tapera sur le ventre. Cependant, comme je ne change pas d'avis ni d'amis toutes les cinq minutes, je lui annonce que je continuerai à le vouvoyer et je lui demande d'en faire autant.

Devenue commissaire, principal puis divisionnaire, j'ai retrouvé dans mes différents services des garçons qui avaient été inspecteurs quand je l'étais aussi et avec lesquels j'ai entretenu les mêmes rapports qu'à nos débuts communs, sans que cela ait nui à mon autorité ni affaibli le niveau du respect dont ils m'honoraient. Un seul pourtant avait choisi une voie plus tordue. Il me tutoyait en privé et me vouvoyait devant les autres... Les hommes sont parfois compliqués.

C'est cependant un monde dur, aux relations viriles, sans concession, un monde où l'on est peut-être plus souvent célibataire ou divorcé que dans le reste de la population. Lasse de ne pouvoir répondre aux questions rituelles du style : « Comment faites-vous pour concilier votre vie professionnelle et votre vie privée ? » ou bien : « Et vos enfants, que disent-ils du métier de leur mère ? » ou encore : « Votre mari s'accommode-t-il de vos horaires imprévisibles, de vos absences répétées ? », autrement que par des banalités, j'ai pris l'habitude de provoquer mes interlocuteurs en leur affirmant que, par les temps qui courent, on trouve plus facilement un mec qu'un métier. Je veux dire un métier comme celui-ci, dont je me demande parfois par quel mystère j'admets sa tyrannie. Par quelle forme secrète de masochisme je supporte ce qu'un mari ou un amant ne sauraient me faire accepter. Question de passion sans doute. Et puis, au fait, pourquoi ce métier, justement ?

Gare du Nord, un autre jour ordinaire...

Il est cinq heures trente en ce matin d'hiver au froid hargneux qui fige les visages et fait pleurer les yeux. Un froid à ne pas mettre un flic dehors. Pourtant j'y suis, dehors, et j'ai beau serrer les fesses, l'air glacé transperce mon blouson, et mes pieds, recroquevillés d'instinct dans mes boots trop légères, me font mal.

Je pénètre dans la gare du Nord par un passage interdit au public qui évite le long détour par la gare et conduit au bout du quai O, là où commence l'enchevêtrement subtil des rails. L'allée couverte est jonchée de détritus et sent fort l'urine, mais la température hostile l'a vidée de la demi-douzaine de clochards qui squattent habituellement cette enclave sinistre où ils boivent jusqu'à la bagarre, parfois jusqu'au coma.

Je réprime une nausée en donnant un coup de pied dans une boîte de bière vide. Le son se répercute sur les murs humides et la pensée de mon appartement tout petit et tout chaud m'envahit. J'habite à côté, derrière l'église Saint-Vincent-de-Paul, au bord d'une petite place au charme provincial qui contraste avec l'environnement glauque et agité de la gare du Nord. Je viens au service à pied, en voisine, mais toujours armée car les mauvaises rencontres sont fréquentes dans le quartier, surtout la nuit. Le voisinage de l'hôpital Lariboisière n'arrange pas les choses et de nombreux toxicomanes pratiquent une manche très « autoritaire », avec un couteau, un rasoir, une seringue ou un chien qu'ils ont dressé à attaquer les donateurs récalcitrants. En outre, les prostitués des deux sexes attirent une clientèle foisonnante qui ne fait pas toujours bien la différence avec une jeune femme seule dans la nuit. Il arrive que je doive exhiber ma carte professionnelle pour faire reculer les plus entreprenants.

J'ai mal à la tête et un coup de fatigue m'assaille. Ce doit être le froid ou le manque de sommeil. Ou bien les sandwichs avalés sur le coup de minuit à la Brasserie des Flandres, après les derniers préparatifs de l'opération de ce matin. J'ai mal à l'estomac de plus en plus souvent et, bien que j'aie arrêté de fumer depuis des années, je me suis laissé tenter par un ou deux petits cigares Davidoff, ce qui n'a rien arrangé. Le secteur est encore peu animé, la gare halète doucement dans la lumière glauque de sa verrière classée. Quelques fantômes livides se pressent vers l'entrée du métro et de la zone banlieue.

Dans le poste de police du quai O, où est logée la brigade des chemins de fer, une des branches spécialisées du service central de la Police de l'air et des frontières, les hommes présents se lèvent, lancent à mon arrivée un « bonjour patron » machinal tandis que quelques gardiens de la paix de la Préfecture de police me saluent. Je sens glisser sur moi quelques regards qui cherchent à évaluer mon humeur. Je suis un peu longue à la détente en début de journée et je n'arrive pas toujours à faire avec.

Les hommes se détendent : ce matin sera calme, je ne suis pas belliqueuse, plutôt engourdie. J'enlève mon blouson, jette un coup d'œil sur les messages de la nuit et sur un *Parisien* qui traîne sur un bureau. Je bâille plusieurs fois, j'éternue en chassant de la main un épais nuage de fumée que dégage près de moi un fumeur accro à la pipe. Je l'expédie en bougonnant dans le bureau voisin en lui demandant s'il dort avec sa bouffarde. « Non, dit-il, surpris, pourquoi ? »

Quelqu'un a déniché du café, le breafing commence après quelques considérations rituelles sur le temps, la circulation automobile et l'épidémie de grippe qui décime nos rangs impitoyablement et dont je sens qu'elle est en train de m'attaquer sournoisement.

En plus des casse-croûte indigérables et des bières, j'ai mal dormi, comme chaque nuit qui précède une opération matinale. J'ai refait dix fois la check-list, regardé le réveil vingt fois, compté les moutons, essayé de penser à autre chose, à une île au soleil, par exemple, parce que les îles au soleil, j'adore ça. Je me suis raconté une histoire, une de celles que j'aime bien. Une où je réussis l'affaire du siècle, un gros coup qui fait trembler rien que d'y penser. Quand j'étais plus jeune, je me mettais en scène avec un acteur ou un chanteur célèbre dans des rêveries interminables. Je m'endormais toujours pendant les préliminaires, la rencontre et les instants juste avant le premier baiser. Je recommençais le lendemain. Depuis j'ai grandi et cessé de croire aux fées et, surtout, aux princes charmants.

Je ne sais plus avec qui je me suis colletée pendant des heures, cette nuit, peut-être ce tueur de vieilles dames qui n'en finit plus de tuer dans Paris, mais rien n'y a fait, j'ai dû me résigner à me lever pour lire en regardant la télévision, faire deux choses à la fois étant un de mes travers les plus communs.

En quinze ans de police, j'ai vécu cent fois cette inutile et agaçante vigilance d'avant l'action. Il s'y cache de l'appréhension, de l'excitation, et une foule d'autres choses sur lesquelles je ne prends pas le temps de m'introspecter. Je suis incapable de gérer mon sommeil, il est comme il est, capricieux et imprévisible, et je fais avec. On finit toujours par dormir.

Six heures quinze. Dans quelques minutes, le train 280, en provenance d'Amsterdam via Bruxelles, un train de nuit immense, un convoi mixte avec des voitures-couchettes, sera reçu voie 19. Le comité d'accueil est installé : huit inspecteurs de part et d'autre de la zone des couchettes qui nous intéressent et dix gardiens de la paix au bout du quai, en serre-file. Les filets sont posés, reste à savoir si le tuyau est bon et si les candidats à l'immigration qui passent en grand nombre la frontière franco-belge, dans les compartiments-couchettes et grâce à des complicités que nous avons identifiées à plusieurs niveaux, seront bien dans ce train.

Le train entre en gare, le mufle de la BB, monstrueuse motrice entourée d'un halo de brume vaporeuse, sort de l'ombre. La machine s'avance lentement, majestueuse et si grosse que le conducteur paraît tout petit, perché tout là-haut. Le halètement de la gare se transforme en vacarme au fur et à mesure de la progression du convoi. Je grimace, les mains sur les oreilles, quand la motrice s'immobilise devant le butoir dans le grincement de ses freins. Puis elle lâche la pression avec un bruit assourdissant.

Je frissonne. L'air déplacé par le convoi est glacial et fétide, la zone où je me trouve est à découvert, noyée dans une bruine visqueuse. J'éternue encore, à cause des poussières en suspension, les mains enfouies au fond des poches de mon blouson, frigorifiée, l'estomac au bord des lèvres. Un inspecteur bâille à son tour, un autre allume une cigarette, nerveux et pâle, un troisième palpe discrètement, machinalement ses outils de travail à travers son blouson. Je me dis qu'il a une sale tête, mais tous les autres sont comme lui ; dans le reflet de la vitre du train je constate que je suis à l'identique : blafarde et les yeux cernés.

C'est comme ça, les gares : glauque, bruyant, plein de courants d'air, ça pue. Magique... ?

Les premiers voyageurs descendent, les yeux bouffis de sommeil, chiffonnés, en vrac. Les portes des voitures-couchettes s'ouvrent à leur tour, nous observons les mouvements en dévisageant les gens les uns après les autres. Le train dégorge des passagers aux gestes saccadés, avec des valises, des sacs, des paquets, un vélo ou une poussette. Ils se heurtent, nous bousculent, sans nous voir. D'ailleurs ils ne voient rien, ils ne s'intéressent qu'à leur voyage, où se trouve le métro, où est la station de taxis, où changer de l'argent, tante Jeanne est-elle venue m'attendre comme prévu, est-ce que je vais la trouver dans cette cohue... ? J'ai baptisé ce stress le syndrome du voyageur.

Doucement le flux s'écoule. Nous scrutons les visages. Rien qui corresponde aux Asiatiques que nous attendons. Sauf quelques voyageurs isolés qui sont contrôlés au bout du quai par les renforts de la Préfecture de police. Pour le coup, c'est un vrai contrôle au faciès. Logique, nous attendons des clandestins chinois ou philippins, nous n'allons pas contrôler des individus de type européen ou africain... Cette réflexion frappée au coin du bon sens ne semble pas être celle du législateur qui exige des critères d'extranéité (critères d'étranger) autres que ceux liés à l'apparence physique, pour fonder la légalité du contrôle...

Le quai s'est vidé d'un seul coup, quelques retardataires se hâtent, un chariot repart déjà avec ses bacs pleins d'oreillers et de couvertures à carreaux rouges et verts, et progresse à coups d'avertisseur qui me vrillent les tympans.

Les contrôleurs de la SNCF se sont regroupés et viennent dans notre direction. Nous les connaissons, ils nous connaissent, nous échangeons quelques banalités. Ils ont fait le « découcher », ils rentrent chez eux, curieusement je les trouve moins défaits que nous, peut-être ont-ils mieux dormi. Ils essaient de savoir ce que nous attendons mais nous ne « mouftons » pas. Nos renseignements laissent prévoir des complicités un peu partout et, dans ces trafics d'êtres humains, nous avons été amenés à arrêter des policiers, des douaniers, des employés des chemins de fer, en France et ailleurs. Prudence... Déjà bien assez qu'ils nous connaissent.

Les inspecteurs me regardent, dépités. Meunier, avec lequel mes rapports sont un peu... difficiles, affiche un demi-sourire goguenard. C'est moi qui ai eu le tuyau, qu'il puisse être « crevé » semble le ravir. On s'expliquera plus tard, si toutefois c'est possible car, en dehors du minimum imposé par les nécessités du service, il refuse le contact et je n'arrive pas à savoir ce qu'il a dans la tête.

Il ne reste que nous et les agents de la SNCF sur le quai, nous sommes aussi discrets que des mouches dans une tasse de lait. Je me décide brusquement, agacée par Meunier qui est allé s'adosser nonchalamment contre un pilier et qui, comme indifférent à notre présence, détaille avec ostentation toutes les femmes qui passent au loin. Je donne le signal de monter dans les voitures pour en avoir le cœur net : nos clients sont peut-être encore à bord, à attendre que la voie soit totalement libre pour filer en douce vers le paradis qu'on leur a promis en échange d'une coquette contribution aux frais de voyage et d'installation.

Un quart d'heure plus tard, notre déconvenue est confirmée. Nous avons fait chou blanc. C'est un des risques du métier. Une situation fréquente mais une loi du genre. Les tuyaux crevés, les mauvais indics, retournés ou affabulateurs, les changements de programme ou le convoyage qui ne s'est pas fait pour une raison que nous connaîtrons plus tard ou jamais.

Je calme l'arrogance de Meunier en le chargeant des menues corvées administratives, obligatoires, rassurantes, mais tellement déprimantes. Il ronchonne en prétextant d'autres tâches urgentes mais je tiens bon. L'affaire ratée est fêtée autour de la deuxième tournée de café, cette fois au bar du buffet de la gare, histoire de se remonter le moral et de reculer le moment de retrouver la routine : aller trouver l'informateur ou attendre qu'il se manifeste, préparer une nouvelle opération à l'issue tout aussi incertaine. Nous sommes gelés, les nez sont rouges, les yeux cernés. Nous occupons deux tables à la terrasse qui gagne chaque jour un peu plus sur le territoire de la gare, serrés les uns contre les autres et soudain, miracle, il fait presque chaud. Lavaux raconte sa première blague salace de la journée, le rire sonore de Lulu retentit.

Je sursaute tout à coup. À côté de moi, une femme s'est dressée et hurle quelque chose en allemand. Dix mètres devant nous, un type court vers la sortie, un sac à main serré contre lui. Je me lève d'un bond, les gars courent déjà derrière lui. Le temps de rassurer le serveur médusé par cette débandade massive en lui brandissant ma carte tricolore, je pars derrière la troupe. Ce n'est pas mon sac qui me gêne, je n'en prends jamais pour ce genre de sortie. J'ai tout mon petit matériel sur moi, le Smith et Wesson 2 pouces sous le bras gauche, les menottes à la ceinture avec la bombe à gaz et l'étui à munitions, le reste dans les poches. Jean, blouson, boots, parfois des Nike composent la tenue vestimentaire la plus adéquate car une chose est sûre, la police des trains est bien celle où l'on marche le plus. Où on court aussi, sur des quais et au fond de souterrains interminables, dans des convois instables, dans les soufflets glacés où le bruit est insoutenable. Où on monte et descend des milliers de marches d'escalier, où l'on est sale aussi, bien avant la fin de la journée.

Devant la gare, l'homme trébuche en heurtant un passant, s'affale et reçoit aussitôt deux ou trois quintaux de viande de poulet sur le dos. Il se débat en hurlant à l'agression, à tout hasard, des fois qu'il ne nous aurait pas reconnus. Il est vite maîtrisé, menotté. Il a perdu sa boucle d'oreille dans la bataille et un peu de sang perle à son lobe droit. C'est un de nos bons clients, un jeune homme nerveux comme un sac de puces qui passe un mois sur deux en prison. Spécialiste du vol en tout genre, à la tire, à l'arraché. La technique est simple et ils sont toute une bande à la pratiquer. Les trains à l'arrivée amènent des touristes en possession de devises, de cartes de crédit et autres appareils photo et caméras. Les « tireurs » quadrillent le territoire qu'ils se partagent équitablement, repèrent leur proie, la suivent, la dépouillent dès que l'occasion se présente. À cause du syndrome du voyageur qui dérègle les comportements des personnes les plus avisées dès lors qu'elles se trouvent dans une gare ou un aéroport, c'est un jeu d'enfant pour les petites frappes qui pullulent tout autour.

À la terrasse du buffet, la touriste allemande n'en croit pas ses yeux : à peine volé sur la table de son petit déjeuner, son sac lui est restitué et son voleur capturé lui jette des regards pleins d'hostilité et de rancune. La femme n'a pas conscience que, sans notre affaire ratée, elle n'aurait pas pris son café entre un commissaire principal et huit inspecteurs de police. Elle a sauvé son voyage, ce dont elle ne songe même pas à nous remercier.

Je l'invite à nous suivre au service pour déposer plainte. Cette affaire de troisième catégorie ne remplacera pas celle que nous attendions mais c'est mieux que rien. Il y a des matins comme cela où on fait la police « petits bras »...

Dans le commissariat, le Français qui accompagne la femme allemande me dévisage longuement. J'ignore les liens qui sont les leurs, s'ils sont amants ou seulement amis ou ni l'un ni l'autre, en tout cas, il m'évalue, me jauge, tel le maquignon au marché aux bestiaux. Il a une quarantaine d'années, un physique banal, pas une tête de dragueur mais, dans ce domaine, les apparences peuvent être trompeuses. Puis son regard s'égare sur les bureaux exigus, le mobilier antique, XIXe d'époque, et la machine à écrire du crétacé supérieur sur laquelle s'escrime, à deux doigts, un inspecteur à lunettes qui jure à tout bout de champ car la touche du O perce le papier.

L'homme contemple les hautes fenêtres noires de crasse, sans crémones et grillagées de l'intérieur, le téléphone à cadran sauvé momentanément de la désintégration par un élastique. Ses yeux interrogent mais il n'ose pas encore poser *la* question. Il me regarde de nouveau, je sais ce qu'il pense. Que fait cette petite bonne femme au milieu de malabars mal rasés, dans des locaux sordides et borgnes où se côtoient, ce matin-là, sur des bancs de bois ou debout, un couple de clochards avinés qui se réconcilient bruyamment après s'être battus comme plâtre, des faux touristes de toutes les couleurs en attente de reconduite à la frontière et un homme en costume trois-pièces venu déclarer la perte de son passeport dans des échappées d'odeurs écœurantes, des remugles indéfinissables de tabac, de café, de linge sale et de mauvaise haleine ?

Au moment de partir, il me serre la main, la retient un instant dans la sienne et, comme il n'y tient plus, il la pose enfin, sa fichue question :

– Comment une femme jeune et jolie peut-elle faire un tel métier ? Et ici, dans ce... trou, qui plus est ? Dans un monde noir, camouflé, inhospitalier... sordide.

J'ai l'habitude de cette question. Les flics sont avec les prostituées deux catégories socioprofessionnelles auxquelles on la pose systématiquement. Sans doute parce qu'elles sont toutes deux un mal rendu nécessaire par l'existence de l'homme et de ses débordements. Les deux sont des régulateurs de tension, des exutoires, chacun dans son genre...

Depuis que je fais la police dans les gares, la question s'est enrichie : pourquoi ici ? Je hausse les épaules, souris, les yeux dans le vague :

– C'est à cause de mon arrière-grand-mère...

L'homme me dévisage comme s'il me soupçonnait de me foutre de lui, au pire d'être atteinte d'une pathologie mentale à un stade irréversible.

C'est pourtant la vérité :

Je suis l'arrière-petite-fille de Marie GARE.

Et j'atteste sur sa mémoire que si la question de cet homme ne m'a pas été posée dix mille fois depuis le premier jour où je mis les pieds dans un commissariat, elle ne me le fut jamais. Qu'est-ce qui m'a amenée à faire ce métier ?

Le hasard, les circonstances de la vie ? Une toute petite part de déterminisme paternel ? Le compte n'y est pas.

Je me suis laissé dire que des statistiques balbutiantes révéleraient d'étranges accointances entre le métier des gens et leurs origines. Du moins certains métiers... Ainsi, de nombreux policiers, ou leurs frères en investigation que sont journalistes et reporters, auraient dans leur ascendance une ou plusieurs inconnues. Le plus souvent un père volatilisé, un parent au premier ou au second degré non identifié, un mystère, une énigme. Vrai, faux ?

En tout cas, quand je débarquai à la police des chemins de fer, au royaume des gares d'antan, merveilles d'architecture aujourd'hui affublées de souterrains modernes, prédateurs et crasseux, où des trains de banlieue brinquebalants, parfois dévastés, côtoient des trains de luxe ou de prestige, où l'on passe sans transition du voyage lointain qui porte au rêve à la « mornitude » des trajets quotidiens, de l'aventure échevelée à la répétitivité morose, je décidai de ne plus chercher ailleurs les bonnes ou mauvaises raisons qui m'avaient amenée là. J'en choisis une et résolus de m'y tenir :

Ce métier, les gares, les trains et peut-être même la police, c'est bien à cause d'elle.

Marie, Joséphine GARE.

2

MARIE GARE

1873 – Gare de Dijon

Le 9 septembre 1873, deux employés du PLM, réseau privé de transport ferroviaire devenu en 1937 une partie importante de la SNCF, approchent en devisant de la gare de Dijon. Il est cinq heures du matin, la fin de l'été donne à cette nuit ses premières fraîcheurs.

Alors qu'ils tournent à l'angle de la rue où se devine la masse assombrie de la fonderie Bosshard, juste avant de s'engager au milieu de la rangée d'arbres qui encadrent l'esplanade de la gare, ils perçoivent un léger vagissement, à peine un murmure. C'est trop ténu pour un cri d'animal, trop fort pour le vent léger qui fait frémir les feuilles des platanes. Ils s'arrêtent, le temps pour le plus vieux de projeter, un bon mètre devant lui, le jus de la chique qui lui gonfle la joue. Le vagissement les surprend de nouveau au moment où ils se remettent en route.

– C'est par là un matou, dit le plus jeune qui roule les *r* avec une application toute bourguignonne.

Mais son compagnon sait reconnaître un matou qui chasse. Intrigué, il change sa chique de joue en s'avançant dans l'ombre du grand porche qui marque l'entrée de l'usine et trébuche sur un obstacle un peu mou dont il constate, les yeux écarquillés dans la quasi-obscurité, qu'il bouge !

– Cent dieux de vains dieux ! jure-t-il à l'adresse du jeune cheminot, c'est un p'tiot, viens voir, Léon !

Léon s'approche et pose son baluchon à côté du p'tiot, constate la chose et aussitôt le p'tiot, alerté par une présence salvatrice, en profite pour hurler à pleins poumons. Les deux hommes se regardent, empruntés.

– On peut pas le laisser là, dit le plus vieux.

– Non, dit Léon, pratique, mais on va être en retard, et qu'est-ce qu'on va en faire, hein ?

Le vieux soulève sa casquette, se gratte le crâne de ses ongles en deuil. Il pense à ses cinq petiots, il hésite. Puis se tourne vers la rue déserte, la scrute dans les deux sens.

La chance tourne le coin : des bruits de pas ferrés couvrant une conversation assourdie se font entendre. De loin, le cheminot père de famille s'entend interpeller avec rudesse :

– Hep, toi là-bas, qu'est-ce que tu fiches par ici ?

Sans raison le vieux cheminot se sent coupable :

– Mille excuses, messieurs les agents, je suis du chemin de fer... Je viens de trouver un p'tiot devant la fonderie.

D'un geste il désigne le trou noir du porche. Quelques minutes plus tard, le p'tiot s'éloigne dans les bras de l'agent de police Michel Mabille, tandis que son coéquipier Frédéric Vaudrey porte le modeste paquet découvert à côté du nouveau-né. L'enfant braille, les deux agents qu'on n'appelait pas encore « flics » pressent le pas en direction du commissariat du quartier sud-ouest de Dijon.

Les deux cheminots courent vers la gare toute proche. Dans quelques jours, quelques heures peut-être, ils auront oublié le p'tiot. À cette époque, plusieurs enfants abandonnés sont découverts chaque jour dans les grandes villes de France. Ils n'imaginent sans doute pas un instant de s'enquérir de son destin. Du reste, on ne leur a même pas demandé leur nom...

Présenté dans la matinée à l'officier d'état civil de la mairie de Dijon par le commissaire Grézeau – la police me marque tôt à la culotte, ou plutôt à la couche-culotte ! – l'enfant, de sexe féminin, fut baptisé Marie, Joséphine Gare par un employé de mairie à court d'imagination ou, qui sait, avec la complicité malicieuse du commissaire. Heureusement pour elle, elle ne fut pas abandonnée près d'un hôpital, un cimetière, une prison ou une maison close, il y a des noms terribles à assumer... Pour nous, ses descendants, c'eût été moins grave car, en se mariant, elle abandonna pour toujours ce nom si romanesque qu'elle fut la seule à jamais porter. Le jour même, Marie Gare fut conduite à l'hospice de Dijon par le commissaire Grézeau. Cet hospice-là, devenu plus tard foyer de l'Assistance publique puis foyer de l'enfance m'accueillit à mon tour, mais comme éducatrice stagiaire, en 1968. J'y avais la responsabilité d'un groupe d'enfants d'âge scolaire et comme je me retrouvais libre pendant les heures de classe, chaque fois que je le pouvais, je me faufilais à la nursery où une de mes amies langeait, nourrissait, consolait une demi-douzaine de petits braillards qui semblaient protester contre une vie qui partait de travers. J'ignorais alors que mon aïeule avait occupé l'un de ces berceaux blancs devant lesquels je m'attardais en rêvassant et qui me serraient le cœur, inexplicablement. Marie Gare fut placée – quelques jours après sa découverte – dans une famille d'accueil à Viévigne, petit village de Côte-d'Or situé à vingt kilomètres au nord-est de Dijon, à l'extrémité de la forêt de Velours et perché sur un monticule à cent mètres au-dessus du niveau de la mer. Au VIIe siècle il était le vignoble de l'abbaye de Bèze, puis les abbés l'abandonnèrent aux vignerons. Il devint Vieilles-Vignes puis Viesvignes au XVIIIe siècle avant de prendre son orthographe actuelle. À Viévigne, qui fut aussi mon village natal, on dit que les bâtards sont les enfants du diable, du péché ou de l'amour, c'est selon. Des enfants trouvés, on prétend qu'ils portent bonheur. Qu'ils sont des cadeaux du ciel, les petits enfants du bon Dieu.

Pour avoir cumulé ces deux particularités, née de père inconnu – j'aurai l'occasion de dire comment je le sais – et abandonnée devant la gare de Dijon, Marie Gare aurait pu être une femme à deux visages, duelle et mystérieuse. Elle ne fut rien de cela, mais sa légende a bercé mon enfance, plus belle que le plus beau des contes, plus excitante et romanesque que le roman le plus suave. Son histoire mille fois ressassée par ma grand-mère Albertine, sa seconde fille, se mêle dans mon souvenir aux parfums des gaufres, des châtaignes et de la cancoillotte [1] fondue. Aux veillées d'hiver, je m'endormais devant le feu, bercée par le murmure et les rires retenus des femmes qui parlaient d'elle parfois, en cousant ou tricotant tandis que les hommes jouaient à la coinchée ou à la manille en s'exclamant bruyamment et en buvant de ce vin rouge râpeux que l'on récoltait encore à Viévigne, des

1. Fromage franc-comtois fait de présure de lait qu'on laisse fermenter plusieurs jours avant de le fondre dans de l'eau ou du lait et qui se déguste tiède et coulant sur des rôties de pain beurré. Un délice !

siècles après les abbés. J'entendais, au plus profond de l'engourdissement qui précède le sommeil, dans l'abandon bienheureux de l'enfance, Albertine évoquer la découverte de sa mère avec une foule de détails pour la plupart sortis de l'imagination collective et enrichis au fil des années. Elle disait que sa maman avait été trouvée dans une sorte de couffin ou de panier, richement vêtue de dentelles et de lingerie fine. Cet indice m'enchantait, il prouvait que la mère de Marie Gare était issue d'une famille riche qui l'avait contrainte à l'abandon d'une enfant clandestine. Le nourrisson, assurait Albertine, était accompagné d'une lettre mystérieuse (que personne n'avait jamais lue ni même entrevue !) dans laquelle la mère de Marie Gare suppliait que l'on prît soin de son enfant. Puis Albertine nous dénicha l'existence d'un signe marqué au fer (!) sur un genou du bébé qui laissait supposer une noble extraction, la marque n'étant rien de moins qu'une fleur de lis ou quelque chose qui y ressemblait fort. Enfin, elle racontait que l'hospice de Dijon avait reçu jusqu'à l'adolescence de l'enfant, à intervalles réguliers, des sommes d'argent destinées à son éducation et expédiées par cette mère inconnue mais fidèle et, comment en douter, bourrée de remords.

Je raffolais alors de ce conte merveilleux que mon imagination féconde enjolivait à son tour et la version de la famille me satisfaisait pleinement. Personne ne songeait à faire des recherches pour connaître la vérité et je dois avouer que je ne l'envisageai qu'après avoir pris le commandement de la police des trains.

À ce moment-là, j'eus, comme tant d'autres fois avant et après, à répondre à la fameuse question : Pourquoi ce métier ? Et pourquoi les trains ? Comme je ne savais toujours pas que répondre, je pris l'habitude de mettre en cause ma mystérieuse grand-mère. Marie Gare ! Les curieux, les journalistes, oscillaient entre l'incrédulité et l'attendrissement mais jamais, jamais, cette évocation ne laissa quiconque indifférent. Je constatais que le mystère de Marie Gare enrichissait mon propre charme, je brodais autour de l'histoire que me servait Albertine et je la resservais telle quelle, en version originale. Jusqu'au jour où, à trop l'évoquer, je ressentis comme une nécessité l'envie d'enquêter sur elle pour connaître, ou du moins approcher la vérité. Mais pour cela il me fallut attendre que mûrisse cette quête inévitable, que je mûrisse moi-même. Il fallut ce milieu dur, intransigeant des chemins de fer. Il fallut les trains.

Quand mon aventure ferroviaire a commencé, le souvenir lointain des histoires d'Albertine m'est revenu par bouffées chaque fois que je prononçais le nom. Gare. Autant dire des dizaines de fois chaque jour. Marie Gare me redevint familière et si proche. Mais je manquais de temps. La police des trains, les évolutions imprévisibles que j'y connus, l'aventure exceptionnelle de la création du service dédié à la banlieue m'accaparaient entièrement.

Puis je fus élevée au grade de commissaire divisionnaire. J'étais la première femme de l'histoire de la Police nationale française qui y accédais et cette consécration me procura, ainsi qu'à mes deux collègues qui furent promues la même année, un beau succès médiatique.

Entre autres reportages et interviews, Michel Drucker nous invita à son émission « Stars 90 ». Une émission de variétés ! On imagine l'émotion dans la grande maison. Passent encore les débats, « Les Coulisses de l'exploit », même « Témoin n° 1 », mais les plumes, les strass et les chansons... Pourtant cela se fit. J'avais le trac mais j'avais amené avec moi une douzaine de mes gars, une partie de ma bande, et leur présence au premier rang me rassurait bien qu'ils fussent aussi morts de trouille que moi, eux qui n'avaient jamais peur de rien !

Michel Drucker est un garçon formidable, généreux, attentif aux autres. En préparant l'émission, je lui avais parlé de mon envie d'écrire, une vieille envie qui, le temps passant, se faisait lancinante. Moi, quand je disais « écrire », c'était écrire des livres, des bouquins... Pour commencer, tous ces polars que j'avais dans la tête. J'en avais lu des quantités, et je me disais parfois, face à la médiocrité de certains, que je réussirais sûrement à faire aussi bien ou que je pourrais essayer de faire moins mal. San Antonio est le seul auteur de polars français auquel je suis restée fidèle depuis que je piquais au Gus, mon père, ces petits livres interdits aux jeunes filles, qui le faisaient rire lui, mais auxquels, au début, je n'« entravais » rien. Pour Michel Drucker, l'écriture c'étaient les livres bien sûr, mais aussi le cinéma, la télévision.

Il me suggéra de faire des offres à des producteurs, pour écrire des scénarios de fiction policière, comme le fait un flic sur deux à Paris, à ce qu'il paraît. Ce dont je ne fis rien, bien entendu. Je ne connaissais rien de ce milieu si éloigné du mien et je dois dire que j'avais un très léger mépris, une vague condescendance même pour ces flics de cinéma qui tirent sur tout ce qui bouge, résolvent toutes les énigmes – que des scénaristes imaginatifs compliquent à plaisir – au milieu de filles de rêve et sans jamais toucher à une machine à écrire, méprisants de la procédure et des codes. À mes yeux, une collection d'incohérences et de contresens qui me faisaient dresser les cheveux sur la tête. Michel fit le nécessaire à ma place et me fit rencontrer Pierre Grimblat, le père de Navarro dont, à ma grande honte, je n'avais pas vu un seul épisode. Nous parlâmes beaucoup, j'avançai, avec un reste de ma timidité d'autrefois, quelques idées sur des histoires que j'aurais aimé écrire. Pierre me parlait de Navarro sans réagir à mes propos et, tout à coup, je me rendis compte que nous ne parlions pas de la même chose. Il voulait que je lui fasse du Navarro et je ne savais pas comment ça marchait, moi, un flic de cinéma. Pierre ne savait pas, lui, comment marchait un vrai flic, de chair et d'os, de vraies peurs, de vrais chagrins, un homme ou une femme avec les mêmes avantages et les mêmes handicaps que les autres, sauf qu'eux, le pire de la vie est leur quotidien. Entre les belles histoires que vivait Navarro et les miennes, il y avait un décalage infranchissable. D'un côté un héros qui, dépouillé de ses déguisements de flic, montait dans sa belle voiture, rentrait chez lui, dans sa belle maison où l'attendaient de ravissantes créatures au bord d'une piscine de rêve. Enfin peut-être pas Navarro, mais d'autres sûrement. L'autre flic, le vrai, quand il rentre chez lui, il a la saleté qui lui colle à la peau, les odeurs et les miasmes qu'il ramène de sa tournée dans les trains de banlieue ou les squatts. Dans les oreilles il a encore les hurlements des camés, les insultes des voyous ou des zonards, les cris de cette mère à qui il est allé annoncer la mort de son fils ou de sa fille d'une overdose ou d'un mauvais coup dans une bagarre, parfois d'une chute sous un train. Quand il est commissaire, il a en plus les soucis d'un patron, le personnel qui se fait tirer l'oreille pour aller bosser, les mauvais éléments, les hommes et les femmes à problèmes ou qui ont pété les plombs à force de côtoyer la crasse, la misère et la détresse. Et là il doit encore aller annoncer une mauvaise nouvelle à une mère, une épouse ou des enfants. Pas toujours une mort glorieuse dans l'exercice du devoir, parfois un décès en voiture ou un suicide.

Après quoi il regagne son domicile, un petit domicile en banlieue et en rapport avec son petit salaire, il y retrouve sa femme et il mange la soupe à la grimace car il n'est pas rentré à une heure décente depuis une semaine ou un mois. Les enfant sont déjà couchés ou regardent Navarro à la télé, ce héros débonnaire dont les aventures sont bien plus palpitantes que ses petites histoires à lui, ses heures passées sur une planque stérile ou à « prendre des plaintes ». Il n'a d'ailleurs aucune envie d'en parler, il pose son arme sur le dessus de l'armoire, pas que les enfants y touchent. Il dormira sans doute, comme disait ma grand-mère Albertine, à l'auberge du cul tourné et encore il a de la chance, parce que si ça se trouve, la prochaine fois, sa femme sera partie, et il se retrouvera tout seul, comme un con. Alors il reviendra au service, montera dans une voiture et, avec un ou deux collègues tout aussi seuls que lui, ils iront faire un tour dans les bars ou les boîtes. Ce scénario est valable aussi pour les femmes, mais il ne fait pas dix minutes dans un épisode de quatre-vingt-dix minutes. Pessimiste ?

Nous sommes, Pierre Grimblat et moi, sur deux planètes très éloignées. Et puis, un soir, le miracle se produit. Pierre découvre ce que je fais vraiment, mon travail dans les trains, dans cet univers magique qui porte au rêve.

Au passage cette soirée mérite un petit arrêt sur image.

Nous avons rendez-vous dans un restaurant célèbre de Paris. J'y arrive en retard, en tenue de travail – jean-blouson-Nike –, un peu échevelée, les mains sales, le teint grisâtre, le maquillage en cavale. Bref, pas vraiment à mon avantage, mais je me suis échappée d'une opération qui n'est d'ailleurs pas terminée et qui mobilise le service depuis plusieurs jours. Comme d'habitude mon sommeil est capricieux, j'ai dû dormir trois heures depuis le début de cette affaire. Le maître d'hôtel qui me conduit à la table de Pierre Grimblat me jette un regard inquiet. Je ne suis visiblement pas le genre de convive à laquelle il s'attendait. Puis un serveur tente de me débarrasser de mon vêtement. Je résiste sauvagement car, sous mon blouson, j'ai conservé mon arme de service dans l'étui d'épaule. Ce détail n'a pas échappé au serveur qui lance des regards catastrophés à Pierre. Mon compagnon de table ignore ses signaux de détresse, mais lorsqu'il vient prendre la commande le jeune homme en profite pour se pencher vers lui et murmurer quelque chose à son oreille. Pierre se lève et s'éloigne avec le serveur très agité et très inquiet. À son retour, Pierre Grimblat est mort de rire. Il se rassied sans rien dire. Un moment plus tard, je commence à être très agacée par le garçon qui ne me quitte pas des yeux et semble prêt à bondir sur moi dès que j'esquisse le moindre geste. Au dessert, enfin, Pierre Grimblat n'en peut plus, il m'affranchit en riant, me raconte sa conversation avec le serveur.

– La dame qui est avec vous, lui dit celui-ci, dans tous ses états, vous la connaissez ?

– Pas plus que ça, pourquoi ?

– Elle est armée !

– Non ? s'étonne Pierre, faussement catastrophé, vous êtes sûr ?

– Et comment ! Je l'ai vu quand j'ai voulu prendre son blouson. Qu'est-ce que vous croyez que je dois faire ? Appeler la police ?

– Non, surtout pas, mais vous avez bien fait de me prévenir. Tenez-la bien à l'œil !

Je comprends l'attitude du serveur et ses airs de conspirateur. J'ai envie de hurler de rire, mais je me retiens et nous décidons de jouer le jeu jusqu'au bout. Nous avons laissé ce pauvre garçon avec la conviction qu'il avait couru un grand danger et que sa vigilance avait peut-être évité un drame. Il n'a pensé à aucun moment qu'il pouvait être en présence d'un policier, preuve que la place des femmes dans l'institution policière n'est pas encore culturelle.

Mais tout en nous amusant de cet intermède nous avons avancé. J'ai expliqué à Pierre Grimblat mon travail dans les trains, l'étendue de mes compétences, les faits et la délinquance à laquelle nous sommes confrontés sur les réseaux.

– Ah ! dit-il, le voyage, l'aventure. Et c'est tellement beau, une gare.

Je ne le contredis pas, mais je suis bien placée pour savoir que ce n'est pas toujours magique, qu'il y a, par en dessous, des trucs pas beaux du tout. Et puis vient la question rituelle : Pourquoi ce choix de la sécurité des trains ? C'est vrai, c'est une activité méconnue, c'est tout juste si on sait que ça existe puisque pour tout le monde la police c'est Maigret et ses descendants, les « grands flics », la crime et rien d'autre. Enfin, si : Navarro !

– C'est à cause de ma grand-mère, Marie Gare, une enfant trouvée près de la gare de Dijon...

Pierre fond. Quelle belle histoire ! Tellement romanesque ! Quelques jours plus tard, il me convoque. Me demande de lui écrire un projet en quelques pages pour une série. J'ébauche une histoire policière dont l'héroïne sera une femme, une certaine Marie Gare, enfant trouvée par des cheminots dans une gare et devenue commissaire de police pour obéir à ma théorie sur les vocations policières ! On y retrouve Max, mon adjoint, et quelques autres. Pierre est conquis, France 2 aussi. L'aventure de *Quai n° 1* commence.

Parce que un jour, dans une gare de province, une femme abandonna une petite fille dont la vie simple et obscure ne laissa pas supposer un instant qu'elle pût, un jour, faire autant parler d'elle. Et puis aussi parce que l'une de ses arrière-petites-filles se mit en tête d'être flic. Pour elle et pour moi, il était temps que je me mette à sonder l'histoire, à faire revivre un passé dans lequel peut-être je découvrirais pourquoi je suis ce que je suis.

Enquêter, c'est comme une seconde nature chez un flic, le besoin de savoir, de décortiquer la vie des gens, d'aller regarder derrière les miroirs. Au bout d'un certain temps, c'est devenu un réflexe, une manie, une obsession.

En ramenant Marie Gare au premier plan de ma vie, je ne pouvais plus me satisfaire des histoires de ma grand-mère. Albertine nous avait quittés en 1981, trois ans après le père Jules, son mari. J'avais grandi, mûri, l'époque des contes de fées était révolue.

Je partis donc pour Dijon avec ma loupe et mon pendule.

3

À LA RECHERCHE DE MARIE GARE

Toute bonne enquête commence par les archives. C'est dans le passé qu'on lit le présent des gens et parfois leur avenir. Je n'ai pas de méthode, je suis mon instinct.

À Dijon, dans la salle de consultation des archives départementales de la Côte-d'Or, règne un silence recueilli, à peine troublé ici et là par le froissement de papiers fanés et les murmures de la documentaliste répondant aux questions de lecteurs à la recherche d'un morceau de leur passé ou des vestiges d'une histoire oubliée. En attendant mes registres, je contemple le plafond à caissons, la cheminée monumentale au-dessus de laquelle les ducs de Bourgogne Philippe le Bon, Philippe le Hardi, Jean sans Peur et Charles le Téméraire, à la mine renfrognée et aux vêtements austères, m'honorent de leurs regards sévères.

Les documents demandés arrivent, déposés avec indifférence sur un bahut ancien par un lapin de corridor aux mains grises.

J'ouvre le registre des naissances de l'année 1873. Le papier poussiéreux craque, je tourne lentement, avec émotion et respect, les pages recouvertes d'une écriture appliquée à l'encre pâlie. Soudain le nom de Marie Gare me saute au visage. Je suis chamboulée comme si je venais de trouver un trésor millénaire. Projetée dans le temps auprès de ce bébé décrit avec une impitoyable rigueur, j'ai les larmes aux yeux. Je n'ai plus conscience qu'il s'agit d'une vieille dame morte depuis quarante ans, je ne perçois que la détresse d'un petit enfant qui démarre son existence dans les bras d'un commissaire de police entre deux vieux flicards exténués !

Par-devant François Lory, conseiller municipal de la ville de Dijon et, par délégation spéciale, officier d'état civil, le commissaire Grézeau décrit avec minutie l'enfant découvert par ses hommes, les agents Mabille, 51 ans, et Vaudrey, 60 ans, témoins fatigués mais vaillants à qui on n'a pas demandé leur avis. À cette époque on ne prend pas sa retraite à la fleur de l'âge, et la hiérarchie n'est pas trop à cheval sur les heures supplémentaires et les dépassements horaires. Et comme il n'y a pas non plus de syndicats de policiers pour recevoir les doléances... Je lis :

« L'enfant est enveloppé d'une pièce de molleton noir, d'un morceau de linge blanc, d'un piqué marqué " S.L. " Il est vêtu d'une brassière piquée et d'un tricot en coton, une chemise dessous ; coiffé de trois bonnets, le premier garni de bleu et de blanc, les deux autres en percale. Il est enveloppé en outre de morceaux de jupes d'indienne rayée et ouatée. Un paquet trouvé près de l'enfant dans lequel il y avait sept vieilles chemises, sept brassières, dont une en coton, deux vieux drapeaux, un piqué, six bonnets puis plusieurs chiffons.

« Ayant examiné cet enfant, nous avons vu qu'il était de sexe féminin, qu'il pouvait être âgé d'environ deux mois, et qu'à l'exception des objets désignés ci-dessus, il n'existait sur sa personne et sur ses effets rien qui pût indiquer à qui il appartenait ou qu'il eût été présenté à l'officier d'état civil. En conséquence nous l'avons inscrit sous le nom de Gare et les prénoms de Marie, Joséphine, et avons ordonné qu'il fût porté à l'hospice, pour y être soigné comme enfant abandonné. »

Je lis et relis le document, je n'en crois pas mes yeux. La phrase définitive et sans appel m'accroche :

« ... Il n'existait sur sa personne et sur ses effets rien qui pût indiquer à qui il appartenait ou qu'il eût été (sous-entendu précédemment) présenté à l'officier d'état civil. »

Pas d'indications ? Pas d'indices ? Je bondis. Qu'est-ce qu'il leur faut ? Qu'était donc ce commissaire Grézeau ? aveugle ? illettré ? ou tout simplement médiocre policier ? Je réfléchis. On se calme. En 1873, il s'agissait pour ce collègue d'une affaire de pure routine. Les enfants trouvés n'étaient pas rares, l'abandon d'enfant une pratique légale, encouragée même pour éviter les infanticides, a contrario très sévèrement punis du bagne, celui de Nouvelle-Calédonie pour les femmes. Abandonner un nouveau-né n'était pas un acte criminel, mais plutôt, pour l'enfant, une assurance sur la vie. J'accorde donc une demi-indulgence à mon collègue Grézeau !

Puis, d'instinct, je recense quelques indices :

Primo : « L'enfant pouvait être âgé d'environ deux mois. »

Garde-t-on un nouveau-né deux mois sans le déclarer ou le faire baptiser ? Deux mois représentent une bien longue hésitation et il est avéré qu'un abandon a posteriori obéit à des motivations différentes de celui que l'on commet dès l'accouchement accompli. À moins que la mère de Marie Gare n'ait été distraite, occupée ailleurs, malade ou morte – qui sait ? – il y a une chance pour que Marie Gare ait une précédente existence légale, sous une autre identité.

Deuxio : « L'enfant est enveloppé d'une pièce de molleton noir, d'un morceau de linge blanc, d'un piqué marqué " S.L. ". »

Cette dernière précision semble capitale au policier que je suis. Elle ne l'était pas en 1873, la preuve, le commissaire Grézeau ne l'a pas relevée. On peut supposer que la mère ou la personne qui a préparé ou exécuté l'acte matériel d'abandon n'y a pas non plus prêté attention, toujours à cause de la banalité de l'acte. Je rêve : et s'il s'agissait d'un indice volontairement oublié, comme chez nos grands criminels modernes ? Une trace laissée sciemment par une femme en détresse mais qui pose des jalons pour un improbable avenir où elle pourrait retrouver son enfant, le reprendre ? Mais ce n'est pas réaliste.

En toute connaissance de cet indice, Grézeau n'a pas bronché, le fait était donc banal et je suis trop sentimentale...

Tertio : pourquoi tous ces bonnets ? Trois sur la tête. Six dans un paquet à côté d'elle. Des bonnets tous différents, jolis, presque précieux. C'est peut-être là l'origine de la légende sur les riches atours de Marie Gare, les dentelles précieuses dont sa mère l'avait parée juste avant de la jeter sous ce porche obscur.

J'échafaude une hypothèse à partir de ces éléments.

Si Marie Gare est née à Dijon, si elle n'y a pas seulement été abandonnée devant la gare par des voyageurs de passage, je dois retrouver sa trace dans ce grand livre.

Je croise les doigts puis remonte le temps et l'état civil. Des tas de gens défilent, morts depuis belle lurette, une quantité incroyable à quelques jours ou quelques mois à peine. Louise, Amélie Morot, Léon Duplessis... Peut-être qu'un jour, comme moi, une petite fille hantée par ses racines est venue se pencher sur eux, caresser avec tendresse la trace de ces courtes vies. Par précaution, je suis partie du début du mois de juin 1873, l'appréciation empirique de l'âge d'un bébé, surtout par des hommes, étant sujette à caution. Le mois de juin est passé, juillet commence et mon cœur bat plus vite car c'est là que je dois trouver. Las, juillet s'achève, je désespère mais je continue. Août 1873.

J'ai toujours fait preuve d'une grande ténacité. Ma mère, dans les bons jours, disait fièrement que j'avais de la suite dans les idées. Mais le plus souvent mon obstination proche de l'entêtement l'irritait. Un dimanche de Pâques, je devais avoir six ans, une course cycliste traversait le village. Évènement s'il en était. Personne n'avait envie d'y aller – ces courses locales sont d'un total ennui –, le repas de fête trop copieux incitait à la sieste. Moi :

– Je veux aller à la course.

Maman :

– Non, tu es trop petite et personne ne veut t'accompagner.

– Je veux aller à la course.

– Ce n'est pas une distraction de fille. Tu as ta poupée.

– Je veux aller à la course.

Dix minutes après, mon père cédait en soupirant. Je savais qu'il ne pouvait rien me refuser, chaque fois je l'avais à l'usure.

2 août. 3 août. 4 août... Je crois que ça y est, mon rythme cardiaque s'accélère encore et je m'offre, à la lecture du registre, une exclamation de triomphe qui fait sursauter mon voisin le plus proche. Je m'en excuse d'un sourire, mais il a déjà replongé son nez pointu dans ses papiers.

À la cote 702 de l'année 1873, le 4 août, figure une déclaration de naissance, ainsi libellée :

« Devant nous, officier d'état civil, s'est présenté

« Clément Misery, 48 ans, peintre en bâtiment, demeurant à Dijon, rue de la Préfecture, cour du Mouton, lequel nous a déclaré que le 1er août du présent mois, à cinq heures du soir, Aménaïde, Étiennette de Saint-Léger, âgée de 28 ans, chapelière, célibataire, native de Paris et demeurant à Dijon, au domicile du sus-dit, y est accouchée d'un enfant de sexe féminin, qu'il nous présente et qu'il prénomme :

« Étiennette, Alexandrine de SAINT-LÉGER. »

Rien d'autre, pas de mentions marginales, comme si cette petite fille n'avait pas eu de vie ni de mort.

Je répertorie les indices :

– L'âge est presque concordant. Un mois et neuf jours au lieu de deux mois. L'évaluation du commissaire Grézeau n'est pas scientifique, c'est un homme, tous les bébés ne sont pas identiques, et la petite Marie devait être un beau bébé, bien soigné.

– Les initiales « S.L. » – de Saint-Léger – sur le morceau de piqué, c'est presque trop beau pour être vrai. J'ai pourtant du mal à imaginer que, commettant un tel acte, la mère de l'enfant laisse derrière elle un indice aussi gros. Une enquête rapide et la voilà bouclée en vertu de l'article 350 du Code pénal. Mais nous ne sommes qu'en 1873 et la première loi qui punit les abandons d'enfants, plus sévèrement encore quand l'auteur est un ascendant ou une personne ayant autorité, ne date que du 19 avril 1898.

– Dernier indice, les bonnets. Qui fabrique des bonnets ? Une chapelière.

Enfin, un constat : Marie Gare est née d'une femme célibataire. Elle n'a donc pas de père connu.

J'ai été formée à une certaine rigueur qui interdit l'appréciation subjective des indices. Rapporter ici une preuve incontestable de l'identité véritable de Marie Gare est impossible. Mais comme cette intuition ne menace ni la vie ni la liberté de quiconque, j'ai décidé d'y croire. Certes, tout cela ne mène pas très loin. Les recherches généalogiques sont longues et ardues, elles se heurtent souvent à des difficultés de toutes sortes. Elles éclairent sur des origines, rarement sur des faits surtout dans des milieux modestes où l'on n'écrivait pas pour la bonne raison que, à cette époque, on savait rarement écrire. De plus la mémoire vive de la famille ou de l'environnement humain de Marie Gare a quasiment disparu.

En me livrant à un simple calcul mathématique, j'ai situé l'année de naissance de la mère supposée de Marie Gare en 1845. Aménaïde de Saint-Léger est née à Paris dans le IVe arrondissement (ancien). Mais l'Hôtel de Ville, incendié pendant la Commune de Paris, vit s'envoler ses archives en fumée. Par une loi du 12 février 1872, les actes de l'état civil de Paris furent reconstitués et notamment celui d'Aménaïde de Saint-Léger. Il y est écrit qu'elle est née de Sylvain de Saint-Léger, cordonnier, et de Marie-Cécile Métrot, piqueuse de bottines. Ainsi, Marie Gare aurait eu une grand-mère qui s'appelait Métrot ! Quelle lignée ! Après cela, on dira que le déterminisme n'existe pas...

La trace des Saint-Léger se perd du côté de Romorantin et de Blois. J'ai espéré trouver d'autres échos d'Aménaïde de Saint-Léger à Paris mais rien. Où a-t-elle vécu, s'est-elle mariée, a-t-elle eu d'autres enfants ? Où est-elle morte ? Mystère.

Et ce Clément Misery, au fait, qui était-il ? L'amant d'Aménaïde, son patron, un voisin ? Le père de Marie Gare ?

J'ai vainement et inlassablement épluché des dizaines de registres pour retrouver la trace des deux seules personnes dont l'identité écrite sur de vieux papiers indiquait qu'elles avaient été les premiers témoins de l'existence de Marie Gare. Les fichiers n'ont pas livré les secrets d'une histoire qu'un instant j'espérai apprivoiser.

Marie Gare a grandi à Viévigne et on sait peu de chose de son enfance. Elle fut placée dans une famille d'accueil, chez des paysans modestes d'où elle fut retirée à l'âge de neuf ans pour mauvais traitements. C'est ce que dit de manière très sibylline le registre de l'hospice où étaient consignés scrupuleusement les menus incidents de parcours des enfants relevant de sa responsabilité. Entendre par là la liste des vêtements remis deux fois par an à la famille nourricière et les sommes perçues par celle-ci en contrepartie de la nourriture et de l'hébergement. Les enfants de l'Assistance – comme on les appelle encore dans les campagnes où « DDASS » est un mot barbare qui ne signifie rien – étaient malheureusement le prétexte à un apport financier non négligeable si l'on se réfère au niveau moyen de ressources d'un ouvrier agricole employé au jour le jour, sans couverture sociale ni retraite. Ils n'étaient pas très bien traités même s'ils ne l'étaient pas nécessairement mal. La différence était toujours marquée entre eux et les enfants de la maison et ils servaient très tôt de domestiques. Comme ils ne venaient en principe pas de milieux favorisés, leur sort n'était souvent pas pire dans leurs familles d'accueil. Mais ils étaient les têtes de Turc à l'école et considérés comme des guenilleux tant il s'attachait de dévalorisation sociale à la condition d'enfant de l'Assistance.

Le registre de l'hospice ne précise pas de quels mauvais traitements la petite Marie fut victime, mais il fallait qu'ils fussent bien coupables pour qu'en 1882 on songeât à la retirer de cette famille sur la foi du témoignage d'un dénonciateur anonyme confirmé par une inspection en règle sur place. Après trois semaines à l'hospice de Dijon, Marie Gare fut renvoyée à... Viévigne, dans une autre famille où les choses semblèrent se passer normalement. Mais quand on sait que le village comptait alors une centaine d'âmes on imagine ce que dut être le retour de l'enfant. Elle ne parla sans doute jamais à quiconque de cet épisode de son enfance, car toute la famille l'ignorait jusqu'à ce que je le découvre dans les archives de l'Assistance publique. J'ajoute, mais est-ce bien nécessaire, qu'il n'est fait mention nulle part, dans le grand livre de l'administration des hospices, des sommes d'argent envoyées par la mère de Marie Gare. Il s'agissait bien d'une légende créée par Albertine qui ne pouvait se résigner à croire qu'une mère fût capable de laisser tomber son enfant sans remords, sans se retourner. Elle qui aima tant ses petits, qui fut la bonté et la générosité mêmes inventa ce détail de l'histoire de Marie Gare comme une ultime indulgence pour cette grand-mère inconnue, pourtant, je le sais, sans excuse à ses yeux.

Aucune trace non plus de cette fameuse marque royale au genou. Si elle a existé, elle ne fut sans doute, hélas! que le résultat d'une chute ou d'un de ces mauvais traitements dont Marie Gare fut victime.

Elle avait dix-sept ans quand un compagnon vigneron, venu de l'est de la France, s'arrêta à Viévigne avec son frère, tous deux en quête d'un emploi saisonnier. Elle était une jeune fille au physique agréable, de type méditerranéen, de petite taille, un peu ronde, très brune et très myope. Sa myopie était telle qu'elle devait « toucher les objets avec ses yeux » pour les identifier. Elle avait plus de cinquante ans quand un de ses fils, en lui offrant une paire de lunettes, changea sa vie.

Étienne Maîtrejean, dit Célestin, et son frère Alphonse ne repartirent pas. Ils trouvèrent de l'embauche et de l'amour, se marièrent à Viévigne le même jour, le 6 avril 1891, le premier avec Marie Gare, le second avec une autre fille du pays. Marie

Gare, fille mineure dépourvue de parents « dénommés », reçut le consentement à mariage de la commission administrative des hospices de Dijon en tant qu'élève desdits hospices. Elle avait le « gros ventre » à cause de Jules, le premier des huit enfants qu'elle mit au monde tant il est constant que les enfants trouvés compensent leur syndrome d'abandon en s'entourant d'une famille nombreuse.

Pour autant sa vie ne fut pas facile. Étienne-Célestin ne gagnait pas beaucoup et les ressources fluctuaient au gré de l'ouvrage. Homme sage et avisé, il connaissait le latin de messe, chantait à l'église le dimanche, tout en servant de bedeau au curé, et en imposait par une mystérieuse érudition et une philosophie populaire mais solide. Marie Gare fréquenta l'école du village ; elle apprit à lire et à écrire. C'était alors un exploit, les filles n'étant pas destinées a priori à aller « aux écoles », et Marie dut cet avantage à son statut d'élève des hospices qui veillaient à ce que leurs pupilles reçoivent cet élémentaire bagage en compensation de leur détresse d'enfant abandonné. Paradoxal privilège...

Marie Gare passait pour être d'une grande candeur. En témoigne cette anecdote qui suivit de près l'installation de l'électricité à Viévigne, événement s'il en fut, vers 1925. Comme toutes les maisons habitées, celle de Marie Gare en avait été équipée. À quelque temps de là, Hélène, la première de ses filles, seule depuis quelques années et pourvue de quelques économies, décida l'achat d'une petite maison où elle voulait installer ses parents et s'établir plus tard. Célestin, au demeurant ravi, déplora néanmoins que la nouvelle maison ne fût pas dotée de l'électricité, confort auquel il s'était vite habitué. Marie, interloquée par cette remarque, le fixa de ses yeux au regard flou et, haussant les épaules, dit en patois : « Mais que t'es bête, on emmène son ampoule ! »

Les enfants arrivaient les uns après les autres, quatre garçons et trois filles qui dormaient tête-bêche dans un seul lit, quatre à la tête, trois au pied. Cela n'allait pas sans incidents et, souvent, au cours de la nuit, Célestin devait intervenir pour calmer les ardeurs de sa tribu. C'était avant l'électricité et pour économiser les chandelles ou le pétrole il y allait à tâtons et tapait dans le tas avec une badine de cornouiller, sans excès, juste pour rétablir l'ordre.

Dès qu'ils étaient en âge de se débrouiller, les enfants quittaient le cercle de famille. Les garçons étaient ouvriers agricoles, journaliers itinérants qui cherchaient l'ouvrage dans les villages des environs. Quand ils en étaient capables, ils « partaient soldat » et restaient dans l'armée. C'est ce que fit Jules, l'aîné de Marie Gare auquel son grade de capitaine valut une notoriété respectable au village. Les filles étaient placées dans les grosses exploitations où elles tenaient parfois la place d'un homme. À défaut, elles allaient travailler à la ville. Hélène partit la première pour Paris, en train, et on n'a pas idée aujourd'hui de l'exploit que cela représentait. Elle fut placée dans de grandes maisons avant d'entrer au service d'une femme de maharadjah établie dans la capitale et dont elle fut la concierge. Pour boucler la boucle, elle épousa le chauffeur de la maison et chaque année le couple conduisait la dame à Luchon où elle allait prendre les eaux pendant un mois. Puis, à bord de la Rolls ou de la Chrysler, ils se rendaient à Viévigne pour y passer leurs vacances. Ils créaient ainsi un événement exceptionnel qui donnait à la famille un statut somme toute extravagant, la première voiture à moteur n'ayant fait son apparition au village qu'entre 1925 et 1930.

Albertine, ma grand-mère, rejoignit sa sœur à Paris en 1910... par le train, encore. Elle avait quatorze ans et fut placée à son tour comme bonne à tout faire dans de grandes maisons. Elle y passa toute la Grande Guerre, assista au bombardement de Notre-Dame par la grosse Bertha.

Les agents de police la regardaient et disaient : « Qu'est-ce qu'elle a de beaux mollets ! » Les garçons lui couraient après et, pour éviter leurs ardeurs, elle enlevait son tablier blanc. Cette pièce vestimentaire était alors comme un signal brandi : drague autorisée ! Et les bonnes à tout faire passaient pour l'être vraiment, Albertine comme les autres, aux yeux de ces garçons fougueux mais aussi de ses patrons dont elle devait repousser les assauts. Elle quitta un patron trop entreprenant pour un fabricant de chapeaux – un chapelier, comme cette mystérieuse grand-mère que je lui dénichai sans qu'elle en sût jamais rien – un certain Renard du boulevard Raspail. Des années plus tard, elle pouvait encore citer de mémoire toutes les stations de métro de Paris, les noms des rues et des places, et il y avait quelque chose d'hallucinant à l'écouter raconter Paris en trayant ses vaches ou en portant l'eau de vaisselle au cochon, alors que la plupart des gens du village n'étaient pas allés une seule fois dans leur vie ne fût-ce qu'à Dijon. Expédition qui les obligeait à faire huit kilomètres à pied pour attraper un train et les éloignait de chez eux pour une petite semaine.

L'argent qu'elle gagnait était envoyé aux parents, il servait à élever les petits frères et sœurs en leur assurant le minimum vital. Comme sa sœur, Albertine revenait une fois par an à Viévigne pour quelques vacances. Un été, Jules-Eugène Roblet, agriculteur à Viévigne, la demanda en mariage, et elle ne repartit pas. C'était en 1921, elle avait passé dix ans à Paris.

Les autres enfants de Marie Gare vécurent des vies fort honorables jusqu'à des âges avancés, sauf la huitième, Isabelle, venue plus tard et qui mourut dans la petite enfance. Le dernier fils, Albert, vit encore en Lorraine, il a quatre-vingt-cinq ans.

4

LES PETITS-ENFANTS DE MARIE GARE

Un chef en herbe...

Je suis née à Viévigne peu après la mort de Marie Gare que je n'ai par conséquent pas connue. Dans cette campagne austère et rude de Bourgogne, loin de la riche côte vinicole, la petite maison de ma grand-mère Albertine vit naître ma mère, ma tante, mon oncle, mon frère, mes sœurs.

De génération en génération, les femmes accouchaient chez elles, et, quand le moment de la naissance était venu, le père allait chercher le médecin auquel la grand-mère ou une tante tenaient lieu de sage-femme. On éloignait les autres enfants en leur racontant une histoire : les cigognes allaient apporter un petit frère ou une petite sœur ou bien c'était le docteur qui était allé choisir un bébé à l'hôpital, dans une mystérieuse réserve, un genre de magasin relié tout droit avec le ciel... Le lendemain le bébé était là. La mère couchée et alanguie était supposée avoir fait une chute ou attrapé un sale microbe. Mais on voyait bien qu'elle avait perdu son gros ventre. Comme la maison était petite et que tout le monde dormait dans la même chambre, les enfants déchantaient vite quant au bonheur d'avoir un petit frère de plus qui braillait la nuit et devenait soudain, drôle de microbe agité et furieux, le centre de la maison et du village qui défilait devant lui comme devant le petit Jésus.

La maison familiale était une annexe de la ferme où travaillait mon grand-père coincé entre sa mère, ses sœurs, sa femme, ses filles et petites-filles, un des rares hommes de la famille rescapés de la Grande Guerre. Elle avait deux pièces, la maison, *la* chambre pleine de lits et une salle commune, où trônait, dans un angle, la couche des grands-parents, où on mangeait, faisait la cuisine, la lessive, la toilette. Sans confort, sans eau chaude, sans W.-C. et sans télé. Quand il y avait trop de monde dans cette pièce, je jouais sous la table, et, le dimanche matin, nous étions tous priés de quitter les lieux pendant que le grand-père Jules faisait ses ablutions. L'opération, événement hebdomadaire qui forçait le respect, consistait à raser avec un coupe-chou une barbe drue et rebelle sans toucher à la moustache, une belle paire de bacchantes rousses et effilées dans lesquelles s'accrochaient parfois un peu de jaune d'œuf ou quelques brins de tabac gris. Un coup de flotte sur les restes de savon à barbe avec le coin de la serviette, une paire de bleus propres, et le père Jules était prêt à affronter une nouvelle semaine, rose et frais comme un nouveau-né, lui pour qui la douche se prenait en plein champ sous les orages d'été et qui ne s'était plus lavé les pieds depuis le jour de son mariage.

Le père Jules était un « taiseux » qui se mouvait à gestes lents et mesurés et qui pouvait passer des jours entiers sans prononcer une phrase complète. Certains soirs pourtant, échauffé par les quelques chopines éclusées au bistrot du village, il nous refaisait *sa* guerre, les Dardanelles, le maréchal Franchet « Désespéré [1] », sa traversée de la Roumanie à pied. De ce pays il avait conservé le souvenir de quelques mots et une haine sans appel pour les tomates qui abondaient dans les champs et avaient constitué, avec des oignons et quelques boîtes de singe, son unique nourriture pendant des semaines. La Bertine, ma grand-mère, tentait bien de le réduire au silence en des termes pas toujours conformes à la bienséance conjugale, mais il n'en avait cure et, de toute façon, ne se souvenait de rien le lendemain. Je crois que sa mémoire avait bloqué les images et les souvenirs sur cette partie de son existence et les intolérables souffrances qui en étaient résultées. Cette guerre lui prit son frère, un oncle, des cousins et presque tous ses amis. Certains revinrent mais dans quel état ! Après cela, qu'aurait-il pu arriver de pire ? L'autre guerre, l'occupation allemande et ses tragédies l'affectèrent moins durement, même si elle vola leur jeunesse à ses enfants et, accessoirement, faillit tuer mon père. Le Gus avait pris le

1. Franchet d'Esperey, maréchal de France.

maquis dans la région de Dijon, il fut un jour repéré par les Allemands et tiré comme un lapin dans un champ de betteraves. Une balle dans l'omoplate droite qui ressortit sous le bras correspondant et le laissa pour mort au milieu des corbeaux. Recueilli par des braves gens du coin, il faillit y passer pour de bon faute de soins appropriés. Il fallait le conduire à l'hôpital et pour cela franchir les dix kilomètres qui le séparaient de Dijon, passer les barrages allemands. C'est un maquisard astucieux et gonflé qui l'évacua dans le... corbillard de la commune.

Il fut soigné et sauvé, heureusement pour maman qui l'attendait et pour nous, ses enfants, qui n'étions pas encore là. Il aurait dû savoir, le Gus, qu'on n'échappe pas aussi facilement à ses racines, ni à Viévigne.

La maison de Viévigne, c'était le bonheur. Je rêve encore souvent d'une maison qui lui ressemble avec des chambres pleines de lits et, derrière, un jardin de curé comme celui de ma grand-mère. Elle y cultivait un fouillis magique de plantes dont elle faisait des décoctions et des macérations pour toutes les maladies et les bobos de la création. Elle prétendait qu'il y avait trois éléments indispensables dans un jardin : le sureau qui purifie tout, le lis blanc dont l'oignon cicatrise les plaies et... un homme pour bêcher ! Dans mon rêve, je redécouvre inlassablement ces lieux tant aimés comme trop longtemps abandonnés. Il y manque toujours quelqu'un : Albertine, Jules, le chien Sultan..., les chats recueillis qui buvaient du lait dans des assiettes en porcelaine, les oiseaux nus que nous dénichions et qu'Albertine nourrissait de vin sucré à l'aide d'un compte-gouttes jusqu'à ce qu'ils soient en état de s'envoler. Certains revenaient, incapables de quitter leur mère nourricière et cette maison si chaude.

Quand j'eus quatre ans, mon père nous emmena habiter, maman et moi, à vingt-cinq kilomètres de Viévigne, de l'autre côté de Dijon. Une distance insurmontable pour ma mère qui avait bien du mal à couper le cordon avec la sienne.

Le début des années cinquante et la crise du logement nous contraignirent à nous installer dans une maison si petite que mes parents durent laisser mon frère aîné à Viévigne. Petit veinard ! Enfin je ne me plains pas, la petite maison sans confort de Plombières-lès-Dijon régnait sur un jardin, immense dans mon souvenir, avec un verger croulant sous les fruits, mais interdit par le propriétaire qui en conservait la jouissance pleine et entière. Ce qui veut dire que les fruits pourrissaient sur les arbres sans que nous ayons le droit d'y toucher, son interdit se doublant de celui de papa dont l'honnêteté pointilleuse n'aurait pas souffert la moindre entorse à la règle.

Bien sûr il fallait aller chercher l'eau avec des seaux au fond de ce jardin que nous avions tout juste le droit de traverser, bien sûr la cave et la maison elle-même étaient infestées de rats à cause d'un marchand de primeurs qui avait son dépôt juste à côté. Un trouble de voisinage qui s'ajoutait à celui de la scierie qui nous réveillait à l'aube mais où je vécus des moments inoubliables, le dimanche et en l'absence des ouvriers, à bricoler avec le fils du patron, un abominable gosse asthmatique et capricieux.

Bien sûr la route nationale n'était pas loin et mes parents ne dormirent pas de trois semaines à cause des trains. Ah ! oui, cette fameuse ligne PLM qui reliait Dijon à Paris et où était peut-être passé, un jour de septembre 1873, le convoi emportant la mère d'une petite Marie qu'elle venait d'abandonner...

La ligne passait quasiment au-dessus de nos têtes, les trains approchaient en grondant puis fracassaient le silence avant d'aller se perdre dans les courbes accidentées de la vallée de l'Ouche. Je ne me souviens pas que cela m'eût gênée le moins du monde, j'ai vécu là huit années sans y penser, mais mon subconscient devait les entendre et j'aime à croire qu'ils furent un lien entre la légende de Marie Gare et la suite de ma vie. J'ai rêvé des heures entières, accoudée au muret de pierre qui surplombait la voie ferrée tandis que mon père y cultivait un bout de jardin, à cinq cents mètres de la maison. On montait par un chemin en zigzag qu'on appelait l'escargot, la pente était raide, mais papa me portait sur ses épaules, je voyais le monde de haut, comme les grands, et avec lui j'étais invincible. Là, le fracas des trains me tordait les boyaux, leur défilement fulgurant me donnait le vertige, je rêvais de partir à leur bord pour habiter dans une grande maison où j'aurais *ma* chambre. Car, dans l'espace confiné de la petite maison du chemin du Vallon, mon lit-cage touchait presque celui de mes parents. Le berceau de Nénène, de six ans ma cadette et qui avait toujours un pet de travers ou mal aux dents, grinçait des heures durant, agité par ma mère exténuée qui utilisait des ruses de Sioux pour s'interrompre lorsqu'elle supposait la petite endormie. Mais l'arrêt du bercement et de l'insupportable grincement réveillait la petite peste qui se remettait à chouiner : « Glingue, maman, glingue ! »

J'ai eu des institutrices merveilleuses. La toute première s'appelait Mme Poulet... C'est la vérité, je le jure ! Je raffolais de l'école, je ne supportais pas l'idée de ne pas être la première, de ne pas avoir dix sur dix partout. J'étais sage, pas du tout garçon manqué, je ne jouais pas aux gendarmes et aux voleurs, ni aux cow-boys et aux Indiens avec les garçons. Je fabriquais des vêtements pour mon unique poupée ; à six ans je voulais devenir couturière. Je rêvais de danser aussi, et d'apprendre le piano. J'aimais tellement la danse que, l'été, j'organisais des spectacles dans la grange de ma grand-mère. J'essayais de faire danser mes cousines et des filles du village, mais elles manquaient de motivation et Albertine disait que, quand nous levions la jambe, j'étais la seule à qui l'on voyait la culotte ! Faute de musique je chantais ; il n'y avait pas de tourne-disque à Viévigne, pas même la radio. Pour le piano, ce fut raté, les cours et les pianos coûtaient trop cher. J'ai réalisé mon rêve sur le coup de la trentaine. J'ai joué Bach, Chopin, Satie, je joue moins souvent mais maintenant j'ai un piano dans chaque maison.

J'aimais les jeux solitaires, jongler, sauter à la corde des heures durant jusqu'à tomber d'épuisement. Et lire, bien entendu.

Je faisais mes devoirs dans la minuscule cuisine, sur la table poussée, faute de place, contre la fenêtre, à côté de maman qui épluchait les légumes pour la soupe ou faisait sa toilette. Mes cahiers n'eurent jamais une tache et je fus toujours la première de ma classe. C'est l'exiguïté des lieux qui me donna l'habitude d'écouter la radio en étudiant ou en lisant. Zappy Max, « La Famille Duraton », « 42, rue Courte », « Le Théâtre Omo » se mêlaient à la vie des Romains et à mes premières équations. Geneviève Tabouy, le dimanche, annonçait les dernières nouvelles de demain à l'heure de l'incontournable pot-au-feu et juste avant la promenade au bord du canal. Aujourd'hui encore, et même quand j'écris des romans à l'énigme compliquée, j'ai besoin de mouvement et de bruit autour de moi, de la radio ou, sacrifice aux temps modernes, de la télévision.

Papa enseignait à l'École des sports de la police, dans une grande caserne qui hébergeait aussi la CRS 40. Il m'emmenait avec lui le jeudi ou le samedi quand il n'y avait pas école. Petite, je chantais *Loulou*, debout sur les tables du réfectoire, plus grande j'allais faire de la gymnastique avec Dudu ou Nénesse, du judo avec Tony et, quand je suis arrivée dans la grande maison, beaucoup de policiers me connaissaient déjà. Mon père obtint son diplôme de professeur de judo en 1954 et c'est avec Marcel Avril, un autre mordu d'arts martiaux, que lui vint l'idée d'adapter les techniques de défense aux besoins des policiers. Ils créèrent en 1961 une méthode de self-défense encore enseignée aujourd'hui – bien que modernisée – et, sur les photos qui illustrent les cours, l'un des deux hommes est mon père, le Gus. Pour les besoins des démonstrations et des photos, Marcel Avril fait le flic, lui le voyou.

Quand je suis arrivée dans la grande maison, on savait que j'étais la fille « à Gus Denis », qui a davantage foulé les tatamis que le bitume et plus souvent courbé son échine torturée par les chutes sur les « techniques de défense adaptées aux personnels de police » que sur des machines à écrire. J'appris la self-défense avec sa méthode et avec lui, et Dieu que j'en fus fière !

Il m'a enseigné bien des choses, papa Gus, au cours de ces soirées où, docile bien qu'à moitié endormie, je lui servais de cobaye tandis qu'il répétait inlassablement ses cours de self-defence ou de secourisme, mais sûrement pas le goût pour cette police d'enquête pour laquelle j'éprouve, aujourd'hui encore, une formidable passion.

À dix ans, je frémissais à la lecture des aventures d'Alice détective. Élève studieuse et passionnée par l'étude, j'arrivais à en oublier l'heure de l'école.

À douze ans, j'écrivais dans des cahiers d'écolier les mystères que j'inventais la nuit et grâce auxquels je finissais par frissonner de trouille sous mes couvertures.

À quinze ans, je piquais à mon père ses *San Antonio*, pour les lire en douce. Le langage de l'auteur, ses délires, que je décryptais toute seule, petit à petit, m'enchantaient tout autant que le suspense. Je pris même l'habitude de parler et d'écrire comme lui.

Je n'imaginais pas qu'un jour j'entrerais de plain-pied dans ce suspense, que ce serait à la fois si différent et tellement plus passionnant, moins ludique et plus drôle à la fois. Vivant, quoi.

L'école m'occupait alors tout entière, je reçus même le prix de la meilleure élève de la ville. Je ne détestais pas Plombières-lès-Dijon mais je crois que, comme maman semblait toujours n'y être que de passage, je ne m'y installais pas non plus. Notre pays, mon pays, c'était ailleurs... C'était Viévigne.

Quand les vacances arrivaient et dès la première heure, parfois même avant, nous filions là-bas. Mon père se payait le luxe d'une moto, une 125 Peugeot sur laquelle il nous embarquait maman et moi, elle derrière lui, cramponnée à sa taille, moi devant, à califourchon sur le réservoir, un bonnet d'aviateur en cuir doublé de mouton sur la tête et, pour me protéger du vent, une visière en mica. Le mica ! Quand il sortait du placard avec tout l'attirail de moto, quelle fête ! Les mains serrées sur le guidon, je frissonnais d'excitation, parfois de froid, le souffle coupé par le vent de la vitesse, mais je n'aurais pas cédé ma place pour un jambon [1] !

Nous quittâmes Plombières en 1959, juste comme je faisais ma communion solennelle et entrais au lycée. Mes parents s'étaient endettés pour construire une maison dans un quartier neuf de Dijon. Enfin j'avais ma chambre ! Même si le premier hiver nous obligea à nous replier tous dans la salle à manger puisque, dans cette ville de l'Est, où le thermomètre descend couramment à moins dix ou moins quinze degrés, l'État, pour accorder la prime au logement, interdisait l'installation du chauffage central, considéré comme un luxe prohibé. Naïfs, mes parents avaient cru que le poêle à bois qui chauffait les deux minuscules pièces de la maison de Plombières conviendrait aux deux étages de celle de Dijon. Il

1. Expression viévignoise.

gelait dans les chambres, les lits redescendirent au rez-de-chaussée, l'entassement recommençait, mais on savait que c'était provisoire et qu'est-ce qu'on a pris comme fous rires, empilés dans la salle à manger !

En dépit de cet emménagement à Dijon, qui facilitait la fréquentation de nos lycées respectifs en raccourcissant d'interminables trajets quotidiens, mes parents ne furent jamais des citadins. Jamais de sorties, de cinéma, de théâtre, de restaurant, faute de moyens et faute d'y trouver de l'intérêt ou du plaisir.

S'il quitta Viévigne pour aller enseigner le judo aux policiers, mon père prit soin de ne pas s'en éloigner tout à fait : il avait épousé la fille de son ancien patron et ses propres parents y vivaient aussi. Après avoir vécu près d'une basse-cour, ma mère fut donc femme de poulet avant de devenir mère poule de quatre poussins dont deux devinrent poulets à leur tour... Deux sur quatre, ce n'est pas si mal. Quelque chose me dit que nous sommes, mon frère Hubert, brigadier-chef de CRS, et moi, après mon père, une erreur de la nature, une parenthèse, puisque ni nos sœurs ni nos enfants ne semblent avoir la moindre disposition pour le métier. Nos petits-enfants peut-être... ou ma petite Marie, dix-huit ans déjà et qui, comme sa mère, rêve de faire le monde meilleur.

En tout cas la seule idée de changer l'ordonnancement tranquille de leur vie et le cours d'immuables habitudes terrorisait mes parents, surtout ma mère dont l'horizon était Viévigne et rien d'autre. J'en ai parfois souffert, moi qui rêvais de découvertes et d'aventures dès la petite enfance.

À chaque rentrée scolaire, les élèves étaient invitées à parler de leurs vacances et moi, je n'avais jamais rien à dire que Viévigne, Viévigne, encore Viévigne. Un jour, j'avais neuf ou dix ans et, dans un brusque et incontrôlable élan, je m'entendis mentir. J'étais allée au bord de la mer. J'étais pâle comme une endive, et ma maîtresse d'école qui savait à quoi s'en tenir quant aux déplacements de la famille commença à me poser quelques questions. Je m'embrouillai, rougis, bafouillai. Elle n'était pas perverse, elle eut pitié et cessa vite de me torturer. Pourtant elle me retint à la fin de la classe. Au supplice, je fus incapable d'expliquer pourquoi j'avais commis ce mensonge stupide, moi qui mentais si mal. Que l'on se rassure, depuis, j'ai appris.

Je n'ai jamais raconté cette mésaventure à mes parents, je ne sais pas s'ils auraient compris pourquoi j'avais inventé cette fable.

Les seuls voyages qu'ils entreprirent nous conduisirent à Cannes-Écluse, deux années de suite, dans un château que venait d'acquérir le ministère de l'Intérieur pour y installer l'École nationale des sports de la police et le site d'entraînement des chiens de police. En 1963, l'école de Plombières-lès-Dijon où mon père enseignait les arts martiaux aux policiers depuis presque vingt ans était délocalisée ! Outre le drame que cela représentait pour la famille – déménager, changer d'école, de lycée, de maison, s'éloigner, horreur absolue, de Viévigne ! –, de tous les moniteurs, mon père était « puni » le premier et prenait une permanence sur place pendant le mois d'août. Il nous embarquait dans l'aventure et mes seize ans rechignaient, mais c'était ainsi et il n'était pas question de discuter puisque, de toute façon, c'était cela ou Viévigne... Moi qui aspirais à découvrir des lieux nouveaux, à connaître le vaste monde, de quoi pouvais-je me plaindre ?

Ce premier été au château me laisse un souvenir mitigé. Cannes-Écluse est un village du fin fond de la Seine-et-Marne, à cent kilomètres de Paris. Son seul titre de gloire est ce château du XIXe siècle perdu au milieu des champs de betteraves. Nous y passâmes, mes parents, ma sœur Nénène et moi, tout un mois, seuls dans ces pièces immenses et vides où nous déambulions la journée, désœuvrés. Le soir venu, nous regardions la télévision dans une salle vide et glaciale puis nous filions nous coucher en rasant les murs pour ne pas entendre le vent mugir dans les couloirs et craquer les murs de la vieille bâtisse qui nous fichait la frousse. Dire que je m'y ennuyais serait un euphémisme hardi. Il plut sans arrêt et l'Yonne, rivière irréprochable au demeurant, ne nous offrit que le spectacle désolé de ses rives grises et spongieuses. Pourtant, j'en garde, d'une certaine manière, un souvenir ébloui. En effet, le château était encore en l'état de son acquisition et disposait, dans une véranda située sur l'arrière, d'une réserve extraordinaire de livres. Il y en avait partout, dans des caisses, à même le sol, sur les rares meubles, sur des chaises. D'où venaient-ils ? Qui les avait laissés là ? Je me suis souvent demandé par la suite ce qu'ils étaient devenus. Je lisais du matin au soir, jusqu'à l'enivrement, jusqu'à la nausée ; étalée dans une vieille chaise longue de rotin, je ne sais plus ce que je lisais car il y avait de tout, dans des genres très variés, mais peu m'importait. J'assouvissais ma passion pour les livres, c'était devenu comme une toxicomanie, l'appel irrésistible des vieux cuirs, de l'odeur d'encre fanée et de papier jauni. Je traîne cette fascination depuis l'enfance et, dans un livre, j'aime à égalité le contenant et le contenu. Avant d'en commencer un, j'enfouis mon nez dedans, je le caresse, l'apprivoise, le tourne et le retourne, comme un chat qui cherche la bonne position avant de s'endormir dans son panier. Puis la délectation commence et j'ai toujours le même regret de voir petit à petit s'inverser le volume des pages lues et celui des pages à lire. Parfois la délectation tourne court et j'abandonne à son destin un livre qui n'a pas su me plaire d'emblée. Ceux que j'aime, je les lis plusieurs fois, toujours.

À Viévigne, le livre n'était pas un produit de consommation courante. Je crois même qu'il n'y en avait pas à la maison et, si mon père lisait parfois des polars, je n'ai pas le souvenir d'avoir jamais vu ma mère un livre à la main. Faute de choix, je lisais tout ce qui me tombait sous les yeux et j'obtins *mes* premiers livres à l'occasion des distributions de prix ou à l'arbre de Noël de la police. Entre ces manifestations je relisais indéfiniment mes deux ou trois livres et ceux que la bibliothèque de l'école me prêtait. Je connaissais par cœur les aventures de Buffalo Bill, pleurais à chaque relecture des *Orphelins de Simitra* ou de *David Copperfield* et frissonnais de l'audace d'*Alice détective*. Aujourd'hui, les livres s'empilent sur ma table de nuit, la maison en est pleine, j'en ai besoin, il me les faut, je ne peux m'endormir sans lire et si je vais quelque part je suis capable d'oublier des objets essentiels – ma brosse à dents, mes chaussures – mais je ne suis jamais, jamais, partie sans un livre.

Je me souviens d'un séjour chez une tante, pas loin de Viévigne, où il était interdit de lire le soir. Je dormais avec ma cousine, et sa mère voyait notre fenêtre éclairée depuis sa propre chambre. Coincées, nous transgressions l'interdit avec des lampes de poche sous les draps, petite astuce bien connue des potaches. Mais notre chambre était située sous le grenier à foin et, attirées par la lumière de nos loupiotes, des araignées par dizaines nous dégringolaient dessus, chatouillaient nos mains avant de s'égarer sous les draps. Ma cousine contenait à grand-peine des hurlements horrifiés ; stoïque, je continuais à lire malgré mes difficultés à surmonter mon dégoût.

Le deuxième été à Cannes-Écluse, tout avait changé. Les livres avaient disparu, les lieux s'étaient transformés, les équipes renforcées. La civilisation s'était installée, il y eut même du soleil. Comme il n'était plus seul à assurer la garde du château, mon père prit le temps de nous promener dans la région à bord de sa 403 Peugeot. Nous visitâmes Versailles, Fontainebleau, Orly, un dimanche, et Moret-sur-Loing... mais nous n'allâmes quand même pas jusqu'à Paris, sous prétexte que maman était enceinte. La petite Hélène s'annonçait pour décembre et elle fut sans doute la conséquence directe d'un choix familial qui, après de longs et douloureux débats, conduisit mon père à rejoindre Cannes-Écluse pour son travail sans y faire suivre le reste de la famille. Il fit le voyage à Dijon toutes les deux semaines, rejoignant ainsi le long cortège des fonctionnaires étiquetés sous le nom de « célibataires géographiques » et en attendant une mutation à Dijon.

Quand il y revint, deux ans après, sans doute pour le remercier d'une carrière irréprochable, on l'affecta à la compagnie de circulation. Sa belle prestance y était peut-être pour quelque chose, mais il apprécia assez peu cette sollicitude suspecte. Il faut reconnaître que finir sa carrière dans une Cocotte-minute [1] est un bien triste sort pour un poulet...

Je fréquentais le lycée Marcelle-Pardé, un lycée de jeunes filles où les élèves portaient toutes une blouse de couleur bise et des collants, par temps chaud et par temps froid, car les jambes nues et les pantalons étaient interdits. Comme les chaussettes blanches et les gants blancs qui étaient supposés

1. En jargon policier : sorte de promontoire en métal placé dans les carrefours et dans lequel s'installait le policier chargé de réguler la circulation pour être vu de loin.

attirer les regards masculins ! Les seuls événements importants qui marquèrent ma scolarité secondaire furent l'arrivée dans une classe de quatrième de deux malheureux garçons parachutés d'on ne savait où et traités comme des phénomènes de foire. Le lycée comptait deux mille filles, j'étais en seconde. On me prêtait un goût prononcé pour la solitude, la plupart du temps attribué à une timidité excessive dont chacun sait qu'elle n'est qu'une forme déguisée de l'orgueil. Mais je n'avais guère le choix. En dehors de Viévigne où tout – ou presque – était possible, les parents n'étaient pas très permissifs. Pas de ces bataillons de copines dont nos enfants s'entourent aujourd'hui, encore moins de copains, la communication entre les garçons et les filles étant alors régie par une règle unique : néant. Interdit sauf pour la bonne cause, sinon, qu'auraient pensé les gens ?

Les gens ! Cette race effrayante et sournoise, que n'avons-nous fait pour la préserver de se mêler de nos vies, de nos rêves ! Mensonges, plans tordus pour voler un peu de cette liberté qu'en 68 on nous jeta, de guerre lasse, dans les jambes, comme pour nous mettre au défi d'utiliser un appareil complexe sans nous livrer le mode d'emploi.

Au lycée, il y eut aussi l'effondrement du plafond de la salle de couture au moment où ma classe en sortait. L'établissement était vétuste, personne ne fut blessé, mais ce fut de justesse, et je ne fis plus jamais de couture au lycée. Le cours fut remplacé par une heure de chant. J'adorais chanter, j'avais une voix pure de soprano et je faisais toujours la soliste. *Mon bel ange va dormir, dans son nid l'oiseau va se blottir...*

Nous vécûmes l'arrivée des rapatriés d'Algérie, leur dénuement et ce que je considérais comme leur incroyable culot qui leur permit de survivre. Je suis sûre que mes parents et moi serions morts si nous avions dû partir de l'autre côté de la mer, loin de nos racines, en abandonnant tout. Eux, trois mois après, étaient chez eux, ils prenaient le dessus, la tête de la classe, les choses en main. Formidablement vivants.

La fin de ma scolarité secondaire fut douloureuse et ponctuée d'un échec au bac. Un ratage indécent, anachronique après un parcours sans faute, une remise en question pénible, une peur névrotique de l'échec qui m'y conduisit tout droit.

Au départ de mon père pour l'école de Cannes-Écluse, j'avais entamé un régime pour perdre mes infimes rondeurs d'adolescente. Enfin, c'est ce que je croyais. Mais, sans m'en douter, je m'engageais dans une longue période d'anorexie qui me rendit profondément malheureuse et gâcha mon passage de l'enfance à l'âge adulte. Mes parents s'affolaient de me voir refuser la nourriture. Pour eux qui avaient vécu la guerre et les privations, que la modestie de leur condition, de leurs ressources et leurs quatre enfants maintenaient aux premiers niveaux de la pyramide de Maslow, ce refus était d'autant plus sacrilège qu'il m'arrivait parfois de jeter les aliments après avoir fait semblant de les ingurgiter. J'y déployais une habileté diabolique et cette préoccupation alimentaire à contretemps était devenue obsessionnelle. Ma seule préoccupation et presque ma seule occupation. Qu'inventer pour ne pas manger ? Mal au ventre, mal digéré, cours de gym... Et une hyperactivité qui me jetait hors de mon lit à l'aube pour faire le ménage, les courses, la cuisine, des gâteaux dont je ne goûtais pas une miette – quelle horreur ! – jusqu'au soir où je m'imposais une heure d'exercices physiques. La tête me tournait, mes jambes flageolaient, le décharnement spectaculaire de mon corps me ravissait. Je mourais de faim, je ne tenais pas debout, je m'endormais en cours parfois, épuisée par les longues nuits de veille que je m'infligeais, fantôme squelettique en route vers une mort que jamais, au grand jamais, je n'ai explicitement évoquée.

Nous étions deux filles anorexiques dans cette classe de terminale, l'autre s'appelait Anne-Marie. Elle était dans un état pire que le mien car il m'arrivait parfois d'avoir un sursaut, de me remettre à manger un peu ou de le faire en cachette quand je sentais que j'allais trop loin. Elle non. Nous la voyions arriver, toujours accompagnée, ombre livide qui ne pouvait pas marcher seule et qui tombait, parfois, en pleine classe. Un jour, on l'emmena à l'hôpital et elle n'en ressortit pas vivante. Sa mort me consterna sans doute plus encore que les autres filles de la classe, elle me renvoyait à ma propre existence, m'obligeant à choisir entre mourir ou accepter d'entrer enfin dans le monde des adultes.

Cette année-là fut l'amorce timide de mon retour dans le

monde. Je commençai à sortir d'un engourdissement profond, d'un cul-de-basse-fosse où je dépérissais de froid et de faim. Après cette longue absence, les sons, les odeurs, les couleurs revenaient, l'envie d'être amoureuse aussi, de séduire, de plaire. La vie, quoi. La foi en moi-même que j'avais perdue de vue tout ce temps.

Pour vivre, je devais secouer l'ennui, partir, décoller mes ailes et les laisser se déployer.

Viévigne, berceau de la famille construit par Marie Gare, l'école, les vacances, les premières amours, les naissances, les mariages, les enterrements, une villégiature obligée. Dijon-Viévigne, Viévigne-Dijon... et on recommence. À dix-huit ans, je n'avais encore jamais quitté le cercle étroit dont Dijon était le centre, ou si peu. Je repassai et réussis mon bac avec mention et décidai de quitter la famille.

J'étais à l'âge où les vocations classiques cèdent devant le besoin impérieux de se rendre utile. Après la couture, l'enseignement, le droit, je me mis à tourner autour des métiers de dévouement aux autres : juge pour enfants, assistante sociale, ergothérapeuthe, psychologue. Je me sentais l'âme d'une girl-scout mâtinée de mère Teresa qui voulait sauver le monde, réinventer le don de soi, exorciser la douleur et le malheur. Tout refaire. J'avais des idées bien précises que j'avais cultivées en philo et Freud n'y était pas pour rien. La psychanalyse était une science trop abstraite, les études à entreprendre longues et chères. Mes parents ne se mêlaient pas de mes choix, pas assez sans doute. Je me sentais comme une herbe folle qui se meut au gré du vent, sur un terrain fertile mais en friche. Personne ne pouvait m'expliquer quel était le bon côté du vent, la seule contrainte qui valait à la maison étant d'ordre financier. Je pouvais faire ce que je voulais à condition que je sois capable de me prendre en charge. J'entrepris finalement une formation d'éducatrice spécialisée qui me donnait doublement bonne conscience : j'entrais dans le concret d'un métier de dévouement et les études étaient subventionnées sous la forme de stages rémunérés.

Je partis pour une première année dans un centre médico-pédagogique. Une année dans un château du fin fond de la

Côte-d'Or, microcosme éducatif « ravitaillé par les corbeaux » où le plus petit événement quotidien prenait des allures de tragédie. Les enfants étaient des déficients mentaux issus des familles de mineurs du bassin de Montceau-les-Mines. Quand ils arrivaient au centre, terriblement perturbés, caractériels, ils avaient pour la plupart vécu des horreurs au cours des premières années de leur vie. L'alcoolisme du père, sa violence, les mauvais traitements, les agressions sexuelles, la prostitution plus ou moins institutionnelle de la mère, des sœurs, la délinquance des grands frères. Ils connaissaient déjà, à sept ou huit ans, le pire de la vie.

Luc avait assisté au suicide de son père, en pleine crise d'éthylisme, devant ses dix enfants et leur mère tout aussi alcoolique. Luc se suicidait une ou deux fois par mois, à l'aide de bouts de verre ou de ferraille avec lesquels il s'entaillait les bras, le cou, le visage. Ou alors il grimpait sur les murs du château en menaçant de se jeter dans le vide ou dans l'étang. Il fallait le surveiller sans cesse, mais sans en avoir l'air, car il cherchait à mobiliser l'attention sur lui et il devait, pour sortir de son enfermement terrible, s'accommoder du groupe, se socialiser. Il était attachant, plutôt intelligent, mais, dès que je lui donnais un peu plus qu'aux autres, même trois fois rien, un geste, un mot, le droit de tenir ma main pendant la promenade, il devenait tyrannique, se comportait comme un mari jaloux. Il criait, boudait. Puis il sombrait tout aussi brutalement dans une profonde dépression et se suicidait... Drôle de petit bonhomme qui racontait des histoires scabreuses et se moquait de ma naïveté.

Gérald et Georges, des jumeaux identiques et superbes, vivaient dans une bulle fusionnelle, un peu fourbes, sans aspérités, hors d'atteinte. Un jour, l'un des deux se blessa et dut être hospitalisé. L'autre hurla une journée entière, cherchant son frère dans les couloirs, dans le parc du château. Il comprenait ce qui était arrivé à son frère, mais il ne pouvait admettre la séparation, et aucun mot ne franchissait la barrière de son désespoir. Pendant la nuit, il réussit à tromper la vigilance de l'éducateur de garde et quitta le château. Un paysan le retrouva trois jours plus tard, dans les bois, à moitié gelé et affamé, hagard, répétant sans fin le nom de son frère.

Et puis il y avait les autres, les doux et les terribles, les inhibés et les impulsifs, les « grands » que le sexe travaillait méchamment. Les gardes de nuit où je ne fermais pas l'œil, sursautant au moindre craquement des parquets. Raide d'appréhension derrière ma porte verrouillée, j'entendais déambuler le directeur du centre qui faisait les rondes à ma place. Je n'avais pas vingt ans, les grands avaient presque mon âge, le haut de la cloison était vitré, et je savais, j'en ai surpris un une fois, qu'ils venaient m'épier de là-haut après le passage du directeur. Je trouvais des bouquets de fleurs devant la porte de ma chambre, des mots doux, mais je surprenais aussi des regards en dessous. L'un d'entre eux était une sorte de géant avec une tête de brute, il était sous calmants en continu, sinon ses pulsions débordaient et, le soir devant la télé, il se masturbait en bavant. Il me terrorisait. Les tensions qui agitaient ces garçons étaient si palpables que seuls les grandes marches ou les exercices physiques violents les apaisaient. Je m'épuisais avec le sentiment que rien ne pouvait améliorer leur état, endiguer ces pulsions effrayantes, canaliser cette énergie anarchique. Comme Géronte, je me demandais ce que j'étais venue faire dans ce château-galère. Je me sentais impuissante et cela me faisait mal, contrairement aux autres éducateurs plus âgés qui semblaient s'accommoder mieux que moi de ce constat. Le groupe éducatif, agité par les histoires habituelles de jalousie, de tromperie, de coups tordus – nous eûmes même droit, en plein repas, à l'arrestation d'un des instituteurs accusé de pédophilie par plusieurs enfants – semblait vivre normalement au milieu de ces enfants agités, délabrés, foutus avant d'avoir vécu. Pas moi. J'étais sûrement trop jeune pour encaisser et injuste envers eux, mais je me rendais compte que je me fourvoyais.

À présent je crois vraiment que pour faire ce métier il faut avoir un peu plus de bouteille que je n'en avais, être posé dans la vie, avoir ses repères, ses garde-fous, un homme, des enfants, une ancre qui vous empêche de dériver. J'ai passé une année dans ce château à me demander ce que je pouvais faire de plus pour ces enfants qui m'obsédaient même pendant mes jours de congés. Mon père faisait chaque semaine le trajet pour venir me sortir du centre et m'y ramener, et, sans lui, je ne crois pas que j'aurais tenu le coup. J'en rêvais toutes les nuits, je n'arrivais plus à m'amuser, à sortir avec les gens de mon âge. Pourtant l'année passa, plutôt bien sur la fin. J'avais changé de groupe, les plus petits étant les pires parce que récupérés dans leur milieu à l'état brut. J'avais hérité des « moyens » qui après deux ans dans le centre et avant l'âge difficile de la puberté étaient des gosses à peu près supportables. Je me liai d'amitié avec le fils du directeur, mon stage fut jugé positif, j'obtins une excellente note et je décidai de continuer.

Je passai l'année suivante, 1968, sur le campus de l'université de Dijon, une année tourmentée s'il en fut. Tous les rivets pétaient, les barrages prenaient l'eau, l'autorité des adultes se fissurait. Enfin nous l'avions, notre révolution ! La maison paternelle était à quelques centaines de mètres de l'école d'éducateurs, mais je n'y vivais plus. Ce temps-là était révolu.

J'ai eu l'impression de brûler la chandelle de 1968 par tous les bouts. Je me gavais de tout ce dont j'avais été privée entre mes années d'anorexie et mon année au château. Sorties, concerts, boîtes de nuit... À la moindre occasion, je partais avec des copains, à l'aventure. Bien qu'encore mineure, je disposais brusquement d'une totale indépendance : puisque je pouvais me prendre en charge financièrement, j'étais émancipée de fait.

Mai fut bien sûr le clou de 1968 et avec un copain de troisième année je partis pour Paris en 2 CV. Tout était en grève et Dijon d'un ennui mortel. Nos manifs étaient loin de celles dont j'écoutais les comptes rendus, l'oreille collée à mon transistor. De plus, je n'étais jamais sûre de ne pas me retrouver nez à nez avec mon père, ou chacun d'un côté d'une barricade... Papa désapprouvait tout ce « cirque » bien entendu, et moi, qui n'étais pas à une provocation près, il m'avait promis de me « boucler » s'il me trouvait là où je ne devais pas être.

Cela faillit arriver un soir où je collais des affiches sur les murs de la PJ, avec deux autres élèves éducateurs pour le compte de ne je sais plus quel groupuscule depuis longtemps disparu et oublié. Le seul intérêt du moment était qu'il fût de gauche. Ma culture politique tenait sur un timbre-poste, mais j'apprenais vite et j'approuvais les idées généreuses de la gauche car elles collaient à ma façon d'envisager la vie. Je refusais d'entrer dans les clivages, les nuances, la lutte pour le pouvoir, la politique, quoi. Et, je l'avoue, le côté ludique prévalait, on se marrait bien tout en se donnant le frisson au cours d'affrontements pas toujours inoffensifs avec ceux que nous haïssions le plus au monde : l'extrême droite, Occident... Pour beaucoup, des étudiants de la fac de droit, des petits-bourgeois bon chic, bon genre.

Ainsi, nous voici collés au mur, comme nos affichettes, bras et jambes écartés. Les gardiens de la paix, jaillis comme des diables d'on ne sait où, nous font d'abord démonter nos collages avant que la colle ne sèche puis exigent nos papiers. Catastrophe, je n'en ai pas ! Et je suis mineure puisqu'on l'est encore jusqu'à vingt et un ans !

– On l'embarque ! décide le chef.

J'hésite entre l'amusement et la frousse. On raconte tellement d'horreurs sur ce qui se passe dans les commissariats. Moi ça m'amuse, car je sais que c'est faux. Je connais mon père, il ne s'accommoderait pas de compromis sur la violence ou les mauvais traitements ! Il est droit, rigoureux, un peu autoritaire mais tout le contraire d'un facho. Tiens, justement, mon père, j'imagine sa tête demain matin quand il va me trouver dans la « cage » du commissariat ou quand ses collègues vont lui demander de leur apporter ma carte d'identité. Je vais me couvrir de gloire, je le sens... Au moment de monter dans le fourgon, je me jette à l'eau, explique que je suis la fille d'un de leurs collègues.

– La fille *à* Denis ! s'exclame le chef.

J'acquiesce. Il a du mal à le croire. Je dis tout : l'école d'éducateurs, les enfants handicapés. Je ne suis pas un voyou, juste une étudiante qui veut montrer ses convictions toutes neuves. Il hésite vraiment et, finalement, comme je suis mineure, ce qui n'est pas le cas de mes deux copains qui, par miracle, sont restés discrets dans leur coin, il décide de me ramener à l'école d'éducateurs pour me soustraire aux mauvaises influences et par égard pour son collègue Gus. En cours de route, j'ai droit à un cours de morale et, devant la porte de l'internat, il me dit qu'il est obligé de faire un rapport sur l'incident et, bien entendu, d'en parler à mon père qui ne manquera pas de l'apprendre par ailleurs. Fataliste, je hausse les épaules, mais je ne suis pas tranquille pendant plusieurs jours car je connais mon père, son souci maladif d'avoir des enfants irréprochables et la peine qu'il en ressentirait. C'est aussi une des limites qu'il a tacitement fixées pour que je puisse vivre ma vie : qu'il n'en ait jamais honte. Finalement il n'a jamais rien su, ce vieux flicard a dû oublier de faire son rapport, ou alors c'était un mec bien.

Paris n'est pas Dijon, je regarde autour de moi, éberluée, dans cette 2 CV pleine de courants d'air, aux pneus lisses comme la main, qui nous obligent à faire de grands détours lorsqu'une patrouille de police, pourtant fort occupée par ailleurs, pointe ses pèlerines. Son seul avantage : elle est économique. Les sœurs de mon copain occupent une chambre de bonne... place de la Sorbonne. On ne peut rêver emplacement mieux situé. J'avoue quand même que je vais de surprise en surprise dans ce Paris agité et bruyant où je me surprends à reprendre certains slogans sans en comprendre le sens. Seule la musique est importante finalement, c'est comme pour la récitation ou les tables de multiplication. Les assemblées générales se succèdent, les réunions aussi et, outre que je ne comprends pas tout, j'ai l'impression de réentendre la même chose à l'infini. La révolution est sur sa fin comme le mois de mai, et certains étudiants commencent à se demander s'ils ne sont pas en train de perdre bêtement une année de travail. Les rangs deviennent clairsemés en même temps que le printemps s'impose. Ceux qui restent sont les plus acharnés, et une chose me frappe : ils voient des RG partout, c'est l'ennemi n° 1, on leur prête des combines, des tours, une sophistication de moyens qui me fera sourire plus tard quand je connaîtrai la maison et que je découvrirai que, plus que des flics, les étudiants auraient dû se méfier d'eux-mêmes et des « espions » en grande quantité qui polluaient leurs rangs.

Ce qui me plaît surtout dans ces quelques jours à Paris, c'est la notion de fête ininterrompue, les nuits passées dans des endroits aussi divers qu'insolites, à boire du rhum-Coca – ou n'importe quoi d'autre pourvu que ce soit alcoolisé – et à refaire le monde. À ce moment-là je pense à m'engager dans une aventure humanitaire, genre chantiers de jeunesse à Cuba, alphabétisation au Liban ou ailleurs. J'hésite entre tous ces projets plus mirifiques les uns que les autres, finalement ce sera Cuba. Je me prépare dans la fièvre. Convaincre mes parents n'est pas le plus facile. D'ailleurs, j'ai eu avec mon père des échanges un peu musclés sur la fin du mouvement de mai. Je suis revenue de Paris avec des images toutes faites, des commentaires d'une presse plutôt orientée, et nos échanges de vues ont failli tourner au pugilat plus d'une fois. Il trouve que j'ai pris un mauvais pli au contact de ces révolutionnaires de pacotille et il me prédit que, quand ils en auront assez, ils retourneront à leurs chères études. Il a évidemment raison. Au dernier moment, le projet de Cuba est annulé, il n'y a plus assez de volontaires, tout le monde est rentré sagement au bercail pour préparer ses exams et essayer de limiter les dégâts avant les vacances.

De dépit, je me mets à chercher de quoi occuper mon été 68 et m'embarque avec le directeur d'une maison des jeunes et de la culture d'un quartier défavorisé de Dijon qui organise une colonie de vacances dans une ferme du Jura. La baraque est au bord de l'effondrement, les colons sont épouvantables, des cas sociaux de la pire espèce, d'ailleurs une des filles, quatorze ans et déficiente mentale, en reviendra enceinte ! L'encadrement est plein de bonne volonté, mais le matériel est inexistant, le coin un trou perdu à dix kilomètres du premier village, et l'argent manque. Le directeur paie beaucoup et de sa personne et de ses deniers, et nous ne serons pratiquement pas rémunérés. Je reviens de là plus déprimée encore, un peu paumée aussi. Je trouve le dévouement aux autres de plus en plus dur, les gamins difficiles et peu coopérants. J'ai l'impression de remplir le tonneau des Danaïdes et de n'avoir de la vie que le mauvais et rien d'autre. D'autant qu'à l'issue de ce séjour dans le Jura j'enchaîne aussitôt sur ma troisième année de formation d'éducatrice spécialisée qui se décompose en deux stages.

Le premier a lieu au foyer de l'enfance de Dijon, ce fameux établissement qui accueillit, en 1873, un nourrisson nommé Marie Gare...

Les bâtiments sont restés les mêmes, vieillots, malcommodes, sans confort. Les enfants s'y entassent au gré de placements et de séjours qui varient de quelques semaines à quelques années. Les plus jeunes ont quelques jours, les plus grands ont vingt et un ans ou presque. Les groupes sont mixtes à tout point de vue, âge et sexe, il est impossible de construire une action éducative de longue durée, en raison de l'hétérogénéité et des destructurations constantes. La règle, sauf pour les plus grands qui font des études dans les lycées, les établissements d'enseignement technique, ou sont en apprentissage, est le placement temporaire au foyer qui ne doit pas se prolonger au-delà du temps nécessaire au retour dans la famille, au placement dans une autre famille ou un autre établissement. Les enfants savent qu'ils ne sont que de passage, on nous recommande aussi de ne pas favoriser les transferts affectifs, qui pourraient avoir sur les uns et les autres des conséquences dramatiques. Malgré les bons sentiments qui m'animent, j'ai du mal à ne pas m'attacher à ces mômes qui, de leur côté, expriment une demande forte, à les traiter comme des sujets avec des règles pédagogiques et psychologiques bien verrouillées.

À mon arrivée au foyer, toute une fratrie d'enfants – ils sont six – a été déposée par ses parents car la mère doit entrer à la maternité pour mettre au monde le septième rejeton et le père est « malade ». En fait alcoolique et incapable de s'occuper des enfants. Le placement devait durer deux à trois semaines au plus, mais, quand je les rencontre, ils sont là depuis déjà un mois ou deux. Ils fréquentent l'école du foyer, l'aîné Jean-Michel devait entrer en sixième, mais l'affaire a dû être différée car personne n'a prévu que les parents se désintéressaient à ce point de leurs gamins. Pendant les six mois que j'ai passés dans l'établissement, je n'ai pas réussi à emmener ces enfants en promenade le dimanche après-midi. Les visites ayant lieu de quatorze heures à seize heures, Jean-Michel était convaincu que ses parents viendraient les voir, un jour ou l'autre, lui et ses petits frères, et les emmèneraient avec eux. Il les faisait s'habiller dès la fin du repas dominical et les conduisait dans le grand couloir où les familles rencontraient les pensionnaires, les asseyait par ordre de taille, bien alignés. À seize heures, les parents des autres s'en allaient, Jean-Michel et ses frères regagnaient la salle de télévision où ils attendaient mon retour sous la surveillance de l'éducateur de garde. Si les petits s'en remettaient vite, l'aîné, en revanche, était tous les dimanches soir en vrac, démoli. Intelligent, il avait fait de ses parents des êtres parfaits dont il racontait la vie avec une indulgence attendrie. Inutile de lui dire que son père était alcoolique tout comme sa mère sans doute et que, probablement, ils n'avaient plus du tout l'intention de venir les chercher, ni même de leur rendre visite. Ces dimanches soir étaient une horreur et, malgré les conseils de prudence, je ne pouvais m'empêcher de donner au petit Jean-Michel un peu plus d'affection qu'il n'était de mise en pareilles circonstances. Il était tellement raisonnable, responsable vis-à-vis de lui-même et de ses frères, il les voulait sages, bons élèves, propres. Il les maintenait soudés autour de lui, comme une vraie famille dont il était à la fois le père et la mère.

Quand je quittai le foyer, ce fut très difficile. J'avais dû le préparer longuement, malgré cela, il n'acceptait pas ce qu'il considérait comme un deuxième abandon. Mon départ fut presque une fuite. Jamais je n'ai osé demander ce qu'il était advenu de ces enfants mais je connaissais la réponse : la DDASS avait dû finir par les séparer pour les éparpiller dans des familles de substitution.

Je n'en peux plus. Toute cette misère m'accable, ce confinement m'étouffe.

De plus j'ai retrouvé quelques mois plus tôt un jeune homme connu au début de ma formation d'éducatrice. Nos chemins se sont séparés, ils se sont croisés de nouveau, comme nos mains, nos sentiments... et nos gènes. Bref, je suis enceinte – j'ai le gros ventre ! –, nous décidons de nous marier sans plus attendre. Il travaille à Cannes, je le suis et quitte, presque soulagée, ce métier dans lequel je n'arrive plus, même dans les bons jours, à m'imaginer un avenir.

Je passe les premiers mois de ma vie de femme mariée à Cannes, dont j'ai gardé le souvenir d'une ville belle mais froide et pluvieuse. Pas l'endroit idéal pour trouver du travail, cette denrée précieuse qui nous fait cruellement défaut. Je suis enceinte et cela n'arrange rien. Quand je me présente pour répondre à une offre d'emploi, le regard lourd de sous-entendus sur mon ventre gonflé sonne le glas de mes espoirs. Mon mari vivote dans de petits boulots, je passe mes journées à lire des polars que je loue à une petite bibliothèque de quartier. Cinquante centimes pièce, c'est tout ce que je peux investir. Et pas tout le temps car il y a des jours où je n'ai même pas de quoi acheter une baguette de pain. Je ronge mon frein.

Puis mon père a l'idée de découper dans le journal de Dijon, *Le Bien public*, un avis de concours de la Police nationale et de me l'envoyer. Cinq cents postes d'officiers de police adjoints sont à pourvoir, dont quinze réservés à des femmes ! Je me pince pour être sûre que je ne rêve pas. Mais si, ça y est ! La porte de la grande maison s'entrouvre aux femmes.

Car, dans les discussions que j'ai eues avec mes parents dans le passé, le choix du métier était toujours un sujet de discorde. Papa me voulait fonctionnaire, comme lui, comme mon frère devenu gardien de la paix en 1967. La fonction publique ! Le salut ! Mais ce qui m'intéressait était tout le contraire, j'avais goûté aux joies des PTT pendant les vacances, de l'éducation spécialisée ensuite, il n'en était pas question. Sauf dans un métier vraiment très actif, comme la police. Ce qui faisait hurler de rire mon père, farouchement convaincu que les femmes n'avaient pas leur place dans ce métier d'homme et, je suis sûre, un peu hostile à l'idée de devoir un jour, qui sait, faire équipe avec une « pisseuse ».

Et voilà, contre son avis qu'on ne lui avait pas demandé, c'était arrivé.

Je ne creuse pas plus avant les motivations réelles de l'ouverture de cette brèche dans un dispositif si bien verrouillé – j'aurais dû – et m'inscris aussitôt pour le concours. Auparavant, il y a quelques formalités, notamment une visite médicale que je passe pour m'apercevoir, de retour chez moi et avec horreur, que le médecin, en relevant mes mensurations, m'a affublée de un mètre dix de tour de taille ! Je retourne le voir en le priant d'indiquer que je suis enceinte de sept mois car je n'imagine pas un instant que la police puisse engager des tonneaux ! Puis il faut préparer le concours, entre la naissance de Fred, les couches, les difficultés financières qui nous ramènent vers nos familles plus vite que nous ne l'aurions souhaité. Les épreuves écrites se déroulent à Dijon, c'est une catastrophe et je ne suis sauvée que par une excellente note en dissertation qui me permet de passer l'oral à Paris. Là, même punition, même motif, je m'en sors assez brillamment en culture générale, mais j'ai nettement l'impression que mes prestations en droit sont un peu justes. Un jeune inspecteur qui encadre le déroulement des épreuves me rassure, il me fait visiter Paris, un commissariat. Je suis emballée, j'ai hâte d'être flic à mon tour. Mon mentor me promet de m'appeler pour me donner les résultats mais le temps passe, décembre touche à sa fin et rien n'est arrivé. À Lyon, au début du mois, Nœnœil, un gangster de la région, a tué un policier avant de tomber à son tour sous les balles des collègues. Je me suis prise à rêver de ce genre d'exploit, mais, vers Noël, je perds l'espoir : le stage commence le 5 janvier, c'est foutu, je ne suis pas reçue.

Et, le 30 décembre, tout bascule à nouveau : un télégramme comminatoire m'enjoint de rejoindre l'école de Beaujon à la date prévue. Je ne suis pas prête, j'ai déjà renoncé à être flic et... Bon, j'y serai !

C'est à Paris que je connaîtrai le fin mot de l'histoire de cette convocation tardive : j'ai été reçue quinzième sur une liste d'aptitude finalement fixée à quatorze postes, le quinzième poste ayant été attribué à... un homme. C'est une règle originale des concours dont j'ignore encore toutes les subtilités. Au dernier moment, une des filles s'est désistée, on m'a donné sa place. Voilà comment on entre dans la grande maison. Par un concours... de circonstances.

5

D'UN CONCOURS DE CIRCONSTANCES

La première journée d'un fonctionnaire d'autorité Lyon, le 10 avril 1970

7 h. J'ouvre les yeux sur une chambre d'hôtel minable et bruyante, mon cœur bat un peu trop vite, j'ai trop fumé pendant la nuit où le sommeil n'a fait que m'effleurer, par hasard ou par inadvertance.

C'est le grand jour.

J'essaie de crâner en ouvrant les persiennes noires de crasse. Il fait presque nuit encore, la colline de la Croix-Rousse, trouée à la base par son tunnel, émerge à peine de la brume, et le quai Jaÿr connaît ses premiers encombrements de circulation. Claude, la collègue franc-comtoise qui a partagé ma chambre, n'en mène pas large, mais je sais qu'elle est comme moi : excitée et impatiente. Je m'habille en tremblant un peu. Je suis prête.

Ma vie de flic commence ce matin-là dans un hôtel pouilleux de Lyon.

8 h. Le ciel lyonnais charrie de lourds nuages brassés par un vent violent qui me courbe en deux quand je m'engage sur le pont La Fayette. Le Rhône brasse des eaux boueuses et tourbillonnantes et ma camarade Claude jure contre les éléments déchaînés qui lui soulèvent la jupe et dénudent ses cuisses de sportive pour la plus grande joie des passants. Nous avons subi les épreuves du concours d'officier de police adjoint – devenu quelques mois plus tard d'inspecteur avant d'être récemment rebaptisé de lieutenant de police – à Dijon, dans la même salle. Nous étions les deux seules filles – et les

premières – au milieu de nombreux jeunes gens qui nous dévisageaient avec curiosité, avec intérêt parfois mais aussi – était-ce un effet de mon imagination ? – avec un rien de condescendance.

Claude, le regard bleu bien à l'abri derrière ses verres de myope, est de mauvaise humeur : elle a dû troquer ses pantalons contre une jupe plissée qui lui sied comme un tutu à un boxeur. Elle n'a pas pu faire autrement ; en ce premier jour de sa vie de flic, elle va rencontrer la hiérarchie et, tout comme moi d'ailleurs pas plus à l'aise dans une jupe un rien trop courte, elle doit être présentable.

Nous sommes arrivées la veille à Lyon, elle de Vesoul, moi de Dijon. Nous avons posé nos sacs dans le premier hôtel venu, nous ne connaissons personne à Lyon, et nous ne savons pas encore que nous devrons nous débrouiller seules.

J'ai vingt-deux ans et, malgré mon enthousiasme vissé au corps, cette ville inconnue me donne le frisson. Je suis jeune mariée, mon fils a six mois. Il est resté à Dijon avec mes parents, son père est à Paris. Le rêve. Ce n'est pas le rêve mais le célibat géographique est courant dans ce métier, je le sais par mon père et tous ceux qui l'ont fait avant moi.

8 h 15. Devant les grilles de la préfecture, une barrière doublée d'un planton nous barre le chemin. Le cœur battant, j'exhibe ma carte de police flambant neuve au gardien de la paix qui la regarde attentivement en levant les sourcils. Il fait de même avec celle de ma collègue et nous dévisage successivement pour s'assurer que nous sommes bien les modèles qu'il a en photo sous les yeux. Je crains un moment qu'il ne gratte le plastique pour s'assurer que les cartes ne sont pas fausses.

La magie de la carte bleu-blanc-rouge produit sur moi un effet extraordinaire, une sorte de vertige jouissif. L'envie me tenaille parfois de la produire, comme ça, dans la rue, au premier venu, rien que pour voir sa tête. La tête des dragueurs, par exemple, qui vous demandent, l'air idiot, si « c'est bien à vous ces beaux yeux-là » !

La veille au soir, à titre expérimental, nous nous sommes donné, Claude et moi, le premier frisson en montrant notre carte dans l'autobus. La tête du chauffeur ! Ce n'était pas le fait en soi qui le choquait car, à cette époque, tous les flics lyonnais, faute de cartes de transport, remplaçaient le ticket par la carte tricolore, avec la bénédiction des traminots. Mais qu'un tel attribut se trouve entre nos mains graciles, il n'en revenait pas.

Sidéré, un peu inquiet, il ne nous lâchait pas du regard dans son rétroviseur. Du coup, ce matin, puisqu'on reprenait le bus, on a récidivé avec un autre conducteur : même cause, même effet ! Ça ne coûte rien et ça nous amuse follement !

Le planton sceptique nous indique le chemin : le commissariat central occupe une aile des bâtiments de la préfecture, au premier étage. Nous le remercions d'un sourire qui n'entame pas sa mauvaise humeur car il s'exclame à l'adresse d'un invisible interlocuteur que « des bonnes femmes dans la police, y manquait plus que ça ! ».

8 h 30. Dans l'antichambre du grand patron de la police lyonnaise, nous rejoignons deux autres nouvelles, même âge, même longueur de jupe, et la vingtaine de garçons qui les entourent, fraîchement émoulus de l'école de police de Beaujon où nous avons effectué une courte scolarité de trois mois.

Beaujon, ce fut un grand moment. En 1970, le monde estudiantin est encore passablement agité et la police parisienne s'offre chaque semaine deux ou trois manifs musclées. La cour de l'ancien hôtel de Beaujon, propriété du ministère de l'Intérieur, est équipée des fameux baraquements que toute la presse de gauche et toutes les motions haineuses des étudiants de tout bord stigmatisent en même temps que cet État policier qui focalise toutes leurs rancœurs. Les baraques sont un centre de tri pour manifestants où les fourgons grillagés déversent régulièrement des centaines de jeunes gens agités qui hurlent « CRS-SS » en se débattant. Malgré la proximité de Mai 68 qui nous avait tous plus ou moins entraînés sur quelques barricades de fortune, nous étions passés de l'autre côté du miroir, et quand les moniteurs de sport nous emmenaient folâtrer au milieu des baraques nous nous efforcions de rester sourds aux insultes et d'oublier les poings levés qui accompagnaient nos évolutions et couvraient parfois la voix du prof. Une, deux, une, deux...

Nous étions cinq cents dans cette école, dont une dizaine de filles. Les cours avaient lieu par demi-promotion dans la chapelle de l'ancien hôpital, reconvertie en salle de classe, où quelques professeurs résignés tentaient de surmonter le brouhaha des conversations, les chahuts, les fous rires et les exclamations des deux cent cinquante joueurs de morpion que nous étions. Quand ce n'était pas le fracas de la chaise avec abattant qui cédait sous le poids d'un garçon endormi, épuisé par les longues nuits au Quartier latin ou dans les dancings proches de l'école. En trois mois, je n'ai pas appris grand-chose, mais j'ai découvert Paris.

Le commissaire central est indisponible, c'est son adjoint qui nous reçoit. Un petit bonhomme court sur pattes, doté de sourcils énormes d'où s'échappent quelques poils gigantesques. Il avale les syllabes et son fort accent du Sud-Ouest rend ses propos incompréhensibles. Je ne saisis que quelques mots au vol : devoir, servir, rendre compte, discipline... Il termine, emphatique : « Messieurs, la police est un métier difficile, dangereux, parfois décevant, jamais ennuyeux. Un métier d'homme, quoi ! »

Ça commence fort ! À aucun moment il n'a tourné les yeux vers la fenêtre contre laquelle les quatre filles sont entassées, debout au premier rang. Nous n'avons pas pu croiser son regard, d'ailleurs on ne sait même pas s'il en a un, avec tous ces poils. Lorsque, par obligation, il bouge la tête dans notre direction, c'est en rasant le sol. Je me dis qu'il préfère sans doute le spectacle de nos jambes fuselées généreusement découvertes par les minijupes à la mode cette année-là, mais je ressens confusément qu'il n'est que le premier d'une longue série à subir la féminisation de la Police nationale. Il nous manifeste son hostilité à sa façon, un peu lâchement, mais d'autres feront pire ! Mes signaux personnels commencent à clignoter. D'ailleurs, à la fin de son discours, il m'interpelle pour me demander si je suis bien « la fille à Gus Denis ». J'acquiesce, toute fière, mais il me douche en m'affirmant que mon père était une vraie peau de vache sur son tatami. Je m'efforce de prendre ce jugement pour un compliment.

9 h. Un petit vieux un peu servile, le nécessaire à cirer les pompes en bandoulière, fait son entrée. L'air important, il donne lecture des affectations à un auditoire pétrifié dans l'attente. La grande majorité des garçons se retrouve dans un commissariat d'arrondissement ou de banlieue, quelques chanceux vont à la sûreté urbaine mais aucun à la très prestigieuse Brigade criminelle dont ils ont tant rêvé et qui d'ailleurs n'existe pas à cette époque à Lyon.

Pas un mot pour les filles. Oh ! bien sûr, nous connaissons déjà notre sort, mais quand même. Nous irons à la brigade des mineurs comme prévu. D'ailleurs, le petit vieux nous annonce qu'il a réservé un véhicule pour nous y conduire. Il nous attendra (pas lui, le véhicule...) devant le poste de garde. Je trouve l'attention délicate, d'autant plus que nos collègues masculins sont invités à se « démerder » et à rejoindre leurs services par leurs propres moyens. Que de sollicitude ! J'aurais dû me méfier.

9 h 15. Le groupe est prié de se rendre à l'armurerie pour prendre possession de son équipement personnel. Un type en blouse grise distribue, derrière un comptoir de bois, un pistolet automatique Unic 7.65 mm, un bâton de défense (autrement baptisé matraque ou gomme à effacer le sourire) et une paire de menottes. Chaque collègue est appelé par son nom et émarge sur une feuille de papier. Après quoi, il est, enfin, un vrai flic.

Quand arrive le tour des filles, le distributeur prend un air indifférent et commence à rassembler ses papiers. Il se dirige vers le fond de la pièce où sont alignées, sur un établi, des carcasses d'armes en réparation. Se retourne :

– Désolé mais je n'ai aucune instruction concernant les femmes, vous allez bien aux mineurs, non ?

– Ben oui.

– Alors, vous n'avez pas besoin d'une arme, si ? Et vous sauriez pas vous en servir.

– On nous a appris à tirer et à manier les armes à l'école.

Là, il se marre franchement :

– Ah oui ? Ben moi, je trouve qu'*ils* ont rudement raison de pas vous armer, parce qu'une femme avec une arme, hein ! c'est comme une femme au volant... la mort au tournant.

Nous battons en retraite, indignées. Personne ne nous a dit à l'école que nous n'étions pas des policiers à part entière, mais un nouveau genre de flic, à part, à qui on ne fait pas confiance au point de leur donner l'outil le plus symbolique de la fonction.

9 h 45. Nous retrouvons, à la sortie de la cour de la préfecture, le planton qui n'est plus de mauvaise humeur mais carrément en rogne :

– On peut savoir ce que vous foutiez ? Ça fait une demi-heure qu'on vous attend. Je me suis fait passer un « branle » par mon chef, et à cause de vous j'ai pas pu être relevé. Avec le temps qu'il fait !

Sa sortie nous laisse pantoises.

J'essaie de plaisanter pour détendre l'atmosphère, mais il n'a décidément pas envie de rire :

– Le véhicule vous attend depuis une demi-heure et si vous vous grouillez pas, on va avoir une émeute.

D'un doigt accusateur, il désigne le vieux fourgon de police, rouillé et cabossé de partout, qui stationne en retrait de la grille, le long du trottoir. C'était donc ça, le véhicule, l'attention de M. le divisionnaire.

À l'intérieur du fourgon, dont la porte arrière nous est galamment ouverte par un jeune sous-brigadier, se trouvent déjà une demi-douzaine de créatures dont nous comprenons instantanément qu'elles ne gagnent pas leur vie à la sueur de leur front mais plutôt à celle de leurs cuissardes et de leurs porte-jarretelles en cuir.

Notre arrivée leur arrache des protestations énervées, comme quoi elles « ont pas que ça à foutre », que déjà avec ces tarés de « bourres » qu'arrêtent pas de les « ramasser » toutes les nuits, c'est tout juste si elles peuvent « dérouiller »... Malgré les cours accélérés de Beaujon, je ne comprends pas tout, mais je devine que ce n'est pas aimable.

Elles n'ont pas l'air très fraîches, les dames, et portent sur les genoux un léger viatique (nécessaire de toilette, couverture) qu'on pourrait appeler « baise-en-ville » en d'autres circonstances. Parmi elles je repère une drôle de créature dont la barbe commence à noircir le visage et qui n'a pas pris la peine de raser ses jambes musclées avant d'enfiler ses bas nylon.

Elles rouspètent un peu pour nous faire place et nous nous entassons tant bien que mal, les deux gardiens d'escorte coincés contre les portes arrière. Au premier feu rouge, le conducteur pile brutalement pour éviter un bus qui lui coupe la route. Nous sommes projetées sur ces dames qui hurlent à l'attentat en des termes que je n'ai encore jamais entendus. Le conducteur et le chef de voiture qui, lui, prend ses aises à l'avant s'étranglent de rire. J'ai beau me forcer, je ne goûte pas la plaisanterie. Quand le calme revient, une grosse blonde, qui devrait être à la retraite depuis longtemps, nous demande, méfiante, si nous sommes nouvelles et où nous tapinons.

Je comprends la méprise, la fille voit, à nos airs stupéfaits, que quelque chose ne colle pas. Sans un mot, une fois de plus, je montre ma carte. Le tollé d'injures qui salue ce geste me laisse sans voix.

– La vache ! Des gonzesses chez les cognes maintenant, des frangines, si c'est pas une honte !

Elles hurlent à la trahison.

Je me tasse dans mon coin, je me dis que la partie n'est pas gagnée, qu'il va falloir ramer, ruser aussi pour gagner le droit de faire ce métier d'homme.

10 h. Au poste de l'hôtel de police de la rue Desaix – c'est là que se trouve la brigade des mœurs, la mondaine, ça ne s'invente pas ! – le sketch continue. Comme personne ne nous attend, les gardiens du poste n'ont pas été prévenus et ceux du fourgon se sont bien gardés de les affranchir. Ils nous poussent sans douceur vers les cages avec les prostituées. Un nouveau petit coup de carte tricolore et les voilà éberlués à leur tour. Je me demande s'il ne va pas falloir nous l'accrocher autour du cou, cette fichue carte ! Les commentaires fusent dans notre dos tandis que nous traversons la cour mais je n'entends plus. J'ai pris la tête de la petite troupe car je suis déjà venue, en éclaireuse, une semaine plus tôt.

J'y ai rencontré un commissaire qui, à l'annonce de notre affectation – qu'il ignorait bien entendu, c'est une tradition administrative jamais encore démentie de laisser les chefs de service ignorer jusqu'au bout les mouvements de leur personnel –, a pris un air tellement effaré que j'ai craint le pire pour lui.

– Mais qu'est-ce que je vais faire de quatre femmes ? se lamentait-il, et où je vais vous caser, je n'ai même pas un bureau pour installer la brigade des stupéfiants.

Il m'avait fait faire une rapide visite des lieux et, à sa décharge, je dois reconnaître que j'avais rarement vu quelque chose d'aussi minable, sordide, sale. La brigade des mineurs et de protection de l'enfance cohabite avec celle des mœurs et des stupéfiants et... des étrangers. Chaque jour de longues files de demandeurs de cartes de séjour voisinent avec les prostituées anciennes ou nouvelles qui viennent se faire ficher ou déficher et avec les premiers camés et dealers des stups nouvellement créés. Les bureaux sont surpeuplés, sombres et insalubres, *le* W.-C. où tout ce joyeux monde – y compris les policiers – défile, innommable, comme d'ailleurs l'unique lavabo. Quelques semaines plus tôt, une fuite de gaz a provoqué une explosion qui a entièrement détruit un des bureaux et expédié deux inspecteurs au service des grands brûlés de l'hôpital Saint-Luc. Le mur extérieur offre un trou béant sur le boulevard Vivier-Merle, condamné par des planches mal jointes. Pour cette raison et sûrement aussi parce que l'administration ne lésine pas sur les moyens humains, un gardien veille jour et nuit devant le trou en attente de réparation. Une chance encore qu'après les travaux de réfection on ait songé à retirer la garde ! Une de ces cocasseries préhistoriques me fut contée par un collègue qui, prenant ses fonctions dans un nouveau service en plein mois de juillet, s'enquiert de l'emploi de son personnel. Une garde dite « statique » – un gardien pot de fleur que l'on place devant un monument, une porte de sous-préfecture ou l'appartement d'un ministre – attire son attention. Il obtient d'un proche collaborateur une réponse vague, genre « je ne sais pas, c'était déjà comme ça à mon arrivée ». En cherchant un peu, il finit par trouver une note de service du mois de janvier précédent : son prédécesseur, à la demande de la mairie, avait placé un gardien de la paix devant un bassin gelé où des enfants peu soucieux des pancartes ou trop petits pour les lire tentaient de rééditer la parabole du Christ marchant sur les eaux. L'hiver était passé, le commissaire ne songea pas à lever la consigne tant il était évident pour lui que cela devait aller de soi. Mais les ordres sont les ordres et un ordre non annulé reste valable, c'est la règle.

10 h 30. Visiblement, mon premier patron n'a toujours pas digéré l'arrivée de ses quatre femmes.

Il nous accueille, très abattu. Nous n'avons même pas le temps de nous plaindre de la qualité des prestations que l'on nous inflige depuis le matin que déjà il nous a remises entre les mains de notre chef de brigade, un officier de police très vieux – il a au moins quarante-cinq ans – et peu amène, c'est le moins que l'on puisse dire. Il répond à nos questions en aboyant des bribes de phrases sèches et incompréhensibles, et nous conduit dans la pièce où au total, avec trois officiers de police adjoints (OPA) mâles, nous serons sept... Un havre de discrétion pour les interrogatoires. Pour l'instant, le bureau est vide. C'est, nous le saurons bientôt, l'heure rituelle du premier petit blanc et du couplé au PMU du coin.

Notre installation attire néanmoins quelques curieux : le planton, Loulou 1 et Loulou 2, les chauffeurs du service, et quelques OPA, les plus jeunes, ceux des mœurs et des stups. Ils nous paraissent d'autant plus sympathiques que nos collègues des mineurs restent invisibles. Le patron s'est enfermé dans son bureau et notre chef de brigade s'est planqué dans le sien avec tous deux la tête d'une poule qui a trouvé un couteau. Je me demande bien qui va nous expliquer ce que nous devons faire. Nous sommes là à bavarder quand surgit un personnage étonnant. Tonnant aussi. Au physique c'est Kojak, une force de la nature au crâne rasé. Sa voix puissante fait trembler les murs et les délinquants délirent à la vue de ses pognes, de véritables battoirs. Une vieille blessure à la hanche le fait boiter légèrement et il a les dents crochées sur un embout de cigare en plastique, sans le cigare. Il souffle dedans en parlant, ce qui ne rend pas ses propos très compréhensibles. Il est corse et fier de l'être, ce qui, paraît-il, est une tautologie.

Archange est le chef de la brigade des mœurs et des stupéfiants. D'emblée, il prend les choses en main. C'est un chef, un vrai. D'abord, expédition au secrétariat. Le secrétaire, un vieux vacataire en blouse grise, est minuscule et presque centenaire, comme le mégot ratatiné qui pend, collé à ses lèvres. Il disparaît derrière un amoncellement de dossiers, de paperasses grisâtres. À notre entrée, il est occupé à classer des fiches, ces merveilleuses petites choses sans lesquelles la police ne serait pas ce qu'elle est. Il nous gratifie d'un sourire si large qu'il en perd le mégot. Cet homme-là aime les femmes, ça se voit, même s'il n'en connaît plus très bien l'usage. Il me remet une gomme, un crayon et un Bic bleu. Avec ça, je vais pouvoir travailler !

Pour le reste, tout est collectif : *la* machine à écrire que l'on s'arrache avec hargne, le papier – PV de tête, suites blanches, pelures, rapports – dont dire qu'il est rare serait un euphémisme osé. Par souci d'économie, on nous recommande d'utiliser les pelures recto verso, système génial qui rend définitivement illisibles des procédures déjà mises à mal par les rubans de machine baveurs et les rouleaux défaillants qui font de très jolis accordéons de nos procès-verbaux. Grâce à mon vieux copain du matériel, je parviendrai à récupérer une vieille Remington dont de nombreuses touches ont été remplacées par des morceaux de bouchon de liège. Les lettres y sont inscrites au stylo, elles s'effacent très vite, mais à l'école on a appris à taper sans regarder le clavier et c'est mieux que rien.

L'unique poste téléphonique du bureau trône tout seul dans un coin. L'atteindre relève de l'exploit, il faut ruser ou venir très tôt le matin. Ça peut marcher à condition que le standard – passage obligé pour téléphoner – fonctionne. Cet état de délabrement s'étend au parc automobile dont nous avons eu un aperçu avec le fourgon. Le service est doté de deux 4 L pour une trentaine de fonctionnaires (sans la brigade des étrangers). Il faut les réserver des jours à l'avance et, le soir, elles sont prises par les brigades de nuit qui les rendent toujours dans un état lamentable. Un jour, le siège du conducteur de la 4 L des mineurs s'est effondré, et le garage n'en ayant pas de rechange proposa de le remplacer par une caisse en bois. Il faudra la menace d'une belle photo dans *Le Progrès de Lyon* pour que le siège soit remplacé... trois semaines plus tard. Après le premier choc pétrolier et l'augmentation vertigineuse du prix des carburants, les dotations furent limitées à cinq litres d'essence par voiture et par jour. Les véhicules étaient abandonnés là où survenait la panne et les délinquants conduits au palais de justice en bus. Cette farce ne dura pas trop longtemps, juste le temps que la bureaucratie parisienne se réveille. Il fallut quand même attendre la loi de modernisation de la police, presque quinze ans plus tard, pour sortir enfin et durablement de ces situations ubuesques.

À la brigade des mineurs, mon bureau est dans le prolongement de la porte, juste en face de celle des W.-C., toujours entrouverte, car la poignée est cassée. On ne peut fermer que de l'intérieur grâce à un crochet bricolé et amovible : on le retire quand on y conduit un gardé à vue. Loulou 1 m'explique qu'il a lui-même inventé ce système après qu'un petit proxénète se fut enfermé à l'intérieur et pendu à la chaîne de la chasse d'eau. Je frémis, Loulou 1 se marre.

Je dois briquer à fond l'antiquité qui me tient lieu de bureau et qui a sans doute été exhumée de la cave tant les ferrures sont rouillées et les tiroirs coincés. Mes trois collègues sont aussi mal loties que moi, mais ni les unes ni les autres n'avons passé notre enfance et notre adolescence dans le luxe, et ces désagréments n'entament pas notre enthousiasme.

Midi. Archange conseille à un de ses adjoints de nous emmener « bouffer au rat mort ». Le rat mort ou encore les « 100 000 fourchettes », c'est le mess de la préfecture où on fait la queue une demi-heure pour avaler un repas depuis longtemps refroidi et, de toute façon, insipide. Après cet essai non concluant, ma décision est prise : je n'irai plus au rat mort. Mieux vaut un sandwich correct qu'un mauvais rata, et les tables des petits bistrots, chez Paul, chez Alice ou chez Ginou, qui jalonnent l'hôtel de police, sont bien plus accueillantes.

14 h. Petit à petit, dans l'après-midi, les mâles de la brigade font leur apparition. Il n'y a pas un jeune dans cette brigade des mineurs, c'est une activité qui les rebute, une sorte de sous-police un peu méprisée par les flics, les vrais. Alors on y met les vieux flicards en fin de parcours, et les nôtres arborent encore les signes distinctifs des policiers des films d'après-guerre – imperméables mastic, chapeaux, chaussures ferrées – qui les font repérer à trois kilomètres.

Les trois collègues qui partagent notre bureau se prénomment tous Roger. Notre jeu favori consistera à claironner des « Salut Roger ! » ou « dis donc Roger ! » dès la porte pour le plaisir de les voir lever la tête en même temps.

Ils ont l'air affairés, semblent vaguement ennuyés de nous voir envahir leur espace. En fait, dévorés de curiosité et d'excitation.

17 h. Assaillis de questions par notre quatuor surexcité, ils se dérident lentement. Finalement la situation se débloque quand nous les invitons à boire un pot afin de fêter notre arrivée. De nombreux verres plus tard au bar des Amis, l'annexe du service, les choses se sont considérablement améliorées, et nos rapports avec eux, euphorisés par le vin rouge ou le pastis, s'annoncent sous d'excellents auspices.

18 h 30. Archange, décidément omniprésent, a arrangé notre problème d'hébergement avec une hôtelière du centre-ville. Nous quittons sans regret l'hôtel pouilleux du quai Jaÿr

pour nous installer rue des Capucins. Derrière la place des Terreaux, cette rue étroite monte à l'assaut de la colline de la Croix-Rousse, la colline qui travaille – pendant que Fourvière, l'autre colline lyonnaise, prie. Elle n'est pas la seule à travailler dans ce quartier car, ici et là, des grappes de jeunes femmes aux allures non équivoques attendent patiemment le client en râlant contre le mauvais temps.

Je trouve l'hôtel sympathique, propre et mignon. Deux jours après notre installation, je déclenche une avalanche de fous rires chez mes collègues en leur racontant que les gens de l'hôtel sont vraiment très bien : tous les soirs je retrouve mes affaires rangées dans un placard fermé à clef. Moi qui suis très désordonnée, je trouve l'attention plutôt sympathique. De plus j'ai droit à des draps propres tous les jours. Je n'avais pas compris qu'on y faisait aussi des passes, la journée. Je m'en veux de tant de naïveté et j'en veux à mes collègues de leurs rires idiots.

20 h. Pour clore en beauté cette première journée et, malgré nos budgets plus qu'étriqués, nous décidons, les quatre nouvelles venues à la police, de nous offrir un resto. Pour nous libérer de nos émotions et permettre à nos angoisses de s'extérioriser entre nous, loin des regards inquisiteurs de nos collègues masculins.

Nous nous sommes attablées dans une petite gargote de la rue des Marronniers qui commence sur la place Antonin-Poncet, en face du commissariat où se tient le siège de la permanence de nuit. Autant dire que le quartier est hyperfliqué, les voitures de police n'arrêtent pas d'aller et venir autour de cette place, à cent mètres de nous. Nous sommes engagées dans une discussion passionnée sur les mérites comparés de nos collègues mâles, quand ma voisine de table, la plus proche de la baie vitrée du restaurant, me pousse du coude. Elle dit, sans desserrer les dents :

– T'as vu le vieux ?

– Quel vieux ?

– Ben là, dehors, sur le trottoir.

Je réponds distraitement :

– Oui, je l'ai vu, ça fait bien un quart d'heure qu'il est là.

Elle rit, vaguement gênée :

– Mais regarde, enfin, je sais pas ce qu'il trafique.

Je regarde, je vois. Derrière l'imperméable plié sur son

bras droit, il cache son sexe érigé qu'il découvre vivement dès qu'il s'aperçoit que l'une de nous le regarde. L'homme est vieux, sa mise est modeste, son sexe d'une taille et d'une tenue impressionnantes vu son âge. Le cœur battant, je reste sans voix.

J'ai vu des quantités d'exhibitionnistes. À la sortie du lycée, près de la gare routière où je prenais le car, sur le trajet de la maison... Quand j'étais éducatrice au foyer de la DDASS de Dijon, la présence d'un important contingent d'adolescentes attirait fréquemment ce genre de personnage. Il y en avait même un qui venait presque tous les soirs, y compris en plein hiver au risque de se geler le zizi. Il ne bougeait pas, il se contentait de se masturber inlassablement, un sourire heureux sur son visage d'abruti. De temps en temps, le directeur du foyer appelait la police qui venait le ramasser. Il se laissait faire docilement et, le lendemain, il revenait. Je m'étais en quelque sorte habituée et je n'en parlais pas, d'ailleurs à la maison ce sujet était tabou, les filles qui osaient raconter des « choses pareilles » étaient cataloguées comme de « petites vicieuses ». Là, ce n'est plus pareil, je suis flic.

Je DOIS faire quelque chose.

Mon air stupide alerte mes deux autres compagnes tandis que le vieux, ravi de l'effet produit, se caresse en ricanant.

– Il faut y aller !

– OK, dis-je, comment on fait ?

Personne n'en sait rien. Je sens qu'on va se couvrir de ridicule. Et puis on ne peut pas filer du restaurant sans payer, en plein milieu du repas. Bien embêtées elles sont, les nouvelles venues à la police, quand, soudain, le vieux rabat son imper et dégage. Il met le cap sur le trottoir d'en face où il se poste devant un autre restaurant, l'air innocent. Nous avons rapidement l'explication de sa fuite : deux gardiens de la paix pointent leurs képis sur notre trottoir. Que faire ? Leur demander de l'aide ? L'expérience acquise au cours de cette journée laisse craindre qu'ils ne se foutent de nous. L'histoire va faire le tour de la ville et même au-delà. J'imagine déjà les quolibets et les plaisanteries fines. C'est le vieux qui règle le problème. La présence des uniformes ne le rassure pas et il choisit de mettre les voiles pour de bon.

Je n'ai plus faim. Je passe le reste de la soirée à ne pas être fière de moi. Je me dis que nous aurions dû l'arrêter, ce vieux cochon, que, malgré notre inexpérience, il fallait essayer.

Après tout, c'est notre boulot. Mais bon, ce qui n'est pas fait n'est pas fait.

Le lendemain matin, comme pour me punir de n'avoir pas réalisé ce premier « crâne » qui nous tendait les bras – enfin, si on peut dire –, je vais tout raconter à mon chef de brigade bourru.

– Ah ! s'écrie-t-il, c'est le père B..., on l'a échappé belle ! Une chance qu'il ait taillé la route, ce vieux saligaud.

D'accord, j'ai un peu arrangé la narration, j'ai dit qu'il avait filé avant qu'on puisse le « sauter », ce qui est partiellement vrai... Le chef a l'air tellement soulagé, comme s'il avait échappé de justesse à une catastrophe, que je m'étonne.

– Le père B..., dit-il en haussant les épaules, il a soixante-quinze ans et ça fait un demi-siècle qu'il s'exhibe. Il a un dossier tellement épais qu'il faudrait deux brouettes pour le transporter. Chaque fois qu'il passe en jugement, il produit un certificat médical comme quoi il ne tourne pas rond. Ça marche à tous les coups et moi je ne veux surtout plus le voir ici, chaque fois qu'il passe, il faut désinfecter. Il a une bonne trentaine de chats dans son gourbi, pleins de puces. Alors, les filles, si vous le revoyez, vous tournez la tête, hein ?

Ainsi s'acheva ma première journée de fonctionnaire d'autorité. De flic. Sur une arrestation ratée dont, de toute façon, personne ne voulait... Bizarrement, le deuxième jour ne m'a laissé aucun souvenir.

6

FLIC, UN MÉTIER D'HOMME...

Lyon, année 1970 et suivantes

Très vite, la nouvelle de l'arrivée de femmes dans les rangs de la police lyonnaise se répand dans la ville. La presse locale accourt, mais la fermeté de notre commissaire évite le pire : nos photos dans les journaux. Pour ce qui me concerne c'est le début d'une longue histoire avec les médias, un flirt ininterrompu à chaque franchissement de grade, à chaque nouvelle prise de responsabilités. La première ceci, la première cela et le train de commentaires : ce n'est pas un métier trop dur pour une femme ? Comment vous arrangez-vous avec la vie de famille ? Que dit votre mari ? Ça ne le gêne pas de vous attendre parfois toute la nuit ? J'ai pris l'habitude de répondre, à ma façon un peu abrupte, qu'il a intérêt à s'y faire tout de suite, parce que moi, je ne changerai pas ma façon de faire ce métier : à fond la caisse, passionnément.

C'est vrai que les flics fascinent, plus encore les femmes... Je me regarde dans les miroirs, je n'y vois qu'une image anodine, cinq doigts à chaque main, mes pieds ne sont pas palmés. Peut-être ai-je un chromosome mutant, mais, sauf à faire des recherches approfondies, cela ne se voit pas... et, pour le reste, tout est dans la norme aussi. J'ai beau expliquer à chaque fois qu'il est naturel d'être la première femme dans un métier où il n'y en avait pas, ou peu, avant moi, rien n'y fait. Bon. On finit par s'habituer à la notoriété. Donner une interview, passer à la télé, à la radio, faire des photos. La routine.

Cette curiosité dont les médias nous honorent, outre qu'elle irrite les policiers et les policières qui n'ont pas l'heur d'attirer leur convoitise – mais n'en sont pas moins méritants –, laisse somme toute le public assez indifférent. Ou, plutôt, les gens réagissent comme si ces femmes flics qu'ils voient dans les magazines n'avaient pas de consistance réelle. Ou comme si celles qu'ils croisent dans l'exercice de leur métier n'étaient pas les mêmes personnes. La presse agit comme un miroir déformant et, une fois les spots éteints, la magie disparaît, l'acteur remet sa peau d'homme, la première ceci ou cela sa peau de femme qu'agitent parfois le doute, le découragement, l'amour, la peine.

Comme le serveur du restaurant parisien qui n'imagine pas un instant que je puisse être flic, le public spontanément ne pense pas être en présence d'un policier quand il croise une femme armée et entourée d'autres policiers. De même qu'à la vue d'une voiture de police occupée par deux policiers en civil, dont une femme, il pense à un flic qui emmène sa femme à Carrefour ou sa maîtresse à l'hôtel – surtout s'il a mis le gyrophare et le deux tons. Une femme, à moins qu'elle ne porte un uniforme ou qu'elle ne se positionne fortement comme le chef, à la tête d'une formation ou en donnant des ordres, est souvent perçue comme un témoin, la victime du violeur ou sa petite amie, voire comme un représentant de commerce ou une démarcheuse en sondages ou charité publique.

À la brigade des mineurs, mon chef bourru m'a confié une enquête d'adoption. Des enquêtes faciles, sortes de galops d'essai pour se mettre en jambes et qui consistent à vérifier que le demandeur remplit les conditions requises pour adopter un enfant. En général, ces clients coopèrent avec la police, car ils ont intérêt à se montrer sous leur meilleur jour s'ils veulent un rapport favorable. Ma cliente habite au quatrième étage sans ascenseur. Je monte l'escalier quatre à quatre, je sonne sans prendre le temps de récupérer et quand la brave dame ouvre sa porte je tends ma carte tricolore. Hors d'haleine, incapable d'articuler un son. La porte se referme sur un « non-merci-je-ne-veux-rien », et j'ai beau tambouriner, sonner, dire que je suis vraiment de la police, la dame reste sourde. Je demande l'intervention du gardien de l'immeuble pour la faire changer d'avis, ce qui ne va pas sans mal, car l'homme ne lit visiblement pas les journaux, et mes vingt-deux ans, ma minijupe et mes semelles compensées n'entrent pas dans l'image qu'il se fait de la police. Après, tout s'arrange bien sûr, la dame m'offre un café, répond docilement à mes questions, ce qui ne l'empêche pas de douter encore, je sens sa réticence sous la politesse. Enfin, sentence terrible, elle avoue que, pour « ces affaires-là » – comprendre ces affaires qui concernent les enfants –, elle préfère le contact d'une femme à celui des « vrais policiers ».

Ce n'est pas gagné.

Passé les premiers jours au cours desquels je me fais la main avec des enquêtes de routine, genre adoption, vérifications d'adresse, enquêtes sociales sur demande des juges des enfants et quelques mineurs en fugue, j'en arrive très vite aux affaires sérieuses. Retraits d'enfants, affaires de mœurs sur les enfants, presque toujours par des gens de la famille ou des amis, mauvais traitements, enlèvements. Je prends les permanences et je fais des « tournées de mineurs », bien que toujours non munie du pistolet réglementaire qu'il me faudra des mois pour obtenir et encore grâce à un changement d'affectation. Les tournées de mineurs consistent à effectuer, entourée de trois ou quatre gardiens de la paix et en fourgon, des contrôles systématiques dans les bars, les tripots officiels ou clandestins, bref dans tous les lieux, publics ou non, interdits aux mineurs. En cas de découverte d'un mineur, l'affaire peut se terminer pour le tenancier par une fermeture administrative.

Lyon est la porte du Sud, et l'entrée de l'autoroute attire de nombreux auto-stoppeurs. En ces années post-soixante-huitardes, le voyage est à la mode, les beatniks et autres hippies ont envahi la France, et la sortie de la ville est un terrain de chasse inépuisable pour la brigade. Nous attrapons de nombreux fugueurs qui sont remis à leurs parents ou dans des foyers lyonnais. Il n'est pas rare que certains récidivistes soient ressortis du foyer avant nous. Un garçon de seize ans, qui en était à sa cent trentième escapade, fut ainsi repéré à l'arrêt du bus proche du foyer dont il s'était ré-enfui tandis que je remplissais les formalités administratives avec le directeur. Il avait eu le temps de dérober le porte-monnaie d'une femme de service : « Et comment j'aurais pris le bus, moi ? » objecta-t-il, candide.

La grande époque des communautés bat son plein. Les jeunes recréent leurs familles selon un modèle emprunté aux théories maoïstes et vivent entre eux. Entendre : ils s'entassent dans des taudis sans confort mais pas chers, à cinq, dix, vingt parfois, si l'on compte les gens de passage. Ces lieux, nous les répertorions, ils constituent des abcès de fixation tout comme les bars où ces jeunes se retrouvent pour refaire le monde. On y trouve des mineurs en fugue bien sûr mais aussi les premiers toxicomanes que les villes voient déferler avec stupeur. Car la lutte contre le trafic et l'usage des stupéfiants a été jusqu'en 68 une discipline presque confidentielle. Ne se camaient que les intellectuels, les artistes, les riches dépravés, des « vicieux » qui ne savaient plus comment passer le temps ou se faire remarquer. Par-ci par-là, un pauvre type blessé à la guerre ou un grand accidenté de la route dont on a calmé les souffrances à coups de morphine et qui est atteint de toxicomanie médicamenteuse. Le corps médical ignorait souvent tout de ces grandes détresses et nombre de ces malades ont basculé dans des toxicomanies plus classiques, c'est-à-dire illégales. C'est ainsi que l'héroïne est devenue ce qu'elle est : le produit miracle qui met un terme à l'addiction [1] aux opiacés et qui plonge ses adeptes dans un autre enfer tout aussi tyrannique, plus encore à cause de la clandestinité qu'il sous-entend. Le début de la décennie soixante-dix fait prendre conscience d'une modification profonde des données en la matière : les camés pullulent dans les communautés, ils viennent de partout, ce sont des routards, des hippies, des beatniks. Des gamins de chez nous aussi, de nos facultés et de nos lycées. On ne sait plus comment enrayer la déferlante et, en attendant le texte de loi miracle – il sera promulgué le 31 décembre 1970 – qui semble constituer la seule réponse spontanée que l'on connaisse pour guérir tous les maux de la société, les brigades des stupéfiants voient le jour dans les grandes villes. Elles sont censées réprimer le trafic et orienter les toxicomanes vers les services médicaux puisque le texte est parti du postulat que les drogués sont des malades. À Lyon, la brigade des stupéfiants a été créée en septembre 1969 mais, six mois après, elle manque cruellement de moyens et les quelques affaires traitées à ses débuts ont bénéficié de l'effet de surprise plus que

1. Terme issu de l'anglais, autre nom de la dépendance.

d'une vraie organisation. Ses quelques inspecteurs sont connus comme le loup blanc et l'arrivée d'une troupe de filles dont personne ne se méfie encore – la presse en a parlé mais elles sont pour le commun des mortels des assistantes sociales, des classeuses de fiches ou, à la rigueur, le repos du guerrier – fait germer une idée dans la tête d'Archange, le chef de la brigade des mœurs et des stupéfiants. Pour bien pénétrer les réseaux locaux, il faut les noyauter, les approcher en tout cas d'assez près pour savoir ce qui s'y passe. Il est hors de question que les hommes des stups, trop vieux et pas du tout l'air de jeunes routards révolutionnaires (nos clients ont vingt ans, les cheveux longs, des tuniques à la Mao, des vestes brodées et des jeans à fleurs !) puissent réaliser des prouesses dans ce domaine. Les filles sont, par l'âge et l'allure générale, plus dans les clous. Elles sont sollicitées. Toutes refusent. Personne n'insiste.

J'accepte sans hésiter. D'abord, l'idée me plaît, m'excite même. C'est exactement ce que j'ai eu envie de faire en passant le concours. Vivre des situations où on se fait peur, vivre dangereusement, à fond les manettes. De plus, j'ai vingt-deux ans, et, malgré mes déboires d'éducatrice dont je n'ai visiblement pas tiré assez de leçons, je crois que je vais pouvoir sauver des jeunes de la détresse et de la débauche, pister et arrêter les marchands de mort, les enfermer durablement et ce côté bonne sœur me donne bonne conscience. Une bonne sœur « enfouraillée » quand même, faut être sérieux... Je pense comme je lis et je crois ce que je lis : il y a d'un côté des toxicomanes, des malades, d'innocentes victimes tombées dans les filets de personnages sans scrupules, de l'autre ces gros bonnets dont tout le monde parle sans les voir jamais mais qui sont bien commodes parfois. Ils permettent aux petits dealers de vivre en paix, retranchés derrière de plus gros, donc plus coupables qu'eux-mêmes, contraints, à cause de ces mêmes gros, à traficoter pour ne pas mourir en manque. Cette vision très manichéenne du trafic des stupéfiants nous est enseignée à l'école. Je changerai rapidement d'avis mais en attendant je veux pourchasser le vice, j'accepte de faire de l'entrisme, de pénétrer le milieu. Le seul problème est que tout le monde ne voit pas l'affaire d'un bon œil, notamment le chef de la brigade des mineurs, toujours aussi bourru et sûrement poussé par quelques collègues paniqués à l'idée de devoir faire mon travail en plus du leur. De surcroît, trois autres filles acceptent finalement de participer à l'opération. Je serai la « chèvre », elles, la base arrière. Elles seront chargées de me garder dans leur champ de vision, d'assurer les filatures, ensemble ou avec des collègues masculins en formant des couples de circonstance. Là, ceux des mineurs râlent carrément. D'un seul coup, nous devenons indispensables, ils interviennent même, au cours d'une séance mémorable et pathétique, auprès du patron pour que nous prenions les permanences de nuit – avec les policiers des autres services, comme des grandes – et qu'enfin on nous donne le matériel requis, une arme, des menottes ! Je n'en reviens pas.

Le patron hésite. C'est un brave homme, notre commissaire, il s'est fait tout seul, a commencé comme gardien de la paix, il en a bavé pour passer les concours et là, visiblement, il est un peu dépassé. Il craint de nous entraîner dans un jeu dangereux. Du moins c'est ce qu'il affirme car je suis convaincue qu'il ne croit pas un instant que nous serons capables de tenir le coup, de nous tirer d'affaire en cas de problème, d'aller jusqu'au bout. Des femmes, pensez ! Et puis ce n'est pas prévu par le règlement, et il ne veut pas d'histoires. Bref, il hésite et il faut toute la force de conviction d'Archange, qui a trouvé en nous de farouches alliées, pour le faire vaciller. Contre l'engagement que cette opération sera unique, qu'elle n'est justifiée que par l'extrême habileté d'un dealer déjà tombé donc méfiant au-delà de l'imaginable, et que, mais cela c'est à nos copains des mineurs que nous le devons, nous continuerons à faire notre travail habituel la journée, la cause est entendue. Mata Hari la nuit, le jour innocents membres de la brigade de protection de l'enfance.

Je voulais de l'action, je suis servie.

Bertrand est un garçon de vingt ans, fils de bonne famille. À vrai dire, il vit aux crochets de ses parents, petits entrepreneurs de la proche banlieue lyonnaise. Il a les cheveux longs, une 2 CV, il est vêtu comme tous les jeunes de son âge et, après avoir végété dans de quelconques et interminables études, travaille avec son père. Il est libre, un peu friqué mais sans ostentation. Il fume du haschisch depuis des temps immémoriaux mais n'a touché à rien d'autre, sauf peut-être au LSD [1]. Comme il est débrouillard, il alimente une partie du marché de la consommation de hasch de la ville et en retire quelques bénéfices. Parfois, il donne dans le LSD, très en vogue et particulièrement dangereux car de fabrication facile. Mal dosé, concocté avec d'autres poisons qui servent à le fixer, il crée des accidents dramatiques.

Bertrand a une foule d'amis, il est toujours en mouvement et ne fait pas dix pas dans la rue, cent mètres en voiture sans regarder derrière lui. Car il a déjà goûté de la prison, Bertrand, et s'il ne comprend pas pourquoi le hasch est une denrée interdite par la loi – du reste n'est-il pas alors interdit d'interdire ? – en revanche il a très bien intégré que la prison n'est pas un lieu pour lui. Il sait comment procèdent les flics, il connaît ceux des stups, et ils sont même devenus pour lui une obsession. Il s'est organisé afin de pouvoir continuer son petit commerce sans prendre plus de risques qu'il n'est nécessaire. Il change ses lieux de rencontre constamment, passe rarement plus d'une heure au même endroit, est d'une prudence maladive lors des transactions. Il n'y a qu'un bar où il a des habitudes, Le Beaujolais, dans le quartier Saint-Jean.

Saint-Jean, c'est, au pied de la Croix-Rousse, un quartier ancien, avec des venelles sombres, une architecture moyenâgeuse, des rues pavées et étroites qui interdisent toute planque à proximité des bars fréquentés par une faune cosmopolite et abondante. Et, comble d'intérêt, ce quartier regorge de traboules. La traboule est un passage secret entre deux rues, au rez-de-chaussée ou au premier étage, tout à fait dans l'esprit compliqué et hypocrite des Lyonnais qui l'ont conçue. Car ces traboules dissimulaient, dans le passé, des lieux accueillants, bars, maisons galantes, lieux de culte interdits, ou les nombreuses loges maçonniques dont la ville est encore grandement pourvue. Les façades austères et innocentes affichaient un irréprochable sérieux et les astucieuses traboules autorisaient les interdits en sauvant la face et les apparences. Ces cheminements parfois compliqués sont la hantise des policiers qui voient entrer un client, l'attendent des heures sans le voir jamais ressortir. Ils permettent toutes les audaces, toutes les combines. Saint-Jean n'est pas encore un quartier à la mode, la rénovation des vieilles pierres pas à l'ordre du jour, les touristes y viennent comme au musée et

1. Acide lysergique diéthylamide. Substance hallucinogène.

les jeunes hippies en ont fait leur QG car les logements y sont à leur portée, parfois même libres d'accès puisque sans eau ni électricité.

Planquer devant Le Beaujolais n'est pas plus possible en voiture qu'à pied, surtout compte tenu des moyens dont dispose la brigade des stups. Emprunter le « sous-marin » de la PJ est impensable et, de toute façon, il n'est pas certain qu'il pourrait se glisser dans ce boyau étroit sans se faire repérer dans les cinq minutes.

Le Beaujolais est tenu par une vieille femme et son fils. Ils exploitent aussi un hôtel dont les activités ne sont pas tout à fait touristiques et ils défraieront la chronique quelques mois plus tard pour la part active qu'ils prirent à ce que l'on appela l'affaire des proxénètes lyonnais. Le Beaujolais jouxte en effet un autre lieu de plaisir, Les Écuries du Roy, où la politique, l'argent, quelques personnages publics et même un ou deux flics proxénètes ou corrompus se rejoignaient pour des soirées de délire qui se terminèrent très mal pour certains d'entre eux.

Le soir où je mets les pieds pour la première fois dans ce bar, vêtue de mes atours de Mata Hari – jean brodé, gilet de cuir à franges – je suis à cent lieues de penser à ces affaires que, dans ma grande naïveté, je n'imagine même pas. Les tenanciers du Beaujolais, Bibi et sa mère, ont été mis au courant de ce que nous préparons. Archange est venu me présenter, ils savent que je vais squatter leur bar, ils doivent m'aider notamment en consentant un prix raisonnable sur les consommations et en alertant si nécessaire les collègues en couverture qui planquent... aux Écuries du Roy. Deux de mes consœurs seront le deuxième rideau dans Le Beaujolais lui-même. En contrepartie, les mœurs tourneront légèrement la tête en passant devant leur hôtel. Je ne sais rien de tout cela, naturellement. On ne me raconte que ce qu'on veut, mais je devine, j'ai une intuition redoutable. Le premier soir, j'ai les jambes en coton en franchissant le seuil de la porte, je pense, avec mon impatience congénitale, que l'aventure va se dérouler à un rythme endiablé, comme dans un film. Mais Bibi m'informe que Bertrand est passé et reparti une heure plus tôt. Le reverra-t-on ce soir ? Il hausse les épaules. Ça part mal.

Je m'installe au fond du bar occupé par de longues tables rectangulaires où s'entassent des jeunes qui boivent et chantent en jouant de la guitare et en refaisant le monde. Je suis seule afin de permettre tous les contacts que la présence d'une seconde personne pourrait contrarier. Je dois m'immerger sans arme – ça tombe bien puisque je n'en ai pas – et sans la carte tricolore magique qui pourrait faire capoter l'affaire et me faire découvrir au cas où surviendraient des événements imprévus et contraires.

Le temps passe, les verres de vin aussi, généreusement offerts par mes voisins de beuverie. À deux heures le bar ferme, Bertrand n'est pas venu. J'ai du mal à me défaire de quelques pots de colle avinés et je rentre au bercail, déçue, à moitié dans les vapes. Le lendemain, on remet ça. J'ai avancé l'heure de la planque pour éviter de le rater encore une fois. Je suis accueillie par mes – déjà – copains de la veille, et la soirée s'étire, conforme à la première. Ce soir-là Bertrand ne vient pas du tout. Ce sera le cas pendant toute la semaine. Il ne se montre pas. J'en ai plus qu'assez du beaujolais qui me ravage l'estomac mais je persévère. J'ai constaté que, parmi les habitués, de nombreux clients connaissent Bertrand, il ne se passe pas une soirée sans que quelqu'un demande après lui. Je pique ici et là quelques bribes qui se précisent et s'affinent au fur et à mesure que je finis par faire partie du décor. Je me suis construit un personnage : je suis éducatrice – je n'ai pas de mal à broder sur le sujet –, je travaille à la cité de l'enfance de Bron – je connais par cœur puisque j'y vais au moins une fois par semaine pour conduire des enfants retirés à leurs familles, victimes de mauvais traitements, de sévices sexuels ou simplement de parents incompétents. Je fume des gauloises sans filtre, mais je refuse le hasch, je prétends que ça me rend malade, migraines, nausées, et l'alibi est admis puisque je bois du vin, sinon on se demanderait ce que je fais là. J'habite chez mes parents, des bourgeois raides comme la justice et qui ne badinent pas avec la vertu de leur fille, ce qui me met à l'abri – précaire – des plus entreprenants. Car la hantise de mon commissaire l'a conduit à me donner des consignes formelles : en aucun cas je ne dois « coucher » ! Fumer un joint passe encore, mais coucher, point !

Heureusement, à ce stade, le problème ne se pose pas, j'esquive très bien. Mais le temps passe et avec lui s'aggrave l'angoisse que Bertand ait disparu pour longtemps, en Inde, à Katmandou ou ailleurs, qu'il se soit fait arrêter quelque part et que nous ne le sachions pas encore. S'aggrave aussi le risque d'être reconnue bêtement dans la journée au cours de mes activités normales de flic des mineurs. Et, mais à un degré moindre car je suis jeune et pleine d'allant, la fatigue de mener deux vies, une le jour, une autre la nuit. Je suis seule à Lyon, mon mari et mon fils ne m'ont pas encore rejointe, cela me facilite la vie mais quand même.

La deuxième semaine commence, je reprends le chemin du Beaujolais avec mon nécessaire de Mata Hari et mes collègues qui, eux, se relaient pour faire la fête aux Écuries du Roy et ne paraissent pas pressés que les choses évoluent. Les jeunes gens et jeunes filles qui demandent Bertrand sont de plus en plus nombreux et, me semble-t-il, pressés, anxieux même. Quelqu'un lâche, en ce premier soir de la deuxième semaine, qu'il va bientôt rentrer et, à son air satisfait tout autant que mystérieux, je comprends qu'il va rentrer « chargé ».

Je bondis d'allégresse et, après cette soirée, où, une fois de plus, notre trafiquant fantôme ne s'est pas montré, je fais mon rapport avec une grande assurance, même si au fond de moi je sais que rien n'est fait. Je ne suis pas sûre de pouvoir entrer facilement en contact avec lui, il peut me reconnaître ou se méfier au point de refuser le contact. Je regarde souvent sa photo, je le trouve banal avec ses cheveux blonds qui lui frôlent les épaules, sa barbichette clairsemée et sa moustache. On dirait un Christ un peu falot mais à force de l'attendre et d'espérer sa venue j'en ai fait, nous en avons fait, un personnage presque mythique. Personne n'a l'idée de vérifier s'il est chez lui, on l'attend ici, sur son terrain. Il finira bien par se montrer.

Mardi de la deuxième semaine. Quand j'entre au Beaujolais, il est vingt et une heures, Bibi me fait des signes on ne peut plus éloquents. Il y met tant de fébrilité que je crains un moment qu'il ne fasse tout rater. Mais je suis devenue une figure de l'établissement, personne ne prête attention aux clins d'œil et aux grands gestes de Bibi. Je m'installe dans la salle du fond, l'air nonchalant. Je suis moite de frousse, mon cœur bat de travers, j'ose à peine lever les yeux. Il est là.

Je suis aussitôt accaparée par deux ou trois piliers du Beaujolais et cela ne m'arrange pas, je préférerais rester libre de mes mouvements, mais je ne peux guère les ignorer alors qu'ils m'ont acceptée parmi eux depuis presque deux semaines. D'ailleurs, je le confesse, je me suis attachée à eux.

Sans perdre de vue l'essentiel, je suis obligée de constater que ceux que l'on appelle les « camés », les « toxicos » ou, pour les accros à l'héroïne, les « junkies », sont des gens comme moi.

Dorénavant, je ferai mienne l'affirmation selon laquelle « l'ennemi est celui avec lequel on n'a jamais déjeuné ». Celui que l'on ne connaît pas, que l'on a diabolisé en tant qu'individu alors qu'il n'est répréhensible qu'à la faveur ou à cause d'un acte que la société réprouve et la loi réprime. J'éprouverai souvent par la suite cet écœurement proche de la peine au moment de conduire à la maison d'arrêt un jeune trafiquant de drogue avec lequel s'est créée une inévitable intimité due aux semaines de surveillance puis aux deux, trois ou même quatre jours de promiscuité confinée pendant la garde à vue et les différentes investigations. Avant il est un délinquant qui enfreint la loi et doit être sanctionné, après il est un jeune garçon ou une jeune fille épuisé et mal parti qui désespère ses parents et détruit sa vie.

J'observe Bertrand avec intensité. Il est mieux que sur la photo de l'identité judiciaire qui pèse au fond de ma poche, il a perdu ses joues rondes, ses cheveux sont moins longs, il a un sourire doux et charmant. Et il est entouré d'une nuée de garçons et de filles qui ne le lâchent pas. On dirait qu'ils ont trouvé le Messie et lui parade au milieu de cette cour qui se presse autour de lui. Mais il a le regard alerte, toujours en mouvement. Il s'enquiert des nouvelles têtes, demande qui est qui. Il ne me jette pas un regard ni ne m'honore de la moindre marque d'intérêt. Cela pourrait me vexer mais je suis encore capable de raisonner malgré les pots de beaujolais qui défilent sans répit, et je me dis que cela vaut mieux, cela signifie qu'il ne me perçoit pas comme un danger, sans doute parce que je suis une fille. Je me demande comment je vais faire pour entrer dans son champ de vision et je décide d'aller rendre une visite à mes collègues toujours en planque dans l'établissement voisin afin de les avertir. Qu'ils finissent leurs coupes de champagne et se tiennent prêts pour la filoche, car maintenant qu'il est revenu on va le faire tomber, d'une manière ou d'une autre. Leur confirmer aussi que tout va bien, que Bertrand ne paraît pas se méfier et qu'on a des chances de réussir. Une traboule dessert l'entrée de l'hôtel et les toilettes du bar, elle donne sur la rue. Je m'y glisse, établis le contact avec les collègues et reviens sur mes pas. Un groupe de garçons et de filles barre le passage et tient une conversation animée dans la traboule. J'hésite, m'arrête, prête à faire demi-tour pour attendre qu'ils se soient éloignés puis je reconnais *sa* voix. Je me lance, affectant de sortir des toilettes. Bertrand me regarde avancer, il paraît me découvrir soudain. Il m'interpelle :

– Tiens, toi ! s'exclame-t-il en me prenant à témoin, est-ce que tu as vu le film *Il était une fois dans l'Ouest* ?

Une chance, je l'ai vu. Je le lui dis, je suis émue, il y a tellement longtemps que j'attends ce moment, mais je m'exhorte au calme.

– Alors, reprend-il en me dévisageant, tu sais qui est la silhouette d'homme qu'on voit tout au long du film ?

Je réponds en me demandant pourquoi il me détaille ainsi, j'ai peur qu'il ne me reconnaisse. Que va-t-il faire si c'est le cas, me sauter à la gorge, m'inviter à jeter le masque, s'enfuir ? Au lieu de cela, ma réponse semble le combler puisque je suis de son avis, au contraire de la fille qui lui tient tête bêtement car elle n'a pas reconnu Henry Fonda.

– Je t'ai jamais vue, murmure-t-il. T'es pas d'ici ! Comment c'est ton prénom ?

– Marie...

C'est mon deuxième prénom, celui de mon arrière-grand-mère... Toutes les femmes de la famille le portent. Cela semble le satisfaire et, dans la foulée, il me propose de boire un pot en sa compagnie. J'exulte en douce et me rends compte que son regard n'est qu'un regard d'homme curieux sur une fille qu'il découvre et qui lui plaît bien.

Nous éclusons quelques verres, il me pose des questions, nous parlons comme de vieux copains. Puis il se fait tard, le bar va fermer, les consommateurs s'en vont les uns après les autres. Bertrand ne veut pas me quitter, propose que nous allions prendre un verre ailleurs. Je parle de mes parents irascibles, je suis fatiguée, je travaille tôt. Je lui propose de nous revoir le lendemain. Même endroit, même heure... Mais il est têtu, insiste pour me raccompagner en voiture. Là je panique un peu. Je ne peux pas l'amener chez moi, tout de même ! Encore moins à l'hôtel de police... Afin de ne pas rompre le charme et le contact, je finis par céder. Au hasard je cite la rue des Capucins, celle où je logeais dans un hôtel accueillant, un mois plus tôt. Nous voilà partis dans la 2 CV. Je me suis un peu attardée dans la rue pour laisser le temps à mes collègues de repérer notre sortie, de constater que j'ai ferré le poisson et qu'il n'embarque. Bertrand observe longuement la rue, puis, dans la voiture, garde les yeux rivés sur le rétroviseur. Je lui demande pourquoi il regarde derrière et pas devant – attitude conforme d'un conducteur au volant – mais il hausse les épaules sans répondre. Ce soir-là, il est trop tôt, il ne se livre pas encore. J'en profite cependant pour me retourner et constater que la vieille Citroën de Claude est bien derrière nous, à bonne distance.

Il me dépose dans la rue des Capucins, j'ai désigné un immeuble au hasard. Il a émis l'idée de m'accompagner jusqu'à ma porte mais la description de mes pseudo-parents comme de vrais cerbères l'a dissuadé. Nous nous quittons sur un baiser fraternel et la promesse d'un rendez-vous pour le lendemain. Puis je m'engouffre dans l'allée de l'immeuble que ne protègent pas encore les incontournables codes d'accès qui m'auraient trahie car, bien entendu, il attend que j'aie disparu pour démarrer. Je m'oblige à rester un délai raisonnable avant de ressortir dans la rue déserte. La 3 CV de Claude me récupère et le debriefing se fait chez moi, autour d'une omelette et... d'un pot de beaujolais. L'équipe est très excitée, l'affaire se précise, il faut maintenant être très, très stricts sur l'organisation, ne pas se rater.

Le lendemain, Archange exprime sa satisfaction, le commissaire est content mais toujours inquiet. Combien de temps cela va-t-il durer ? Quelle est la relation qu'envisage Bertrand avec moi ? Il insiste lourdement : s'il faut passer par le lit du jeune homme, pas question. Je me dis que je verrai bien le moment venu car, pour l'heure, Bertrand est plus intéressé par le shit et l'acide que par le flirt ou le sexe pour lequel il ne me paraît pas très entreprenant. Cette attitude réservée persiste heureusement au cours des soirées suivantes malgré le fait qu'il paraît sinon amoureux, du moins fort intéressé par ma compagnie. Ou alors, c'est ma propre réserve qui le tient à distance. En effet, j'ai vu comment il se comporte avec les autres, notamment les filles, qu'il paraît collectionner. Un peu volage, l'oiseau s'éparpille et je constate qu'il en a désespéré plus d'une. Or, il faut durer car le but n'est pas une courte romance, mais son arrestation en flagrant délit et ce n'est pas moi qui choisirai le jour. Encore faut-il être toujours en cour à ce moment-là.

Plus les jours passent, plus il perd de sa prudence avec moi.

Il est toujours aux abois vis-à-vis de l'extérieur, et un soir il me recommande de faire attention aux 4 L grises.

– C'est les flics des stups, m'explique-t-il alors que je fais semblant de m'étonner.

– Tu as des problèmes avec les stups ?

J'ai failli demander « c'est quoi les stups ? » pour renforcer mon image de fille saine et candide mais je me suis ravisée juste à temps : une éducatrice ne peut pas paraître niaise à ce point.

Il reste évasif mais il a visiblement un contentieux avec les flics et ne les aime pas. Je ressens comme un vertige : il me demande de surveiller qu'on n'ait pas les flics aux fesses et il est assis à côté d'un spécimen de la race. Je ne suis pas de bois, il est attachant et j'ai le sentiment de le trahir. Pourtant je n'hésite pas malgré le remords qui me ronge parfois : j'irai jusqu'au bout.

Bertrand m'en dit un peu plus chaque jour, sur sa vie, ses expériences. Parfois, il vient aux rendez-vous dans un état second, les yeux rouges, l'élocution difficile. Il arrive aussi que je ne le voie pas de deux ou trois jours. Un soir, il me propose une surprise. Je crains le pire. Nous ne sommes jamais allés ensemble ailleurs qu'au Beaujolais ou dans les bars de Saint-Jean, je suis censée vivre chez mes parents, lui habite chez les siens. Je me dis qu'il veut de l'intimité. Je pense « nous y voilà », et maintenant qu'est-ce que je vais faire ? Une fois de plus, j'esquive, je dois rentrer tôt car je commence le travail à l'aube – c'est la vérité –, mais il me rassure. Ce ne sera pas long, un moment de tête à tête au cours duquel il veut seulement fumer avec moi. Comme s'il s'agissait là d'une marque suprême de confiance et d'amitié. Après tout, c'est peut-être le cas. Je devrais refuser mais la curiosité l'emporte. En effet, depuis que je le fréquente assidûment, il n'a jamais fait une seule transaction en ma présence. Seulement, depuis quelques jours, il se relâche. Les clients s'adressent à lui avec moins de précautions, lui-même s'enhardit à appeler le hasch par son nom, l'acide aussi. À la fin de la deuxième semaine, il annonce un peu partout qu'il va en recevoir du bon. Ce n'est pas le moment de lâcher prise, aussi j'accepte de l'accompagner.

Aux environs de minuit l'île Barbe est un havre de paix loin de la ville. Je comprends les raisons de ce choix : l'endroit est désert – le printemps est encore en gestation – et l'espèce d'esplanade sous les arbres où il arrête la voiture est bien dégagée. Aucune chance de se faire surprendre ou prendre à revers. J'ai toujours pensé qu'il transporte la came sur lui ou dans sa voiture, je ne me suis pas trompée : il porte des bottes et retire de l'une d'elles l'attirail qui convient : le hasch, un shilom. Il procède religieusement aux préparatifs quand une voiture se pointe au bout de l'allée d'arbres. Je sais que ce sont mes collègues, j'identifie aussitôt la voiture. Bertrand s'inquiète. Tendu, il remballe fébrilement ses billes, regarde autour de lui, prêt à bondir dans sa voiture. Je lui dis pour l'apaiser que, en cas d'alerte, il n'a qu'à tout jeter dans les buissons qui bordent le Rhône, il se calme et, un moment après, se détend pour de bon : un couple est sorti de la voiture, marche lentement sous les arbres, enlacé, s'arrête pour échanger des baisers enflammés. J'ai envie de rire car j'ai reconnu les partenaires, je trouve la situation d'autant plus cocasse que, dans la vie de tous les jours, ces deux-là ne s'aiment pas beaucoup. J'observe Bertrand. Rassuré, il m'explique en rigolant que c'est un endroit de rêve pour couples illégitimes, que c'est moins cher et plus tranquille que l'hôtel.

Un moment après, il tire comme un fou sur son shilom. J'ai ressorti mon baratin sur mes migraines, mais il prétend que je n'ai jusqu'alors fumé que de la merde qui provoque ces maux de tête. Il insiste pour que j'essaie et à la vérité je suis morte d'angoisse. J'ai entendu les pires choses sur les effets de la drogue, je suis totalement bécasse sur la question, j'ai peur, en fumant, de perdre les pédales, de lui avouer ma profession, les raisons pour lesquelles je suis là. Crispée, je tire à mon tour sur le shilom, il me montre la bonne position des mains, comment aspirer la fumée. Je me lance. Dieu merci, rien ne se passe, je garde la tête froide et ce que je m'explique le moins c'est que lui paraît complètement envapé. Son regard devient flou, il ne parle plus, perdu dans un rêve mystérieux, à des années-lumière de moi. J'ai froid, je me demande comment il va pouvoir conduire.

Cette nuit-là, nous tombons d'accord, mes collègues et moi, sur la nécessité de précipiter les choses avant qu'elles nous précipitent... dans une situation inextricable. Il va falloir expliquer au patron que Bertrand m'a fait fumer, que demain il va vouloir me faire essayer autre chose et que, en me quittant ce soir, il m'a fait clairement comprendre qu'il est grand temps que nous passions à des exercices moins innocents. Je dois gagner du temps encore, jusqu'à ce qu'il entre en possession de sa livraison. J'ai identifié ses clients, mes collègues les ont « logés » pour la plupart. Le moment venu, il n'y aura plus qu'à les interpeller. Il est alors convenu que j'introduise une collègue dans le circuit afin de le tenir à distance, de casser une intimité qui devient dangereuse tout en ravivant son intérêt. J'arrive donc au rendez-vous suivant avec Michelle, une Toulousaine brune dont l'accent du Sud est une bénédiction. Il n'est pas ravi, pas contrarié non plus. Je lui dis qu'elle est à Lyon pour quelques jours, le courant passe, et il pose sur elle, au fur et à mesure que la soirée avance, le même regard intéressé. Ce constat me conforte dans l'intuition qui me lancine depuis le début : j'ai bien fait de le faire lanterner, ce garçon est un papillon, il consomme les filles comme des Kleenex. Que son intérêt se reporte sur Michelle, une jolie collègue morte deux ans plus tard de leucémie, est un moindre mal. Je suis quand même pressée d'en finir. Bertrand déploie tous ses charmes et évoque, avec une sorte d'excitation gourmande, la possibilité de passer une soirée sympa le lendemain, à quatre. Il amènera un copain et j'entrevois dès lors une facette du personnage que je n'avais pas encore perçue : comme il ne précise pas comment se feront les équipes, j'en conclus qu'il n'a pas d'a priori sur la question. Toujours confiante dans ma bonne étoile, je me dis une fois de plus « on verra bien » et j'accepte. Michelle fait semblant d'hésiter, elle se fait un peu prier pour la forme et pour mieux le ferrer.

La bonne étoile veille. Avant de me raccompagner ce soir-là, toujours rue des Capucins où j'ai fini par prendre des habitudes, Bertrand fait un crochet par la place du Pont ainsi nommée à cause de sa proximité avec le pont de la Guillotière. C'est le quartier arabe, vieillot et vétuste. Dans une rue glauque où passent des ombres furtives, il arrête la 2 CV devant un bar dans lequel il pénètre. Un Arabe d'une quarantaine d'années en sort avec lui trente secondes plus tard. J'ouvre la portière, mais je suis trop loin d'eux pour entendre ce qu'ils se disent. Je photographie l'homme mentalement, note le nom du bar. Quand Bertrand revient, il est tout excité :

– Demain soir, je te dis pas le pied qu'on va prendre ! T'as jamais rien fumé d'aussi bon.

Je pose quelques innocentes questions auxquelles il répond sans réserve. Cette fois, ça y est, la livraison est pour demain !

Tard dans la nuit, nous finissons de mettre au point l'opération. Des renforts sont engagés, des mœurs, des mineurs et d'autres groupes de la sûreté appelés à la rescousse. Car les interpellations vont se faire simultanément un peu partout dans la ville et dans les bars où on peut trouver ses clients.

Jour J. À dix-neuf heures, Michelle et moi rejoignons Bertrand et son copain Pierre, un étudiant, fils d'un notable lyonnais qui dispose d'un appartement à Villeurbanne et ne sait pas encore dans quel guêpier il s'est fourré. Nous quittons Le Beaujolais pour aller dîner au Pont de pierre, autre lieu de rendez-vous des jeunes chevelus, et Bertrand prend les commandes. Il note sur un petit calepin que je n'ai encore jamais vu les initiales des acheteurs, les quantités, annonce les prix. C'est discret, rapide et, d'un seul coup, je comprends sa tactique. Quand il reçoit une livraison, la totalité est distribuée dans les vingt-quatre heures. Il ne garde avec lui que ce qu'il faut pour dépanner les imprévoyants et pour assurer sa propre consommation. Plusieurs livraisons auront lieu le soir même sous l'œil vigilant des flics de la sûreté. Après le repas, Pierre et Michelle retournent au Beaujolais, Bertrand et moi, place du Pont. Dans l'allée d'un immeuble délabré, Bertrand récupère un paquet en échange d'un autre paquet. De fric. J'assiste de loin au manège, je n'en perds pas une miette. De dessous le siège de la 2 CV, Bertrand extirpe une caisse à outils dans laquelle il planque la moitié de la came, le reste est réparti dans ses poches, dans ses bottes. Il m'en confie même une partie. Je proteste, mais il me jure que c'est momentané. En effet, deux heures plus tard, le gros de la marchandise a été distribué entre Le Beaujolais et Le Pont de pierre. Les doses ont été prépesées et emballées dans des morceaux de papier d'aluminium – par l'Arabe sans doute –, les échanges se font dans les toilettes des bars ou dans les allées d'immeubles voisins.

Vers minuit, nous levons le camp. Bertrand se frotte les mains, ses yeux brillent et je ne sais pas ce qui le réjouit le plus : les deux heures qu'il vient de passer ou la perspective de celles qui l'attendent à Villeurbanne. Lorsque nous sortons du Beaujolais, une silhouette accroupie près du mur dans l'ombre s'avance dans notre direction. Mon cœur bondit, je manque d'air, je me détourne brusquement. Michelle est un peu en arrière, elle s'avance sans prendre garde à la fille qui nous dévisage, les cheveux dans les yeux. C'est une fugueuse récidiviste, une gamine que nous avons eue au service au moins trois fois depuis notre arrivée à Lyon ! Elle ne connaît que nous, bien sûr. Elle continue de nous fixer et s'adresse à Bertrand :

– Il faut que je te parle.

– Fous-moi la paix ! Tu vois bien que je suis occupé.

Elle s'approche de lui, elle est sale, elle l'implore de ne pas la laisser tomber, elle rentre de fugue, elle est à la rue. Il ricane :

– Rentre chez toi, va te laver, tu pues.

– Bertrand, tu peux pas rester avec ces deux pétasses.

Je suis sans voix, Michelle aussi a reconnu la fille, elle lui tourne le dos brusquement mais il est trop tard. Je me dis que tout est fichu, la fille rentre de fugue, il a fallu qu'on lui tombe dessus justement ce soir. J'imagine les collègues qui nous surveillent, invisibles dans l'ombre, indécis, et je pourrais presque les entendre retenir leur souffle.

Mais Bertrand ne l'écoute pas, il la repousse brutalement. Il a eu une histoire avec elle, je l'apprendrai dans la voiture. Il la démolit en quelques mots décisifs mais, quand nous nous éloignons, elle crie, pleure à moitié. Je comprends ce qu'elle lui dit, que nous sommes des flics, qu'il est un vrai con, et je me dis qu'elle a raison. J'ai l'estomac au bord des lèvres. Le beaujolais remonte, je vais vomir. Très attentionné, Bertrand se préoccupe de ma santé et, du coup, ne prête pas attention aux propos de son ex. Michelle s'est mise à jacasser, son accent de Toulouse et sa voix forte couvrent les insultes de la fille. Pierre, impatient de passer aux choses concrètes, la serre de près. Dans la voiture je respire. Cette fois, on est passées près, la fatigue des semaines écoulées me tombe dessus, je me sens mal. Pour un peu, là, à cet instant, je m'enfuirais, honteuse et triste.

Bertrand, malgré l'incident, ou à cause de lui – il a entendu une partie de ce qu'a dit la fille à propos des flics, mais il a compris qu'elle le menaçait de le balancer ! –, reste extrêmement vigilant, les yeux braqués sur ses arrières. La Citroën de Claude n'est pourtant pas loin, mais conduite par une fille elle ne l'intéresse pas plus que cela. À Villeurbanne, le studio de Pierre est situé dans une rue calme. Par précaution et parce qu'il a encore un bon kilo de shit dans la caisse à outils,

Bertrand rentre sa voiture dans la cour. Nous nous installons confortablement dans le studio minuscule et douillet. Pierre sort des bouteilles, nous invite à nous mettre à l'aise. Bertrand enlève ses bottes, sort quelques paquets de hasch emballés d'aluminium. Captivé par ses préparatifs, il ne voit pas le coup d'œil que nous échangeons, Michelle et moi. Pierre, lui, l'a vue se lever, il se méprend, lui indique les toilettes. Quelques secondes plus tard, la porte, ouverte par Michelle, est repoussée brutalement. Nos collègues font irruption, les menottes claquent. Michelle, pour jouer le jeu, s'offusque de cette intrusion nocturne. Elle reçoit une gifle retentissante. À l'ardeur qu'il y met, je soupçonne son auteur d'en avoir eu envie depuis longtemps. Puis tout le monde est embarqué, les garçons sont stupéfaits, abasourdis. J'imagine ce qui doit cavaler dans la tête de Bertrand. Il se refait le film à toute vitesse. À ce stade, il ne comprend pas encore le rôle que j'ai joué. Quand nous arrivons à l'hôtel de police, il retrouve, effondré, ses clients de la soirée, ses copains aussi avec lesquels il a consommé de la drogue dans les jours qui ont précédé, ceux auxquels il vend régulièrement depuis plusieurs semaines. Enfin, le grossiste marocain qui le fournit est là aussi, enchaîné à un radiateur au fond du couloir, de la rancune plein ses yeux sombres. Je regarde Bertrand, il est livide, ses pupilles agrandies de stupeur me fixent avec, encore, de l'incrédulité. Je ne peux répondre à sa question muette, je détourne le regard.

Je ne saurai rien de l'enquête à laquelle je ne participe pas, pas plus que les autres filles. Rien des interrogatoires, des confrontations puisqu'il a été décidé que nous resterions à l'écart de tout. Archange a prévu de nous faire évanouir dans la nature, en quelque sorte, mais il a compté sans Bertrand qui veut savoir ce que nous sommes devenues, moi surtout, et pourquoi je me suis ainsi volatilisée. Il commence à comprendre et me cite dans toutes ses dépositions. À la fin, la situation n'est plus tenable, Archange est contraint d'expliquer qui je suis et le rôle que j'ai joué au procureur de la République, prêt à lancer un mandat d'arrêt à l'encontre de cette mystérieuse complice que personne ne connaît.

Évidemment, une fois en prison, Bertrand, tenaillé au

cours de sa garde à vue par un doute affreux, découvre le pot aux roses par les bons soins de son avocat qui a accès au dossier.

Il tentera de plaider la provocation et au moment du procès les médias locaux se régalent de titres tous plus sulfureux les uns que les autres. Pour *Le Progrès de Lyon*, « les pépées font la loi », l'article est illustré d'un dessin qui représente une fille en minijupe, outrageusement maquillée, aux charmes caricaturaux. Le tribunal ne suit pas cette voie, ne retient pas l'excuse de provocation puisque je n'ai fait qu'assister au trafic sans l'initier et que le délit était constitué, avec ou sans moi. Bertrand est sévèrement condamné, j'affecte d'en être satisfaite mais je dois reconnaître, au fond de moi, que je ne suis pas fière. Le pire sort sera celui du malheureux Pierre qui passera quelques mois en prison pour s'être trouvé là au mauvais moment.

Plus tard, quand ils seront libérés, l'ironie du sort les remettra en ma présence. Quelques mois après l'affaire, j'ai été affectée à la brigade des stupéfiants. Je suis chargée de les convoquer à intervalles réguliers, pour les exigences du contrôle judiciaire. Quand je revois Bertrand pour la première fois, je ne me sens pas très à l'aise dans mes baskets. Je tente de lui expliquer ce qui s'est passé et j'ai probablement tort car je me rends compte que je suis en train de me justifier. J'obtiens néanmoins de lui qu'il ne refuse pas le dialogue et nous irons même dîner ensemble, avec Pierre et les autres filles des mineurs, dans un des bars de Saint-Jean. Mais la pilule est trop dure à avaler, il est inquiet, chaque fois que l'une d'entre nous se lève pour aller aux toilettes, il est prêt à bondir dehors. Je le sens très mal. Finalement, je mets un terme à l'expérience, je crois qu'il ne peut pas accepter ce que je suis et je suis sûre qu'à ce moment-là il a déjà recommencé son petit trafic. J'en aurai confirmation plus tard quand il se fera de nouveau arrêter – par les gendarmes cette fois –, ce qui me donnera rétrospectivement meilleure conscience.

Quelques semaines après cette histoire, j'ai repris mes activités à la brigade des mineurs. Je me suis bien sûr grillée à Lyon avec l'affaire de Bertrand, et mon patron a eu vraiment les boules. Il préfère les méthodes habituelles, la tradition. Il a fait savoir que cette expérience, réussie, est trop dangereuse pour tout le monde. Là on a eu affaire à des gentils, mais ça aurait pu mal tourner surtout à cause de la fille qui nous a reconnues. Il en frémit encore. On s'incline, il est patron. Pour moi c'est alors une race à part et, comme je suis un peu entière, je les classe dans la catégorie des pétochards carriéristes. De ceux qui pensent qu'il vaut mieux le claquement sec du parapluie qui s'ouvre que le grondement sourd d'une carrière qui s'écroule. J'ai la candeur de mes vingt-deux ans et, de toute façon, je suis grillée.

Attentats à la pudeur, viols, mauvais traitements, fugues, enfants retirés à leur famille avec le « concours de la force publique », un double infanticide. La routine. Puis...

Un samedi de permanence à la brigade j'ai avec moi l'inspecteur Robert, un des stups, un Méditerranéen volubile et charmeur. Nous sommes un peu désœuvrés, le début de l'été a vidé la ville. Il fait très chaud mais le vieil hôtel de police conserve entre ses murs épais une fraîcheur agréable. Vers midi, le planton cogne à la porte de mon bureau où je devise tranquillement avec Robert : le boulot, encore et toujours, les dernières affaires, les prochaines, les beaux voyous que l'on espère, pour lui les grosses prises qui doivent pourtant bien passer quelque part, nom d'un chien ! Sous son nez, si ça se trouve.

Une femme d'environ soixante ans s'annonce, elle vient signaler un mineur en danger moral. C'est donc pour moi, mais Robert reste pour me tenir compagnie et parce qu'il n'a rien d'autre à faire.

– C'est au sujet de mon petit-fils, dit-elle après avoir accepté une des chaises grinçantes du bureau des mineurs. Elle a posé son sac sur ses genoux, elle s'y cramponne en triturant les anses. Grise, anodine, elle a dans le regard une lueur entre l'angoisse et la peur de s'être fourvoyée. La tête de tous ceux qui mettent les pieds pour la première fois, et de leur plein gré, dans un commissariat et qui se demandent si c'était une bonne idée. Je l'encourage d'un geste.

– Eh bien voilà, il a dix-sept ans, il vit à Paris, mais son père veut le reprendre avec lui à Lyon.

– Dix-sept ans ? Ce n'est plus un enfant. Il est mineur, je suis d'accord, mais je suppose qu'on lui a demandé son avis ?

– Il ne demande que ça, vous pensez bien !

Je ne vois pas où est le problème. La femme est embarrassée.

– Il est avec sa mère à Paris ? m'enquiers-je. Les parents sont divorcés, je suppose...

– Sa mère est morte, il y a longtemps, peu de temps après sa naissance. C'était ma fille, vous comprenez ?

Je comprends ce qu'elle me dit, pas où elle veut en venir.

– Si vous m'expliquiez tout ?

– Voilà. Mon gendre est médecin. Enfin, était... Il a été radié de l'Ordre après la mort de ma fille. Aujourd'hui, il exerce la médecine en toute illégalité, et ça se passe en dessous de chez moi ! En plus c'est un drogué et un trafiquant.

Diable ! Je regarde Robert, il hausse les épaules discrètement, blasé. Il a dû entendre ça cent fois.

– Quand il a rencontré ma fille, il y a vingt ans, il se droguait déjà. Elle avait vingt ans, lui quarante. Il l'a entraînée dans son vice et elle en est morte. Le médecin qui a constaté le décès s'en est aperçu, vous pensez, mais entre médecins, hein ! Il a signé le certificat de décès, mon gendre n'a pas eu d'ennuis, sauf sa radiation de l'Ordre. Comme ils étaient tous les deux drogués à cent pour cent, mon petit-fils est né dépendant, il a fallu le désintoxiquer à sa naissance. Il a passé des mois à l'hôpital. La DDASS a fait le nécessaire pour qu'il n'ait pas de contacts avec son père et il a été placé à Paris dans une famille. Moi, j'avais mon travail à Lyon, je ne pouvais pas le prendre avec moi et j'habitais au-dessus de chez son père, alors... Je le voyais de temps en temps à Paris.

Elle s'interrompt, laisse passer un moment, me regarde comme si elle attendait un assentiment, un blanc-seing.

– Continuez, madame ! Votre gendre a arrêté de se droguer, je suppose...

– Pensez-vous, il en est incapable, c'est un grand drogué vous savez !

– Mais s'il ne travaille pas, comment fait-il ? Il a une rente ? Une fortune personnelle ?

– Il a sa médecine. Il fait des décoctions de plantes, les femmes adorent ça. Mais surtout il vend de la drogue à certains clients, qu'il soigne soi-disant par les plantes. Drôles de plantes, oui !

– Mais comment savez-vous tout cela ?

– Écoutez, je vous dis que j'habite au-dessus. Je lui fais son ménage, je lui prépare ses repas, je vais chez lui plusieurs fois par jour. Enfin j'allais...

– Ah ! vous vous êtes fâchés ?

Elle hausse les épaules à son tour :

– Si on veut... Mais, de toute façon, il ne faut pas que mon petit-fils vienne vivre avec lui, il va le droguer aussi. C'est un garçon tellement sain, propre, gentil...

Nouveau coup d'œil à Robert. De l'index vissé sur la tempe, il me donne son avis sur la crédibilité à accorder à cette histoire. Je prends un bloc de papier, un crayon.

– Très bien, madame, je vais noter vos coordonnées et tout ce que vous m'avez dit. Je vais me renseigner auprès de la DDASS, enquêter sur les activités de votre gendre, ensuite nous aviserons. Je vous tiendrai informée.

Un quart d'heure plus tard, elle se lève pour partir, pose son cabas sur le bureau devant elle, l'ouvre. Elle en sort un pot de Nescafé à moitié plein d'une poudre blanche, me la tend :

– Tenez, il *la* cache dans sa cuisine, au milieu des casseroles. Il en a encore autant, je n'ai pas pu tout prendre, il se serait douté de quelque chose.

Robert réprime un sourire : aux stups cette situation est courante. Les parents affolés trouvent sans cesse des substances suspectes qu'ils apportent pour analyse. Les gens sont moins informés qu'aujourd'hui et ce qu'on leur dit de la drogue les terrorise. Il prend le relais, débouche le flacon, pose son nez dessus, y trempe son index humecté de salive. Tout ce qu'il ne faut pas faire mais qu'il fait par réflexe, convaincu de goûter à de la poudre à récurer, de la farine ou du talc. Il fait la grimace :

– Merci de nous avoir contactés, dit-il, je vais faire analyser cette... drogue.

Il a prononcé le mot avec un sérieux forcé, une solennité qui sonne faux.

La dame sort, il se laisse aller à un fou rire qui me contamine vite. Il a les larmes aux yeux :

– Bon Dieu, je sais pas ce que c'est que cette merde mais c'est mauvais, amer, tu peux pas savoir. J'ai les lèvres tout ankylosées.

Puis nous allons déjeuner au bistrot du coin, il me paraît distant, envapé pendant la moitié du repas. Quand nous rentrons, il est requinqué et je dois insister pour que le bocal parte au labo pour analyse.

Quand il appelle le labo pour avoir les résultats le lundi

soir, il n'en croit pas ses oreilles et se précipite dans mon bureau :

– C'est de l'héroïne, dis donc, de la pure ! Y en a cent grammes, tu te rends compte ? Je suis épaté.

– Oui, et t'aurais pu en crever ! C'est pas toi qui dis toujours qu'il ne faut pas goûter les produits suspects ?

Comme je suis partiellement concernée par l'affaire à cause du mineur, Archange me propose d'y participer. J'accepte avec empressement. Je ne sais pas pourquoi, mais la première partie de la suite me semble un peu bâclée. Après avoir repris contact avec la grand-mère, les stups décident d'interpeller le médecin déchu. On aurait pu attendre, identifier ses clients pour mieux le ficeler, mais bon... Ce pauvre docteur Martin est une loque décharnée qui tient à peine debout. Il y a encore quelques centaines de grammes de poudre parmi les gamelles de la cuisine et, comme on n'a pas vraiment fait semblant de chercher ailleurs, je l'entends nettement murmurer « vieille salope » en passant près de sa belle-mère qui assiste aux opérations de loin. Ils ont le même âge, leurs appartements sont identiques, je note le regard de haine et de rancune qu'elle lui adresse.

Tassé sur sa chaise, l'ex docteur Martin résiste au début de l'interrogatoire avec panache. Il a le visage maigre, le nez en bec d'oiseau, des yeux habités d'une lueur étrange qui passent sur les gens et les objets sans s'y arrêter. Je ne connais pas encore les accros, les vrais, je ne soupçonne pas ce que cache un tel regard : la peur panique du manque. Avec Martin, cela ne tarde pas. Il se ratatine, devient grisâtre, de grosses gouttes de sueur perlent à son front. Nous avons peu de temps pour lui faire raconter sa vie, après il sera entre les mains des médecins. Quelqu'un a posé le flacon de Nescafé bien en vue, mais hors de sa portée. Il ne le quitte pas des yeux tandis que des tremblements commencent à l'agiter sournoisement. Il sait qu'il ne tiendra pas. Il supplie. Mais il doit parler d'abord.

Stupéfaits, nous écoutons le récit de sa pauvre vie, en tous points conformes à ce que nous a raconté la grand-mère. Après un accident de moto, atteint de blessures graves et atrocement douloureuses, il ne peut tenir qu'à coups de morphine. Intoxication thérapeutique. J'en ai entendu parler à propos des grands blessés de guerre. Après, il continue, la dépendance s'est installée et son métier lui offre une facilité d'approvisionnement dont il profite largement. Y compris avec la jeune femme qu'il a épousée. Il confirme toutes les accusations de sa belle-mère, passe avec pudeur sur son chagrin à la mort de sa femme dans des circonstances troubles, le retrait de son enfant, sa solitude, la radiation de l'Ordre, le robinet de morphine maintenu ouvert quelque temps encore par d'anciens confrères apitoyés puis la coupure brutale et la bascule dans la clandestinité. Les fausses ordonnances, les produits frelatés, les coups tordus pour se faire des sous, l'aide de sa belle-mère, son soutien, son... affection. L'héroïne commence à fleurir sur les marchés, au début des années soixante-dix, la French Connection et ses chimistes de génie leur livrent une came parfaite et pas chère. Le gramme d'héroïne pure ou presque est vendu au prix du shit, c'est dire ! Il organise son affaire, trouve une filière, achète de la poudre, en revend. Tout compte fait, il vit bien. Germaine, la belle-mère, est toujours là, indispensable, incontournable.

Quand il faut entrer dans le vif du sujet, il se referme : il est toujours pénible de livrer ses fournisseurs. Pourtant c'est le moment le plus formidable pour un flic, celui où un nom est lâché, où l'on sait qu'une marche supplémentaire va être gravie, et, qui sait, après, une, deux autres jusqu'à ce laboratoire de transformation dont nous rêvons jusqu'à l'obsession.

Martin a des contractures, des frissons, ses intestins jouent relâche. On ne peut plus le garder, nous le conduisons fissa à l'hôpital où il est admis en toxicologie et en garde à vue. Nous sommes dépités, demain il aura récupéré ou il sera mort. C'est un grand toxicomane qui a besoin de cinq, six shoots par jour et, même avec des doses de Tranxène à assommer un taureau de combat, il va déguster. On ne peut effacer d'un coup d'hôpital trente ans de piquouses.

Germaine va encore nous aider. Elle a la rage contre Martin, une rage systématique et implacable. J'ai l'impression qu'elle veut sa peau. Elle a remarqué que les réserves d'héroïne de son gendre étaient brutalement à leur maximum en début de mois. Chaque mois, depuis deux ans, il est livré, à domicile puisqu'il ne sort jamais, d'un bon kilo de poudre. Par qui ? Elle a sa petite idée. Germaine est une mine, un filon inépuisable. Ce qu'elle raconte est tellement incroyable que nous n'y croyons pas.

Je la raccompagne chez elle ce soir-là et je ne peux m'empêcher de lorgner sur cette femme insignifiante, avachie dans ses soixante ans qu'elle semble porter comme une croix. Un détail me travaille : pourquoi avoir couvert l'activité criminelle de Martin pendant vingt ans malgré la mort de sa fille et le destin troublé de son petit-fils, pour le trahir aussi soudainement, un samedi d'été, sans raison ? Je le lui demande. Son visage large, ramolli par le temps, s'affaisse. Elle se tait en regardant au-dehors les façades immobiles des immeubles endormis. Elle me répond enfin d'une petite voix butée :

– Je vous l'ai dit, c'est pour le petit.

Le lendemain, Martin, en très mauvais état physique et moral, ne peut qu'admettre les faits que sa belle-mère a non pas déduits de certains constats qu'elle a pu faire, mais parfaitement connus puisqu'il ne songeait pas à les lui cacher. Il lâche deux noms. Un homme et une femme, un couple qui habite aux Brotteaux, un quartier bourgeois de Lyon. En échange, il demande une faveur : la présence de sa fiancée à son chevet. Un inconscient, je ne sais plus qui, la lui accorde dans l'enthousiasme.

Les fournisseurs sont chez eux quand nous nous pointons sur le coup de midi, attablés devant un frugal repas dans une pièce sombre à l'ameublement désuet couvert de napperons de dentelle mécanique. Désuet, vieux, minable. À leur image, elle a soixante-neuf ans, lui... quatre-vingt-huit.

Depuis deux ans, ce couple de vieillards va à Marseille chaque mois, par le train. Ils partent deux ou trois jours, avec leur petite valise, et il y a fort à parier qu'à chaque retour un voyageur ou un employé complaisants les aident à monter et à embarquer leur kilo de mort lente. Ils se font payer pour cela, cher. Très cher, même. Car, en plus de leur sale combine, ils font chanter le bon docteur dont ils n'ignorent rien : la toxicomanie, la revente, l'exercice illégal de la médecine. C'est la femme qui l'a connu la première, elle est adepte des médecines douces. À force de le fréquenter, de l'observer puis de l'espionner, elle a pigé le manège. Le chantage c'est une idée du vieux, comme les petits voyages à Marseille que Martin n'avait plus le goût ni la force de faire lui-même.

La came ils savent à peine ce que c'est sinon que, quand on y a goûté, c'est la mort. Sauf que Martin préférait en avoir et que ce besoin fou a un prix.

La vieille, héroïque, charge à mort son mari. Efficace tactique puisqu'elle attendrit le juge d'instruction et échappe à la taule. Le vieux a moins de chance, il se défend maladroitement, accuse les jeunes qui se moquent des vieux, le gouvernement qui s'en fout. Il est anéanti, pour lui c'était une sorte de jeu sans risque, un jackpot facile dont il ne comprend pas l'issue. On dirait un gosse puni, ce qui prouve bien que les vieux retombent en enfance. Il est incarcéré, envoyé quelques mois plus tard à l'hôpital où il décède dans l'indifférence générale.

Les collègues des stups sont partis pour Marseille à la recherche du grossiste, un certain M. Albert. Je ne fais pas partie du voyage, faut pas exagérer quand même... Je sais qu'ils vont se décarcasser pour la remonter, cette satanée filière, et qu'elle les conduira, avec ceux de Marseille, au labo de nos rêves.

Je me contente d'une dernière visite au docteur Martin, placé sous contrôle judiciaire par le juge qui s'est propulsé jusqu'au pavillon N de l'hôpital Édouard-Herriot. J'ai quelques formalités à remplir avec lui et une curiosité à satisfaire. Sur le seuil de sa chambre, je croise une créature blonde de moins de trente ans. La fameuse fiancée, qu'on pourrait prendre pour la Vierge Marie tant sa présence a vivifié le vieux Martin. Il est assis dans son lit, transformé, en forme, l'œil vif, loin de la loque qui, quarante-huit heures plus tôt, déféquait debout dans le commissariat. Je suis encore bien naïve, il me faudra plusieurs jours pour comprendre que la divine fiancée lui a apporté de quoi se shooter, ce qu'il a fait au nez et à la barbe du gardien assis devant la porte. Il y avait sûrement quelque part chez lui une réserve cachée que nous n'avons pas trouvée. Une question me taraude : pourquoi Germaine l'a-t-elle balancé, pourquoi tant d'acharnement ? Il élude en fermant les yeux. Quand je le quitte, il ouvre un œil, murmure comme s'il s'enfonçait dans un songe délicieux :

– Jalousie, jalousie...

Bon sang, j'en aurai le cœur net. Sous un prétexte extrêmement fallacieux, je retourne voir Germaine. Nous parlons de Martin, du petit-fils que je ne verrai jamais. Germaine s'est détendue, elle me parle comme à une vieille copine, d'une voix confidentielle. Puis, animée de je ne sais quelle pulsion vacharde, je lui narre ma rencontre avec la blonde fiancée du docteur. Elle sursaute, comme mordue par un serpent à sonnettes :

– Elle n'a pas eu ce culot ? siffle-t-elle. Ce n'est pas vrai, cette garce n'est pas allée à l'hôpital ?

Puis les larmes lui viennent aux yeux, elle s'effondre doucement, hoquette enfin sa haine en une suite de bouts de phrases hachés menu :

– C'est pas juste, c'est ma place. C'est moi qui dois être près de lui. La garce, saleté. Une fille de mauvaise vie, je vous dis, si vous saviez mademoiselle... En plus, il veut l'épouser. Et moi, hein ? Et le petit, elle ne l'aura pas, ils veulent vivre tous les trois. Et moi ? on me rejette comme une vieille chaussette... Mais pourquoi vous ne l'avez pas mis en prison ?

Je ne sais plus où me mettre, plus que faire pour endiguer ce chagrin, cette détresse qui la submergent. J'ai compris en un éclair que cette femme épuisée est amoureuse de son gendre. Depuis toujours. Que par amour elle a fermé les yeux sur la mort de son enfant, qu'elle en a absous le meurtrier. Elle a renoncé à son petit-fils pour rester près de lui, le materner, le couver, l'aimer. Elle était sa maîtresse au début, puis sa compagne, sa protectrice. Parce qu'une rivale est apparue, elle est devenue sa conscience. Elle s'est vengée.

Tout ce qu'elle a fait n'a servi à rien. Martin bientôt sera libre. Il vivra avec sa fiancée et son fils qui a envie de découvrir ce père inconnu. Germaine n'a rien fait pour mériter cela. Elle a juste trente ans de trop.

L'été tire à sa fin, je vais passer septembre à la campagne. Juste avant de partir en vacances, j'ai arrêté le violeur d'une enfant de six ans. La petite est traumatisée, je suis épouvantée par son regard. Elle n'a rien compris sinon cette douleur atroce et cette souillure qui lui fait sans cesse tirer sa jupe sur ses genoux ornés des bobos de l'enfance. Le violeur est un individu qui sort de prison pour abandon d'enfants. Il en a trois quelque part et il en a fait un à la concierge de l'immeuble où habite la petite fille violée. Avant de quitter la prison il a écrit à sa concubine une lettre à l'écriture rudimentaire mais au sens non équivoque : « Quand je rentrerai, trouve-moi une pucelle. » Elle s'est exécutée, a attiré dans sa loge la fillette, a elle-même participé aux préparatifs – caresses, baisers – puis : « Je l'ai tenue pour qu'elle ait moins mal. » La femme a son bébé dans les bras, elle s'y cramponne en pleurant. Elle a déjà six enfants à la DDASS, chaque fois qu'elle en fait un on le lui retire. Les cheveux grisonnants, collés en longues queues de rat, édentée, elle paraît soixante ans mais n'en a pas trente.

Nous devrons, Claude et moi, planquer plusieurs jours pour attraper le saligaud. Il est malin, connaît la musique et sort de la loge à cinq heures du matin, avant l'heure légale qui nous permettrait de le « serrer » chez lui. Après deux heures d'interrogatoire, il avoue. Mais ce n'est pas sa faute. D'abord il est malade de la tête, et puis c'est sa concubine qui a tout fait, tout manigancé. Il charge à mort cette pauvre créature qui lui sourit niaisement, sans comprendre un mot de ce qu'il dit. Ils vont en prison tous les deux, ils sont bons pour les assises, dans quelques mois. J'ai besoin de vacances.

L'inspecteur Robert va quitter la ville. Il est muté à sa demande. Archange me propose de le remplacer aux stups. Je suis flattée, fière comme un petit banc.

Le 2 novembre, je m'assieds derrière le bureau de Robert dans cette espèce de bout de couloir qui communique avec le bureau d'Archange et où une paillasse de carreaux blancs témoigne encore du temps où on soumettait les prostituées à un contrôle médical dans les locaux de police. J'ouvre la main courante avec une retenue révérencieuse. J'écris la date en haut d'une page blanche, la souligne avec ma règle. Je me revois, petite, face à la magie d'un cahier neuf aux feuilles blanches et lisses. Je sais que d'ici à un mois j'aurai cessé de souligner la date.

Les autres sont je ne sais où, c'est un lendemain de fête, les vacances de la Toussaint, le service est vide. J'entends le grondement des voitures sur le boulevard Vivier-Merle. Par le haut de la fenêtre aux vitres noires de crasse et de fumée de cigarettes, j'aperçois les derniers étages d'un immeuble de la rue Desaix. Les nuages sont posés dessus, il fait froid. Je suis désœuvrée, je ne sais par quel bout commencer, il va falloir que j'attende le retour des collègues. Archange est plus mobilisé par les proxénètes que par la came, et ce matin-là il est occupé. Sa voix de stentor tonne, m'arrache les tympans à intervalles réguliers. Je ne sais pas après qui il en a, mais cela ne semble pas bien engagé pour son interlocuteur.

J'attends avec fébrilité ma première affaire.

Elle se présente sous la forme d'un télex que me remet le planton. En termes lapidaires il y est question d'un jeune Syrien qui a disparu et dont les parents pensent qu'il a été enlevé par des trafiquants de drogue. J'attends un moment propice pour demander à Archange ce qu'il en pense :

– C'est une connerie.

Verdict sans appel qu'il justifie aussitôt. Un couple de gros commerçants d'Alep – en Syrie – a débarqué à Lyon quelques jours plus tôt. Leur fils, étudiant en deuxième année de médecine, a disparu depuis un bon mois de la chambre qu'il occupait dans le VIIIe arrondissement chez une mamie tranquille. Plus de nouvelles, aucun signe de vie. Les parents ont signalé le fait à la police. Comme le jeune homme a vingt-deux ans, le dossier a atterri aux RIF [1], au milieu de centaines d'autres. Un mois plus tard, les parents, morts d'inquiétude et chagrinés par la passivité de la police française, ont débarqué. Ils ont élu domicile au Grand Hôtel et remuent le ban et l'arrière-ban des autorités lyonnaises pour que quelqu'un s'occupe, enfin, du sort de leur gamin.

– Et les trafiquants de drogue ?

Archange hausse les épaules en mâchouillant un bout de cigare :

– Bidon. Ils ont trouvé ça pour que l'enquête soit menée par un autre service que les RIF, c'est tout. Ils espèrent qu'on va se remuer les fesses.

Je triture le télex. Nehmet Khouday. Archange me regarde, assis derrière un monceau de dossiers individuels. Il pose ses mains battoirs au-dessus de la pile, il attend.

– Je peux ? demandé-je, intimidée soudain par ce nouveau chef à la réputation de dur à cuire.

Il a un sourire en coin :

– T'es là pour ça, non ? Allez, petite, à cheval ! Disparais, j'ai du boulot.

Archange m'appelle toujours ainsi : petite. Quelquefois « ma chérie », mais seulement quand il est très en colère. Quand il m'appelle par mon nom, comme il le fait avec les hommes du service, je peux aller me planquer car l'orage va éclater.

1. Recherches dans l'intérêt des familles.

Je ne me fais pas prier pour lui obéir. Même si cette histoire est bidon, elle inaugure mon entrée aux stups. Les autres filles des mineurs font un peu la gueule de me voir là, elles se récrient qu'elles n'y seraient allées pour rien au monde, quelle horreur ! mais je sais qu'elles sont un tantinet vexées.

Première étape, les RIF. Un des trois Roger du bureau des mineurs est les RIF à lui tout seul. C'est un brigadier détaché, il fait son boulot en silence au milieu du chahut de ses six collègues, de leurs clients et des gosses turbulents qui y défilent. Il fume comme une locomotive, ses dents sont noires de nicotine.

– Bien sûr que j'ai enquêté sur la disparition de ce « gone », dit-il. J'ai rien trouvé de particulier. C'est un étudiant sage qui ne fréquente que des Syriens comme lui : il sort peu. J'ai vu sa logeuse, elle est un peu surprise de ce départ précipité, mais il a des amis à Toulouse. Je pense qu'il est là-bas. Il va rappliquer pour la rentrée à la fac, tu vas voir.

Roger est un type honnête. Il a deux cents dossiers et il ne fait que ce qu'on lui demande : rechercher des gens et les retrouver, leur demander s'ils consentent à communiquer leur adresse, enregistrer la réponse, faire signer son bout de papelard, donner la réponse au demandeur et basta. Ceux qu'il ne retrouve pas ne l'intéressent pas. C'est pour des problèmes de gros sous, de divorce, de garde d'enfant que les RIF sont enclenchées, pas pour des mecs qui se sont fait trucider, prétendument, par des marchands de came.

J'appelle le Grand Hôtel. La mère de Nehmet ne me laisse pas le temps de dire ouf. Elle parle un français irréprochable et me convoque séance tenante. Elle sait par le chef de la sûreté que les stups ont pris l'enquête en main, elle s'attendait à voir des hommes.

– Vous êtes bien jeune, murmure-t-elle en me détaillant de la tête aux pieds.

– Officier de police adjoint, madame.

– Bien sûr, bien sûr.

Son regard est bon mais voilé d'une inquiétude mortelle. Des semaines qu'elle accumule la peur au fond de ses tripes. Le père est tout aussi anéanti par la disparition de leur fils. Ils en ont un autre à Alep, mais celui-là c'est le petit, il est brillant, brillant. Comme les larmes qui inondent brusquement ses yeux. Il se détourne, un homme ne pleure pas, mais des sanglots le secouent.

– Voyons, dis-je, désemparée, ayez confiance, on va le retrouver. Parlez-moi de lui.

Bien sûr que je vais le retrouver. Je ne sais pas encore quand ni comment ni dans quel état, mais je vais le retrouver.

– Notre fils est en France depuis deux ans pour faire des études de médecine. Lyon est une faculté réputée, nous voulions le meilleur pour lui et de nombreux compatriotes y envoient leurs enfants. Nehmet est un garçon plutôt timide, très proche de nous. S'expatrier ne lui fut pas facile, il ne se plaît qu'en famille mais nous y tenions beaucoup et...

Sa voix se brise, elle a un geste découragé de la main qui achève son propos :

– S'il lui est arrivé quelque chose je ne m'en remettrai jamais.

– Comment vivait-il à Lyon ? Avez-vous vu sa logeuse ?

– Bien sûr, c'est la première chose que nous avons faite. Elle ne s'explique pas plus que nous la disparition de notre fils. Ses amis non plus.

Elle me regarde, ses yeux interrogent : « Qu'est-ce que vous comptez faire ? »

Je pense : « Je ne sais pas ce que je vais faire, comment le saurais-je ? »

Je relance en douceur :

– Il se droguait ?

Elle sourit :

– Lui ? Non, c'est impossible. Il n'a jamais fumé une cigarette ni bu un verre d'alcool. Vous savez, si nous avons parlé de stupéfiants...

Je sais, je sais. C'est pour que les flics se bougent les fesses. Mais on est mal partis, je ne vois pas d'angle d'attaque, ce jeune homme est un petit saint.

– Une fille peut-être ?

Cette fois c'est le père qui répond :

– Non, il nous l'aurait dit.

– Mais il ne vous dit peut-être pas tout, justement ! Quelquefois les parents sont étonnés d'apprendre certaines choses au sujet de leurs enfants. Ils sont cachottiers, vous savez !

– Pas lui, mademoiselle. Il nous écrivait chaque semaine, de longues lettres où il racontait sa vie par le menu. Il n'achetait rien sans nous le dire, d'ailleurs il emportait tous ses vêtements d'Alep, même ses sous-vêtements. Ses lettres étaient un lien vital entre nous, il ne peut pas avoir oublié de nous écrire, je vois bien que vous le pensez. Voici sa dernière lettre, lisez-la, je vous en prie !

Elle me tend deux feuillets froissés. Elle a dû les lire, les relire, essayer de déchiffrer l'indicible entre les lignes. Je la parcours rapidement. C'est la lettre d'un jeune homme heureux, insouciant, qui attend avec impatience la rentrée à la fac. Il a hâte de montrer ses capacités à ses chers parents, pour les honorer, les remercier. Il les aime et ne s'en cache pas. Il projette un voyage à Toulouse avec un ami et il vient de s'acheter une vieille 2 CV pour y aller quelques jours au début d'octobre...

Mais au fait ! Je regarde la date en haut de la première page : 28 septembre. Nous sommes le 2 novembre. Plus d'un mois s'est écoulé et, compte tenu de ce qu'ils me disent et de ce que je commence à entrevoir de sa personnalité, je me mets aussi à avoir les j'tons.

– Et ce voyage à Toulouse ?

– Il n'y est jamais allé. L'ami qui devait l'accompagner est parti tout seul, en train, après l'avoir attendu plusieurs jours.

– Il n'a pas cherché à savoir le motif de cette défection ?

– Si, mais il a pensé que Nehmet avait changé d'avis sans le lui dire. Il n'a pas insisté. Dans notre pays, nous avons le respect de la vie des autres.

« Curieux, me dis-je quand même. Un garçon tellement organisé et bien élevé qui fait faux bond à son meilleur copain et l'autre se dit : “ Bon, tant pis, il a changé d'avis, j' me casse tout seul... ” »

– Il lui est arrivé quelque chose, affirme la mère qui retient ses larmes avec dignité.

Je la rassure mais n'en pense pas moins. Cette lettre est la dernière qui leur est parvenue, les autres ont pu s'égarer. Elle n'y croit pas. La lettre n'est pas non plus le message d'un garçon désespéré qui pourrait avoir projeté de se suicider. Mais peut-on savoir ? Ma courte expérience m'a déjà avertie de tels faux-semblants. Je n'en dis rien aux parents, bien entendu.

Je les quitte sur la promesse d'un contact rapide. J'ai noté les noms des quelques amis syriens de Nehmet Khouday, je repasse par le bureau pour les faire convoquer et je file chez la logeuse. C'est une petite vieille chenue qui se déplace à petits pas économes, sans faire plus de bruit qu'une souris. Elle loue des chambres à des garçons – « je ne prends pas de filles, on a toujours des ennuis avec ! » – dans un logement impersonnel au-dessus du sien, un immeuble banal et sans histoire. Nehmet était son seul pensionnaire cet été. Elle ne tarit pas d'éloges, c'est un garçon si poli et comme il faut. Du seuil de la chambre, je remarque qu'en outre il était très ordonné. C'est une chambre de célibataire, propre et rangée. J'entends la voix de sa mère m'expliquant les petites manies de son fils, car elle est passée ici avant moi chercher des signes, des indices.

« Il nous écrit tous les mardis, après dîner. Il enlève ses chaussures, les range dans le placard, met des chaussons. Il pose sa veste sur le dos de la chaise, enlève sa montre qu'il met dans la poche de la veste. Il passe un pyjama, un pull par-dessus quand il fait frais... »

Tout est là, la veste sur la chaise, la montre dans la poche, les chaussures dans le placard. La mère a fait l'inventaire, il ne manque rien, pas un slip, pas une paire de chaussettes. Elle est ca-té-go-ri-que. Ses effets de toilette sont dans la salle de bains, au complet.

Je suis troublée. La logeuse est désemparée. Elle est un peu sourde, elle n'a rien remarqué, sauf...

– Oui ?

– Le soir où il a... disparu, j'ai entendu un bruit assez fort chez lui, comme une malle ou quelque chose de lourd en tout cas qui serait tombé par terre. J'ai pensé qu'il faisait ses bagages puisqu'il partait en voyage. Mais voyez, la valise est là.

Elle désigne le haut de l'armoire. La valise s'y trouve bien. Quant à la 2 CV, elle n'a pas bougé du parking.

– Vous avez parlé de ce bruit à quelqu'un ?

Non, elle n'a rien dit car, sur le moment, elle n'y a pas prêté attention. C'est plus tard, vu la tournure que prenaient les événements, qu'elle s'en est souvenue.

Les parents Khouday m'ont confié la dernière lettre de leur fils. Le cachet de la poste indique qu'elle a été compostée juste après la dernière levée, à vingt heures. La boîte est en face, de l'autre côté de la rue Marius-Berliet. Donc, me dis-je, Nehmet Khouday rentre chez lui, se déshabille, écrit sa lettre, descend la poster (dans quelle tenue ?), remonte et... disparaît. La logeuse n'a rien entendu à part ce bruit sourd, rien vu. Elle ignore s'il a reçu de la visite et s'il est ressorti, si c'est le cas il devait être nu puisque toutes ses affaires sont là...

Ses quelques amis syriens ne sont pas plus explicites. Nehmet Khouday sortait peu, pas de boîtes, pas de filles. Un moine. Il travaillait beaucoup. Personne ne sait expliquer sa disparition et celui qui devait partir avec lui pour Toulouse, le plus intime de ses amis semble-t-il, n'est pas à Lyon. Où est-il ? On ne sait pas. Intimité signifie-t-elle davantage qu'amitié ? Je me le demande mais je ne sais pas répondre. C'est pourtant une facette du personnage qu'il me paraît utile d'envisager.

Quand je revois les parents, ils sont au courant de mes démarches car le microcosme syrien de Lyon s'en émeut. Tout le monde ne parle que de cela et – est-ce un effet de mon imagination ? – laisse filtrer comme un léger malaise. Je suggère aux parents que leur fils a pu faire une fugue amoureuse et, le temps passant, ne pas arriver à faire machine arrière. Je ne dis pas quel genre de relation je subodore parce que c'est purement subjectif. Mais eux n'en démordent pas, leur fils a subi un mauvais sort, il est même sûrement mort à l'heure qu'il est et ils ne quitteront pas la France avant de savoir la vérité, quelle qu'elle soit. Cette approche obsessionnelle et morbide me trouble au point que je me demande s'ils ne savent pas des choses que j'ignore.

Je passe une mauvaise nuit à tourner et à retourner dans ma tête cette drôle d'affaire qui semble s'être passée en vase clos, entre Syriens puisque ces étudiants ne fréquentaient personne d'autre. Au petit matin, je réalise que les parents Khouday ont réussi leur coup : je commence à penser sérieusement que Nehmet n'est plus vivant.

Roger m'accueille le matin avec son sourire gentil.

– Dis, Roger, qu'est-ce que tu fais quand tu penses qu'un de tes clients est mort ?

– État civil de la mairie de naissance, recherche de mentions marginales.

– Non, je veux dire s'il est mort... clandestinement ?

– Tu veux dire qu'on lui a fait la peau et qu'on s'est débarrassé du corps ? Ou bien qu'il s'est suicidé en catimini ? Alors là, il faut attendre de retrouver le macchab' ou le chercher...

– Oui, mais suppose qu'au contraire on ait retrouvé un corps sans pouvoir l'identifier ? C'est à l'IJ (l'identité judiciaire) qu'il faut aller, non ?

– Ouais, à condition qu'il soit mort dans la région. Pourquoi ?

Je suis déjà partie. À l'IJ le collègue qui s'occupe de l'identification des cadavres est un ancien qui a bien roulé. La peau ravinée de son visage dénonce un penchant pour le Ricard, et il a toujours au bec un clope informe dont la fumée lui fait plisser les yeux. En fin d'après-midi, il a l'élocution difficile, mais il a des excuses :

– Tiens, regarde, dit-il en poussant le registre devant moi. En ce moment j'ai pas grand-chose : des bouts de bidoche ramassés au barrage de Pierre-Bénite, une jambe. La guibole c'est pas pour toi, je l'ai identifiée grâce à la chaussette, c'est une femme qui s'est foutue à la baille. Sinon, qu'est-ce qu'y a ? Tu veux voir les bouts de viande ?

– Non merci... T'as rien d'autre ?

– En entier, non... Remarque, si, j'en ai un mais c'est pas un Syrien, par exemple, c'est un Tchèque.

– Tu l'as depuis quand ?

– Oh ! plus d'un mois. Il a cramé sous le pont Poincaré, quai Achille-Lignon.

Il tourne les pages avec lenteur, rallume son mégot, aspire une grande bouffée de fumée âcre :

– Attends, le voilà. Tiens, on l'a trouvé le 2 octobre, c'est moi qu'ai fait le boulot, les photos et tout le binz.

Je lis le contenu du registre. Individu de sexe masculin, taille 1,75 mètre-1,80 mètre, de race blanche, nationalité supposée : tchécoslovaque. Cause de la mort : crémation-suicide par le feu. Inhumé au cimetière de la Guillotière sous la référence « inconnu n° 305 ».

– Personne ne l'a réclamé ?

Le collègue hoche la tête :

– Négatif. On l'a pas identifié non plus. Inconnu au bataillon.

Je rêvasse.

– Tu veux le dossier photos ? demande le vieux mégot.

De retour au service, je me plonge dans le dossier, examine les photos. A priori ça ne peut pas coller. Le présumé suicidé par le feu a été découvert par un pêcheur sous un pont. Près de lui, une pancarte avait été déposée contre une pierre. Rédigé en lettres bâtons, le texte évoquait le drame tchécoslovaque : « Je ne peux plus vivre loin de mon pays. Je pense à mes camarades morts ou disparus. Vive la Tchécoslovaquie libre. »

Le printemps de Prague est proche dans les mémoires, Jan

Palach s'est détruit par le feu, il est devenu un héros et un martyr. Tout le monde le connaît, et qu'un de ses compatriotes exilé à Lyon ait suivi son exemple n'a surpris personne. En conséquence, les constatations ont été sommaires, il n'y a même pas eu d'autopsie. On a mis le corps calciné dans une boîte, et comme personne ne le réclamait on l'a enterré sous un numéro. L'inconnu n° 305.

Du PV de constatations, il ressort qu'aucune trace de vêtements ou de chaussures n'a été découverte, pas plus que de traces d'un récipient ayant contenu de l'essence. Ni résidu de plastique ni bidon métallique, pas même un bouchon. On s'est contenté de le dire sans chercher plus loin. Le seul point positif qui ouvre quelques horizons repose sur la formule dentaire. Elle indique que le brûlé a subi des soins, deux de ses dents ont été plombées.

Je passe des heures à regarder, détailler les photos du mort. Il a été pris sous plusieurs angles dans cette drôle de posture vaguement fœtale, recroquevillée, caractéristique de la crémation. De son visage en gros plan, il ne reste pas grand-chose, pas de poils ni de cheveux, sa tête n'est qu'une boule noirâtre. Munie d'une photo d'identité de Nehmet Khouday, je me livre à des comparaisons d'anatomie. Je trouve des points communs, la forme du visage, des os du crâne, la courbure des arcades sourcilières. Plus je les analyse, plus je les trouve ressemblantes. Mon vieux copain de l'IJ fait un travail rapide, c'est un bon « croqueur ». Ses conclusions ne sont pas scientifiques, mais il admet qu'il existe un nombre raisonnable de points de concordance et une possibilité de superposition des deux séries de photos à 80 pour 100. Il faudrait aller plus loin, faire une vraie expertise. Mais, à ce stade, personne ne prendra cette décision fondée sur une hypothèse aussi mince.

Les parents Khouday sont maintenant depuis quinze jours au Grand Hôtel. Ils maintiennent leur décision de rester jusqu'à ce qu'ils connaissent la vérité. Ils m'appellent tous les jours. Je ne leur ai pas encore parlé de ma découverte, de ce bonze tchécoslovaque que je sens de plus en plus faux, de mes doutes au sujet de leur fils qui pourrait bien être ce bonze-là, justement. J'ai, sans demander l'avis de personne, montré les photos du brûlé à celui des amis syriens de Nehmet qui m'a paru le plus fiable. Il est en quatrième année de médecine et, malgré son assurance, ses mains tremblent quand il s'empare des clichés. Il est bouleversé mais il fait un effort et, à l'issue, donne son verdict : c'est lui, à 80 pour 100. Il ignore si son ami avait reçu des soins dentaires, mais il estime la chose possible. Comme Nehmet n'est pas allé en Syrie depuis presque deux ans, il a pu se faire soigner les dents par des confrères de dentaire. L'école garde des traces des patients qui y sont soignés. Mais de Nehmet Khouday, point.

Je suis dans une impasse. Je demande l'avis d'Archange et son accord pour aller plus loin, dire mes soupçons aux parents. J'ai besoin d'eux pour connaître la formule dentaire de leur fils et les soins éventuels qu'il aurait reçus en Syrie. Mais je pressens le choc qu'ils vont éprouver. Quand je leur parle du mort du quai Achille-Lignon, ils insistent pour voir les photos. Ils font preuve d'un cran exceptionnel, mais leur détresse est palpable. Ils hésitent, le reconnaissent sans le reconnaître. Ils aimeraient que l'on puisse leur donner une certitude mais comment faire avec un cadavre inhumé depuis plus d'un mois ? Ils n'ont pas le souvenir que Nehmet ait reçu des soins dentaires à Alep, mais ils envoient un télex à leur dentiste. Sa réponse arrive très vite : néant. Faut-il penser qu'il s'est fait soigner par un dentiste lyonnais ? Une circulaire leur est adressée qui ne donnera pas plus de résultat. Un copain dentiste qui lui a bricolé les dents en douce ? Possible mais il reste introuvable.

Je suis retournée dans la chambre de Nehmet avec sa mère. Je voulais qu'elle refasse un inventaire de ses affaires pour être sûre qu'on ne passait à côté de rien. Sur une étagère je mets la main sur une grande enveloppe jaune. Il s'agit d'une radiographie. Mme Khouday est surprise, car son fils ne lui a pas dit qu'il s'était fait radiographer la colonne vertébrale.

– Vous voyez qu'il ne vous disait pas tout !

– Il aura oublié... mais je me souviens qu'il se plaignait du dos.

C'est possible, la radio est récente et déjà je gamberge.

Deux jours plus tard, à la demande des époux Khouday qui ont fini par déposer une plainte contre X pour enlèvement et séquestration, le procureur de la République de Lyon ordonne l'exhumation de l'inconnu n° 305, son autopsie et tout acte de nature à établir son identité notamment par comparaison d'indices se rapportant à Nehmet Khouday. Le

2 décembre, l'exhumation a lieu à huit heures, en présence de mon patron.

Je n'ai pas pu assister à cette cérémonie macabre, car je suis convoquée avec Claude chez le juge qui instruit l'affaire du viol de la fillette par les concierges. L'homme est revenu sur ses aveux, il prétend que je l'ai menotté dans le dos pour mieux le frapper tandis que « l'autre femme m'encourageait de la voix ». C'est à ne pas croire. Je n'ai jamais frappé personne, pourtant aux mineurs ce n'est pas l'envie qui manque, parfois. Un dimanche, j'ai dû enlever des mains de mes collègues un frappeur d'enfant. C'était une petite fille de huit mois, sa mère l'avait conduite à l'hôpital pour une déformation du bras qu'elle attribuait à une piqûre de guêpe. En fait le bébé avait une fracture, de multiples contusions sur le corps et une drôle de marque, un cercle rougeâtre autour du visage. La jeune mère travaillait et l'enfant était à la garde du concubin, c'est lui qui, pour faire taire l'enfant, soit la jetait par terre, soit lui appliquait un bol sur le visage. L'homme épuisé par une tuberculose tenait à peine debout. C'est sans doute ce qui le sauva de la colère révoltée de mes collègues.

Frapper n'est qu'un aveu de faiblesse, d'impuissance, un acte impulsif sans justification possible, c'est ce que j'explique au juge d'instruction. Je suis sûre de moi, décontractée. Lui pas. Il fait partie de cette nouvelle vague de juges, nous sommes de la même génération, de Mai 68. Moi j'ai cessé de croire aux chimères de la révolution, arrêté de poser sur les gens un regard manichéen. Lui pas. Dans la société il y a des bons et des méchants. Les flics sont des méchants, tous sans exception. Le pauvre violeur est une victime de la société et, en plus, il a sûrement eu une enfance malheureuse. Ce qui est sans doute vrai mais insuffisant. Et l'enfant violée, qui y pense, à cet instant ?

Ceux que l'on appellera les juges rouges sont arrivés, le mien ne sourit pas, son interrogatoire est un vrai, il aimerait bien me faire avouer.

Vers neuf heures trente je file à l'Institut médico-légal où l'autopsie vient de commencer. Au rez-de-chaussée, l'odeur est déjà très présente. Au sous-sol, elle est insoutenable. Deux médecins légistes sont là, ainsi que mon patron qui a déjà restitué son café et, un mouchoir sous le nez, voudrait bien être loin. L'étudiant en médecine ami de Nehmet est venu aussi pour une tentative d'identification du cadavre. Celui-ci gît dans la position où il avait été inhumé, recroquevillé, les bras contre la poitrine. Il est verdâtre, l'odeur est terrible. Les légistes l'ont passé à la radioscopie puis, comme cela ne donnait rien, l'ont radiographié. Ils sont en train de terminer les comparaisons avec les radios de Nehmet que je leur ai données la veille. Ils reviennent, l'un des deux lève le pouce.

– Bravo ! Bonne intuition... C'est bien le même homme. Ils ont le même spina-bifida, une malformation congénitale de la colonne vertébrale, et les deux clichés se superposent exactement.

La tête me tourne un peu. Je n'arrive pas à croire que ce garçon que je cherche depuis un mois est là devant moi. Et si c'est lui, pourquoi cette mascarade macabre ? Pourquoi la Tchécoslovaquie ? Et si ce n'était pas un suicide ?

L'autopsie commence alors pour de bon. J'ai déjà vu des cadavres, assisté à des autopsies, parfois bouleversantes comme celle de ces deux enfants morts de coups et de mauvais traitements infligés par leurs parents, jamais encore ce ne fut aussi pénible. Dès les premières incisions, l'enveloppe calcinée marbrée de vert sombre livre des chairs putréfiées, des viscères marron foncé à l'odeur terrifiante. Un des deux légistes me recommande de fumer en gardant la cigarette à la bouche. Ce n'est pas encore le pied, mais ça va mieux. Mon patron qui ne fume pas a reflué vers le fond de la pièce, au bord du malaise. L'étudiant syrien, mal en point depuis le début, est reparti dès l'annonce de l'identification de son ami. Ça lui a fichu un coup. Livide et chancelant, il n'a fait aucun commentaire, mais nous ne l'avons pas autorisé à assister à l'autopsie.

Les radiographies ont révélé qu'il n'y avait aucun projectile ni corps étranger dans l'organisme de Nehmet. Ses chairs calcinées et putréfiées ne portent la trace apparente d'aucune lésion, incision, d'aucun coup de couteau. C'est en arrivant à l'examen de la langue et du cou que les médecins s'exclament : une pièce osseuse du cou en forme de fer à cheval, l'os hyoïde, est fracturée. Une de ses branches donne de la gîte. Ce constat et quelques éléments périphériques permettent de penser que le brûlé a été étranglé ou a été victime d'un coup au niveau du larynx.

Je peux difficilement oublier ce spectacle, cette odeur infernale. Il paraît que les muqueuses olfactives sont douées de mémoire, qu'elles restituent périodiquement des parfums qui les ont, un moment, imprégnées. Ce parfum-là – dont j'eus l'occasion de constituer des stocks par la suite – revint fréquemment me déranger, de manière imprévisible, pendant un repas ou dans mon sommeil où il fut le prétexte à d'affreux cauchemars.

Je suis allée annoncer la nouvelle aux époux Khouday. Ils sont effondrés mais, curieusement, soulagés. J'ai éludé l'hypothèse du meurtre qui commence à s'imposer avec force. Eux ne croient pas un seul instant au suicide, ils ont la conviction que leur affirmation du début, lancée comme une provocation, est, par une incroyable ironie du sort, vérifiée. Ils décident d'attendre à Lyon les premiers résultats de l'enquête.

La presse se déchaîne autour de cette découverte explosive, d'une histoire criminelle que densifient la personnalité, la nationalité de la victime. Une fois encore, je suis la vedette de l'affaire.

Je passe une nuit blanche à refaire l'histoire de Nehmet Khouday avec Claude. Nous reprenons tous les éléments depuis le début, dressons des listes, des tableaux. Le lendemain je convoque les étudiants syriens les plus proches, fais contacter celui qui est à Toulouse afin qu'il en revienne. Dans le bout de couloir qui me sert de bureau, avec l'aide de mes collègues des stups, j'acquiers vite la conviction, encore intuitive, que c'est dans ce microcosme syrien expatrié que nous trouverons les causes de la mort de Nehmet Khouday et peut-être la vérité. Politique, mœurs, argent, bagarre stupide qui tourne mal.

Nous avons sous la main trois étudiants très proches de lui. Je reprends avec eux, avec une minutie qui les agace, l'emploi du temps des derniers jours, des dernières heures de leur camarade. Le seul butoir certain pour en fixer le moment est la rédaction de la fameuse lettre. Nehmet est allé la poster après l'avoir écrite, est remonté chez lui, s'est déshabillé. À ce moment-là, il a reçu une visite, pour de mystérieuses raisons, il a été tué, emmené sous ce pont et brûlé. Puis son ou ses agresseurs ont monté une mise en scène avec la pancarte pour détourner l'attention. Cela a bien failli marcher n'eût été l'obstination des parents Khouday. Une autre possibilité subsiste néanmoins : qu'il se soit suicidé en organisant lui-même la mise en scène pour épargner ses parents. Dans ce cas, il n'est pas sorti nu. Or tous ses vêtements sont là sans exception et Mme Khouday est formelle : jamais il n'aurait acheté de vêtements en France, elle exclut cette hypothèse avec la dernière énergie. De plus, le pont Poincaré est très éloigné de la rue Marius-Berliet. La 2 CV est au parking, il n'a tout de même pas pris le bus ou un taxi, son bidon d'essence sous le bras, pour aller se cramer à l'autre bout de la ville. Et, s'il voulait vraiment épargner ses parents, il aurait choisi un autre moyen, un accident de voiture ou un lieu carrément éloigné de Lyon.

Je retourne sous le pont Poincaré, je fais à partir du lieu de la crémation une large exploration. D'aucun endroit on ne pouvait voir le spectacle. Ni des quais, ni des routes qui se croisent sur le pont. Peut-être de la berge en vis-à-vis, mais la zone est plutôt inhospitalière, l'endroit inhabité, désert, la circulation dense sur le pont. Les berges sinistres sont balayées de vents glacés, et le pêcheur a trouvé le cadavre quatre jours après les faits. J'ai toujours cru que ce type de suicide, volontairement atroce, devait être spectaculaire, or cet endroit est à l'opposé d'une telle démarche. Je fouine, le nez au ras du sol, ratisse les herbes, les cailloux. Je devrais trouver un bout de bidon, au moins le bouchon. Je ne trouve rien, est-ce à dire que le suicidaire s'est inondé d'essence quelque part, qu'il est allé jeter le récipient dans le Rhône distant quand même d'une bonne centaine de mètres du point de crémation, et qu'il est revenu sur ses pas pour se foutre le feu ? Avec quoi, au fait ? un briquet ? On en aurait retrouvé des traces. Des allumettes ? J'en découvre une pochette, entre le point de crémation et le fleuve. C'est une pochette souple qui fait de la réclame pour un établissement du vieux Lyon, moitié bar de nuit, moitié boîte. Oh ! ce n'est qu'un indice, cette pochette a pu être jetée ou perdue par un pêcheur. Mais je constate le soir même que cet établissement est fréquenté par des étrangers, d'Europe de l'Est, du Moyen-Orient... Des Syriens aussi, me confirme le patron de la boîte. Bon, et alors ? Nehmet Khouday devait y venir quoi qu'en dise sa mère... Ce ne sont que des suppositions, pas des preuves.

Mes convictions pourtant se renforcent. Je suis sûr qu'on a suicidé ce jeune homme. Je suis lancée dans un entretien tendu avec celui des étudiants qui me paraît le plus fragile, il sue et ne regarde personne en face, quand la porte s'ouvre. C'est mon patron :

– Vous arrêtez tout, vous n'avez plus l'affaire.

C'est dit sans précaution superflue. Je vois mon vis-à-vis se détendre. Je pourchasse mon commissaire dans son bureau, j'exige – car je suis jeune et fougueuse ! – des explications. Il m'envoie paître gentiment :

– C'est une affaire criminelle, vous êtes aux stups, ce n'est pas une affaire de stups, elle n'est donc plus de votre compétence. Le parquet a saisi le groupe des affaires générales de la sûreté.

La PJ, encore, j'aurais compris. Mais la sûreté ! Pourquoi ne pas nous laisser l'affaire dans ce cas ? Je suis effondrée. Cette affaire dans laquelle je vis depuis plus d'un mois, tous les jours, c'est une partie de moi-même, un investissement total. Mais c'est sans appel, mon commissaire me congédie sèchement. Il faudra que je me contente de la suivre de loin.

Je passe plusieurs jours avec le commissaire qui a repris le flambeau et décidé d'entendre tous les policiers qui ont joué un rôle dans la première partie de l'enquête. Je me taille la part du lion et, pour jouer le jeu sincèrement, je lui livre toutes mes suppositions, mes convictions. C'est un drôle de type à la lippe boudeuse, un peu bizarre, qui se laisse aller parfois à des accès de colère qui le jettent debout sur son bureau à piétiner de rage parce que quelqu'un l'a contrarié. Parfois c'est la machine à écrire qui traverse le couloir à l'horizontale. Mes remarques l'indiffèrent, c'est lui qui enquête, il se fera son opinion tout seul.

Commence alors, avec trois bons mois de retard, une nouvelle saga que je ne suivrai que de loin puisqu'on l'a voulu ainsi. Je suis prise par mes affaires de stupéfiants, je m'y jette à fond, comme d'habitude.

Nehmet Khouday remue beaucoup la sûreté urbaine de Lyon déjà agitée par ailleurs des premiers soubresauts de l'affaire dite « des proxénètes lyonnais ». Le commissaire qui enquête sur le brûlé du pont Poincaré en sera un élément clef. Isolé, empêtré dans ses propres contradictions et noyé dans un fatras de préoccupations parasites, il a peut-être manqué de la sérénité indispensable pour conduire ses recherches. De plus, il est chahuté par les experts qui se contredisent avec une joyeuse allégresse : l'écriture de la pancarte est celle de Khouday, puis ce n'est plus la sienne, finalement on ne sait pas. La fracture de l'os hyoïde n'en est plus une, puis elle le redevient avec une nuance d'importance : c'est une luxation !

Dans le coffre de la 2 CV, des indices ont été découverts, des cheveux notamment. L'expertise a conclu qu'ils étaient ceux de Khouday, ce qui démontrait qu'il avait séjourné dans le coffre de sa propre voiture. Puis on abandonna l'hypothèse sans trop savoir pourquoi.

Néanmoins, l'enquête a bel et bien tourné en rond dans le milieu syrien. Autour de cet étudiant avec lequel Nehmet devait voyager. Il y eut des gardes à vue, même une incarcération de quelques mois. Puis, découragé par les contradictions des experts qui ne pouvaient établir aucune des hypothèses avec certitude, le commissaire finit par conclure que Nehmet Khouday s'était suicidé, ce qui mit un terme à toute velléité de poursuites et à une enquête vécue dans une douleur passionnelle excessive. Cette fin en révulsa plus d'un, moi en tout premier lieu.

Les époux Khouday étaient repartis depuis longtemps, mais ils se tenaient régulièrement informés de l'évolution de l'enquête. Ils ne crurent pas un instant à son dénouement, mais ils avaient de la justice et de la France une idée très haute et ils s'inclinèrent. Avant de repartir, ils insistèrent pour me dire au revoir et me remercier de leur avoir retrouvé leur enfant. Ils m'offrirent une petite paire de babouches en cuivre afin que je ne les oublie pas. Ce fut un instant d'émotion intense. Nehmet Khouday fut ramené au pays et inhumé en terre syrienne. Il n'y a plus au cimetière de la Guillotière d'inconnu n° 305.

7

CHEF DE BANDE

Cinq ans aux stups, c'est un bail qui laisse des traces. Les grands sentiments de mes débuts cèdent du terrain plus vite que je ne voudrais. Plus j'avance plus je trouve que cela se complique. Ma vision propre et nette – les trafiquants d'un côté, les pauvres drogués de l'autre – se brouille à la vitesse à laquelle s'amplifie le phénomène. Les années soixante-dix sont celles de l'héroïne et du LSD. On en trouve en quantité dans les communautés, il y a même des routards qui en font profiter leurs chiens.

La brigade – est-il besoin de le dire – est pauvre en effectifs, mais ce sont des bons. Quand je deviens chef de la brigade, nul ne songe à contester ce choix, même si cela fait grincer quelques dents. La seule chose qui empêche les réfractaires de se battre pour la place c'est son côté pourri : horaires impossibles, affaires délicates à monter, clients difficiles, obligations médicales, rappels incessants à toute heure du jour et de la nuit, car il s'agit d'une spécialité à laquelle seuls les spécialistes peuvent toucher. On part le matin et on revient trois jours après. D'ailleurs, chaque fois qu'un nouveau est affecté à la brigade, j'ai droit au même scénario de la part de sa femme. Elle rapplique très vite au service pour savoir ce qui se passe, pourquoi son mari rentre à des heures indues ou pas du tout, et – au passage – voir la tête de cette bonne femme qui le captive ainsi. En général, après une explication et quelques repas entre familles, les craintes s'apaisent, je m'en fais des alliées. Pourtant l'un des tout premiers à travailler avec moi dans cette unité n'a jamais osé avouer à son épouse qu'il faisait équipe avec une femme. Elle était particulièrement jalouse et ne supportait pas qu'il pose ne serait-ce qu'un furtif regard sur une autre femme. Toujours sur le qui-vive, il vivait dans la crainte qu'elle ne rapplique au service sans préavis. Terrorisé par cette perspective qui aurait fait découvrir ma présence, il m'implora un jour de quitter précipitamment le bureau si cela venait à se produire. Elle avait des soupçons sur Dieu sait quel fantôme en jupon et elle était capable de tout. Je refusai tout net malgré l'amitié que j'avais pour lui. On a sa dignité, en tout cas on devrait.

C'est un cas limite mais la mixité n'est jamais simple. Il y a les entreprenants, les dragueurs impénitents, certains qui, parce que vous les avez choisis pour une planque, vous proposent l'hôtel dans la foulée, ceux qui s'obstinent aussi à ne pas vous regarder en face, ou qui font changer leur tour de permanence pour ne pas être avec une femme, ou au contraire pour y être. Et puis il y a les autres.

Aux stups, il y a petit Jacques, un très bon poulet, celui-là, mais qui, un jour, quitta la basse-cour pour motifs personnels. Il n'a pas son pareil pour dénicher des tuyaux de première qualité, tellement bons que pour les exploiter il nous faut monter des coups tordus.

Comme aller serrer un trafiquant de LSD et saisir un millier de doses hors des limites de notre compétence territoriale! Avec la complicité et l'assistance des gendarmes trop heureux de faire un enfant dans le dos de la PJ. Et grâce, j'oubliais, à la collaboration active des douaniers avec lesquels nous travaillons souvent.

Le SRPJ de Lyon dont le groupe des stupéfiants travaille sur cette affaire depuis deux semaines sans avoir pu mettre la main sur la came vit très mal notre succès. Le trafiquant, appâté par nos soins pour fourguer sa came, a refusé de venir opérer la transaction à Lyon. Il est de Vienne et veut rester sur son terrain. Qu'à cela ne tienne, nous nous y rendons sans une hésitation. Notre coup réussi, nous rapatrions le trafiquant à Lyon avec ses doses. Furieux, le patron du groupe criminel de la PJ en appelle au procureur de la République qui nous oblige à nous dessaisir. On aurait pu trouver une autre solution, mais la guerre des polices fait rage et personne ne veut négocier. Pour rester cohérents avec nous-mêmes, nous rendons le type et ses doses aux gendarmes qui avaient su rester neutres et qui, du coup, font une bonne affaire.

Flirter avec l'illégalité n'est pas bien. Jeter le code de procédure pénale aux orties encore moins, mais nous étions jeunes et je trouvais injuste qu'après avoir fait tout le boulot d'autres que nous en récoltent les fruits. Nous y croyions aussi, jour et nuit, à ce boulot, nous bossions dans l'enthousiasme, sans ménager notre temps, et nous avions des résultats. Cette came n'allait pas dans les veines des gamins même si nous n'en saisissions qu'une infime quantité. C'était là notre seul but, notre unique justification. Plus le plaisir de les monter, ces coups fumants ! J'ai regretté le départ de petit Jacques même si, un jour et pas de sa faute, il faillit me mettre une balle dans la tête. Il s'entraînait tous les jours à la « prière » – automatisme de gestes répétés inlassablement et qui visent à dégainer son arme plus vite que celui d'en face – dans le bureau du patron et en sa compagnie. Un matin il avait simplement oublié de décharger son arme, le coup partit et traversa le mur pour se ficher en face, un mètre derrière moi... Mais un autre jour, en sortant son arme de sa poche, il se mit une balle dans le pied. Il y a une justice...

Il y a Momo, un bon gros qui se marre tout le temps. Pas si gros que ça en fait mais il a un visage épanoui et un air gentil, il raffole des farces les plus saugrenues.

Comme nous faisons brigade commune avec les mœurs, il nous arrive de travailler pour eux et eux pour nous. Dans les clandés nous saisissons des vidéos pornographiques. Un jour, Momo s'en fait prêter une. Les parents de sa femme sont venus passer la soirée. Il propose de leur montrer le film de leurs dernières vacances. Les films cochons commencent toujours comme un film ordinaire, la mise en scène est sommaire, mais les acteurs ne sont pas à poil dès le début. Les beaux-parents y croient, posent des questions sur les gens qu'ils voient évoluer. Puis les choses sérieuses commencent, les acteurs se déshabillent, les mains s'égarent. Tête effarée de la belle-mère... Après quelques années aux stups, Momo rejoint les mœurs. Il est affecté à la brigade des PV, ces gens sans cœur qui verbalisent les filles pour racolage sur la voie publique. Momo, ce n'est pas le diminutif de Mohammed mais de Maurice. Maurice, c'est aussi le prénom de son coéquipier dont le nom est Payratout. Et pour tout dire Momo s'appelle Payebien. Ils se ressemblent, ont le même goût pour les farces, il y a dans la police des couples très réussis.

Il y a le Gourou. Rond aussi dans son genre. Et brave. Tellement brave que, comme avec tous les braves quand ça pète, ça pète fort. Il est un long fleuve tranquille qui vit des cassures abruptes, des chutes vertigineuses. Un cœur rare et précieux.

Quand on est spécialisé dans une activité, elle vous colle à la peau sans relâche. Ainsi les stups sont appelés chaque fois qu'un flicard trouve une boulette suspecte dans une poche, une seringue ou une matière qu'il ne connaît pas. Le principe de la patate chaude s'applique, on se presse de la refiler à son voisin. Il en va de même pour les identifications de jeunes routards ou fugueurs découverts sans papiers. Ils sont la plupart du temps vivants et refusent de donner leur identité ou ne sont pas en état de le faire. Ils sont quelquefois morts et leur apparence – accoutrement du baba cool chevelu, sale et décharné – laisse supposer qu'ils sont de nos clients. Dans ces cas-là c'est moi qu'on appelle. À force de retomber sur les mêmes, je les connais tous et j'ai une bonne mémoire.

Le surnom du Gourou lui vient d'une vague ressemblance... Je me rends un dimanche matin à la morgue à la demande de la permanence. Un jeune homme s'y trouve mort à la suite, dit le rapport de police, de violences subies dans des circonstances mystérieuses. Je l'identifie aussitôt, et pour cause, je l'ai entendu dans une affaire la semaine précédente. Il n'était pas de Lyon mais s'était acoquiné avec un couple de petits-bourgeois auquel il achetait du shit ou du LSD en substantielles quantités, pour, selon une tradition jamais démentie, son usage personnel. Il n'avait ni travail ni ressources connues, mais rien ne le faisait changer d'avis. C'était un garçon doux, un peu illuminé. À l'issue de la procédure, il a été remis en liberté et est rentré chez lui, à Saint-Étienne, comme le lui ordonnait le contrôle judiciaire. Il est revenu mourir à Lyon, une semaine plus tard. Je lui trouve, dans son compartiment réfrigéré, une allure très suspecte. Ce n'est pas une tête au carré qu'il a reçue, c'est un carnage. Tout le côté gauche de son visage a triplé de volume, il est affreusement tuméfié, les chairs sont éclatées, toute la partie buccale n'est qu'un magma informe. Sa tête fait un angle bizarre avec son cou. L'épaule gauche est blessée aussi, très enflée et, à première vue, déboîtée. Je confirme l'identité, signe un papier et quitte la morgue.

J'ai toujours entre les mains le rapport de police qui indique le lieu où il a été découvert. C'est à Vénissieux, une zone de HLM pas très loin des Minguettes mais à l'opposé du domicile du couple avec lequel il fricotait. J'ai envie d'en avoir le cœur net. De toute façon, mon dimanche est fichu, autant continuer. Le gardien de l'immeuble me raconte sa version des faits. À cinq heures, il est sorti avec son chien, l'animal était agité depuis un bon moment, et il a pensé que quelqu'un rôdait dans les parages. Le quartier est plus ou moins sûr, les vols de voitures ou d'autoradios pullulent. Aussitôt lâché, le berger allemand a filé comme une flèche sur l'arrière de l'immeuble. Quand il l'a rejoint, le gardien a trouvé le blessé. Il gémissait, couché sur le côté, vivant.

– Oh ! merde, dit l'homme, sincère, qu'est-ce qu'ils lui ont mis, le pauvre !

Lui ne l'a pas touché, il a appelé police secours. Quand les policiers sont arrivés, ils ont essayé de l'interroger, mais il était à peine conscient. Puis ils l'ont assis contre le mur des caves. Il est mort avant l'arrivée de l'ambulance. Je revois le corps de la morgue, ses affreuses blessures.

Penchée en avant, je découvre dans le sable quelques morceaux de chair sanguinolents. Ce sont des dents. Je lève la tête, le ciel bas va crever incessamment, la pluie va laver les traces de cette mort hideuse, il fait un froid humide qui garde les gens au chaud derrière leurs fenêtres closes. Au dernier étage de l'immeuble qui en comporte quatre, juste au-dessus de nos têtes, une fenêtre bat, un bout de rideau de fortune se gonfle dans le vent de novembre. Le gardien a suivi mon regard :

– Vous croyez... ?

– Oui, je crois que ce pauvre type n'a pas été battu à mort. Il est tombé du quatrième...

J'ajoute, mais pour un usage strictement personnel, qu'il a probablement été achevé par les policiers au moment où ils l'ont assis contre le mur. Ce sont des choses qui arrivent...

Au quatrième, l'appartement est vide, les oiseaux se sont envolés. J'ai fait rappeler mon équipe, cette affaire, je le sens, va bientôt être la nôtre. Et puis les dimanches sont des jours tellement ennuyeux... Ensemble nous faisons l'état des lieux, contemplons un spectacle étonnant. Dans les chambres, des matelas sont posés à même le sol, maculés de taches, innommables, et autour quelques vestiges, signes d'une occupation récente. Des morceaux de bougies usagées posés sur des soucoupes indiquent que l'électricité avait été coupée. Des tissus, quelques vêtements sales complètent le décor. Dans la cuisine, de la vaisselle dépareillée, des croûtons de pain et de fromage, un pack de lait vide, des détritus couverts de moisissures malodorantes. Mais le plus insolite se trouve dans la salle à manger. La pièce est vide, quelques cartons empilés à une extrémité forment une sorte d'autel qui supporte plusieurs bougies, des bâtons d'encens dont l'odeur caractéristique flotte encore dans l'air malgré la fenêtre grande ouverte. Des bouts de tissu et des petits tapis, une dizaine, sont posés à même le sol. Au-dessus de l'autel, le portrait d'un adolescent boudeur et grassouillet, de type asiatique, torse nu et paré comme un pharaon, envahit le mur. D'autres images du même jeune homme un rien ridicule dans ses atours de dieu vivant sont punaisées un peu partout. Nous sommes tombés sur un lieu de culte d'une secte qui adore le guru Maharadji. Un de ces lieux opportunistes installés en quelques heures, démontés en quelques minutes ou abandonnés, comme c'est le cas ici, dans l'urgence. Le mort tombé de la fenêtre est la cause du déménagement précipité d'un groupe de jeunes fidèles, les « premies », débarqués quelques semaines plus tôt. Le locataire de l'appartement, parti pour une destination lointaine, Katmandou ou Kābul, Ibiza ou Torremolinos, a sous-loué à un copain qui connaît des copains qui ont des copains...

Quelques jours plus tard, on sait avec certitude que le mort est mort par ses propres moyens, sans aide extérieure si ce n'est celle d'un acide de qualité médiocre qui lui a déclenché un « mauvais trip », cet état insupportable d'angoisse qui fait faire n'importe quoi et parfois confondre la porte et la fenêtre.

Cela vaudra quelques mois de prison supplémentaires au fournisseur et un nouveau trophée au bureau des stups dont le mur s'orne désormais du portrait du guru Maharadji. Plantés devant la photo, nous décidons qu'entre lui et notre collègue Daniel la ressemblance est indéniable. Plus il proteste – « je suis quand même pas aussi gros que ça, merde ! » – plus il lui ressemble. Il deviendra le Gourou, avec deux *o*. Faut pas confondre !

Il y a Mac. Mac à cause d'une licence d'anglais, raison de son affectation aux stups où nous croisons de nombreux routards de toutes nationalités. Style jeune cadre anxieux, les ongles rongés au sang, d'une candeur naïve, touchante. Quand je le vois pour la première fois, je trouve qu'il a des yeux de chouette effrayée derrière ses lunettes, le genre à tomber dans les escaliers, à se cogner dans les portes. Je suis seule dans le bureau des stups quand il débarque de son Sud-Ouest natal où il a été élevé par sa mère et sa grand-mère. Les autres sont sortis, je termine un rapport d'enquête. Comme il n'y a personne que moi, il s'annonce sur le pas de la porte et me dit tout de go qu'il est affecté aux stups « chez la mère Thiéry, paraît que c'est une vioque, une chiante de première, tu la connais, toi ? ». Il a une mimique angoissée, se dévore un ongle en attendant la réponse.

Je dis : « Oui, un peu » et l'envoie chez le patron en omettant de me présenter moi-même et de lui faire remarquer qu'on lui a fait une mauvaise blague. Le commissaire le reçoit en lui disant que ça tombe bien, « la mère Thiéry est justement là ».

– Ah bon ! répond Mac, mais je n'ai vu qu'une jolie blonde dans un bureau au bout du couloir.

Le commissaire est mort de rire, Mac est vert quand il réalise. C'est en rasant les murs, piteux, qu'il vient bredouiller quelques mots d'excuse. Il en sera quitte pour payer le casse-croûte à toute l'équipe. D'ailleurs c'est un usage, on appelle cela le coup de l'invité et, compte tenu de ce qu'il m'a fait, c'est un privilège majeur que je lui accorde.

Mac est perpétuellement surpris, étonné, stressé bien qu'il fasse des efforts pour prendre les choses comme nous, avec philosophie et un rien de fatalisme. Mais j'ai beau lui seriner que « de ces événements qui nous dépassent, feignons d'être les instigateurs », il a du mal à ne pas sursauter au moindre bruit, à ne pas se ronger les ongles au sang quand il redoute de faire une bêtise... ou qu'il la fait.

Nous avons repéré un dealer qui vient de ramener plusieurs centaines de doses de LSD d'Amsterdam. Nous sommes sur ses talons depuis des semaines et, ce soir, grâce à un tuyau inespéré, nous allons l'interpeller en pleine livraison. Il a rendez-vous dans un appartement des pentes de la Croix-Rousse, situé dans un immeuble qui hésite entre le squatt et le refuge à rats. Il y a une inévitable traboule que nous avons repérée et qui nous oblige à dédoubler le dispositif : un couple couvre l'entrée principale, deux collègues déguisés en zonards font la deuxième entrée, en contrebas de la colline, une troisième équipe est dans les étages. Nous sommes tous munis d'un mobile. Ces appareils indispensables pour communiquer sont encore rudimentaires, c'est-à-dire qu'ils n'offrent aucune discrétion dans les échanges. Les lieux étant ce qu'ils sont, le premier qui repérera le dealer devra le dire aux autres sur les ondes par un mot codé répété deux fois, déclenchant ainsi l'arrêt des appareils afin de ne pas faire foirer l'affaire par une émission inopportune comme cela s'est déjà produit : nous ne sommes pas les seuls sur le réseau. Je fais partie du couple de l'entrée principale. Je suis déjà très repérée dans le milieu – je trouve parfois ma photo épinglée sur le mur d'une communauté avec quelques commentaires qui se veulent injurieux mais que je trouve flatteurs – mais il fait sombre et notre cible n'est pas du coin, donc pas censée me connaître. Mac couvre la deuxième entrée et il est convenu que, lorsque le dealer sera dans l'immeuble, les deux équipes feront mouvement sur lui, l'une derrière, l'autre à sa rencontre, pour le prendre en tenaille. Vers dix-neuf heures, je repère l'arrivée du dealer, envoie le code et ordonne le silence radio. Mon coéquipier et moi lui emboîtons le pas, bras dessus, bras dessous, comme un gentil ménage qui rentre chez lui. Au milieu du couloir, j'aperçois la silhouette de Mac qui s'avance d'un air – presque – détaché. Le dealer lui jette un regard indifférent et s'engage dans l'escalier quand la radio de Mac, planquée dans son blouson, se met à hurler. Au lieu de couper son mobile, Mac s'est trompé, il a tourné le bouton dans le mauvais sens. Cette étourderie nous vaudra une jolie cavalcade dans les étages aux trousses du dealer qui tentera même une sortie par une fenêtre du troisième étage. Sans bobo. « Désolé, se lamente Mac, je suis pas un technique. »

Après quelques mois pourtant, Mac a digéré le plus lourd, il finit par trouver banal de se retrouver aux urgences du pavillon N au milieu de la nuit en compagnie d'un routard fou, interpellé une heure plus tôt, avec pour seul vêtement un drap enroulé autour de la taille. Le garçon, un Suédois qui revient de Turquie, a tellement de parasites, puces, poux, morpions que son appareil génital en sang ne supporte le contact d'aucune pièce vestimentaire même sommaire. Affalé sur une chaise, il exhibe son attirail qu'il gratte furieusement toutes les trente secondes en proférant d'incompréhensibles imprécations. Nous sommes progressivement gagnés par un fou rire qui achève de mettre le porte-poux hors de lui. Il nous fusille du regard, roule des yeux furieux puis, ses locataires se rappelant à son bon souvenir, il reprend ses grattouillis frénétiques. Mac du coup se gratte aussi, l'infirmière qui a accueilli sans enthousiasme notre client s'y met à son tour, et jusqu'à l'interne chargé de l'examiner qui proteste que son service n'est pas équipé pour la dératisation.

Mac trouve presque banal ce garçon aux neurones bouffés par le LSD qui, après un long moment de calme, se jette sur moi par-dessus le bureau en m'appelant « maman ». Je m'affale à la renverse, reçois le bureau, la machine à écrire et le type dans les bras. Ils s'y mettent à trois pour me tirer de là et emmènent le garçon dans le couloir le temps que je récupère. Un collègue d'un service voisin passe justement dans ce couloir. L'acidomane le plaque aux jambes en l'appelant « papa ». Nouvelle échauffourée, les chaises volent, les gens crient, le camé hurle. C'est normal, c'est les stups ! Un moment après, dans les escaliers de l'identité judiciaire, notre homme annonce à Mac qu'il doit se masturber et s'y met sur-le-champ et sans désemparer. Même sur le brancard des pompiers auxquels, de guerre lasse, nous avons dû faire appel, il parvient, malgré les menottes, à se contorsionner pour reprendre son exercice solitaire là où il l'a laissé. Car, entre-temps, il a bouffé le plan de cannabis qui décore un coin du bureau, tenté de passer par-dessus la rampe de l'escalier, détruit la toise de l'identité judiciaire qu'il a prise pour une guillotine, déversé deux boîtes de fiches sous le bureau où il s'est tapi, l'air terrorisé d'un animal au bout d'un fusil. Il a mordu un collègue et s'est découvert encore un ou deux papas. La routine. Mac s'y fait doucement mais il ne s'y fera jamais vraiment.

Il y a la Garouille. Il vient d'une section territoriale, c'est avec lui que je ferai le plus long bout de chemin puisque plusieurs années plus tard, à la faveur d'une promotion, il sera affecté dans mon service, à la brigade des trains.

Nous sommes allés au stand de tir essayer de tirer quelque exploit de nos vieux Unic 7.65 qui s'enrayent pour un oui ou un non. La Garouille en a un comme tout le monde, ni meilleur ni pire. Mais ce jour-là rien ne va, il n'arrive pas à mettre un impact dans la cible. Ça part dans tous les sens et forcément il accuse le « calibre », comme quoi « c'est la pire des merdes ». Je prends le pistolet mis en cause et lui fais faire une petite série. Un tir honorable, sans panache, mais les impacts sont dans la cible. À titre de représailles, la Garouille décide de ne pas nettoyer son Unic et le rempoche tel quel, non sans avoir regarni le chargeur. Je lui fais remarquer qu'il ferait peut-être mieux de changer de lunettes ou d'aller tirer plus souvent que de s'en prendre à ce malheureux pistolet.

Quelques jours plus tard, deux heures du matin dans le quartier des Brotteaux. Nous sommes venus faire un tour près de l'immeuble où a été assassinée une prostituée, pour donner un coup de main aux mœurs. Le Gourou, Mac, la Garouille et moi. Cette affaire de meurtre sordide s'enlise dans une indicible absence d'indices. Client ? Mauvaise rencontre ? Familier ? On ne sait pas, alors tous les soirs nous revenons sur les lieux du crime comme, nous l'espérons, l'assassin pourrait le faire. C'est l'heure à laquelle la fille quittait son bout de trottoir du côté des Galeries Lafayette pour rentrer chez elle, à pied. Toutes les nuits, depuis une semaine, nous refaisons le parcours. Ce soir-là, il y a une voiture dans la rue. Un genre de coupé un peu tape-à-l'œil, qui fait dire aussitôt à un flic normalement constitué : « C'est une bagnole de julot. » Ses feux arrière sont éclairés et, quand nous nous approchons d'elle pour voir qui l'occupe, elle démarre, tourne dans la première rue sur sa droite, disparaît. Nous la retrouvons cinq minutes plus tard, un peu plus loin. Cette fois, descente, contrôle. Ce n'est pas un julot mais une prostituée « connue de nos services » qui conduit. Le passager est un homme. Irrité de notre irruption et contrarié dans ses projets immédiats, il se met à nous traiter de tous les noms d'oiseaux, refusant catégoriquement de présenter ses papiers. Nous connaissons la fille, elle est plutôt réglo dans son genre et elle incite l'homme au calme. Mais il doit être à trois ou quatre grammes et il a l'alcool nerveux. À bout de patience, nous décidons de l'embarquer. Il se débat, nous insulte encore puis, d'un seul coup, est-ce l'intervention de la fille ou la fatigue, il se détend aussi soudainement qu'il s'est énervé, donne sa carte d'identité. Le fichier ne le connaît pas, on a autre chose à faire, je décide de le laisser partir après avoir relevé ses coordonnées sur un bout de papier. Quelques instants plus tard, alors que nous sommes arrêtés à un feu, une voiture déboule sur nos arrières, pleins phares, à toute vitesse. Le Gourou est au volant du véhicule de service, j'ai vu le coup arriver, je lui crie de démarrer. Mais il est trop tard, l'autre nous percute violemment. Puis dans un hurlement de vitesses massacrées, de pneus surmenés, il fait marche arrière pour reprendre de l'élan, repasse en première, le moteur rugit. Cette fois nous n'attendons pas le choc. Nous avons jailli de la voiture, Mac et moi côté droit, les deux autres à gauche. La Garouille a déjà traversé l'avenue des Brotteaux, l'arme à la main. Le Gourou se tient près de la voiture de service. L'automobiliste enragé l'a pris dans ses phares, au dernier moment, d'un brusque coup de volant, il change sa trajectoire, abandonne la cible automobile et, tel un taureau sournois dans l'arène, vise l'homme. Déséquilibré, le Gourou fait un roulé-boulé sur le capot de la voiture, tombe sur la chaussée où il fait plusieurs tonneaux. Cela n'a pas échappé à l'automobiliste qui, dans un fracas de mécanique martyrisée, s'enfuit. La Garouille, à genoux comme au stand, a tendu le bras. Il fait feu trois fois, les balles ricochent sur l'asphalte dans de splendides gerbes d'étincelles. Un nuage de poussière accompagne la fuite de notre agresseur qui disparaît en zigzaguant. J'ai vécu la scène comme dans un rêve, tout est allé si vite. Nous allons relever le Gourou qui en est quitte pour une bonne pétoche. La fille au coupé sport a entendu les coups de feu et le remue-ménage de la rue voisine. Elle rapplique et, soulagée de nous voir tous debout, propose son témoignage. Nous avons alerté le PC par radio, diffusé le signalement de la voiture et du conducteur, ainsi que son identité. La fille ne le connaît pas, ce n'est pas un de ses clients, mais elle l'a déjà vu dans le quartier, c'est un habitué d'un des bars où elle va de temps en temps. Ce soir, il avait du vague à l'âme, il a bu, bu et bu encore. Quand nous sommes arrivés, il se demandait s'il allait monter avec elle ou rentrer chez lui, perspective qui semblait le terroriser.

Quand nous débarquons à la permanence de nuit, le commissaire nous attend, les poings sur les hanches :

– Dites donc, dit-il, y a un zig qui a appelé police secours depuis la gare des Brotteaux. Il dit qu'on lui a tiré dessus il y a moins d'une heure. Des proxénètes, il a dit, même qu'il y avait une femme avec eux... Ça vous dit peut-être quelque chose ? Quand même, vous auriez pu le flinguer, c'est pas sérieux.

Je crache, les dents serrées :

– Il est où, vous dites ?

– Eh là ! doucement les basses ! Pas de connerie, hein !

– Écoutez, patron, il a failli buter notre copain. Un père de quatre enfants.

Le Gourou n'en a que trois mais quatre ça fait mieux.

– D'accord, concède le commissaire, allez le chercher, mais je le veux intact, compris ?

Il est tellement piteux, notre Zorro, affalé près de sa voiture, qu'il nous donnerait presque envie de rire. Il s'est réfugié près des taxis de la gare après s'être aperçu qu'il avait un pneu crevé. Un pneu crevé ! Je repère l'impact, un joli petit trou de 7.65... La Garouille n'en revient pas, nous non plus.

Nous comprenons un peu plus tard comment un homme sain et équilibré peut soudain céder à la panique. Ou plutôt pourquoi. Quand sa femme arrive à l'hôpital où l'homme a été conduit pour la prise de sang traditionnelle, elle se précipite sur lui, le bras haut levé. Lui, il lève les mains devant son visage pour se protéger des coups, comme un gamin, l'air suppliant. « Pas sur la tête ! » Elle est furieuse, moins de ce qu'il a fait que des circonstances. C'est un de ces maris tenus en laisse par une épouse abusive qui le considère comme un incapable majeur, son cinquième enfant. Pris en faute, persuadé que nous allions le balancer à sa femme après l'avoir contrôlé avec la prostituée, il a pété les plombs. Naturellement il est plus inquiet de ce qu'il va subir à la maison que des conséquences judiciaires de son geste.

Ce matin-là, la Garouille accorde à son Unic une toilette de reconnaissance. Il lui jure qu'à la prochaine séance de tir tous les impacts seront dans la cible.

Et il y eut les autres, ceux qui n'étaient pas des membres permanents, qui ont fait de courts passages à la brigade et s'en sont allés, dégoûtés par le rythme et les côtés trop durs de cette activité. Ceux qui venaient renforcer nos rangs pour les opérations de grande ampleur. Le GIPN (Groupe d'intervention de la Police nationale) de Lyon, notamment, dont les éléments faisaient presque partie de la brigade tant nous les avions souvent avec nous. C'étaient des garçons motivés, bien entraînés, toujours prêts. Comme le grand Richard taillé comme un bûcheron canadien qui terrorisait les petits durs rien qu'à les regarder.

La Potence, un bar à la mode du quartier Saint-Jean, est fermé pour les vacances. Et s'il est à la mode ce n'est pas pour rien : son patron est un ancien voyou reconverti dans la limonade (les mauvaises langues disent qu'il y a placé ses sous) et qui traite la police par le mépris. Je suis allée le voir plusieurs fois, il m'a toujours reçue avec le même air de politesse ironique qui signifie : « La came c'est dégueulasse, j'ai des gosses, je ne veux pas qu'ils se droguent, mais je ne balance pas, même aux stups, c'est un principe. » Ce dont se réjouissent ses clients, dealers et toxicomanes de Lyon – et d'ailleurs – qui pullulent dans son établissement. Il a beau ne pas se sentir concerné par le sujet, il en voit des trafics, ce taulier que jusque dans les prisons de la région l'on a baptisé « Jimmy sécurité ». La brigade commence à avoir un épais dossier sur son établissement et, à défaut d'une coopération plus ouverte, il n'est pas loin de la fermeture administrative. J'espère qu'il médite cette menace en vacances.

Nous avons planqué la moitié du mois d'août dans ce quartier Saint-Jean et, ce soir, nous devons arrêter un joli poisson avec lequel Richard est entré en contact dans un petit bistrot de la rue des Loges. Heureusement pour nous, le patron de ce bar est beaucoup plus souple que Jimmy et il nous a apporté une aide appréciable. Richard part pour son rendez-vous, notre dispositif est en place. Tout est réglé minutieusement. Dans quelques minutes, nous aurons une belle prise à notre actif, car le dealer se vante d'avoir plusieurs kilos d'herbe planqués quelque part et de pouvoir livrer à volonté, des mois durant. Au bout d'une heure, Richard revient, vert de rage. Il a attendu son dealer en vain. Finalement l'autre l'a appelé au bar des Loges : le rendez-vous tient toujours mais il aura lieu à La Potence. « C'est plus sûr ! » lui a-t-il dit. Tu parles ! J'enrage à mon tour. Je passe devant le bar des Loges, vide, désespérément vide, puis devant La Potence qui, de façon tout à fait inattendue, a rouvert ses portes ce soir. L'établissement regorge de clients, il y en a jusque sur le trottoir ! Nous sommes atterrés. Et pas moyen de modifier notre dispositif au pied levé : nous ne tiendrons pas cinq minutes à La Potence avant d'être repérés. Jimmy me voit passer devant sa porte. Je m'arrête le temps de le dire, le temps pour lui de m'apercevoir et de me faire de la main un petit salut ironique. Foutu pour foutu, je prends une décision subite sous le coup de la colère. Je lève le camp et emmène tous les gars à la permanence de nuit. Le commissaire est un vieux copain, il s'est souvent trouvé de service quand je montais des opérations, il m'a toujours apporté son aide. Il fronce les sourcils quand je lui dis ce que je veux faire : vider La Potence. Je veux récupérer notre dealer et aussi donner une leçon à Jimmy. Ça ne l'enchante pas trop, le commissaire, mais il donne quand même les instructions nécessaires, rameute tout ce que la ville compte d'effectifs et de véhicules disponibles. Nous aurons même la brigade canine qui patrouille ce soir-là. Le convoi est impressionnant. À Saint-Jean, nous bloquons la rue de la Potence à chaque extrémité. Les clients sont sortis du bar en douceur, entre une haie de gardiens et de chiens, chargés dans les fourgons. Notre dealer est parmi eux. Il rechigne à mettre ses mains sur la tête, c'est tout ce que nous avons trouvé pour éviter qu'il se débarrasse de ce qu'il a sur lui. Richard le surveille comme un mari jaloux. Mais, malgré le déploiement et la présence de Richard, le dealer tente une sortie en force. C'est Richard qui le rattrape, me le ramène. Il le tient d'une seule main, à vingt centimètres du sol. « Les mains sur la tête, elle a dit la dame ! » susurre-t-il, visage contre visage. Quand tout le monde est embarqué, je fais une visite de contrôle dans le bar en compagnie de Jimmy : à chacune de mes trouvailles – seringues, doses, comprimés divers, paquets de shit, d'herbe, balancés sous les sièges à notre arrivée – Jimmy se tasse un peu plus. Son barman, un ancien client de la brigade, assagi mais rancunier, lave les verres sans me regarder. Je sais de quoi ils vont parler ensemble ce soir, demain Jimmy devra choisir une coopération « spontanée » ou un autre métier...

J'ai laissé à Richard le soin de « discuter » avec son dealer. Il me rejoint avec un sourire large comme l'Arc de triomphe. La réserve d'herbe du dealer, c'est un champ. Un champ de cannabis. Avec les labos, c'est un de nos fantasmes. « Un grand champ ! précise Richard, au moins un hectare. » Le dealer, décidément coopératif, a localisé le champ près de Bourg-en-Bresse. Armés d'une carte dénichée par miracle, nous situons très précisément le fameux champ et, au petit matin, après avoir déblayé le plus gros de la moisson de la nuit, nous appelons les gendarmes du bled en question. Tout aussi excités que nous, ils nous promettent un rappel rapide après vérification. Nous tuons le temps en allant boire un café avec le commissaire de la nuit. Il est fier de notre affaire, tout content d'y avoir participé. Le mérite en revient à Richard, je le lui dis. Lui aussi est fier et il y a de quoi. Dans la matinée, les gendarmes rappellent : ce n'est pas un hectare mais douze de chanvre qu'ils ont trouvés ! De chanvre industriel, hélas ! Le dealer avait trouvé une fameuse réserve, en effet. Il vendait son herbe pour de la vraie et il faut croire que forte est la capacité d'autosuggestion des toxicomanes amateurs puisqu'il s'était constitué une belle clientèle d'habitués. Même si c'est une arnaque, son trafic est répréhensible et son périple s'achève en prison, comme les autres.

Le commissaire qui était de permanence cette nuit-là s'est tiré une balle dans la tête il y a quelques années. Quant à Richard, il s'est pendu l'année dernière. Tous deux las d'une vie hostile. Mais ce n'est qu'une coïncidence.

Plus le temps passe, plus je prends conscience que nous sommes impuissants à contenir le phénomène, que les bons sentiments et les idées toutes faites sur les cures de désintoxication et leurs supposés miracles sont à mettre au clou une fois pour toutes. Au nom de ces croyances stupides, on a précipité des adolescents dans une vraie toxicomanie alors qu'ils n'avaient fait que fumer un joint quand ce n'était pas de la peau de banane séchée ou de l'aspirine pilée. Comme cette jeune fille soupçonnée de fumer du hasch et que l'on envoya six mois au Patriarche pour se ressourcer. Non seulement elle en revint junkie, mais en possession de toutes les ficelles pour devenir un bon dealer... Ceux qui s'en sortent après y avoir plongé sont rares ou alors ils n'ont pas vraiment plongé. Le travail des policiers devrait s'arrêter à la porte de la prison ou de l'hôpital, ils se sentiraient moins concernés par ce constat d'échec permanent vécu avec les toxicomanes.

Mon « échec » le plus cuisant, je l'ai ressenti plusieurs années après les faits d'origine. Henri était un jeune homme de bonne famille, très aisée même, des parents gros commerçants, fils unique adoré, choyé, dorloté. Quand nous lui tombons dessus, une saleté de LSD a envahi la ville. Un produit de mauvaise qualité, frelaté, qui a déjà expédié à l'hôpital plusieurs gamins. Un indic particulièrement efficace nous balance Henri comme étant le pourvoyeur de cette cochonnerie qui déclenche des états d'angoisse tels que les consommateurs sont poussés au suicide ou à l'automutilation. Nous interpellons Henri en flagrant délit de cession de ses petites pilules de mort, mais nous ne savons pas où il a caché sa réserve. Il a un bras dans le plâtre et nous passons une partie de la journée à nous demander si ce n'est justement pas là sa planque. Nous sommes décidés à en avoir le cœur net mais, sur le chemin de l'hôpital, il se décide à nous livrer le fond de son cœur : les doses sont planquées dans la bibliothèque de papa. Les parents sont effondrés par ce qu'ils découvrent des activités de leur rejeton. Henri mérite la prison, les faits sont graves, il en est conscient. Ses motivations sont floues, mais il est épouvanté par les conséquences d'un acte qu'il a exécuté comme un jeu. D'ailleurs il a ramené le LSD à l'occasion d'un voyage en Hollande avec ses parents et n'a pas mesuré les risques auxquels il les exposait eux aussi. Contre une promesse formelle des parents qu'ils serreront leur fils de près, celle d'Henri de ne plus recommencer, je plaide sa cause devant le juge d'instruction pour un contrôle judiciaire à la place d'un emprisonnement pourtant justifié. Ce n'est pas dans mes habitudes, mais il y avait tellement de sincérité dans les yeux d'Henri. Pendant longtemps, je m'assure de loin de la reprise en main puis de la remise en selle de ce jeune homme. Le père me donne des nouvelles régulièrement bien après que j'ai quitté les stups. Son fils s'est associé avec lui, il est devenu un jeune cadre plein d'avenir. Puis, un jour, j'apprends sa mort brutale, inattendue, inexpliquée. Malgré la détermination farouche des parents à cacher la vérité, je saurai qu'il n'avait jamais vraiment décroché, que toutes les bonnes manières dont il s'entourait n'étaient qu'artifices destinés à mieux nous tromper.

Après cinq ans, donc, j'en ai assez. Je suis tellement engluée dans ces affaires de drogue que je vois des camés partout. J'ai même baptisé mes chats Héroïne et Morphine ! J'ai changé plusieurs fois de patron. La première vague a été brutalement balayée par l'affaire dite « des proxénètes de Lyon ». Une de ces affaires comme il y en eut plusieurs en même temps et dont les médias firent l'amalgame bien qu'elles n'eussent que peu de rapports entre elles, en dehors des habitudes qu'avaient alors certains flics de se lier avec des prostituées, des hôteliers ou des voyous et de mélanger les affaires privées et celles du service. Une banalisation des relations et des comportements qu'à ce moment-là tout le monde trouvait normale. L'affaire qui eut pour objet l'exploitation d'établissements accueillants avec la bénédiction intéressée de policiers ou par des policiers eux-mêmes me toucha de près puisque ma hiérarchie à la brigade des stupéfiants était aussi celle des mœurs et du proxénétisme. Notre grand patron était le commissaire T. qui fut condamné lourdement pour avoir trempé dans ces combines.

Une ou deux fois l'an, dans tous les services de police, on sacrifie à une tradition sacrée : le repas de brigade ou de service. Tous les policiers d'une même unité sont réunis autour de leur patron et de leurs chefs pour manger et boire une partie de la journée ou de la nuit. La brigade des mœurs et des stupéfiants n'échappe pas à la règle et nous sommes réunis dans un établissement du centre de Lyon, un de ces lieux qui voisinent étroitement avec les rues chaudes et dont le tenancier veille personnellement à la bonne tenue de la soirée... Je suis la seule femme parmi une cinquantaine de collègues masculins, situation ordinaire puisqu'il n'y a pas d'autre élément féminin dans la brigade et, pour cette raison sans doute, on m'a placée à côté du commissaire T. Je ne le connais pas beaucoup et, au début du repas, comme tout jeune inspecteur qui a peu de contacts avec ce niveau de la hiérarchie, je suis intimidée. Puis je me rends compte que le commissaire a des points faibles, quelques défauts de la cuirasse que le vin fait apparaître ou qu'il m'aide à percevoir. Sans doute aussi, en présence d'une femme, se laisse-t-il un peu aller. Je le sens en tout cas très tourmenté, presque fragile. Superstitieux, anxieux de connaître son avenir. Je m'engouffre dans la brèche. J'ai étudié la psychologie et j'ai une bonne intuition. Je m'entends lui dire que je sais lire les lignes de la main, ce qui est, bien sûr, une contrevérité. Il me tend aussitôt sa main gauche largement ouverte, c'est une constante, ça marche à tous les coups et avec tout le monde. J'improvise, je dis n'importe quoi, en particulier qu'il a une double vie mais que cela va bientôt s'arrêter et lui coûter très cher. Il apprécie modérément mon propos, veut en savoir plus. Je lui dis, candide, que l'avenir se chargera de le renseigner. Quelques mois plus tard, il est en prison. Il avait vraiment cette double vie que j'inventai en toute innocence. J'eus l'occasion de le rencontrer après qu'il eut exécuté sa peine, il se souvenait encore de l'épisode et, est-ce un effet de mon imagination, paraissait m'en tenir rancune...

D'autres que lui furent punis à divers degrés pour avoir enfreint les règles d'une élémentaire déontologie. Certains le furent simplement pour avoir banalisé des rapports avec des femmes que l'on dit de mauvaise vie mais qui sont, d'abord et avant tout, des femmes ; pour avoir cru parfois qu'une vie avec une de ces femmes était possible alors que chacun des deux continuait à exercer son métier comme si de rien n'était. Mais l'ennemi n'est-il pas celui avec lequel on n'a jamais bu un verre ?

Passé cet épisode douloureux auquel fut confrontée la police lyonnaise, et bien que les stupéfiants fussent ma vraie spécialité – elle me valut, en tant que première femme de l'histoire à diriger une telle brigade, une vraie notoriété sous l'ère giscardienne qui mit en avant les femmes qui faisaient des métiers d'homme –, je fus souvent amenée à travailler avec les mœurs même si cette activité ne m'a jamais passionnée. Mon premier commissaire avait juré de ne plus m'exposer dans des opérations de contact, les suivants ne s'en privèrent pas. Dieu merci, je raffolais de ces situations à risque, j'aimais me créer un personnage, jouer un rôle, improviser ! Dans les fables, on attache une chèvre à un piquet pour faire sortir le loup du bois, aller au contact, c'est exactement la même chose...

Nous avons eu un tuyau sur un clandé de luxe, installé dans une belle résidence des bords de Saône. C'est un immeuble très protégé, interphone à la porte d'entrée, un gardien concierge dont il faut se méfier, car sa complicité active est achetée par la tenancière, une ancienne poule de luxe, genre cheptel de Mme Claude ou l'équivalent. Nous connaissons les heures où les filles sont là pour recevoir les clients. Reste à les repérer, ces clients – cooptés, triés sur le volet, identifiés selon un code qui change régulièrement – et à s'introduire dans la place pour faire un flag. Je suis volontaire pour être la chèvre et, un après-midi, l'opération est lancée. Des collègues en couples ou isolés se déploient autour de l'immeuble, dans la rue et dans les étages. Je me poste devant la porte d'entrée, légère et court vêtue. Si le concierge me repère, je dirai que j'attends quelqu'un. Je ne le vois pas mais, à tout hasard et pour le cas où lui me verrait, je regarde régulièrement ma montre en soupirant. Une voiture s'annonce, ralentit, met son clignotant. Le conducteur, un bel homme d'une cinquantaine d'années, gare sa Jaguar devant la porte, s'avance en regardant autour de lui. J'ai tourné le dos, je me tiens face à l'entrée, occupée à farfouiller dans mon sac comme si je cherchais mes clefs. L'homme sonne, une voix de femme demande qui c'est. Il dit : « C'est Jean, je viens de la part de Léa. » C'est le code de la semaine, on lui ouvre la porte et... je me glisse derrière lui avec un grand sourire. Premier écueil : le concierge embusqué s'interpose, me demande où je vais. J'en déduis qu'il devait mater ce qui se passait dehors et que ma présence ne lui a pas échappé. Je joue mon va-tout, dis que j'accompagne le monsieur qui, par chance, ne me dément pas. L'homme doit penser que je suis une pensionnaire du clandé car il me détaille avec un sourire coquin et la situation semble l'amuser. Le concierge a le bon goût de ne pas insister et nous voici dans l'ascenseur. Je prends les devants, demande au monsieur à quel étage il va. Toujours amusé, il annonce qu'il va au quatrième, de l'air de celui qui apprécie un scénario imprévu mais follement excitant, tandis que j'appuie sur le bouton. Au quatrième, l'ascenseur stoppe, la porte est ouverte par une belle femme à la quarantaine tapageuse. Son regard va de l'homme à moi, interrogateur. Elle croit qu'il est venu accompagné car, je le saurai plus tard, le concierge l'a avertie par téléphone que le client n'est pas seul. L'homme, de son côté, croit que je viens là pour travailler, il y a un moment de flottement que je mets à profit pour sortir de l'ascenseur. Stupeur. Je croyais me trouver sur un palier avec mes collègues pas loin, prêts à intervenir. Je suis dans un appartement ! La femme possède les deux logements de l'étage que l'ascenseur dessert directement. Je me retrouve dans un salon, avec plusieurs jeunes femmes et des messieurs pour l'heure encore vêtus. La taulière me court après, m'apostrophe durement. Qui suis-je et que veux-je ? Je ne sais pas qui sont tous ces gens, où est la porte palière, si j'aurai le temps d'aller à la fenêtre appeler les autres, s'ils m'entendront. Je n'ai plus qu'une ressource : annoncer la couleur. Je sors mon arme de service en brandissant ma carte tricolore. Je ne suis pas fière mais je bénéficie d'un indéniable effet de surprise. Ils sont tous pétrifiés, je ne sais si c'est ma minijupe, mes hauts talons, le maquillage, le pistolet ou l'ensemble. Je leur intime l'ordre de ne pas bouger, comme dans les films. Puis j'ai enfin repéré la porte palière, je vais ouvrir à mes collègues. Ils sont derrière, ne se doutent de rien. La femme dira plus tard : « Elle est drôlement gonflée, la môme... » Drôlement piégée, oui...

Et puis, parfois, les choses se font sous votre nez. À votre barbe, dans votre immeuble...

J'habite à Villeurbanne une résidence banale et bruyante. Neuve pourtant mais mal conçue, on entend tout d'un appartement à l'autre. Chez moi ce n'est pas toujours le grand calme, il faut l'avouer. J'aime recevoir, les copains défilent, on joue aux cartes ou on refait le monde parfois très tard dans la nuit. Il y a aussi les retours de planque, les casse-croûte de milieu de nuit ou le café à cinq heures avant les perquisitions. Bref, il y a des voisins grincheux, c'est ce que me dit, acerbe, la concierge, un jour où justement je ne suis pas de bonne humeur non plus. Nos propos manquent de courtoisie et, quand elle annonce que la prochaine fois elle fera appel à la police, je ne peux m'empêcher de trouver la plaisanterie amusante et de lui dire pourquoi. Du coup, elle change de ton et nous pouvons enfin converser raisonnablement. Je lui parle du métier, de cette vie de chien que je n'échangerais contre aucune autre. Elle m'offre un café et nous voilà dans les meilleurs termes. Un quart d'heure plus tard, elle me demande, l'air entendu, si je connais mes voisins du dessus. Non, je ne les ai jamais vus.

– Bizarres, dit-elle, très bizarres. D'abord ce type, il vit avec deux femmes, vous trouvez ça normal, vous ?

– Et alors ?

– Ils rentrent à point d'heure, toutes les nuits, toujours les trois ensemble, et les femmes, puisqu'il faut tout vous dire, elles ont un drôle de genre, vous voyez ?

Je vois. Comme le trio rentre vers deux heures du matin, je décide de m'en faire une idée le soir même. D'abord je cherche dans les fichiers s'il y a quelque chose au nom de l'homme qui est le locataire en titre de l'appartement, en tout point identique au mien, juste au-dessus de ma tête. D'ailleurs je les entends parler quand je suis dans ma salle de bains et eux dans la leur. L'homme n'est pas connu et, au dire de la concierge, il est tout à fait comme il faut, « costume-cravate et attaché-case », et il travaille. Il aurait même une bonne situation mais elle ignore laquelle. La nuit suivante j'assiste au retour de mes étranges voisins après les avoir longuement guettés par la fenêtre. Pour pouvoir les voir de près, je suis restée habillée, je descends avec ma poubelle, me trouve nez à nez avec eux au rez-de-chaussée. Le drôle de genre des deux jeunes femmes ne peut guère laisser planer de doute quant à la manière dont elles gagnent leur vie. Elles ont l'air fatiguées, tout comme l'homme qui ne prête pas plus attention à moi qu'à un chat crevé et ne dit même pas bonsoir. Un détail me frappe que la concierge n'a pas signalé : les deux femmes se ressemblent étonnamment. À mon avis elles sont sœurs, jumelles, si ça se trouve.

J'ai gravé leurs visages dans ma mémoire. Le lendemain matin, une petite visite à mon vieux copain qui classe les fiches confirme ma déduction : les sœurs X sont des prostituées notoirement connues.

Je fais une entrée triomphale dans le bureau d'Archange avec mes petits bouts de carton. Quelques jours plus tard, c'est moi qui ouvre la porte de l'immeuble à mes collègues, et c'est chez moi, en buvant le café – sans bruit cette fois afin de ne pas effaroucher les oiseaux au nid ! –, que nous attendons qu'il soit six heures pour taper à leur porte. Ni l'homme ni les femmes ne m'ont reconnue, je ne sais si je dois en être vexée ou flattée. Lui s'en sortira plutôt bien, les faits de proxénétisme n'ayant pas été clairement établis : il a effectivement une situation importante et c'est lui qui entretient les deux femmes, sa fiancée et sa sœur, médiocres gagneuses qui passent plus de temps à flâner dans les bars et devant les vitrines qu'au travail.

Plusieurs années plus tard, dans un autre contexte professionnel, un ami m'invite à prendre un verre en compagnie d'un homme qu'il souhaite me présenter. Je reconnais mon ancien voisin. Sa situation s'est encore améliorée, il est devenu directeur général de son entreprise avec laquelle je suis appelée à entretenir quelques relations. Il ne me reconnaît pas. Moi je ne l'ai pas oublié : discrètement je lui récite son pedigree. Il change de couleur, mais je le rassure, cela restera entre nous. Quand il comprend quelle part j'ai prise dans ses soucis d'alors, il paraît presque soulagé. « Je me demandais qui m'avait balancé... »

Puis il se confie brièvement. Parle de sa rencontre avec les deux sœurs, son souhait de les établir dans un bar afin qu'elles cessent une activité pour laquelle elles n'avaient pas beaucoup de dispositions. Son mariage avec la plus jeune, devenue une épouse et une mère de famille tranquille et irréprochable... Toutes ces vies qui se déroulent dans le calme et la dignité auraient pu basculer. On ne connaît jamais assez ses voisins...

Le contact, c'est aussi participer à des affaires avec d'autres services. Être femme dans ce métier favorise de telles expériences. C'est ainsi que le commissaire Pellegrini, chef de l'OCRB (l'antigang national !), qui m'avait connue au moment de son passage à la PJ de Lyon me voulut auprès de lui lors de l'enlèvement du petit Christophe Mérieux. Je fus aux premières loges d'une affaire qui jamais n'aurait dû me concerner puisque ma spécialité c'était les stups. Mais les filatures n'étaient pas simples, Charles Pellegrini voulait un couple aux avant-postes et il avait décidé que la femme de ce couple, ce serait moi. Je ne m'attarderai pas sur les péripéties d'une affaire connue de tous et que Pellegrini lui-même a racontée [1] mieux que je ne saurais le faire, je suis seulement

1. Dans son livre *À chacun sa mort*, Édition°1.

très fière d'avoir été là. D'avoir roulé à tombeau ouvert dans un brouillard à couper au couteau, au milieu des Dombes, aux trousses d'Alain Mérieux qui s'en allait remettre l'énorme rançon aux ravisseurs de son fils. De l'avoir perdu, d'avoir fait demi-tour pour le retrouver, menotté à son volant dans une cour de ferme que nous n'avions pas vue dans toute cette purée de pois. D'avoir monté la garde auprès de la voiture en attendant l'IJ et les autres collègues tandis que les fermiers prêtaient réconfort et téléphone au père de l'enfant kidnappé. D'avoir constaté que les ravisseurs, trop pressés d'en finir, avaient oublié dans la voiture deux sacs de billets, quelques-uns des cent quarante kilos que pesait la rançon... D'avoir été là quand le petit Christophe fut rendu à ses parents, la nuit même, sain et sauf. D'en avoir été heureuse et émue, bêtement émue.

Six ans déjà que je fais ce métier. J'y mets toujours la même ardeur et éprouve toujours le même enthousiasme, mais il faut évoluer. À ce point de ma vie de flic, je ne me vois pas dans dix ans, dans quinze ans, faire la même chose qu'aujourd'hui. J'ai besoin d'un autre souffle, d'une vision renouvelée du métier, d'un nouveau point de vue.

Mes patrons, confiants, m'ont encouragée à passer les concours pour obtenir de la promotion et de l'avancement. D'autres, parmi lesquels ces stagiaires commissaires que je vois défiler à longueur d'année dans mon service, m'ont fichu la frousse. Certains ont mis des années avant de se sentir prêts à passer le concours de commissaire, ne l'ont pas forcément réussi du premier coup. Aurai-je le temps, le courage ? Serai-je capable d'aller jusqu'au bout ? Je passe l'été à hésiter, à me poser des questions, à me chercher de bonnes ou de mauvaises raisons d'y aller, puis de n'y pas aller. Enfin, à l'automne 1975, je plonge. Je m'inscris à deux concours. Le premier est un concours national mais aux caractéristiques plutôt techniques : il permet de devenir officier de police judiciaire, qualité alors confidentielle et attribuée sur concours à quelques éléments seulement dans un service. La discipline majeure étant la procédure pénale, dans ce domaine je ne crains personne. Je réussis sans difficulté ce premier obstacle qui me vaut une affectation à Vénissieux-

Les Minguettes. Pendant les dix mois que j'y opère, mon temps est bien occupé ; chaque minute que je ne passe pas au travail me voit plongée dans mes livres et mes codes. Je suis acharnée, jour et nuit, à préparer le concours de commissaire, au détriment de tout le reste – famille qui languit, amis que je délaisse. Je me sens dans une sorte d'entonnoir : ce concours, c'est trop de travail, trop de sacrifices, trop de stress. Je dois le réussir. Dans le cas contraire, je n'aurai pas la force, pas le courage de recommencer. Je passe l'écrit à Lyon, dans cette école de Saint-Cyr au Mont-d'Or où j'espère bien m'installer prochainement pour deux ans. Nous sommes quatre copains de la sûreté de Lyon à nous présenter ensemble. Stimulés par mon inscription – si une femme y va, on doit y aller aussi – ils se sont lancés dans l'aventure. À l'issue des épreuves écrites, nous allons boire un verre tous les quatre. Deux parmi nous exultent, ils sont ravis des sujets, de leur inspiration. Je les ai vus en effet se lever à plusieurs reprises pour aller chercher des copies supplémentaires. Dans mon coin, je reste silencieuse comme le quatrième de la bande, dégoûtée. C'est raté, j'en suis sûre. Tellement sûre que je raccroche les bouquins le soir même. Trois mois plus tard, miracle : je suis admise à l'oral comme mon collègue qui avait lui aussi tout foiré. Les deux autres ne sont pas admis, la vie est bizarre...

Je me remets au travail dans la fièvre, presque la panique. J'ai quand même perdu trois mois. Et, pour faire bon poids, la situation aux Minguettes n'est pas des plus sereines. Bien avant que l'on en parle dans les journaux comme d'un quartier à risques, il est déjà agité de tensions graves. Nous avons du mal à faire notre métier, à conduire nos enquêtes dans des conditions acceptables. Après que nous avons évité de justesse une machine à laver balancée du onzième étage d'une cour, qu'une CRS a dû intervenir pour nous sortir d'une émeute spontanée orchestrée par quelques durs à cuire alors que nous étions venus, pacifiquement, constater le décès d'un enfant tombé d'une fenêtre et, accessoirement enquêter sur les circonstances de ce drame, la situation devient de plus en plus incertaine et précaire. Nos enquêtes se limitent aux flagrants délits et encore n'évoluent-elles qu'après avoir donné toutes les garanties qu'une perquisition anodine, une arrestation obligée, voire inévitable, ne créeront pas un trouble à l'ordre public plus grave que celui auquel nous escomptons mettre un terme. La plupart du temps, nous ne pouvons conduire nos investigations jusqu'au bout, ce qui n'échappe pas aux voyous qui se foutent de nous et viennent nous narguer jusque devant l'hôtel de police. Nous retrouvons nos véhicules personnels cabossés, les vitres explosées par des impacts divers et variés, les pneus crevés. Les véhicules de service, fourgons y compris, subissent le même sort, et, quand nous partons tard dans la nuit après avoir malgré tout tenté quelque chose pour arrêter l'escalade – quelques descentes dans les caves et les bars où se regroupent nos lascars –, nous ne partons jamais isolément mais toujours en groupe. Nous nous raccompagnons comme des adolescentes qui n'arrivent pas à se séparer tant elles ont de secrets à partager.

Il y a quelques « beaux mecs » dans ces petites frappes, quelques-uns qui devinrent des proxénètes de haut vol, des braqueurs dignes de ce nom, qui furent victimes de règlements de comptes ou qui s'affrontèrent avec des collègues et n'en sortirent pas vainqueurs.

Mais il y a tous les enfants de ces cités, des gosses pas toujours de familles immigrées ou chômeuses, que les parents envoient voler dans les supermarchés du pastis ou du whisky, ou n'importe quoi d'autre, parce qu'ils savent que les enfants ne risquent rien ou presque s'ils se font prendre. Des gosses qui prennent l'habitude de voler comme on respire, de casser une vitrine à cinq mille francs afin de piquer des glaces pour eux et leurs copains, cinq francs de bonbons ou de chewing-gums. Les plus petits voient tout ce qui se passe dans la cité, tout ce que font les grands et les adultes. Avec la spontanéité et la candeur de l'enfance, ils nous donnent parfois des informations de première main mais, surtout, quelques années plus tard, ils sont prêts à prendre la relève.

En juin, je sus que j'avais réussi pour de bon ce fameux concours qui m'avait tant obsédée. Ce fut le prétexte à plusieurs fêtes mémorables. Je savais que jamais je ne revivrais ce que j'avais vécu, que rien ne serait plus comme avant. Je changeais de cour, ça se voyait déjà à l'air que prenaient certains collègues. Un peu distant, un peu dépité, un peu réservé, comme teinté d'admiration camouflée ou d'un nouveau respect subtil. Tout changeait, je devenais patron.

L'école de Saint-Cyr au Mont-d'Or est un répit, un havre de tranquillité dans ma vie agitée. Les débuts pourtant sont angoissants : le directeur me convoque dans son bureau le premier jour pour me mettre en garde : les élèves mais surtout les professeurs m'attendent au virage. Je fais l'objet depuis plusieurs années d'une excessive médiatisation qui vient de connaître des sommets avec ma réussite au concours. Télévision, radios, journaux me harcèlent, je suis devenue un phénomène de foire, et l'encadrement de l'école en est tout retourné. Agacé, outré. Certains élèves aussi. Je lui demande à quoi je dois m'attendre. À l'écouter, je devrais être épouvantée, prendre mes jambes à mon cou et filer me réfugier dans un couvent.

Je m'attends presque à ce qu'ils me fassent un mauvais sort. Bien sûr il n'en est rien et, à part quelques vieilles rancœurs qui trouveront l'occasion de s'exprimer à la faveur des épreuves orales de contrôle – tête-à-tête élève-professeur –, rien de ce qu'il avait prédit n'arrive. Je passe une année formidable qui me permet de faire du sport comme je veux, de rentrer chez moi à des heures décentes, de recevoir mes amis sans courir le risque de les abandonner au milieu du repas ou de les emmener au restaurant faute d'avoir été là à temps pour le préparer.

Puis je retrouve Lyon et les Lyonnais puisque j'y fais mon stage d'application pratique. Cette année est comme les autres auparavant, comme toutes celles d'avant l'école, agitée, peuplée d'événements tragiques, importants, dérisoires, jamais neutres. Une loi du genre dans ce métier. Rien ne change vraiment pour moi sauf un tout petit truc : je prends les décisions. C'est moi le patron.

Enfin, j'apprends, je m'applique à le devenir. Quand je me rends sur les lieux d'un crime ou d'un suicide et que les gardiens, premiers intervenants, me saluent, au début je ne peux m'empêcher de m'en étonner, d'être tentée de regarder derrière moi pour voir à qui s'adressent ces signes de respect. J'apprends aussi à surmonter une forme de panique sous tous les regards braqués dans l'attente d'une décision, d'un ordre.

Quand j'arrive un soir d'automne pour assurer la permanence de nuit, je suis un peu tendue. C'est ma première nuit en solo et il n'y a qu'un commissaire dans toute la ville la nuit. Jusque-là j'ai tenu ces permanences de nuit en doublure, avec un collègue titulaire. À dix-neuf heures, la soirée s'annonce calme. L'équipe est solide et j'ai un bon OPJ. Nous avons fait nos classes d'inspecteur ensemble et, comme il y a longtemps que nous ne nous sommes pas vus, nous envisageons, si le calme persiste, d'aller déguster quelques huîtres dans ce nouveau restaurant qui vient d'ouvrir au coin de la rue de Bonnel. Une demi-heure plus tard, la découverte du corps d'une femme suicidée au gaz avec son chien repousse à plus tard cette réjouissance. Cinq autres morts violentes nous attendent dans la nuit : un suicide aux barbituriques, un accident mortel de la circulation avec deux victimes sur le boulevard périphérique. Puis cet étrange suicide par pendaison d'un garçon qui jouait à se faire du cinéma et surtout à terroriser son amie.

Le couple vit à Saint-Jean tout en haut d'un immeuble vétuste desservi par un étroit escalier en colimaçon. La jeune femme travaille comme aide soignante dans un hôpital, le garçon est un peu chômeur, un peu oisif, un peu branque. Quand elle rentre ce soir-là, l'appartement est plongé dans la pénombre. Elle appelle son ami qui ne répond pas, elle le cherche, l'aperçoit enfin dans la douche, à travers la porte vitrée, tout habillé et bizarrement suspendu au tuyau d'arrivée d'eau. Elle ne s'en émeut pas, hausse les épaules en proférant, agacée, que ses « conneries ne l'amusent plus ». Puis elle redescend acheter une pizza. Elle prend son temps, flâne dans le quartier, pour, dira-t-elle plus tard, lui donner une leçon. En effet, depuis quelques mois, son ami a inventé ce jeu stupide : il se suicide. De manière inattendue et improvisée, il se met en scène dans des simulacres de mort. La première fois, elle l'a retrouvé allongé dans l'entrée, les yeux révulsés. Une autre fois, il était roulé en boule dans les toilettes, les poignets ensanglantés. Deux fois, elle est sortie en hurlant, a appelé les pompiers, et lui, ça le faisait rire. Après cela, elle n'a plus marché dans ses combines douteuses. Quand elle remonte, ce soir-là, elle constate à travers la porte de la douche qu'il est toujours dans la même position. Pas encore inquiète, mais impressionnée par son immobilité, elle lui enjoint de cesser ce jeu stupide et de venir manger la pizza encore tiède. Après quelques longues minutes, elle se décide à intervenir. Cette fois, il ne rira plus de son exploit bête et méchant. Il est raide, pendu au tuyau avec une rallonge électrique. C'est le quatrième mort de la soirée, nous n'avons plus faim. Pourtant Guy et moi ne pouvons nous retenir d'un début de fou rire nerveux quand les pompes funèbres, gênées par l'étroitesse de l'escalier, laissent s'ouvrir la boîte grise qui leur a glissé des mains et tomber le corps qui file sur les marches jusqu'aux pieds des inévitables badauds, horrifiés. Puis, une heure plus tard, il nous faudra revenir car Guy, troublé par tous ces morts, a oublié la sacoche de la permanence... C'est vers cinq heures que nous constatons le dernier décès, celui d'une vieille dame tombée sur le coin de sa table. Les huîtres à huit heures du matin, cela ne nous dit plus rien.

Depuis que je prends les permanences, cette nuit-là le confirme, je me suis taillé une solide réputation de porte-poisse. Quand je pense que certains commissaires arrivent à dormir. J'en ai connu un, il y a plusieurs années, qui venait avec son pyjama. Ce temps-là est révolu, on dirait.

Un soir, à peine suis-je arrivée que le PC m'appelle. Impatient de me mettre la main dessus à ce qu'il me paraît, au ton de mon interlocuteur.

– Patron, je viens d'envoyer un équipage dans le VIIIe. Il y a un cinglé qui a fichu le feu à son appartement. Il est barricadé chez lui, les pompiers ne peuvent pas intervenir, il est armé et il leur tire dessus. Je vous envoie la voiture ?

Il attend ma réponse pour la forme. Quand j'arrive sur place avec le chauffeur, la cour de l'immeuble ressemble à un camp retranché. Les pompiers sont embusqués derrière leur camion, les policiers de police secours, derrière leur fourgon. Une foule curieuse est massée sur les côtés, à bonne distance. Je m'avance dans la cour, le nez en l'air, scrutant la façade de l'immeuble qui me paraît étonnamment calme. Je m'attendais à voir des flammes, de la fumée au moins. Je fais quelques pas, un pompier me crie de faire attention et un brigadier me désigne précisément le balcon aux persiennes closes derrière lesquelles le forcené guette. Je suis au milieu de la cour quand je vois les persiennes s'entrouvrir et un drôle d'objet en dépasser. J'entends : « Attention, il va tirer ! » et « Couchez-vous ! » puis « Reculez ! ». Je perçois l'agitation autour de moi, deux détonations qui ressemblent à une pétarade de Mobylette, des cliquetis de métal. Sans plus me poser de questions, je me mets à courir, traverse la cour d'une traite jusqu'à l'immeuble. Jamais de ma vie je n'ai couru aussi vite. D'autres policiers ont fait la même chose, mais en longeant la haie par l'extérieur. Nous voici dans la place. Des gens applaudissent, j'entends des cris dans la foule. Des cris qui réclament la « mort du fou ». Il faut le tuer, l'abattre comme une bête malfaisante, « des saletés pareilles n'ont pas le droit de vivre »... Je me demande pourquoi toute cette haine, cette rancœur crachée inutile, stérile. Il y a un peu de monde dans l'escalier, je m'avance dans les étages entre des locataires agacés qui me regardent curieusement en faisant des commentaires desquels je commence à déduire que l'homme retranché a déjà fait des siennes. Derrière sa porte, en haut des marches, il y a quelques policiers en uniforme, gilets pare-balles, armés comme des porte-avions. Plusieurs impacts sont visibles dans la porte en bois. Une odeur de brûlé flotte dans l'air.

« Il tire à travers la porte, me confirme un gradé, il n'y a rien à faire, il ne veut pas se rendre. » Un de mes collègues est là aussi, le commissaire du quartier. Il a essayé de parlementer, en vain. Je m'étonne de sa présence. Il m'entraîne à l'écart. « Cette histoire dure depuis une éternité, m'explique-t-il. C'est un chômeur, sa femme l'a quitté il y a quelques mois, emmenant leur petite fille de quatre ans. Il a très mal pris la chose, l'a menacée, suivie, frappée. Puis il a semblé se calmer, a prétendu qu'il ne ferait plus rien contre sa femme à condition de pouvoir exercer son droit de visite normalement. Malgré son avocat qui désapprouvait, la femme a accepté. Un dimanche, il y a deux semaines, elle lui a amené la petite. Quand elle est revenue le soir, il a refusé de la rendre. Il voulait la garder une semaine de plus. Elle a laissé faire. Le dimanche suivant, il a recommencé. Elle a fait appel à la police. Tout le monde s'en est mêlé. Rien à faire. Il prétendait qu'il tuerait la gamine et se flinguerait aussi si on tentait quoi que ce soit. Il est armé, on a attendu. La petite allait bien, il avait de quoi la nourrir et les voisins lui passaient de la nourriture par les fenêtres. Petit à petit il a flanché. C'est le juge des enfants et la brigade des mineurs qui ont traité la dernière partie de l'affaire. »

Il me paraît tout à coup mal à l'aise, comme s'il répugnait à raconter la fin. J'insiste. « Ce matin, il a accepté de discuter avec le juge, il était à bout, je pense. La petite s'est enrhumée, elle pleurait, elle avait de la fièvre, il a perdu les pédales. Il a accepté de la rendre... en échange de l'impunité et... d'une bouteille de pastis... »

Je comprends tout. À quatre heures de l'après-midi, il rend sa fille. Par la porte entrebâillée, le juge ou quelqu'un d'autre lui donne sa récompense. À dix-neuf heures, il est fin saoul, il met le feu. Quand les pompiers arrivent, alertés par les voisins, il leur tire dessus. Et nous voilà sur ce palier.

Je me demande : « Et maintenant, qu'est-ce qu'on fait ? » Mais je ne pose pas la question puisque, visiblement, c'est moi qui détiens la réponse. Le procureur de permanence arrive un peu plus tard. J'ai essayé de discuter avec le forcené. Il m'a renvoyée à mes confitures et à d'autres activités moins avouables mais il ne tire plus. Peut-être est-il à court de munitions. Une tentative d'ouverture de la porte dément cette hypothèse : il en a encore et, cette fois, une balle rate de peu un gardien de la paix. Le procureur fait une dernière tentative de négociation et, comme nous n'allons pas y passer la nuit, l'intervention est décidée. Le GIPN est déjà prêt, la grande échelle des pompiers en place à la fenêtre de la salle de bains, des hommes en position sur les balcons de part et d'autre de celui qui nous intéresse. Avec les précautions d'usage nous attaquons la porte d'entrée à la barre à mine afin d'attirer l'homme sur ce point et faire diversion. Il tire ses dernières cartouches tandis que le signal de l'assaut est donné. Quand il réalise la chose, l'homme se retranche dans sa salle à manger, sous la table où il a stocké des seaux de peinture blanche destinés à rénover son logement avant la débâcle familiale et qu'il n'a pas utilisés. Dans un ultime baroud d'honneur, il balance sur ses assaillants la peinture fraîche par seaux entiers. En quelques secondes nous sommes tous blancs des pieds à la tête, les vêtements hors d'usage. L'homme lui-même en est bientôt couvert. Il nous glisse littéralement entre les mains et il faut le dévêtir pour pouvoir le maîtriser, le menotter, pieds et poings. Malgré des litres de dissolvant, je mettrai des jours à libérer mes mains et mes cheveux de cette peinture, finalement de bonne qualité.

C'est une drôle d'armée de fantômes peinturlurés tenant à l'horizontale un homme entravé et à moitié nu que la foule voit sortir. Vaincu, il a cessé de se débattre. Des larmes de détresse, de désespoir, coulent sur son visage. D'abord parcourue de murmures et de cris hostiles, la foule subit un revirement spectaculaire au fur et à mesure de notre progression. Lorsque l'homme est chargé sans douceur mais sans violence dans le fourgon, elle est retournée. C'est à nous qu'elle s'en prend. « Pauvre malheureux, c'est pas avec sa misérable carabine qu'il pouvait leur faire du mal, vous avez vu ces revolvers ? Et le mettre dans un tel état, si c'est pas une honte ? » À croire que c'est nous qui avons apporté la peinture. Je suis confortée dans l'idée que la foule est dangereuse, versatile. Féminine, disait un de mes profs de psycho. Un mysogine sans doute...

En cette année 1977, j'eus le privilège d'être choisie par l'Élysée pour représenter les élèves commissaires de police, en tant que membre d'un grand corps de l'État. C'était à l'occasion de la visite en France du maréchal Tito. La cérémonie se passait à Versailles, dans la galerie des Glaces. Quelqu'un s'étonna que je n'aie pas d'uniforme de cérémonie comme ces dames de l'armée. Déjà bien beau que j'en aie eu un, pensais-je en me remémorant les péripéties de composition de l'uniforme des femmes commissaires, sur la forme du chapeau qui changea trois fois et qui fit que les deux premières promotions ne défilèrent pas avec le même couvre-chef !

Ce fut, je crois, la dernière fois que je portais mon uniforme cette année-là. Car, histoire de ne pas faire comme tout le monde, j'avais choisi cette année de stage pour faire un bébé. Je dois à la vérité de dire que c'est le bébé qui a choisi son moment car programmer les enfants au milieu de cette vie de fou était au-dessus de mes forces. Fred avait déjà huit ans, je pensais qu'il n'y en aurait pas d'autre.

Marie est annoncée pour le mois d'août. Quand je commence mon stage à la police judiciaire de Lyon, je suis enceinte de trois mois. Cela ne se voit pas, je fais du sport régulièrement et je n'ai rien dit à personne. Je ne veux pas que l'on me traite en malade, qu'on me laisse au bureau, qu'on ne m'emmène pas en opération sous prétexte que « dans mon état »... Je me suis souvent heurtée à des supérieurs qui prétendent que ce métier n'est pas fait pour les femmes, notamment à cause des grossesses. J'ai souvent riposté que ce n'est pas une maladie incurable, pas pire qu'un bras cassé dont on se remet, et pour cause. Donc, je n'ai rien dit. Deux mois plus tard, je commence à me sentir vraiment serrée dans mes jeans. Je triche, je lâche le bouton du haut, fais blouser les pulls par-dessus. Une ou deux fois, on m'a fait remarquer que j'avais pris des « joues ». C'est une manière distinguée qu'ont les collègues pour désigner une autre partie charnue des femmes...

Je suis partie plusieurs jours avec le GRB [1] de Lyon pour tenter de mettre un terme à une vaste entreprise de racket dont sont victimes la plupart des établissements et commerces de Romans (Drôme). Une bande y sévit, dont font partie des membres de la famille de Nœnœil, ce truand lyonnais abattu quelques jours avant mon entrée dans la grande maison. Les interpellations se sont succédé, les interrogatoires, confrontations, jour et nuit. Je n'ai pas bronché, j'ai fait mon boulot comme les autres, dans des conditions difficiles eu égard à ces clients pas commodes. Je rentre chez moi harassée, j'ai mal aux reins, mal au ventre. Je ne dis rien à mon mari, il serait capable d'appeler le médecin. Je suis plongée dans un sommeil lourd et sans rêves quand le téléphone sonne : c'est l'état-major de la PJ. Un juge d'instruction de Lyon a été enlevé dans la soirée, tout le monde est rappelé. À deux heures du matin, je repars. Pendant plusieurs jours, nous courons les chemins, les routes, les maisons à la recherche de ce magistrat, kidnappé pour des raisons que nous ne connaîtrons jamais. Nous vérifions tous les renseignements, toutes les pistes, jour et nuit. Puis il réapparaît, tout aussi mystérieusement et brusquement qu'il a disparu, attaché à un arbre, dans la neige, à dix kilomètres de Lyon. Il ne donne que peu de pistes supplémentaires, seulement quelques indices vagues et ténus qu'il faut quand même vérifier. Encore des maisons, des gares désaffectées, des fermes isolées qu'il faut visiter, des immeubles où on interroge les locataires sans relâche, le véhicule qui l'a transporté que l'on retrouve dans la Saône. Puis nous établissons des listes de suspects, des voyous ou pseudo-voyous qui auraient pu faire

1. Groupe de répression du banditisme.

le coup bien que le mobile échappe à toute logique. Ce juge n'est pas le juge Renaud, assassiné trois ans plus tôt, il n'a pas de dossiers lourds. Mais tout le monde y pense, au juge Renaud, dans cette circonstance. Je l'ai bien connu, le « shérif », et, comme tous les flics de cette époque, à Lyon, j'ai apprécié de travailler avec lui. Je l'ai vu aussi une nuit de juillet, criblé de balles derrière une voiture. Ces deux affaires n'ont rien en commun. Pour l'heure, à courir les routes avec mon ventre qui enfle de jour en jour, je m'épuise. Dieu merci, mon stage à la PJ s'achève, je vais partir pour les renseignements généraux. J'en profite pour lâcher la vapeur et... les derniers boutons de mon jean. C'est habillée en femme enceinte que j'intègre ce nouveau stage, à la stupéfaction générale. Ceux de la PJ ont eu du mal à s'en remettre. Ils se sont rejoué le film des dernières semaines particulièrement denses, ont réfléchi à toute allure à ce qu'ils m'avaient fait faire, certains se sont même demandé s'ils n'avaient pas été trop durs avec moi. Ces femmes qui veulent tout faire comme les hommes, aussi...

À cause de ce bébé qui grandit en moi, je ne défilerai pas à la fin de ma session d'études comme le veut la règle immuable. Les femmes commissaires ont aujourd'hui une tenue de cérémonie, elles n'ont toujours pas d'uniforme de grossesse.

8

LES GRANDS OISEAUX BLANCS

Lyon-Satolas, 1978 et suivantes...

J'ai choisi l'aéroport de Lyon. J'ai déjà évoqué ce choix. Il ne me ravit pas. Je voulais de la PJ, de l'enquête. Je vais commander une formation en tenue, je n'en ai pas l'habitude et, malgré mon stage, j'ai encore des appréhensions.

Un jeune commissaire ajoute sans le vouloir à cette crainte. Marie a deux mois, je n'ai pas encore rejoint mon poste à l'aéroport. J'ai envie de profiter du bébé avant de recommencer la vie d'action. En revanche, j'ai besoin de m'activer, de dépenser mon énergie, qui déborde sans cesse et que les joies domestiques ne suffisent pas à canaliser. J'ai donc repris l'entraînement de karaté, sport que je pratique depuis quelques années pour contredire le Gus qui ne jure que par le judo, dont j'ai épuisé les plaisirs. Michel, un inspecteur de la DST, est mon professeur. Le jeune commissaire qui suit ses cours avec moi est en stage à l'aéroport de Lyon-Satolas, précisément. La nouvelle de mon affectation prochaine y fait grand bruit dans les rangs des gens de la maison. Les effectifs en tenue – une centaine de gradés et gardiens – sont commandés par un brigadier-chef, un vieux de la vieille, proche de la retraite. Il a tout fait, l'Indochine, l'Algérie. C'est un baroudeur, couturé, recousu, plein de vieilles plaies et de bosses. Pour lui, la police comme la guerre, c'est une affaire d'hommes. Pas de femmes, et surtout pas au poste de patron. Il a déjà fait connaître sa désapprobation, conseillé aux gardiens de ne pas me faciliter la vie s'ils veulent rester en bons termes avec lui. Il ne m'honorera pas des signes extérieurs de respect – le fameux salut – et recommande à ses hommes d'en faire autant. Une femme avertie en vaut une autre mais quand je débarque quelques semaines plus tard, je suis relativement inquiète.

Il est vrai qu'il est bougon le vieux briscard, que les gardiens, mal à l'aise, ne savent comment faire. Je laisse les choses en l'état, trop occupée à apprendre ce nouveau métier. Car il s'agit bien d'un nouveau métier, à multiples facettes, à multiples partenaires aussi, ce qui est, pour moi, la principale nouveauté. Je découvre le monde du transport aérien, la magie des grands oiseaux blancs dans le ciel, de ces gens qui vont à Calcutta, à Vancouver ou à Nairobi comme je vais à Genas ou à Saint-Laurent-de-Mure [1]. Je découvre aussi l'extrême fragilité de ce moyen de transport, l'extrême difficulté de lutter contre les entreprises de ceux qui, pour de mauvaises raisons qu'ils estiment bonnes, sont prêts à faire s'envoler ces beaux oiseaux en fumée avec les gens qui sont dedans.

L'activité est multiple et variée, de la police générale – circulation, stationnement, patrouilles – au contrôle transfrontière en passant par la sécurité des personnalités en déplacement, la prévention et la lutte antiterroriste, la répression des crimes et délits. Un aéroport est un microcosme social qui présente les caractéristiques d'une ville à la différence près que les gens n'y habitent pas. Sinon, il s'y passe tout, les querelles de voisinage, de jalousie, les adultères, les petites et les grandes histoires de la vie. C'est un mari trahi que nous désarmons un jour qu'il est venu pour faire la peau de sa femme, une hôtesse qui le trompe avec... un ministre ; c'est un jeune homme qui a pillé le coffre-fort de l'entreprise qui l'emploie parce que sa femme le traite de minable et ne veut plus faire l'amour ; c'est l'inspecteur de mon service qui se suicide parce qu'il ne se fait pas à l'idée d'être flic. Il a été embauché juste avant 68, il a fait partie de ces jeunes flics étudiants qui observaient ce qui se passait dans les facs. Totalement immergés. Quand il a dû rentrer dans le rang, il n'a pas pu se réadapter. À l'aéroport ou ailleurs c'est la même chose, il traîne ses vieilles idées de soixante-huitard, s'introspecte longuement chaque fois qu'il doit arrêter quelqu'un ou renvoyer un étranger clandestin dans son pays. Il a toujours les cheveux longs, la barbe, il a beau essayer, il n'arrive pas à être comme les autres. Nous avons de longues discussions au cours desquelles je lui sug-

1. Localités proches de l'aéroport de Lyon-Satolas.

gère de changer de voie. Mais il ne sait rien faire d'autre que ce métier qu'il ne supporte plus. Chez lui ça ne va pas mieux. Sa femme ne tolère plus cet enfant vieillissant qui ne veut pas grandir. À force de dire qu'il va se supprimer, il finit par le faire.

Un gardien qui vient d'être muté dans le service tue sa femme un mois après son arrivée. Depuis au moins un an, il est convaincu qu'elle le trompe. Il en est malade, jusqu'à l'obsession. Pendant l'été, il a un jour prétexté une fatigue, est rentré chez lui à l'improviste. Sa femme était en bonne compagnie, mais dans une tenue décente. Peut-être était-il arrivé trop tôt ou trop tard. Depuis, il ne vit plus. Nous voyons bien qu'il est sombre, mal dans sa peau, taciturne, pas motivé au travail, ce qui, plus que tout le reste, me met facilement en colère. Un jour, il se décide. Il veut savoir, il saura. Si c'est ce qu'il croit, le sort de sa femme est déjà réglé. C'est son assassinat qu'il organise. Il invente une sortie au restaurant, place ses trois enfants en bas âge chez une voisine. Le soir arrive, sa femme s'est faite belle. Au dernier moment, il l'enferme dans la maison, lui inflige un interrogatoire serré, toute la nuit. Au petit matin, telle la chèvre de M. Seguin, elle craque, avoue à son mari tout ce qu'il veut entendre. Alors il prend le téléphone, appelle sa belle-mère, l'invite à écouter ce qu'il va faire à sa fille. En stéréo, la femme entend son gendre vider son arme de service dans le ventre de sa fille.

Après une autre triste histoire d'un autre gardien emprisonné pour avoir tenté de tuer l'amant de sa femme et deux affaires mettant en cause deux fonctionnaires du service, Satolas a le plus fort pourcentage de flics en détention. Un score peut-être jamais égalé.

Je suis loin des préoccupations de mes débuts. Elles me paraissent futiles et d'ailleurs, après quelques jours laborieux d'observation et d'apprivoisement, le vieux briscard est revenu tout seul à la raison. J'ai tout simplement exprimé mon étonnement devant son manque de capacité à tenir ses hommes. Lui-même a-t-il oublié les règles les plus élémentaires de respect et de politesse ? Lui, un ancien militaire ? Ça a marché. Il est devenu un de mes plus fidèles soldats, un ami aussi.

On nous signale Carlos tous les quatre matins, tout comme Mesrine avant qu'il ne disparaisse tragiquement. Ce sont là fausses nouvelles, truands ou terroristes que tous recherchent et que tous rêvent d'arrêter. Les « beaux mecs »... On oublie parfois que les « beaux mecs » ressemblent à tout le monde.

On m'annonce l'arrivée à Lyon d'un individu en provenance d'Athènes. Il s'agit de quelqu'un d'important mais personne ne veut – ou ne peut – dire qui il est. On sait seulement qu'il est un dirigeant d'un mouvement terroriste. J'organise son accueil, ses papiers sont photographiés sous toutes les coutures, la DST est dans le hall. Je me trouve dans la zone de délivrance des bagages, l'air de rien. L'homme, un petit barbu très brun, plutôt insignifiant, se dirige vers moi, me demande en anglais où sont les taxis. Son regard est aigu, inquisiteur. La DST le prend en filature à la sortie. Le lendemain, ce service fait de nouveau appel à moi : l'homme est dans l'agence Air France, en ville, avec un autre individu. On aimerait bien savoir qui est ce deuxième homme et ce qu'ils mijotent. Quelques minutes plus tard, j'ai le renseignement. Le compagnon de notre présumé terroriste est un Arménien de Lyon, et ils sont en train d'acheter des billets d'avion pour Rome. J'obtiens aussi le jour et le numéro du vol. Le jour du départ, je suis là, j'ai le petit barbu en face de moi, son bagage à main ouvert entre nous. Il a l'air impénétrable mais ne perd pas une miette de mes faits et gestes. Au moment où je tends la main pour farfouiller dans des papiers qui, j'en suis sûre, révéleront des choses capitales, il referme brusquement son bagage, brouille la combinaison et me demande d'appeler son ambassade. Il a un passeport diplomatique libyen, sans doute de complaisance mais quand même. Malgré mes efforts pour le convaincre, puis pour obtenir l'autorisation hiérarchique d'ouvrir ce maudit bagage sous la contrainte, je suis obligée de le laisser partir.

Cet homme, c'était Hagop Hagopian, un des chefs historiques de l'ASALA [1], une armée de gredins qui multipliaient les attentats terroristes, notamment contre les intérêts turcs. En tout cas, un de ceux qui ont porté ce nom puisqu'il semble bien qu'il y en ait eu plusieurs. Quelques mois plus tard, une bombe explosait à Orly, faisant plusieurs victimes. L'ASALA

1. Armée secrète arménienne de libération de l'Arménie.

en revendiqua la pose et il paraît que c'est cela qu'était venu préparer le petit barbu à l'air si ordinaire.

Je pensais ne rester que quelques mois à l'aéroport de Lyon-Satolas. J'y passe un peu plus de temps que prévu. D'abord je m'y trouve bien, mais il y a d'autres raisons, des postes que j'aurais aimé obtenir et que l'on ne me proposa pas, d'autres que l'on me reprit après me les avoir accordés... Subtilités de la vie administrative. Cela m'évita d'inconfortables et funestes périodes de célibat géographique ou des déménagements trop fréquents. Un déménagement, ce n'est pas qu'une péripétie, c'est un événement lourd de conséquences, parfois dramatiques.

Quand j'ai rejoint Lyon-Satolas, il est vite devenu urgent de déménager. J'habite de l'autre côté de Lyon, dont l'aéroport est éloigné de quarante kilomètres. Nous nous mettons à consulter les petites annonces, et mon mari un jour déniche la merveille des merveilles. À dix kilomètres de l'aéroport, une belle maison dans un grand jardin, sans voisins, une location pas trop chère.

L'idée d'acheter une maison ne nous effleure pas : nous n'en avons pas les moyens, et je suis farouchement hostile à l'idée d'avoir un fil à la patte, fût-il de pierre ou de brique. Première visite que mon mari effectue seul et dont il revient enchanté. C'est encore mieux que dans le texte de l'annonce. Pourtant, le soir, quand il me reparle des locataires, je constate qu'il a l'air rêveur. La femme lui a paru avoir une drôle d'allure, l'homme a tenu en sa présence une conversation au téléphone d'où il ressort que « dans la vie il y a des histoires de mecs et des histoires de gonzesses ». Bref, me dit-il, tu vois le genre ? Je vois.

Le dimanche suivant, nous retournons, ensemble cette fois, visiter la maison. Il fait beau, nous sommes en juillet, je suis enceinte jusqu'aux yeux. Ce qui ne m'empêche pas de lorgner la BMW bleue que nous croisons sur le chemin qui mène à la villa. Un chemin de terre quasi privatif puisqu'il ne dessert que cette propriété et des champs en contrebas. Deux hommes occupent le véhicule, le conducteur est le locataire de la maison. Par réflexe, je note mentalement le numéro des plaques minéralogiques.

À la villa, la jeune femme qui nous accueille, à peine vêtue, porte en effet son activité comme un étendard. J'ai passé les huit dernières années à Lyon, je connais toutes les prostituées de la ville et des environs, mais pas celle-ci. Elle non plus visiblement, ou alors elle cache son jeu. Chemin faisant et tout en visitant la maison, je réfléchis au fait que nous sommes près d'un secteur prostitutionnel bien connu mais situé en zone de compétence de la gendarmerie et auquel je ne me suis jamais intéressée que de loin. Pour cette raison, sans doute, je ne l'ai jamais croisée.

Au moment de visiter le garage, la femme fait demi-tour. Ce n'est qu'un garage après tout, il n'y a rien à voir. J'insiste. L'obstination est un de mes gros défauts. Dans le garage, il y a une BMW. Bleue comme l'autre. Il me suffit d'un coup d'œil pour constater qu'elle est immatriculée comme l'autre, exactement.

Le lendemain, je procède à quelques vérifications rapides qui confirment ce que je pensais : la femme est une prostituée connue, celui qu'elle présente comme son « mari » est aussi son proxénète. La BMW lui appartient. Enfin, une des deux.

Nous avons rendez-vous avec le couple chez un gérant de biens auquel est confiée la gestion de la villa afin de régler quelques formalités.

Avant ce rendez-vous la femme a rappelé mon mari pour lui dire que si nous voulions la maison il nous faudrait nous acquitter d'une reprise. La somme est importante, nous sommes d'autant plus surpris qu'elle apparaît pour la première fois dans la discussion. Quand nous allons au rendez-vous, bien décidés à ne pas accepter la nouvelle donne du contrat, le proxénète, mis au courant par le régisseur du métier que j'exerce, a le couteau entre les dents. Sa « femme » a le visage fermé, nous sommes loin des amabilités de la première rencontre. Il fait le coq : il ne sera pas question de discuter. Le prix est le prix. Je demande des détails, car je sais par le propriétaire que j'ai réussi à contacter que tout ce qu'ils veulent nous faire payer était déjà dans la maison avant leur arrivée. Que je l'aie appris le rend fou furieux. Drapé dans sa dignité, le couple quitte la place en indiquant que, dans ces conditions, ils garderont la maison. Le régisseur est navré, il nous recommande la patience, il verra de son côté comment arranger l'affaire. La villa est pour nous, il nous le promet.

Dans la foulée, j'appelle les gendarmes compétents, je leur parle de ces curieux locataires. Ils les connaissent bien et, d'ailleurs, s'ils ont décidé de déménager en vitesse, il y a une raison. Quinze jours plus tôt, les gendarmes sont intervenus car il y avait bagarre dans la villa. L'homme menaçait sa femme avec un fusil de chasse. Comme ce n'est pas la première fois, et qu'il a déjà en outre plongé pour proxénétisme, ils ont décidé d'aller respirer un autre air, ce dont les gendarmes se félicitent. Je leur parle de la deuxième voiture dans le garage. Cela les surprend à peine, ils soupçonnaient un trafic de ce genre, ils vont reprendre leur surveillance et intervenir.

Quelques jours plus tard, ma fille s'annonce. Elle était attendue en août, elle arrive avec un mois d'avance. Son frère déjà m'avait fait le même coup. Il paraît, au dire du corps médical, que je fais les enfants en huit mois. Femme d'action signifie femme pressée... Occupée ailleurs, j'oublie pour un temps la villa, ses occupants et leurs troubles activités. Je passe la fin de l'été loin de Lyon, en famille. L'automne nous ramène aux réalités et en particulier à la nécessité de prendre une décision quant à l'endroit où nous allons vivre car je vais bientôt reprendre le travail. Pour moi c'est clair, cette maison me plaît, je la veux, je l'aurai. Le régisseur me confirme, hélas! que rien n'a changé à sa connaissance. Le loyer est payé et il n'a pas obtenu de réponse à la lettre qu'il a envoyée pour connaître les intentions des locataires.

Les gendarmes, eux, ont des nouvelles plus intéressantes. Ils ont interpellé le couple et le troisième personnage de la villa, celui que j'ai vu dans la BMW, un certain James. Leurs surveillances avaient abouti à établir à leur encontre des faits d'entôlage, petit jeu qui consiste, pour une prostituée, à dévaliser son client. Dans le cas précis, la fille levait ses clients sur le bord d'une nationale, des chauffeurs de poids lourds pour la plupart. Pendant qu'elle était occupée avec eux, les deux hommes volaient les portefeuilles. Les plaintes se multipliaient, ils furent pris en flagrant délit grâce à un camionneur irascible qui ne se laissa pas faire. James se révéla être un « beau mec » impliqué dans toutes sortes de trafics. Voitures, faux papiers et d'autres faits beaucoup plus graves. La villa avait été investie et perquisitionnée, mais le couple n'y vivait déjà plus. Après leurs déboires, ils avaient émigré vers d'autres horizons. Quant à James, il était en prison du côté de Lille. Qui donc alors occupait la villa ? Qui payait le loyer ? Les gendarmes l'ignoraient.

Une chose est sûre, je le sus plus tard, le trio, arrêté peu après nos visites et entrevues successives, fut convaincu que j'étais à l'origine de leurs problèmes. J'appris que James était un teigneux, un homme dangereux et rancunier, dont il fallait se méfier et qui avait promis de me donner de ses nouvelles.

Une fois en poste à l'aéroport de Satolas, je vins tourner plusieurs fois autour de la villa. Je ne vis jamais personne mais je ne pouvais pas approcher trop près à cause des nombreux chiens parqués dans la cour. Puis, un jour, je ne vis plus âme qui vive. L'hiver s'était installé, il faisait très froid cette année-là, la villa était fermée, comme abandonnée. Le régisseur me confirma qu'il n'avait plus perçu de loyer depuis deux mois et les gendarmes, surpris que je m'intéresse encore à cette maison, me firent savoir qu'ils étaient de nouveau intervenus après que les voisins se furent plaints à plusieurs reprises de nuisances importantes, bruit, bagarres, chiens lâchés sur des passants... Un léger trouble de voisinage occasionné par les sept ou huit prostituées qui vivaient là avec leurs gosses et leurs chiens sous la houlette vigilante d'une mère maquerelle de surcroît recherchée à la suite de quelques condamnations. Je crois rêver...

C'est au greffe de la prison des femmes de Lyon que sont récupérées les clefs de la villa, mais il a encore fallu attendre quelques semaines pour obtenir l'autorisation du juge. Quand le régisseur et moi entrons dans la maison, nous sommes atterrés. C'est un spectacle de totale désolation. La villa a été fermée en l'état. Il y a de la nourriture pourrie dans le réfrigérateur, du pain moisi sur la table, des excréments de chiens un peu partout. L'installation de chauffage non vidangée a éclaté à cause du gel. L'eau a ruisselé, inondé les parquets. La tapisserie détachée des murs se répand en larges plaques, et il est visible que des cambrioleurs ont visité et revisité les lieux. Des débris, des papiers jonchent les sols, des vitres sont cassées, des volets arrachés. Le jardin est une jungle hirsute ravagée par les neuf ou dix bergers allemands qui ont aussi mis à mal l'intérieur. Le petit paradis qui m'avait séduite est un champ de bataille, mais je ne désarme pas.

Deux mois plus tard, les gros dégâts ont été réparés par le

propriétaire, les lieux débarrassés, nettoyés, repeints. Nous avons fignolé les détails et nous nous installons. Inexplicablement, sans doute est-ce l'effet de l'attente prolongée du plaisir d'y vivre, je ne m'y sens pas aussi bien que je l'aurais cru. Certes, l'endroit est magnifique, le jardin a été remis en état aussi, il y a un verger avec des arbres en fleurs, mais je nous trouve quand même très isolés et je me surprends à vérifier plusieurs fois le soir la fermeture des portes, à frissonner quand, les nuits de mauvais temps, le vent mugit dans les arbres de la forêt proche.

Et puis la femme est venue, un dimanche, rôder près de la maison. Nous étions absents, c'est ma sœur qui l'a aperçue. Elle est même venue lui demander si nous étions bien les nouveaux occupants, elle prétendait avoir des meubles à récupérer.

Alors que nous nous installons, un événement survient qui accroît mon malaise. Le couple et James passent en jugement au tribunal de Bourgoin-Jallieu, une localité proche de l'aéroport. Le couple comparaît libre, James a été extrait de sa prison du Nord et transféré en train à Bourgoin pour y répondre des accusations d'entôlage et autres babioles. Dans la salle d'audience, le trio reprend contact, parvient sans doute à communiquer sans trop de difficultés. Plus tard, au moment de repartir vers les frimas du Nord, James et ses gendarmes escorteurs attendent le train sur le quai de la gare. James, menotté, est relié à un gendarme par la chaîne d'accompagnement. Relié mais pas attaché, ce qui ne lui a pas échappé. Le train entre en gare et, quelques mètres avant qu'il ne parvienne à sa hauteur, James se jette sur la voie. Surpris et pas suicidaire, le gendarme lâche la chaîne. James traverse, remonte sur le quai de l'autre côté, quitte la gare sans encombre. Derrière, dans la rue, une voiture, une BMW bleue, l'attend...

James est dans la nature. Je suis inquiète. Nous installons des alarmes, ne laissons jamais la maison inoccupée, jamais les enfants seuls. Nous avons acheté un chien. Je me dis souvent que c'est idiot, je suis plutôt optimiste de nature et confiante dans ma bonne étoile, mais savoir cet homme rancunier en liberté, en cavale qui plus est, me dérange.

Pourtant le temps passe, l'été arrive. La maison est un havre de paix, j'oublie presque James. Tous les jours, chaque fois que c'est possible, je viens déjeuner à la villa, seule. Mon mari travaille, mon fils est en vacances, ma fille chez sa nounou, elle va avoir un an. Je m'installe sur la terrasse pour bronzer en lisant, c'est une coupure agréable dans la journée.

Un matin, alors que je viens à peine d'entrer dans mon bureau à l'aéroport, le chef de quart m'apporte une nouvelle terrible : deux gendarmes partis faire un contrôle dans un hôtel au Bourget-du-Lac ont été abattus. On leur avait signalé un suspect. De quoi, pourquoi, on ne sait. Mais, à leur entrée dans la chambre, l'homme a demandé à prendre ses papiers dans sa valise. Il en a sorti une arme et s'est enfui après les avoir exécutés sous les yeux d'une jeune femme qui l'accompagnait. Dehors, il a arrêté une voiture, a forcé le conducteur à s'en extraire.

– Il se dirige vers nous, précise le chef de quart. Qu'est-ce qu'on fait ?

– Dispositif habituel. Barrage au carrefour central, contrôle systématique des véhicules à l'entrée. Patrouilles sur les voies d'accès. L'homme est armé, n'oubliez pas les gilets... Et informez-moi !

J'ai répondu machinalement. J'ai une sensation bizarre, une angoisse irrationnelle. Le chef de quart me connaît bien, nous avons fait un long parcours ensemble, nous nous fréquentons en dehors du service, il connaît la maison, son histoire, celle de James. Il me secoue :

– Ah non ! vous n'allez pas vous mettre ça en tête ! Vous le voyez partout ou quoi ?

– Au contraire, m'obstiné-je, je trouve que ça lui ressemble.

– Il n'a jamais tué personne.

Je passe la matinée scotchée à la radio, aux messages des gendarmes et de la PJ. Les gendarmes ont déclenché le plan Épervier, la grosse machine de recherches. Hélicoptères, chiens, hommes par centaines. Deux des leurs sont tombés, on ne rigole plus. Le fugitif a abandonné la première voiture, en a pris une autre. À midi, il n'est plus qu'à quelques kilomètres de l'aéroport, dans un bourg où il change une fois de plus de véhicule. Cette fois, il prend une R 5 dont il a jeté la conductrice dehors, mais gardé le petit chien. Il se dirige vers nous et on ne sait toujours pas qui il est. En raison des circonstances, ce jour-là, je ne vais pas déjeuner chez moi, je décide de rester à l'aéroport. À treize heures, mon chef de quart me rejoint, un peu pâle :

– Vous avez une fichue intuition...

James est bien le tueur des deux gendarmes. Cela ne fait plus aucun doute. Mais il y a pire. Il a été signalé pour la dernière fois à trois kilomètres de chez moi, s'est engouffré dans le bois. Les hélicoptères ont perdu sa trace, les gendarmes quadrillent une zone de cinq kilomètres de côté dont ma maison est le centre.

À treize heures trente, un paysan de mon village s'arrête auprès de deux gendarmes qui surveillent une intersection à cent mètres de la villa. L'homme a entendu la radio. Il connaît James, c'est un petit gars du coin qui a mal tourné.

– Vous savez qu'il a habité pas loin ?

Les gendarmes ne sont pas d'ici, eux, ils surveillent ce qu'on leur a dit de surveiller mais ils ne savent rien d'autre. Le paysan insiste :

– La maison où il habitait on l'appelle la maison du truand... C'est drôle parce que c'est un commissaire qui y vit maintenant.

Intrigués, les gendarmes remontent sur leurs motos, suivent les indications de l'homme, passent devant ma maison fermée, descendent ce petit chemin de terre qui mène à la forêt. Là, à cinquante mètres, juste à l'orée du bois, ils trouvent la R 5, vide. Seul le petit chien les accueille. James ne les a pas attendus.

Quatorze heures trente. J'attends des nouvelles dans mon bureau quand on m'annonce ma femme de ménage au téléphone. Je suis étonnée, jamais elle ne m'appelle ici. Elle est affolée :

– Je suis venue finir le ménage, je ne peux pas entrer dans la maison, il y a des policiers et des gendarmes partout, des hélicoptères. Que se passe-t-il ?

Elle a dit « finir le ménage ». Je la questionne. Elle est déjà venue le matin mais elle n'a pas eu le temps de terminer. Elle a laissé les fenêtres ouvertes au premier étage...

– J'arrive, dis-je.

Les choses alors vont très vite. Je mobilise deux de mes gars et, tandis que je me prépare, la PJ de Lyon m'appelle. Ils ont interpellé le couple ami de James, la prostituée et son « mari ». D'abord surpris et subodorant je ne sais quelle combine entre ces voyous et moi, ils viennent de comprendre, d'après ce que dit le couple, qu'il est probable que James soit venu chez moi pour tenter quelque chose. Ils ne savent pas quoi. Peut-être me faire un mauvais sort puisqu'il me rend en partie responsable de leurs soucis depuis que j'ai croisé leur route. Il s'est renseigné sur mes habitudes, connaît tout de moi et de ma famille, il est du coin, il a ses indics. Peut-être même a-t-il surveillé la maison en personne. Il n'est pas impossible qu'il soit venu jusque-là pour me prendre en otage. Un flic avec une voiture de flic, le pied ! Il pensait sans doute s'en tirer plus facilement de cette façon.

– Il s'est peut-être planqué dans ta maison, conclut mon collègue, pas ému.

Quand j'arrive sur place, c'est effectivement impressionnant. La clôture est cernée, il doit y avoir un gendarme tous les deux mètres. Les hélicoptères quadrillent le ciel, les chiens vont et viennent, en aboyant d'excitation. Je rejoins le colonel qui dirige les manœuvres et le commissaire de la PJ. Ils ont épluché les environs, mètre par mètre, ils n'ont rien trouvé sauf une trace de passage dans le champ de blé entre la villa et le bois. Une belle trace en diagonale qui s'arrête à ma clôture.

– Il faut entrer dans la maison, dit le colonel en me regardant.

C'est moi qui ai la clef et, malgré leur insistance commune à m'en dissuader, je prends la tête du convoi. Comme au cinéma, nous investissons l'espace découvert entre le portail et la maison en rasant la haie, en nous accroupissant d'un arbre à l'autre. Nous ne rampons pas, mais c'est tout juste. Nous sommes escortés d'une demi-douzaine de molosses. Personne ne nous tire dessus. Vérifications faites, les ouvertures sont intactes, ma chienne est là, vivante, ravie de la compagnie inattendue de tous ces beaux mâles. Nous investissons le rez-de-chaussée, l'étage resté ouvert, le garage, la cave, le vide sanitaire. Il n'y a personne, personne n'est venu. Le ménage presque terminé est entièrement à refaire, les chiens ont allègrement pataugé, les placards ont été visités sans précaution. Les gendarmes font boire les chiens, j'envoie chercher des rafraîchissements pour les hommes, l'après-midi touche à sa fin.

Vers dix-huit heures, le colonel m'informe que le fugitif est sûrement déjà loin – bien qu'on ait perdu toute trace de lui – et qu'il va par conséquent lever son dispositif. Il a bien l'honneur de me saluer et il a été ravi de me rencontrer. Je n'aurai même pas un petit gendarme débutant dans mon jardin. La PJ annonce aussi qu'elle va s'esquiver pour aller poursuivre ses investigations plus loin. Le commissaire me demande si je suis armée. Je lui jette un regard noir : « Quand même, oui, depuis le temps. » Il est rassuré. Si j'ai de la visite, je saurai quoi faire. Un gendarme qui veut être agréable enfonce le clou, il regarde autour de lui, hoche la tête :

– C'est très joli ici, mais c'est drôlement isolé, vous n'êtes pas en sécurité, il suffit qu'on vous coupe les fils du téléphone...

Les deux gars que j'ai amenés avec moi ont écouté ces menus échanges de politesse sans mot dire. Quand tout le monde est parti, nous échangeons un regard. Pas question de me laisser seule ici. Nous sommes vendredi, le week-end va être interminable. J'ai déjà mis ma fille à l'abri. Mon mari propose d'aller dormir ailleurs, dans la famille, chez des amis. Je refuse, je veux rester. S'il doit se passer quelque chose ici, je serai là. Les gars insistent pour rester aussi. Très bien.

Dans l'heure qui suit, nous nous organisons. Nous avons nos revolvers personnels avec nous. Deux pistolets-mitrailleurs (PM) et un fusil à pompe nous sont livrés de l'aéroport, ainsi qu'un stock de munitions qui nous permettront de soutenir un siège ! Il est convenu que des équipes de deux gardiens se relaieront pour patrouiller dans le jardin jusqu'à ce qu'on en sache un peu plus sur James et ses projets. Mon mari n'a pas voulu partir. Nous passons cette première soirée à épier le moindre mouvement, le plus petit bruit, à braquer nos armes sur le moindre mulot, la plus insignifiante chauve-souris. Car moi je suis sûre que James ne s'est pas éloigné. Où peut-il être allé, à pied ? Il est par là, puisque là c'est chez lui, il connaît le coin, les gens. Vers vingt et une heures, je me rends compte que nous avons faim. C'est la première fois que je fais la cuisine avec mon arme de service. Puis nous barricadons la maison. Les deux sentinelles continueront à veiller dehors. Seigneur, que les nuits peuvent être longues parfois...

Le week-end s'étire lentement. Je n'ai pas levé le dispositif car nous ne savons toujours rien de James. Il s'est évaporé, volatilisé. J'assure le ravitaillement sous bonne escorte, armée jusqu'aux dents. Les gens du village n'en sont pas étonnés, ils ont suivi la saga. Ils sont juste un peu chamboulés que ça se passe chez eux. Beaucoup pensent que le « truand », comme ils le nomment, est resté dans les parages.

Le dimanche soir, un véhicule suspect est repéré au-delà de Saint-Étienne. James a tenté une sortie. Les gendarmes tirent sur la voiture volée, une grosse Ford Transit, mais il parvient à leur échapper. On saura par la suite qu'il a bien passé ces quarante-huit heures dans le secteur, planqué quelque part. Avec quelle intention ?

Le lundi, comme le danger est moins proche, je décide, malgré les réticences de mes hommes, de lever la surveillance. Il y a du boulot à l'aéroport, les vacances ont vidé le service et puis... il faut en finir un jour. On n'est pas dans un film américain. Je garde les armes. Pendant trois semaines, je dors avec un revolver sous l'oreiller, un PM sous le lit. Les autres armes et les munitions sont judicieusement réparties dans la maison, hors d'atteinte des enfants, à des endroits que j'ai jugés stratégiques. Je dors mal, sursaute à tout propos. Déjà que j'ai un sommeil fantaisiste ! Il m'arrive, dérangée par un mauvais rêve, de me lever la nuit pour faire un tour dans la maison. Tous les matins, je rapatrie les armes au service, dans le coffre de la voiture. Tous les soirs je visite la maison de fond en comble en arrivant.

Par solidarité et parce qu'ils savent que je ne leur demande rien, plusieurs fonctionnaires du service passent, sur leur repos, faire un tour à la villa. Cette drôle de vie prend fin trois semaines plus tard. James a tenté une ultime cavale qui devait le conduire en Espagne. Deux motards d'une CRS l'ont repéré. Il ne pouvait pas se laisser prendre sans rien tenter. Il a ouvert le feu. Il est tombé sous leurs balles.

Malgré sa mort, je ne peux pas me sentir bien dans cette maison. Il y rôde trop de fantômes. Dans les mois qui suivent, mon chien disparaît sans laisser de traces, des gens s'introduisent dans la maison. Ce cambriolage me laisse songeuse : il n'est presque rien emporté à l'exception de quelques cartouches oubliées là après le « siège ». Je trouve aussi le fusil de chasse qu'un ami m'a prêté à tout hasard, posé en évidence sur mon lit...

D'un commun accord, nous décidons de déménager. Et, pour éviter de nouveaux traquenards locatifs, cette fois nous achetons !

Les grands oiseaux blancs

Le moment est venu de quitter le monde magique des avions. Mon temps à Satolas s'achève, il a déjà trop duré. J'ai épuisé les joies des découvertes et des surprises. Ce départ sera fêté de façon grandiose puisqu'il coïncide avec la célébration du dixième anniversaire de l'aéroport. C'est la dernière grande manifestation que j'organise. J'ai quand même une bouffée de nostalgie. Je quitte l'aéroport, certes, mais aussi Lyon, les Lyonnais, une partie de ma vie.

9

DE LA POLICE, DES TRAINS ET DES GARES

Où je me prends pour un chef de gare...

En cette fin 1985, je saute le pas, j'accepte ce que l'on m'offre : la tête de la police des chemins de fer, une activité à laquelle je ne connais rien et qui m'oblige à « monter » à Paris, argument rédhibitoire pour la provinciale que je suis. Seule consolation : j'obtiens immédiatement mon galon de commissaire principal. Et puis mon mari vient d'avoir une proposition qu'on ne refuse pas, à Orléans. C'est à une heure de train de Paris et nous pensons naïvement que tout cela se conciliera parfaitement. Comme d'habitude et malgré le cœur serré de tourner une page qui m'est chère, je pars dans l'enthousiasme, la fleur au fusil.

Quand je débarque gare d'Austerlitz, un matin de décembre, je n'ai pas la moindre idée de ce que je vais trouver. Je ne connais pas le service, je sais seulement que les bureaux de l'état-major de la division des chemins de fer – la police des trains – sont situés gare du Nord. Mon futur adjoint, Max, est un inspecteur divisionnaire proche de la fin de carrière ; il ne dit pas « retraite », le mot lui écorche la bouche, mais honorariat, et quand on lui demande ce que cela signifie, il hausse les épaules : « C'est quand tu coûtes plus cher en bougies qu'en gâteau. » Max n'est pas son prénom, il a été surnommé ainsi depuis des temps immémoriaux et pour d'obscures raisons. Je dois m'incliner : pour moi comme pour les autres, ce sera Max.

Il a insisté pour venir me chercher à la gare, prétextant que je ne trouverais pas le service toute seule. Je lui demande s'il me prend pour une tarée, lui enjoignant de me donner les explications nécessaires moyennant quoi je viendrai seule, comme une grande. Mais il n'en démord pas, il est breton et s'obstine, avec courtoisie mais fermeté, règle de base applicable à toute intervention de police...

Il m'attend sur le parvis de la gare d'Austerlitz dans une vieille Simca déglinguée et, comme je m'étonne de l'état de ce véhicule qui devrait être à la réforme depuis longtemps, il reste évasif. C'est le seul véhicule du service, il m'est attribué, il ne sait rien d'autre. Il ne dit rien d'autre.

Quand nous arrivons dans la cour de la gare du Nord, je comprends son insistance à venir me chercher. Les bras m'en tombent, je ressens comme une violente déprime. Je m'étais imaginé Dieu sait quoi, des locaux au milieu d'une gare animée et bruyante, des allées et venues incessantes, un poste de police avec des policiers. Au lieu de cela, il m'entraîne tout au long d'un parcours complexe et mystérieux, dans un bâtiment imposant, une annexe située dans la cour de la gare. Nous montons quatre étages à bord d'un ascenseur poussif, redescendons un niveau par un escalier, arpentons des couloirs interminables et déserts. Je pense avec rancune qu'il le fait exprès, qu'il veut me perdre en me faisant tourner et revenir sur mes pas, comme au jeu de colin-maillard. Quelques jours plus tôt, au téléphone, il m'a paru distant. Je me dis : « Encore un qui va me faire une crise d'identité, qui admet mal une fin de carrière sous les ordres d'une femme commissaire. » Une « taulière » comme on dit, avec beaucoup de tact, dans le microcosme policier parisien. Ce microcosme parisien plutôt fermé sur lui-même, qui considère avec un rien de mépris ceux de la province comme de lointains cousins un peu attardés. En province, pourtant, on lit aussi les journaux, les faits divers n'y sont pas tous insignifiants et des beaux mecs, il n'y en a pas qu'à Paris. Mais, bon sang, quel défi de faire son trou à Paris quand on n'est pas « né-natif » ! « Alors, me dis-je avec angoisse, une taulière, jeune – relativement, mais en tout cas beaucoup plus que lui – et provinciale, cela doit représenter un cumul insoutenable pour cet homme-là. » Je m'attends au pire [1].

Nous croisons des gens en blouses grises, des ombres chenues qui trimbalent de gros dossiers poussiéreux et s'entassent à huit ou dix par bureau. Max les salue avec déférence, il me murmure que ce sont des agents de la SNCF, et

1. En fait, Max est le plus charmant et le plus gentil des hommes... le plus drôle aussi. Quand il est parti, il m'a beaucoup manqué.

je me demande pourquoi il prend autant de précautions, pourquoi il les traite comme s'il s'agissait de personnalités de la plus haute importance ou d'objets précieux susceptibles de se briser au moindre souffle. Nous cheminons à travers des couloirs aux peintures éteintes, des gris écaillés ou des verts pisseux, pénétrons dans une zone mal éclairée où les parquets craquent sous nos pas pourtant précautionneux. Max rase les murs, essaie de faire le moins de bruit possible, comme s'il craignait de réveiller des vampires accrochés au plafond ou la Belle au bois dormant embusquée, prête à nous attaquer d'un coup de quenouille.

Je regarde autour de moi mais j'ai beau chercher, je ne vois nulle part la moindre indication de l'existence d'un service de police en ces lieux. Pas un panneau, pas une enseigne, rien. J'ose m'en étonner encore. Max chuchote :

– Ils ne veulent pas. À cause des syndicats.

Grand Dieu ! De quelle sorte de terroristes sommes-nous donc environnés ? Je m'attends à voir déboucher des guérilleros armés jusqu'aux dents, mais je ne surprends que quelques ombres dont les blouses portent des renforts de cuir aux coudes et dont les oreilles s'ornent de crayons de papier avec gomme incorporée.

Je suis effarée mais pas au bout de mes surprises. J'appelle au secours les images claires, brillantes et lumineuses de l'aéroport avec ses touristes souriants, ses beaux avions, mais plus j'avance, plus l'image devient sombre, la lumière s'effiloche entre les verres dépolis des carreaux de la porte que je pousse, le cœur battant.

Nos bureaux sont au nombre de trois : un que se partagent les deux secrétaires, un pour Max, le dernier pour moi, le plus beau, quand même, à l'angle du bâtiment. Maigre consolation, j'ai une vue imprenable sur la place Napoléon III et le restaurant du Terminus Nord qui deviendra vite une de mes cantines préférées. Mon bureau a été repeint en partie, et en mon honneur, d'un jaune beigeasse mais, par souci d'économie, le reste a juste été lessivé. On n'a pas touché au plafond ni à la moquette qui exhibe des trous et des taches aux formes mystérieuses. Les deux autres pièces ont été laissées en l'état, sales, noires, oubliées. Surprise agréable, le directeur de la police de l'air et des frontières, *ma* direction, est là. Il est venu m'installer dans mon service et mes nouvelles fonctions, cérémonie administrative un rien désuète mais qui me touche néanmoins. J'ai envie de lui dire que je regrette d'être venue, que finalement j'étais mieux à Lyon, que je pense être en train de faire un mauvais rêve. C'est un homme plein de distinction et de tact, il lit dans mes yeux le début de détresse que je n'avouerais pour rien au monde. Il compatit en silence, me souhaite bonne chance et s'enfuit ventre à terre car, visiblement, à voir ma tête, lui aussi s'attend au pire.

Le fait est que je me donnerais volontiers des gifles : mais qu'est-ce que je suis venue faire dans cette gare ? J'ai tout quitté de ma vie lyonnaise, une maison agréable, une foule d'amis, un milieu où j'étais connue, reconnue, un travail plaisant dans le monde magnifique des avions et des voyages lointains que j'ai plus souvent rêvés qu'accomplis. Ici, tout ce que je vois est gris, sale, morose. Sombre et poussiéreux. J'avais imaginé un Paris moderne, trépidant, je suis brutalement projetée dans le Moyen Âge. Je contemple la façade de la gare, sa statuaire majestueuse, ses toitures de zinc arrondies, sa verrière classée, tout cela se perd dans le lointain, cette gare est immense, sans fin. « Sans issue », me dis-je sombrement.

Quand je me retourne pour faire face à la situation, c'est pire. Mon adjoint ne songe qu'à son départ qui se rapproche et au Cantal où il veut se retirer, les deux secrétaires se battent – pour de vrai – à longueur de temps car l'une a constamment trop chaud, l'autre toujours froid. Elles passent la moitié de leur journée à ouvrir et à refermer la fenêtre en se jetant des insultes et le matériel de bureau à la figure. L'une a reçu une éducation bourgeoise dans une famille de viticulteurs champenois, l'autre a passé sa jeunesse dans une baraque à frites de la foire du Trône. Elles n'ont rien en commun mais revendiquent avec un ensemble touchant le statut de secrétaire du patron et s'arrachent le titre avec hargne.

Quand je fais l'inventaire du matériel, c'est le néant. Pas de fax, pas de télex, pas d'informatique. Dans mon bureau, un téléphone, les trous du combiné bouchés par la crasse, et de grands tableaux mobiles où l'on inscrit au crayon la progression des délits commis à bord des trains. Vers midi, alors que j'ai déjà fait quarante fois le tour des trois bureaux, aussi détendue qu'une panthère dans un zoo un jour de grande affluence, je demande où sont les gars. Car, depuis le matin, je n'ai vu personne en dehors des secrétaires et de Max. Ce dernier ouvre de grands yeux et me montre un autre tableau où figurent les noms de la cinquantaine de fonctionnaires du service et, en face, leur position. Présent, congé, malade. Ils travaillent de nuit pour la plupart et, si je veux les voir, il faudra que je les prévienne plusieurs jours à l'avance, qu'ils puissent s'organiser ! Je comprends en un éclair le postulat de ce service : pour vivre heureux, vivons cachés. Mon prédécesseur y a pris sa retraite quelques mois auparavant et a manifestement manqué de l'énergie nécessaire pour secouer ce cocotier. Fatigue, désintérêt, désenchantement de finir sa vie administrative ici, je ne sais pas, en tout cas, la routine s'est installée, on n'en fiche pas une rame.

De plus, je vais mettre plusieurs semaines, voire plusieurs mois, pour couper le cou à une légende tenace : la SNCF nous héberge gratuitement dans ses gares, des sanctuaires où le recueillement est de rigueur, où l'on chuchote pour demander poliment la permission de respirer. Elle finance tous nos besoins – qu'au vu de la déshérence des lieux on n'ose même pas exprimer – et il faut être très discret à cause des syndicats qui ont – c'est bien connu – une dent pérenne et atavique contre la police. Tout cela est faux mais tellement commode pour vivre cachés. En revanche, ce qui est vrai c'est que la SNCF, par l'entremise du patron de la surveillance générale, un ancien militaire bourru et quelque peu autoritaire, décide quasiment de tout : de nos missions, des réseaux où nous devons œuvrer. Nous sommes son bras armé et, avec ses propres troupes déguisées en flics, elle fait la police à sa manière, selon des règles internes et faute de mieux. À la brigade on laisse faire, c'est tellement commode pour vivre heureux.

Je suis au bord du désespoir. Mais je suis bien décidée à le secouer, le cocotier, et il n'y aura pas quinze rounds. Un pour les mettre en jambes, un pour conclure. Ce sera eux ou moi.

À la première réunion que j'organise, sans délai, malgré les avertissements de Max, ils sont tous là, mais je constate qu'ils sont bien décidés à ce que ce soit eux. Je lis dans les têtes comme dans un livre et il est clair qu'ils ont compris une chose depuis longtemps : pour rester stable dans ses pantoufles, il ne faut surtout pas se battre contre celui qui veut vous les faire quitter. L'astuce, c'est une obéissance proche de la passivité, la résistance molle, l'usure, le temps, la durée. Je suis arrivée précédée d'une réputation : battante, entreprenante et ambitieuse. Logiquement ce type de service ne peut pas me satisfaire. Donc, je n'y resterai pas longtemps. Le temps de m'installer, de comprendre ce qu'ils pourraient faire mais ne font pas, d'inventer deux ou trois jeux nouveaux – histoire de marquer mon passage et mon territoire comme les chiens qui pissent dans les coins – et hop ! me voilà repartie. Ensuite on attend trois mois – ou plus – un remplaçant, il arrive et on recommence. Le temps s'écoule ainsi et la vie continue, peinarde.

Le service est alors composé de deux groupes : l'un est chargé du contrôle de quelques trains internationaux, l'autre de la sécurité des trains grandes lignes. L'existence du premier s'explique par son appartenance à la PAF dont la première mission fut le contrôle ferroviaire : c'est par train que les premières grandes migrations transfrontalières se firent en Europe. Le second en revanche a une activité de stricte police judiciaire, et j'avoue, tout d'abord, ne pas très bien en comprendre la finalité. Pourquoi les grandes lignes ? Pourquoi pas les trains de banlieue, ni le TGV qui fonctionne depuis quatre ans dans le sud-est de la France et jusqu'en Suisse ?

Max ne sait pas trop pourquoi, il n'est pas curieux, c'est un ancien de la BRB [1], il a mangé du bitume pendant trente ans et côtoyé de « beaux mecs ». Les trains, c'est sa préretraite. Enfin, la dernière ligne droite avant l'honorariat. Il sait seulement que, dans ces trains de grandes lignes, on court après des « tireurs », et que ça se passe de nuit. Planté devant les tableaux mobiles où s'entrecroisent d'étranges lignes sinusoïdales, il m'explique le but du jeu : d'un côté il y a des plaintes, de l'autre des « crânes ». Les courbes des plaintes doivent baisser, celles des crânes monter. Là, on est bon. Si c'est l'inverse, on est mal.

Je m'étonne de nouveau : est-ce la seule raison d'être de ce service uniquement composé d'officiers de police judiciaire ? Trente-cinq au moins à l'activité plutôt faible alors que l'on en manque cruellement ailleurs ? Max acquiesce, et je dois faire une plongée dans les placards pour découvrir, dans les archives du service, l'explication de cette originale unité.

1. Brigade de répression de banditisme.

Au début des années soixante-dix, la SNCF a fait sa révolution culturelle : les gares ne doivent plus être des espaces où l'on se claquemure, le trafic a évolué, elles doivent s'ouvrir à la rue. Comme à la RATP, on a supprimé les contrôles d'accès, les hommes sont remplacés par des machines, le poinçonneur des Lilas – et d'ailleurs – disparaît, on multiplie les ouvertures des emprises de transport ferroviaire, on crée aussi des béances irréversibles. Très vite, les premiers effets se font sentir : la fraude fait un bond spectaculaire, la petite et la moyenne délinquance envahissent les réseaux. Elles s'exercent de façon plus agressive encore dans les trains de nuit où elles trouvent des proies faciles. Les chiffres, les statistiques sont catastrophiques, les plaintes abondent, on ne sait plus quoi faire. Et que fait-on, en France, quand on ne sait plus quoi faire ? On interpelle la police selon le désormais trop galvaudé « mais que fait la police ? ». En évitant soigneusement de se remettre en question, de faire son autocritique ou de trouver dans son propre système les ressources et les méthodes pour enrayer l'hémorragie. Et quand on cherche un bouc émissaire, on tombe souvent sur la police.

En l'occurrence, la police n'a pas de solution miracle. Confrontée à une situation qu'elle n'a pas générée mais qu'on lui jette dans les jambes comme une culpabilité indécente, elle fait ce qu'elle peut mais se heurte à des difficultés majeures : la complexité des réseaux, les contraintes géographiques, la compétence territoriale. Un convoi peut traverser plusieurs départements, la délinquance est mobile et avertie. La réponse policière est inadaptée, voire nulle. Les patrons de police se soucient plus de ce qui se passe sur leur territoire que dans les trains qui appartiennent à personne et à tout le monde. D'où l'étape suivante : il faut créer un service de police spécialisé ! Pour éradiquer une délinquance que l'entreprise de transports ne peut combattre seule, sauf à se remettre en cause fondamentalement : verrouiller les compartiments-couchettes de l'intérieur, empêcher la circulation dans les voitures, mettre un employé-gardien-contrôleur par voiture... Impossible, tantôt à cause des règlements de sécurité, tantôt parce qu'il n'est plus d'actualité de créer des postes de travail improductifs, tantôt... Bref, il est plus simple de refiler le bébé à la police.

Soit, mais laquelle ? Les trains sillonnent la France dans tous les sens, franchissent de nombreuses frontières administratives, ignorent la notion de circonscription de police. La sécurité publique ne peut dégarnir les villes pour envoyer les policiers dans les trains. La police judiciaire, sollicitée, décline l'invitation : les délits commis ne sont pas de son niveau de compétence, ce menu fretin ne l'intéresse pas. Il ne reste que la PAF qui, outre une présence historique dans les trains et une bonne connaissance du milieu, dispose d'une compétence judiciaire nationale. En 1975, le groupe de sécurité dans les trains voit le jour, ou plutôt la nuit, car les ravages sont commis dans les convois nocturnes qui effectuent des trajets immenses, s'arrêtent fréquemment et où les voyageurs dorment. Toutes ces vertus des trains de nuit n'ont pas échappé aux voyous yougoslaves, albanais, italiens ou maghrébins qui écument les réseaux avec une minutie et une habileté qui laissent pantois. Il y a aussi, bien sûr, quelques Français, mais ils sont rares. Peut-être est-ce le travail de nuit qui les rebute ? Pour attirer les policiers volontaires, on n'a pas lésiné sur les moyens : peu de nuits, à cause de la fatigue, des frais de mission confortables. Des loisirs donc, et des déplacements, deux caractéristiques qui autorisent une deuxième vie. Professionnelle parfois, sportive ou ludique accessoirement, sentimentale à l'occasion. Et des occasions, ce n'est pas ce qui manque dans les trains...

Parce que le réseau le plus exposé est le PLM [1], on a partagé les effectifs en trois équipes : une à Paris, une à Lyon, une à Marseille. Logique irréfutable qui se trouve fortement ébranlée quand le TGV sud-est ouvre ses voies, quelques années plus tard, en 1981. Les trains de nuit lui cèdent la place, il en reste certes quelques-uns, mais il est clair que la plupart des problèmes se trouvent concentrés dans une zone que nous baptisons « le triangle des Bermudes » – Valence-Marseille-Montpellier –, là où se croisent tous les axes ferroviaires, un nœud complexe entre le nord et le sud de l'Europe. En 1981, le nombre des arrestations chute, de même que celui des plaintes. Le groupe de sécurité dans les trains vivote. Certains, à la direction, ont bien envisagé des réformes, voire des suppressions de postes, mais les syndicats

1. Paris-Lyon-Marseille.

veillent. Pas question de modifier les affectations ni même les horaires. La résistance est terrible, et la seule transformation notable du service consiste à créer, en 1986, une nouvelle antenne, à Toulouse, alors que ce secteur est sinon calme, du moins peu exposé. Mais c'est dit, ce sera Toulouse. Je viens d'arriver, je suis placée devant le fait, je m'en accommoderai : Toulouse est une ville agréable, jeune, vivante, et je garde des souvenirs inoubliables de mes missions. Sont affectés à Toulouse quelques Parisiens issus de grandes brigades, soucieux de se replier dans leur région natale, des fonctionnaires reclassés des Renseignements généraux qui viennent de connaître quelques soubresauts. On ne peut pas dire que l'enthousiasme pour la police des trains ait motivé aucun de ces choix, mais les hommes sont de qualité, c'est déjà ça.

L'atomisation du service ne facilite pas la tâche de son chef, entre le groupe transfrontière et ces quatre antennes judiciaires. La plupart des gars sont pleins de bonne volonté, mais l'être humain est ainsi fait que, si on ne lui demande rien, il ne se sent pas de vocation pour les efforts inutiles. Certains font de la résistance. Entre les neutres et les hostiles j'ai aussi une bande de fidèles – on prétend ici que je suis un chef de bande. Les anti et les pro. Comme dit si joliment l'un d'eux, les « thiéristes » et les autres. Ceux-là m'ont apporté leur confiance, leur loyauté, leur amitié. De la joie et des moments de fête exceptionnels après le boulot, l'angoisse, la fatigue.

Quoi qu'il en soit un nouveau patron c'est un nouveau souffle et, si ma nature entreprenante leur impose des activités nouvelles, l'air du temps s'en charge aussi : l'évolution de la société et des règles qui la gèrent, les soubresauts de la banlieue révoltée, les convulsions spontanées d'un monde en pleine transformation. J'ai obtenu quelques moyens modernes, des enseignes pour nous sortir de l'anonymat. Nous avons désormais presque ce qu'il faut pour travailler. Alors, en voiture !

À mon arrivée à Paris, je ne connais que très peu la capitale. Quelques informations de touriste, superficielles, presque inutiles. La famille s'est installée à Orléans, je continue donc à vivre une vie provinciale à mes moments perdus.

À vrai dire, je passe le plus clair de mon temps dans les trains, pour le boulot et pour rejoindre la maison. Après quelques mois de ce régime, je me rends compte que je ne suis de nulle part, ni de Paris où je ne fais que travailler, ni d'Orléans où je n'existe socialement pas, ou si peu, à cause de mes horaires impossibles. Et puis les trajets à rythme forcé et obligé m'épuisent, ils me tuent lentement. Je décide de trouver un logement à Paris pour y passer la semaine.

J'ai cru un temps que le produit de la vente de ma maison lyonnaise me permettrait d'acquérir un grand appartement clair et spacieux dans un bon quartier de Paris. Je dois, bien entendu, vite déchanter. Mon budget me permet tout au plus l'acquisition d'un studio dans un quartier moyen. À l'extrême limite d'un deux pièces dans un arrondissement populaire car j'ai, d'office, exclu la banlieue. Tant qu'à être à Paris, autant y être complètement. J'épluche tous les jours les petites annonces immobilières du *Figaro* et, à l'heure du repas de midi ou le soir, je m'en vais visiter de « ravissants duplex clairs et calmes, rénovés par architecte d'intérieur » qui s'avèrent être des culs-de-basse-fosse bas de plafond, au fond d'une cour où le soleil effleure le fenestron de la cuisine entre neuf heures et neuf heures quinze, deux ou trois jours par an, vaguement repeints couleur cache-misère, et pourvus d'une échelle pour escalader la salle d'eau au-dessus de laquelle un matelas posé sur le plafond permet de s'allonger et de dormir à condition d'éviter tout geste brusque dans la nuit ou tout redressement intempestif. Le bijou invendable mais hors de prix comme il se doit.

L'inspecteur divisionnaire qui dirige alors le groupe de Paris, passionné par ma recherche immobilière et amusé par mon ignorance de la topographie parisienne, me propose son aide. Ce jeu lui est d'autant plus plaisant que les vendeurs nous prennent pour un couple et que de nombreux quiproquos cocasses nous cassent en deux de rire une fois la visite achevée. Nous partons donc ensemble à l'heure des repas, un sandwich-bière vite avalé sur un coin de bar. Nous voyons les pires horreurs à des prix terrifiants, mais cela ne nous décourage pas, c'est une sorte de récréation que l'humour piquant de mon collaborateur rend plus drôle chaque fois.

C'est un bon jour. Je viens de tomber sur une petite annonce très alléchante : un trois pièces dans le IIe arrondissement au prix d'un deux pièces dans le XVIIIe, des prestations de qualité sobrement décrites – loin du dithyrambe habituel – par un particulier que j'appelle séance tenante. L'homme me décrit son bien avec une foule de détails, je pose des questions, cela dure, je suis séduite. Puis je demande le prix, je n'ose m'étonner de sa « relative » modicité, pourtant je sens l'homme intrigué par l'intérêt que je manifeste. Dans l'élan, je lui annonce ma couleur professionnelle, il reste sans voix, me demande, après un silence interloqué, si je connais le quartier. Je ne comprends pas sa question, ou ne veux pas la comprendre, son appartement m'intéresse, je suis impatiente de le visiter, je le lui affirme pour neutraliser la soudaine réticence qu'il laisse percer. Nous prenons rendez-vous pour douze heures trente le jour même, et je sens que mon interlocuteur balance entre la surprise et la curiosité. Quand mon compère Bernard Gandy arrive, je suis enthousiaste. Je lui annonce que nous allons visiter la merveille des merveilles et que, si le plumage ressemble au ramage, je serai propriétaire avant la fin du jour. Je lui explique tout, tout ce que le vendeur m'a raconté, je lui dis le prix demandé. Il est réservé, un peu soupçonneux, me semble-t-il, mais je lui accorde une demi-indulgence : comme tous les Parisiens, il fait souvent preuve d'un scepticisme blasé tandis que je piaffe d'impatience. Sa moue ironique signifie qu'il doit y avoir un lézard. Je balaie l'objection, je sens la bonne affaire et je déteste qu'on me dise non. Mais il doute et n'en démord pas :

– C'est quoi, l'adresse ?

Je la lui donne et il éclate de rire.

– La rue Blondel ? s'étrangle-t-il, c'est une blague ? C'est la rue de Paris où il y a le plus de putes au mètre carré.

Je suis un rien vexée, désappointée, mais je finis par rire aussi. Quand je rappelle mon vendeur pour décommander le rendez-vous, celui-ci m'avoue qu'il s'y attendait.

– C'était trop beau, dit-il, cela fait des mois que j'essaie de le vendre, c'est une calamité. Pourtant je vous assure que c'est un bel appartement.

Je le crois, mais quand même, acheter un appartement dans ce secteur, pour un commissaire de police, ce n'est même pas de l'inconscience, c'est de la provocation. Le soir, par curiosité et pour n'avoir aucun regret, je fais un tour rue Blondel, mon plan de Paris à la main. C'est pire encore que ce que j'imaginais, pire que ce que j'ai connu à Lyon où l'affaire retentissante des proxénètes lyonnais avait quasiment anéanti cette pratique du racolage devant les entrées d'immeuble ou d'hôtel. Des grappes de filles se pressent devant des pas de porte sombres qui refoulent des odeurs fades, la rue grouille d'ombres suspectes. Je soupire de lassitude. Je n'ai pas fini de devoir acheter *Le Figaro*...

Pourtant, à l'approche des fêtes de fin d'année, j'ai des soucis plus urgents et plus sérieux. La France a vu resurgir de nouvelles menaces, jamais vraiment oubliées au cours des années précédentes mais qui reprennent un tour tragique : le terrorisme sévit durement. Le CSPPA – Comité de solidarité avec les prisonniers politiques arabes –, un groupe presque inconnu, et dont on ne sait pas encore très bien où il veut en venir, se manifeste avec une brutalité soudaine, meurtrière et aveugle : le 7 décembre 1985, deux bombes ont explosé, une aux Galeries Lafayette, une au Printemps, à une heure de grande affluence. Trente-cinq personnes sont blessées dont douze grièvement. La France connaît bien ces manifestations de violence sanglante, commises au hasard, dans des lieux publics, faciles d'accès, à des moments de forte concentration humaine. Les fêtes de fin d'année approchent, les vacances de Noël aussi, on est peut-être repartis pour une autre série macabre, le pays s'affole.

Le train n'a pas été épargné par le phénomène terroriste. Un attentat contre le *Capitole* a été attribué à Carlos en 1981. Puis il y eut, à quelques minutes d'intervalle, celui de Tain-l'Hermitage contre le TGV Marseille-Paris (trois morts, onze blessés) et celui de la gare Saint-Charles à Marseille (deux morts, trente-deux blessés) pendant la nuit de la Saint-Sylvestre 1983. Ce doublé sanglant qui inaugurait l'année 1984 détruisit totalement les bureaux de notre brigade de Marseille, heureusement vides d'occupants pour cause de réveillon. Une bombe avait été placée dans les casiers à consigne adossés au mur de nos bureaux qui ont été littéralement éventrés, les dossiers, les archives, le matériel jonchant les couloirs, dévastés. Les deux actes terroristes furent imputés à un proche de Carlos désireux de faire pression sur la France qui détenait alors Magdalena Kopp, la compagne du chef de la bande. Johannes Weinrich, dit « Steve », bénéficia de l'aide de services de renseignements étrangers, ce dont il se vanta fort imprudemment dans les mois qui suivirent. La justice est parfois lente, ses actions peuvent faire de grands détours avant d'atteindre leur but, mais ce peut être une vertu dont elle fait une arme redoutable. Patience et longueur de temps... Steve avait laissé de la salive sur les enveloppes contenant les revendications de ses turpitudes. La formule génétique définie à partir de ces traces fut conservée pour être comparée à celle d'un éventuel suspect. Rien ne se perd, les flics sont tenaces comme des morpions, la justice ne désarme jamais. Arrêté en 1995, douze ans après les faits et un an après Carlos, Steve sera bientôt jugé pour ses crimes, à Berlin, où il s'en était pris aussi à la Maison de France, en y déposant vingt-cinq kilos de nitropenta qui firent un mort et vingt-trois blessés... La routine.

Les menaces contre les réseaux ferrés sont donc prises très au sérieux, notamment celles qui visent le TGV, qui, à l'instar d'autres cibles tout aussi médiatiques, symbolise la France dans le monde, sa réussite, son avance technologique, et ce que d'aucuns appellent son arrogance. J'ai une expérience non négligeable de la sûreté aérienne et, même si je sais qu'une gare n'est pas un aéroport, les principes de base restent valables. Pour protéger les voyageurs, il faut les sensibiliser sans leur faire peur, les avertir des risques sans les faire fuir, leur imposer des contraintes raisonnables et surtout compatibles avec le fonctionnement des réseaux, avec l'exploitation commerciale aussi, l'ultime degré de la sûreté étant le renvoi des trains ou des avions au garage.

Je suis arrivée à Paris le 16 décembre 1985, le dispositif de protection du réseau TGV, heureusement encore réduit au réseau Sud-Est, doit être en place le jour des départs pour les vacances de Noël, le 20 décembre. Ce même jour où une grève surprise de la RATP, d'une ampleur sans précédent, se déclenche. Moi qui ne suis pas parisienne, je suis ahurie ! Paris est paralysé par des milliers de véhicules hérissés de skis, enchevêtrés au milieu des carrefours. Des hordes de piétons harassés envahissent les rues, se faufilent entre les voitures. Je me suis, malgré les avertissements de Max, lancée en voiture entre la gare du Nord et la gare de Lyon où j'entends contrôler la mise en place des CRS qui vont assurer les premières missions de sûreté sur le réseau TGV. Je mets quatre heures pour y arriver, le spectacle est hallucinant. Le gyrophare et le deux tons, malgré quelques tentatives qui m'ont énervée autant que les malheureux automobilistes dans l'incapacité d'obéir, ne sont d'aucun secours tant le chaos est gigantesque. Un moment je pense à abandonner la voiture pour finir le trajet à pied, mais cela même est impossible, d'autres l'ont déjà fait et il n'y a rien de libre, pas un passage piétons, pas un couloir de bus, pas un bout de trottoir. Quand j'arrive enfin à pied d'œuvre, je suis au bord de la crise de nerfs, vidée, et mes troupes sont parties depuis longtemps. Le point rencontre de la gare de Lyon est pris d'assaut, des enfants voyageant seuls hurlent de détresse et d'énervement en attendant des parents invisibles, bloqués quelque part dans la ville, des adultes qui ne retrouvent pas leurs enfants s'affolent, les uns croisent les autres en un charivari vertigineux. De nombreux voyageurs ont raté leur train et sont plantés dans la gare où la foule est tellement dense qu'on ne peut même pas poser son sac par terre. Certains pleurent aussi, comme cette femme d'une soixantaine d'années qui devait partir pour Venise en train-couchettes. C'était son premier voyage, elle est désespérée. Il règne partout une pagaille qui ne se dément pas au poste de police de la gare où un brigadier-chef dépassé mais serein fait de son mieux pour calmer les esprits et rendre à leurs parents les gosses qui encombrent l'accueil.

J'ai hérité d'une compagnie de CRS pour la sûreté antiterroriste, ils ont réussi à partir, un peu comme ils ont pu, deux par rame, assistés d'agents de la SNCF ou d'inspecteurs de la brigade pour les aspects techniques et judiciaires. Leur mission consiste à faire identifier leurs bagages par les passagers, dans les premières minutes qui suivent le départ du train, selon un principe qui consiste à « asseoir le terroriste sur sa bombe ». Expression barbare qui signifie que l'on ne doit pas, autant que faire se peut, séparer le voyageur de son bagage, car si celui-ci contient une bombe et que le voyageur le sait il y regardera à deux fois avant de se faire sauter avec. Principe établi par l'expérience et les statistiques : l'attentat suicide est rarissime. Quand la presse se fait l'écho d'un de ces comportements extrêmes, on ne sait jamais si l'acte était délibéré ou si la bombe a simplement explosé trop tôt. Ou si le porteur de la bombe n'a pas été abusé lui-même par des « amis » qui ont programmé l'explosion plus tôt qu'ils n'ont bien voulu le dire, faisant d'une bombe deux coups : un attentat réussi et un auteur dont la fin tragique assure qu'il ne témoignera jamais de rien. Il est de plus avéré qu'un terroriste sera plus facilement enclin à une action dite suicide s'il peut se désister au dernier moment : sauter d'une voiture ou d'un camion piégés, descendre d'un autobus. Dans un moyen de transport confiné type TGV ou avion, où le terroriste ne peut pas faire marche arrière une fois à bord et après la fermeture des portes, le passage à l'acte délibéré est psychologiquement moins concevable.

Tout bagage non reconnu ou dont le propriétaire ne se manifeste pas doit donc être considéré comme suspect. Cela implique l'arrêt du train, l'évacuation des rames, l'intervention des services spécialisés de déminage. Une procédure lourde qui ne peut être déclenchée à tout propos et toujours précédée d'un ou de plusieurs appels par la sono interne. Ce sont presque toujours d'innocents bagages fort heureusement.

Ce dispositif, rodé pendant le mois de janvier 1986, est renforcé, et les consignes de vigilance renouvelées alors qu'une nouvelle série d'attentats se déclenche : le 3 février un engin explose dans la galerie du Claridge sur les Champs-Élysées, le même jour une autre bombe, déposée à la tour Eiffel, est désamorcée. Le 4 février, c'est au tour de la librairie Gibert Jeune, le 5, Fnac-Sports au Forum des Halles. On joue panique dans la capitale.

Nos troupes sont sur les dents et, si notre dispositif se révèle satisfaisant en théorie, il n'en est pas moins imparfait. Le 18 mars 1986, au lendemain des élections législatives qui ont mis au pouvoir une nouvelle majorité et entament la première des cohabitations politiques de l'histoire de la Vᵉ République, un inconnu dépose une bombe dans le porte-bagages d'un TGV Paris-Lyon, au nez et la barbe de mes CRS. Pas suicidaire, il se garde bien de prendre le train et s'éclipse discrètement. L'engin explose dix minutes après le départ du TGV de Paris, à Brunoy. Le convoi roule encore à une vitesse réduite, l'effet de souffle s'exerce verticalement et latéralement, le TGV ne déraille pas. J'apprendrai ce jour-là qu'un TGV ne déraille pas même à grande vitesse et avec une bombe de plus forte puissance. Je veux bien le croire... Le plafond du train s'ouvre comme une boîte de sardines, les portes sont soufflées, mais les voyageurs, protégés par les portes qui séparent la voiture elle-même du lieu où sont entreposés les bagages volumineux, et par conséquent l'engin, ne sont que blessés, assez grièvement pour dix d'entre eux, par les éclats de verre projetés avec violence dans la voiture. L'explosif est le même que celui utilisé dans les attentats récents, de l'hexogène, un explosif brisant. Substance dont la vitesse de décomposition est extrêmement élevée et dont la détonation crée une onde de choc accompagnée d'effets mécaniques destructeurs.

Les CRS chargés de la « reconnaissance bagages » officiaient dans l'autre partie du train. Les rames doubles, accouplées par les motrices, ne permettant pas une circulation entre les deux parties du convoi et les effectifs étant à géométrie constante, le choix de la rame est effectué au dernier moment, aléatoirement, après un examen minutieux, à quai, de la partie « sacrifiée ». En l'occurrence, soit le porteur de la bombe a observé le travail des CRS et, du même coup, vu dans quelle rame ils sont montés, soit, et c'est l'hypothèse la plus probable, il ignorait la présence de policiers dans le train et selon le principe de la « patate chaude » a filé comme un rat après avoir déposé son engin de mort. En effet l'enquête a démontré que l'attaché-case contenant la bombe fut placé dans la voiture située juste en haut de l'escalier amenant les voyageurs de la salle TGV de la rue de Chalon. Cela confirme l'idée selon laquelle les poseurs de bombes utilisent les procédures les plus courtes et les moins exposées. Une bonne fée en tout cas veillait sur mes deux CRS, qui auraient pu être sur le bagage au moment même où il explosait...

L'attentat a été perpétré en fin d'après-midi et, quand nous arrivons sur les lieux, Max et moi, il fait déjà sombre. Les équipes de secours sont sur place, de même que la PJ de Versailles qui va être saisie de l'enquête par le parquet. Nous faisons le tour du site, assistons aux constatations et aux premières investigations. Après quelques heures, il fait nuit noire, notre présence n'est plus indispensable, nous avons pris les dispositions nécessaires et nous décidons de rentrer au service pour rendre compte, préparer les missions du lendemain, rassurer les troupes et les remotiver. Les remettre en condition après ce mauvais coup du sort. La vieille Simca en profite pour rendre l'âme, nous regagnons Paris sans lumière, ou presque, à dix à l'heure. Il faudra cette circonstance dramatique pour que l'on consente à me rendre la Renault neuve qui avait été affectée à mon prédécesseur et qu'un rond-de-cuir de la direction s'était octroyée durant l'intérim, me refilant, avec la complicité passive de Max, cette vieille haridelle à bout de souffle.

Le soir même l'attentat fut revendiqué par le CSPPA, ce comité bizarrement surgi d'on ne sait où et qui réclamait la libération de trois prisonniers encombrants : Varouj Garbidjian, le chef du commando de l'ASALA auteur de l'attentat d'Orly en 1983, Anis Naccache, un Libanais condamné à perpétuité pour avoir tenté d'assassiner Chāhpur Bakhtiar, dernier Premier ministre du shah d'Iran réfugié en France, enfin, et peut-être surtout – l'avenir en témoignera –, Georges Ibrahim Abdallah, un presque encore inconnu, détenu pour des faits en apparence mineurs (usage de faux papiers et association de malfaiteurs). Nul ne sait alors très bien qui se cache derrière ce CSPPA, il faudra une nouvelle vague d'attentats en septembre de la même année, plus sanglante encore, s'il était possible, pour y voir le coup de patte, non pas d'une organisation mais d'un État. Mais ceci est une autre histoire...

Le lendemain, 19 février, on me donna une deuxième compagnie de CRS pour couvrir la totalité des convois et des rames. Cette situation dura toute l'année 1986 et une grande partie de 1987. Au titre de cet engagement et pour m'en remercier, le ministre de l'intérieur me remit l'ordre national du Mérite...

Il n'y eut pas d'autre attentat contre les réseaux ferrés durant cette période ni la suivante, mais je n'ai pas la faiblesse ni la fatuité de prétendre que nos efforts y furent pour quelque chose même si on ne doit pas en sous-estimer l'impact. Sinon à quoi serviraient toute cette agitation, ces heures d'angoisse et ces nuits blanches? Nous étions confrontés à des terroristes pourvus de moyens quasiment militaires, des guerriers formés dans des lieux adéquats, disposant de réseaux de soutien, d'infrastructures et de logistiques sérieuses. Nos dispositifs, s'ils ne pouvaient prétendre mettre en échec une organisation déterminée, furent autant d'obstacles sur sa route.

Nous n'arrêtâmes pas de dangereux terroristes ou, en tout cas, ils échappèrent à notre vigilance. Mais, à grandes causes petits effets, nous attrapâmes de nombreuses personnes recherchées, des petits et moyens délinquants en quantité, des immigrants clandestins aussi qui tentaient leur chance, tout au moins dans les premiers temps, car, les choses se sachant très vite, les sources d'interpellation se tarirent d'autant. Nous eûmes, en définitive, plus de travail à calmer les ardeurs des syndicalistes cheminots irrités de se retrouver dans *leurs* trains, face à ces mêmes CRS qui les chargeaient au moment des grèves et occupations de voies, même si, cette fois, c'était pour la bonne cause, celle de leur sécurité.

La grande grève de Noël 1986, qui dura tout le mois de janvier suivant, nous mit tous au chômage technique. Les trains en circulation étaient rares, il y régnait une température sibérienne, et il ne faisait pas bon être CRS en mission dans ces convois car, pour le coup, grévistes et non-grévistes en faisaient des punching-balls, la tranche de jambon coincée entre deux tranches de pain ennemies qu'un rien suffisait à réconcilier sur la couenne des malheureux flicards.

Si la lutte antiterroriste m'occupa beaucoup, l'importance des troupes mises à ma disposition fut source de multiples problèmes et, en tout premier lieu, d'intendance. Préparer les tableaux et notes de service après avoir épluché les renseignements de toute origine susceptibles d'orienter notre action, calculer les rotations pour assurer le retour des troupes au bercail, veiller – ô casse-tête suprême – à ce que ces jeunes gens vigoureux et en pleine forme soient correctement nourris. On ne peut rien demander à quelqu'un qui a le ventre vide et comme disait le père Jules, mon sage grand-père : « Ventre affamé n'a pas d'oreilles, on ne fait pas la révolution quand on est repu. » Quoi qu'il en soit, un CRS doit manger, c'est une règle de base qu'on ne doit jamais oublier.

Enfin, accessoirement et quand il reste du temps, il importe de contrôler la manière dont sont effectuées les missions. Les CRS, unités préparées au maintien et au rétablissement de l'ordre public, ont pour caractéristique la mobilité mais travaillent toujours en formations constituées, compagnie ou section. Peu familiarisés avec ces missions décidées au pied levé et pour lesquelles la préparation était, par voie de conséquence, inexistante, les gardiens CRS, soudain libres et peu habitués à l'être, loin des chefs et de la menace de la raclette [1], pouvaient être tentés de profiter de la situation.

1. Gradé chargé du contrôle de l'exécution des missions. Sorte d'épée de Damoclès peu appréciée des gardiens de la paix.

Or, bien sûr, dans les trains on ne voit qu'eux, puisqu'ils opèrent en uniforme. De nombreuses lettres – anonymes cela va sans dire – ou des rapports de cheminots, syndicalistes ou pas, me parviennent, dénonçant des comportements critiquables. Genre : « Les CRS et les contrôleurs ont passé le plus clair de leur temps au bar »; ou bien : « Ils ont eu un comportement agressif, insolent, peu aimable »; plus rarement : « Ils ont contrôlé dix fois les voyageurs, sans raison »; plus rarement encore : « Ils ont été très polis et courtois, bravo ! » Non pas parce qu'ils ne l'étaient pas, mais parce que, en France, on ne parle pas des trains qui arrivent à l'heure, c'est une règle. La plupart du temps, je m'en remets à la hiérarchie directe, officiers et gradés, qui règle le problème au sein même de l'unité. Mais, parfois, le dysfonctionnement est trop sérieux, ou bien il persiste ou reprend dès que le chef, trop connu des fautifs, tourne les talons. J'envoie alors un de mes civils, mon adjoint, et parfois je fais moi-même un petit voyage, combinant ainsi ce contrôle et les nécessités du service habituel avec les groupes de Marseille, de Lyon et de Toulouse. Il arrive que les CRS me reconnaissent car ils m'ont déjà croisée au cours de mes six années passées à l'aéroport de Lyon où les renforts de CRS étaient permanents. Avec une relève de la compagnie chaque mois, inutile de dire que je les ai presque toutes employées au moins une fois ! Y compris la CRS 40 dans laquelle sévissait mon frère aîné qui, chaque fois que sa compagnie a été placée sous mon autorité, s'est arrangé pour se défiler. Ses camarades attendaient pourtant l'événement avec impatience, histoire de voir comment le grand frère s'en tirerait sous les ordres de la petite sœur !

Comme mon frère, mais pour d'autres raisons, certains ne m'ont jamais rencontrée sur le terrain et, bien qu'ils connaissent mon existence, ne m'imaginent sans doute pas telle que je suis. C'est du moins ce que je me dis un jour où, à bord d'un TGV Paris-Lyon, un des deux CRS me fait une cour appuyée. Ce n'est pas la première fois que cela arrive, mais d'habitude c'est plus discret. Le second ne s'en mêle pas mais n'est pas plus opérationnel pour autant. C'est un tandem d'enfer qui a expédié en vitesse les corvées de départ pour s'adonner au calme à son activité préférée. L'un somnole entre deux voitures, la casquette sur les genoux, l'autre drague. Manque de chance pour lui, il a joué le mauvais cheval ! Il consacre dix bonnes minutes à passer et à repasser sous mon nez, me dévisage avec une insistance qui serait risible en d'autres circonstances. C'est un mélange d'Aldo la classe et de Pierre Richard, avec un regard ombrageux et un sourire bêta, mais visiblement un expert dans le genre drague à tout va. J'en ai connu beaucoup comme ça, qui s'attaquaient à tout, tout le temps. Sur dix tentatives, une au moins était couronnée de succès, ils n'étaient pas forcément attachés à la qualité et se révélaient, à la maison, des époux dociles et attentionnés ! Au moment où il s'arrête pour m'offrir de prendre un café au bar en sa compagnie, j'invite d'un geste le gardien à se pencher vers moi. Ce qu'il fait en rosissant de plaisir. Ma carte professionnelle est posée sur mes genoux, je l'engage fermement à me suivre près de son collègue. Nous réveillons le malheureux, et je les avertis tous deux qu'ils vont entendre le bruit de la mer dès notre retour à Paris. On dirait qu'un frelon a piqué mon soupirant. Il ne sait plus où il habite, quelle heure il est, ce qu'il fait là. Puis il réagit, entraîne son collègue en marmonnant des choses que je préfère ne pas entendre. Jamais sans doute un train n'aura été aussi bien ratissé, dans tous les sens et les moindres détails. Les voyageurs pour un peu se plaindraient que c'est trop, mais c'est bien connu, personne n'est jamais content. À chaque passage près de moi il me jette un regard inquiet.

À Lyon, je les quitte sur le quai, lui et son coéquipier qui n'a rien compris au film, je le vois à tous les points d'interrogation qui émaillent son regard. Je dois rejoindre mon équipe de Lyonnais qui, entre parenthèses, ne s'est pas non plus couverte de gloire au cours de la nuit. Ils ont arrêté un braqueur recherché, mais en ont laissé filé deux autres après une bagarre musclée autour de la gare et dans des circonstances peu claires que je viens justement tenter de clarifier. Le dragueur vient me saluer en me disant qu'il s'excuse, qu'il ne pouvait pas savoir. Il en remet une couche sur mon physique et mon charme avec un rien de regret dans la voix. Piteux mais pas défait... Je n'en reviens pas mais je fais des efforts pour ne pas hurler de rire ! Finalement, je me contenterai d'une note au commandant de la compagnie afin de rappeler la rigueur et le sérieux de circonstance pour cette mission primordiale qui, que... Enfin, le laïus habituel. Je ne pouvais quand même pas jeter ce numéro de drague en pâture à toute la compagnie. Je ne suis pas sûre que les choses auraient tourné à mon avantage. S'il est possible de plaisanter parfois, ce domaine n'est sûrement pas celui dans lequel l'humour peut se donner libre cours, car il implique un sens des nuances assez souvent absent des discussions de corps de garde.

Le monde ferroviaire est un univers complexe où existe une véritable culture. Les cheminots ont un instinct de famille très développé et un sens de la propriété extrêmement fort. Les gares sont *leurs* gares, les trains sont *leurs* trains. Un conducteur de train peut affronter une demi-douzaine d'ivrognes violents parce que l'un d'entre eux est en train de vomir dans une voiture de *son* train. Il peut aussi prendre de mauvais coups au passage, se retrouver dans un gros titre des journaux, le lendemain : « Agression sauvage d'un conducteur de train dans la banlieue nord de Paris », et déclencher sur-le-champ un mouvement de grève opportuniste. Entre le point de départ d'un incident banal et son résultat, l'examen des faits révèle toujours une incroyable distorsion, une succession de mots excessifs, de gestes parasites qui font une tragédie d'un moment presque anodin.

À cause de ce sentiment d'appartenance et de la notion de propriété qui en découle, le décalage est grand entre les impératifs d'une enquête et ceux du cheminot qui entend avant tout que son train soit bien fréquenté, par des gens en règle, et qu'il parte et arrive à l'heure. Il est vrai que les circulations des trains sont d'une complexité à faire peur, qu'il faut un doigté d'artiste pour les orchestrer et que le plus petit raté dans ce tissage délicat ouvre une brèche aux conséquences incalculables. Comme le couac d'un musicien distrait ou la corde du violon qui casse et fiche en l'air la symphonie la plus parfaite.

La qualité des enquêtes dans ces conditions n'est pas idéale. Ainsi est-il particulièrement compliqué de procéder aux constatations d'un suicide sur les lieux mêmes où il s'est produit. Les suicidés du chemin de fer sont nombreux, mais avant d'être sûr qu'il s'agit bien d'un acte volontaire il importe de conduire une enquête minutieuse qui permet de lever le doute sur un éventuel homicide. Or, comment faire quand on a le corps entre Valence et Avignon, parfois en morceaux éparpillés sur plusieurs centaines de mètres, et la motrice contre laquelle il s'est jeté, à Nice ? Il est même arrivé qu'un cheminot maniaque lave à grande eau l'avant de sa BB pour la débarrasser « des morceaux de cervelle et d'os ainsi que du sang » qui la souillaient, afin de faire propre avant l'arrivée de la police. Les policiers que nous sommes ne se font pas toujours à ces réactions sauf lorsqu'ils sont, ainsi que nous l'étions, imprégnés de cette culture des agents du chemin de fer. C'est-à-dire à même de comprendre que l'immobilisation d'un convoi peut entraîner des conséquences tragiques, la plus petite erreur pouvant être à l'origine d'une catastrophe comme l'année 1985 en vécut une série. Les enquêtes sur les accidents de chemin de fer étaient de la compétence de mon service et, comme je n'avais pas vécu ces événements, je m'en informais en feuilletant les dossiers d'archives et les albums photographiques particulièrement éloquents dans l'horreur. Chaque catastrophe, chaque accident doit être le dernier. On répète et se répète à longueur de colonnes que l'on ne s'explique pas pourquoi c'est arrivé, mais que l'on tirera les leçons du désastre et que tout devra être mis en œuvre pour en connaître les raisons afin que ce soit la dernière fois.

Il est vrai que l'on tire les leçons, que l'on remédie à des situations mal calculées, que l'on rend plus draconiennes encore des règles de sécurité déjà très lourdes, mais il est un élément sur lequel on ne peut pas grand-chose : l'homme. Il est constant que les chaos les plus graves lui sont imputables, par erreur ou par faute. Et, à cause de cela, une catastrophe est toujours l'avant-dernière.

Un soir de juin 1987, vers dix-neuf heures, un train de banlieue percute de plein fouet un autre convoi à l'arrêt dans la partie souterraine de la gare de Lyon. Le train percuteur a quitté Villeneuve-Saint-Georges dix minutes plus tôt. Il a des problèmes de freins, le système n'ayant pas été réarmé après qu'une voyageuse a tiré le signal d'alarme pour de mystérieuses raisons. En fait, il est probable qu'elle a raté l'arrêt après s'être endormie sur un livre ou sur son tricot. Ce simple geste, qui a pour effet l'arrêt immédiat du convoi, impose une manœuvre particulière de la part du conducteur du train pour revenir au point d'efficacité de freinage requis.

L'accident entraîne la mort de cinquante-neuf personnes dont plusieurs de mes collègues du commissariat du XIIe arrondissement, qui regagnaient leur domicile après leur journée de travail. Le train, privé de freins, se rue à grande vitesse dans la pente de la gare souterraine, percute la voiture de tête du second. Le conducteur du premier convoi réussit à sauter avant le choc, mais il ne se remit jamais de cette aventure horrible. Comme lui, longtemps après, les témoins eurent dans les oreilles le fracas épouvantable et les cris des blessés. Je suis en province quand l'accident survient et je n'arrive sur place que dans la soirée. La Préfecture de police a pris les choses en main, un nombre considérable de policiers s'affaire au milieu d'un désordre cauchemardesque. Les blessés les plus faciles à atteindre ont été évacués par les quelques dizaines de véhicules de secours et ambulances. Les équipes de désincarcération œuvrent pour extraire les survivants coincés dans la ferraille. Un blessé est amputé sur place alors que ses forces déclinent et qu'il n'y a, à l'évidence, aucune autre solution pour le sauver. Contenues par les compagnies d'intervention de la Préfecture de police, les familles attendent dans une angoisse effrayante et palpable que quelqu'un leur donne des nouvelles chaque fois qu'un corps, vivant ou mort, est extrait du magma métallique et étendu sur le quai. Les journalistes et quelques curieux qui ont échappé au filtrage draconien mis en place en haut des escaliers ont été installés derrière des palissades opaques qui les empêchent de filmer et de photographier les images d'horreur qui se déroulent à quelques mètres de là.

Les policiers, pâles et crispés, recensent les éléments d'identification des victimes et le substitut du procureur de la République dont j'ai connu le père – comme le temps passe ! –, également magistrat, décide de confier l'affaire à un cabinet de délégations judiciaires de Paris, spécialement constitué en cas de catastrophes de cette ampleur. Je n'ai pas les moyens de conduire cette enquête, comme le conclut notre courte discussion. L'évacuation des victimes dure toute la nuit et une partie de la matinée. Puis il s'avère impossible de sortir des tôles certaines d'entre elles. Le train percuteur a ouvert la voiture de l'autre train comme une boîte de conserve, il en a fait exploser les parois et s'y est encastré jusque vers le milieu. Plusieurs cadavres sont coincés entre les deux parois, en haut ou sur les côtés. L'un d'entre eux, accroché par un bras, pend dans le vide, spectacle surréaliste qui revint souvent dans mes cauchemars et, j'imagine, dans ceux des centaines de sauveteurs et policiers présents sur les lieux. Vers onze heures, le lendemain matin, il est décidé de désencastrer les deux voitures et il ne faut pas moins de deux motrices puissantes pour commencer à obtenir un début de résultat, tant les pièces sont enchevêtrées. Dans le hurlement des moteurs, les grincements de la ferraille martyrisée sont insoutenables. Une cinquantaine de pompiers, alignés sur le quai, attendent. Quand, après quelques minutes d'efforts acharnés, la première voiture recule de cinquante centimètres, dix pompiers partent ramasser, dans le fatras de tôles et de débris divers qui jonchent le décor, les morceaux de corps humains libérés de leur prison. Les sacs en plastique sont ensuite transportés à l'Institut médico-légal où les légistes tenteront de reconstituer les corps afin de permettre une identification formelle. Certains ne le seront jamais, quelques passagers disparus ayant été reconnus par un objet personnel ou un lambeau de vêtement retrouvé sur les lieux. Chaque vague de pompiers revient ensuite à l'arrière des autres pour récupérer et se reposer. Alors que les trois premières vagues ont déjà effectué leur rotation de cauchemar, j'observe un jeune pompier, au premier rang, qui n'a pas l'air très bien. Cela va être son tour, il est pâle et nerveux, il jette autour de lui des regards anxieux. D'autres, de retour de leur macabre expédition, doivent s'asseoir, au bord du malaise. Au coup de sifflet, le jeune homme enfile ses gants, avec l'air désespéré de celui qui se demande ce que diable il est venu faire, lui aussi, dans cette gare. Je l'encourage par quelques mots de réconfort, et il finit par m'avouer que c'est son premier jour dans le corps des sapeurs-pompiers de Paris et qu'il est là, dans ce souterrain, depuis une bonne dizaine d'heures. Il me confie qu'il aurait préféré un vrai baptême du feu à cette horreur et que, de surcroît, il n'a encore jamais vu de morts. Il partit comme on va à l'échafaud, et je ne le vis pas revenir car je fus appelée ailleurs, mais je me suis laissé dire qu'ils furent plusieurs, après cette aventure, à renoncer à faire carrière dans cette formation.

Vers le milieu de l'après-midi, j'ai soudain hâte que tout cela se termine, la fin de l'opération de désincarcération se révélant particulièrement insoutenable. Ce n'étaient plus des corps ni même des morceaux que nous voyions sortir mais de la bouillie infâme, des chapelets de viscères nauséabondes. Sans m'y être jamais totalement habituée, j'étais familiarisée avec le spectacle de la mort. J'avais eu mon compte de cadavres, du plus frais au plus moche, parfois plusieurs à la fois, j'avais assisté à de multiples autopsies, mais là c'était trop, et je me demandai si je pourrais jamais oublier cela. J'ai vu craquer toutes sortes de gens ce jour-là, et pas seulement le petit pompier débutant.

Ce fut, Dieu merci, le seul accident aussi grave auquel il me fut donné d'assister.

Malgré tout ce qu'on peut en penser, je préfère encore l'affrontement avec les voyous, même les plus coriaces, à ces spectacles de désolation où l'on prend soudain la mesure de sa propre fragilité, de sa vulnérabilité face à la mort. Où l'on se prend à sursauter au moindre bruit, à se réveiller la nuit en sueur, le cœur en folie après un rêve dont on ne se souvient même pas sauf que l'on sait qu'il était horrible, forcément horrible. Parce qu'on a encore dans les oreilles les cris inhumains d'une mère qui vient d'identifier son fils et une moitié de sa fille, tous les deux morts dans l'accident, sur la rétine la vision d'un homme en état de choc qui marche sur les voies à la recherche de sa femme dont il n'a retrouvé qu'une écharpe, un cadeau de fête des mères.

Après une épreuve de ce genre, c'est presque avec soulagement que je reviens à mes problèmes quotidiens. À nos voleurs de grand chemin qui écument les trains de nuit avec une facilité déconcertante. Chaque fois qu'un voyageur se fait dépouiller, il nous sert la même histoire : il ne dormait pas, d'ailleurs personne ne dort jamais dans le train, et si on a pu le dévaliser c'est parce qu'on l'a endormi. Or, nous en avons fait l'expérience, les voyageurs dorment, et même profondément, dans leurs couchettes. Les voleurs utilisent un système simple ; après avoir pénétré dans le compartiment, ils promènent le faisceau d'une minuscule lampe de poche sur le visage du voyageur et, si celui-ci se réveille ou ne dort pas, il marmonne une vague excuse, genre « c'est le contrôleur, dormez braves gens, je veille ». S'il n'y a aucune réaction, il peut agir en toute quiétude. D'ailleurs certaines heures sont plus propices que d'autres, celles notamment où le sommeil est si profond qu'un coup de tonnerre ou une explosion ne réveilleraient pas un insomniaque, et les « tireurs » le savent. Au cours de nos investigations, nous n'avons jamais découvert sur aucun de nos « clients » quoi que ce soit qui se rapproche d'un somnifère, d'un gaz incapacitant ou d'une quelconque potion « qui fait faire dodo ». Et comme nous les prenons toujours en flagrant délit, sinon les affaires ne « tiennent pas », il n'est pas pensable qu'ils aient pu le dissimuler ou s'en défaire. Pour d'obscures raisons, la presse britannique s'empare de la question après que plusieurs sujets de Sa Gracieuse Majesté se sont fait dévaliser collectivement dans une voiture-couchettes qui les amenait à Venise pour un voyage de rêve qui a viré au cauchemar. Les victimes anglaises prétendent qu'elles ont toutes été « gazées » grâce au système de ventilation de la voiture. Par un phénomène d'autosuggestion contagieuse, elles se plaignent en outre de maux de tête et, pour une ou deux, de nausées. Or seuls trois compartiments ont été touchés. Les autres passagers, et notamment les contrôleurs qui dormaient en tête de voiture, ne se plaignent de rien, ce qui exclut l'hypothèse d'une attaque au gaz par la ventilation. Nous étudions la possibilité d'attaques séparées, par compartiment. Mais, là aussi, la chose est peu vraisemblable car, si les victimes sont neutralisées par un produit volatil, qu'advient-il des voleurs ? Ils devraient être incommodés par le produit. Ont-ils des masques à gaz ? C'est là un outil de travail que nous n'avons encore saisi sur aucun d'eux. Va pour le « carré [1] » ou le tournevis qui permet d'ouvrir les portes, voire une lime à ongles, des lampes de poche, des menottes ou ceintures pour bloquer les ouvertures des couchettes de l'intérieur, des armes blanches ou – plus rarement – des armes à feu pour faire face à une mauvaise rencontre, mais des masques à gaz, jamais. J'explique cela patiemment au correspondant du *Times* venu m'interviewer à la suite de cette sombre histoire qui fait grand bruit outre-Manche. Mais il n'en démord pas et j'ai comme l'impression qu'il y a derrière cet entêtement comme un vieux relent antifrançais. Le papier du *Times* relatant la mésaventure des Grands-Bretons ne sera pas élogieux pour la police française, ni pour la SNCF, il n'a pas besoin de me le dire, je le devine à son air crispé. Surtout pour la SNCF, du

1. Clef spéciale dont sont dotés les cheminots et qui permet d'accéder à tous les espaces interdits au public dans les trains.

reste, qui a droit, au passage, à une campagne de contre-publicité très virulente. Les journaux britanniques invitent même fermement leurs compatriotes à éviter la traversée du territoire national, les trains étant décrits comme de véritables coupe-gorge où les femmes se font violer, les touristes détrousser comme au coin d'un bois. Pourtant, dans les trains, le viol est exceptionnel, le crime de sang rarissime. Le vol est certes plus répandu mais, ramené au nombre de voyageurs transportés sur les réseaux, il représente un pourcentage faible, un niveau de risque acceptable pour le transporteur à défaut d'être accepté par les voyageurs que l'idée même de seuil incompressible de faits délictuels constatés révolte, surtout quand ils en sont les victimes.

Les auditions font en revanche ressortir que les Anglais ont abondamment arrosé leur voyage au cours de la soirée. Le champagne, demi-sec et de médiocre qualité, bu au goulot jusqu'à une heure avancée de la nuit, au point que les autres voyageurs incommodés par le bruit ont protesté auprès des agents de la SNCF, a achevé les plus résistants. Il est plus que probable que les voleurs n'étaient pas très loin, voire qu'ils ont assisté aux libations. Montés en route entre deux gares du sud de la France, ils ont sévi selon des procédés que nous connaissons bien et se sont attaqués à ceux des voyageurs qui dormaient le plus fort. Soit encore, et bien que l'affaire n'ait jamais été élucidée, les voleurs étaient déjà dans le train, ont observé les ripailles de la bande d'Anglais et commis un vol opportuniste. Comme le butin était constitué exclusivement de devises j'ai toujours penché pour cette dernière hypothèse et ne suis pas loin de penser que les voleurs se trouvaient parmi les volés. Une affaire anglo-anglaise en somme mais, à voir l'air courroucé du journaliste du *Times*, je n'évoque cette hypothèse qu'à mots couverts, avec un sourire, comme s'il s'agissait d'une bonne blague.

Par la suite, l'alibi du somnifère continua de ne pas me convaincre bien qu'il eût été très fréquemment invoqué dans la multitude de nos enquêtes. Dans le courant de l'année 1986, pourtant, quelques plaintes retiennent mon attention. Elles proviennent de divers points du territoire, émanent de touristes étrangers pour la plupart et, si les victimes évoquent le fait qu'elles ont été « endormies » avant d'être dévalisées – refrain connu – cette fois je constate que le mode d'opérer est précis et original par rapport à ce que nous avons lu ou entendu jusqu'ici. Les victimes sont en majorité des femmes qui voyagent seules, elles ont été accostées dans le train par un voyageur au physique très comme il faut, un homme bien vêtu, de belle prestance, rassurant. Après avoir engagé le dialogue, de la manière la plus subtile qui soit, parfaitement courtoise et distinguée, en français si la future victime le parle, en langue anglaise à défaut, notre homme offre une boisson à sa nouvelle compagne de voyage. Généralement du thé ou du café, une fois – une seule et parce que la dame avait des goûts de luxe – du champagne. Puis la conversation languit, la dame se sent soudain très fatiguée. Galamment, le monsieur lui offre son aide pour l'accompagner jusqu'à sa couchette et l'y installer. Jamais la moindre avance ou le plus petit geste déplacé, l'homme est un parfait gentleman, prévenant et discret. Lorsqu'elle arrive au terme de son voyage, la belle endormie s'aperçoit qu'il lui manque tout un tas d'objets dans ses bagages : son argent, ses chèques de voyage, cartes de crédit, son appareil photo ou sa caméra, bref, toutes ces babioles dont les touristes encombrent leurs sacs.

Je fais, avec l'aide de Max, quelques recoupements parmi ces plaintes qui sont recueillies ici ou là, au nord ou au sud, à l'est aussi de la France, au hasard du voyage de nos touristes, du lieu de leur villégiature ou de celui où la victime a recouvré ses esprits. Très souvent, le vol est constaté au passage d'une frontière, au moment où le voyageur doit présenter son passeport et se rend compte qu'il ne l'a plus en sa possession. L'effet du somnifère prétendument absorbé est d'une durée variable, entre six et dix heures en moyenne, le temps de traverser le territoire dans un sens ou dans l'autre. Largement le temps aussi pour le « tireur » de jouer les filles de l'air !

Malgré le laconisme de certaines plaintes – nos collègues qui les recueillent dans les commissariats sont pressés, peu précis et confrontés à des problèmes de compréhension de la victime qui ne parle pas toujours le français –, nous commençons à voir se dessiner notre personnage. Une touriste vénézuélienne a même donné de lui un signalement assez bon. Un Japonais – un des rares hommes choisis par le voleur, dérogation due aux nombreux gadgets dont il était bardé – s'est fait accompagner au commissariat par un contrôleur de la SNCF qui a vu l'homme. Il s'est même entretenu avec lui assez longuement au moment du contrôle en raison d'une anomalie bénigne sur son billet. Le suspect qui se trouvait en première classe avec un billet de seconde s'est acquitté du supplément sans faire d'histoires. Son signalement se confirme, le cheminot précise quelques détails : l'homme est très brun, il a une pointe d'accent étranger, une moustache, mentionnée pour la première fois. Il lui attribue une origine sud-américaine, peut-être argentine. Une autre plaignante le décrit avec de fines lunettes qui lui donnent un vague air intellectuel. Elle le situe comme ingénieur, plutôt maghrébin.

Dès lors son portrait, qui commençait à se dessiner, redevient flou : ou notre homme se grime, ou il y en a plusieurs, ou bien les témoins ne voient pas tous la même chose, hypothèse, hélas ! fréquente dans les enquêtes criminelles. Ceux que nous avons encore sous la main sont invités à consulter les fichiers. La plupart des photos d'individus spécialisés dans des faits de cette nature y figurent. Pas lui. Du moins personne ne le reconnaît.

Nous diffusons néanmoins une fiche de mise en attention avec le signalement qui revient le plus souvent. Toutes nos équipes et celles de la SNCF qui quadrillent le territoire mieux que nous parce que plus nombreuses sont mises en alerte, mobilisées sur celui que, faute de pouvoir le nommer, nous surnommons « l'endormeur ».

Les plaintes arrivent avec une régularité affligeante, la SNCF s'inquiète, une ambassade – celle du Brésil – a même émis une protestation officielle auprès du gouvernement français, car une de ses ressortissantes, une femme riche de São Paulo, s'est fait dépouiller de plusieurs milliers de dollars. Nous piétinons tandis que notre endormeur s'enrichit. C'est un feu follet, il est tantôt du côté de Valence, de Montpellier, entre Toulouse et Narbonne, dans l'est du pays. Aujourd'hui il est passé en Suisse, demain on le signale en Italie. Un cauchemar. De plus, nous ne sommes toujours pas complètement convaincus de la réalité de l'utilisation des somnifères. Un ou deux plaignants nient avoir consommé en sa compagnie, pourtant ils ont la conviction d'être lourdement tombés dans un sommeil artificiel. Nous ne savons plus que penser. Et il court, il court, d'un train à l'autre, inlassablement.

Puis, un matin, à la frontière franco-italienne, nos collègues de la PAF, en effectuant le contrôle transfrontière, sont intrigués par un homme qui dort si profondément qu'ils ne parviennent pas à le réveiller. Après plusieurs minutes d'efforts, ils renoncent mais, comme il n'est pas question de le laisser passer en Italie sans contrôle, ils décident de le débarquer, pensant avoir affaire à un simulateur ou à un astucieux fraudeur, peut-être recherché, et qui espère passer en douce de l'autre côté des Alpes. Ils y sont habitués eux aussi : tous les moyens sont bons pour échapper à la police. L'homme est conduit au poste de la gare de Vintimille, toujours endormi. Après d'interminables efforts pour le réveiller, les policiers décident de s'en remettre à l'avis d'un médecin qui, après l'avoir examiné, le fait hospitaliser séance tenante. L'homme est dans un état comateux, probablement drogué avec un produit qu'il n'a pas supporté ou surdosé. C'est à l'hôpital de Nice que nous lui rendons visite quarante-huit heures plus tard, car il lui a fallu tout ce temps pour émerger ! Et dans quel état ! Il est sonné, ahuri, ne comprend rien à ce que nous lui disons, se souvient à peine des jours précédents.

Quand enfin il retrouve ses esprits et la mémoire, le dormeur du train fait l'amer constat de son infortune : son argent a disparu ainsi que ses chèques de voyage, ce qui représentait l'intégralité de ses économies. Il donne sur l'endormeur des précisions précieuses : étant lui-même marocain, il est formel, cet homme est tunisien. Il a environ trente-cinq ans, il s'est fait passer pour médecin, ce qui lui a permis de faire avaler à sa victime affligée d'un mal de tête rebelle un verre d'eau dans lequel il a dilué une poudre blanche tirée d'un flacon de verre et présentée comme de l'aspirine. Sous une forme non commercialisée, réservée aux hommes de l'art ! Ce que notre voyageur a gobé sans broncher tant l'endormeur sait se montrer persuasif. Notre homme, enfin, est monté dans le train à Valence. Cette information en recoupe d'autres qui nous amènent à penser que sa base opérationnelle est cette ville ou ses environs immédiats. Dès que le passager dupé est remis sur pied, nous lui soumettons de nouvelles séries de photos sélectionnées selon d'autres critères et sans nous attacher au strict modus operandi. La victime, révulsée par le mauvais tour qui lui a été joué, se prend au jeu, affine sa description, se souvient de détails. C'est, il faut le préciser, la première victime de l'endormeur avec laquelle il nous est possible d'avoir un aussi long entretien ! Nous en profitons, et la chance enfin nous sourit : l'endormeur est reconnu sur une photo d'identité judiciaire. Il a été condamné quelques années plus tôt pour escroquerie. Il faisait alors du porte à porte chez les médecins en se faisant passer pour... visiteur médical. De ses vagues études de médecine vite interrompues, il a conservé une science sommaire qui fait illusion. Il est effectivement tunisien mais sans domicile connu.

Nos avis de recherche prennent corps, ils portent désormais un nom et une photo, mais l'endormeur reste insaisissable. Les lieux où sont approximativement situés les faits sont systématiquement surveillés, épluchés, passés au peigne fin. Chaque fois il passe à travers et ressort à deux, trois ou cinq cents kilomètres de là. Il me rappelle Bojarski, un faussaire génial et légendaire qui, des années plus tôt, écoulait les faux billets qu'il fabriquait en utilisant le train. Il partait avec sa petite valise pleine de biftons et s'arrêtait dans toutes les villes, écoulait un petit stock et repartait. Tout seul. La prolifération des lieux d'écoulement a longtemps déstabilisé la police qui pensait avoir affaire à une bande tentaculaire et très organisée.

De plus, après l'affaire de Vintimille, la presse locale fait ses choux gras de l'événement. *Nice-Matin, Le Provençal* ont commenté cette forme inédite d'attaques de voyageurs dans les trains. Comme la victime est marocaine, l'acte raciste est même lourdement suggéré. Encore quelques efforts et on ne serait pas passé loin d'un nouveau « train d'enfer ». J'imagine que l'endormeur lit la presse méridionale, ce qui confirme qu'il réside dans le sud de la France, car, pendant plusieurs jours, plus rien ne se passe. Les lieux où il a été repéré sont toujours étroitement surveillés, et il a pu à son tour, en habitué des trains, « détroncher » les équipes de policiers lancées à ses trousses ou les agents de la surveillance générale de la SNCF, parfois facilement repérables il est vrai. Ou bien il a changé de secteur, de pays – nous apprendrons plus tard qu'il sévissait aussi en Suisse, en Italie, en Allemagne –, s'est fait arrêter, il est peut-être DPAC[1] dans une quelconque geôle, loin de la France ou même en France. On patauge, on patauge... Et le temps que nos fiches de diffusion parviennent

1. Détenu pour autre cause.

à l'endroit où il se trouve il aura déjà été remis en liberté. J'enrage. Je ressens une énorme frustration. Nous courons après ce diable d'homme depuis maintenant plusieurs mois, nous l'avons identifié, il est à portée de main et pfft ! envolé ! Qui sait même si nous le reverrons un jour ? C'est malheureusement une autre règle du jeu de ce métier.

Pour conjurer le sort et pour éviter de céder au fatalisme qui commence à gagner les hommes du groupe, je décide de monter une opération type « de la dernière chance » et de concentrer nos efforts sur la région de Valence puisque c'est là que je le sens. Pourtant, ce n'est pas à Valence mais à Nîmes que, trois nuits plus tard, alors que presque plus personne n'y croit, il vient se jeter dans la gueule du loup. Nous l'interpellons sur une intuition, alors qu'il attend le train, car il ne ressemble plus guère au portrait de l'identité judiciaire. Sur la photo, il présentait une vraie gueule de repris de justice, là il est tout autre et c'est en nous fondant sur les éléments les plus subtils de son signalement que nous l'avons repéré : son allure, sa dégaine, une sorte de nonchalance naturelle, une aisance dans sa façon directe et innocente de nous fixer dans les yeux. Je regarde avidement l'endormeur. Grand, bien mis, racé, un attaché-case à la main, il se laisse attraper sans résistance et considère l'issue de son aventure avec philosophie. Il n'a pas lu les journaux, il ne sait pas qu'on le recherche, il s'en doute quand même un peu car il est loin d'être sot. Il a simplement pris quelques jours de repos ! Son activité très lucrative le lui permettait : il arrivait à récolter ainsi entre dix et vingt mille francs par expédition, soit dans les bonnes semaines presque cent mille francs. Nets d'impôts. Il a acquis une jolie maison avec piscine et vit confortablement au soleil !

Ces sommes ne sont pas exceptionnelles, la plupart de nos tireurs les « gagnent » dans une soirée, voire davantage. C'est une simple question de feeling sur le choix des proies et, s'agissant d'un vol simple, ça coûte moins cher qu'un braquage en rapportant plus gros. Comme notre endormeur qui pratiquait le vol sous anesthésie, la plupart de ces voyous ne recherchent pas les actions violentes. Ils y sont contraints occasionnellement quand ils ont affaire à une victime récalcitrante ou à un témoin téméraire, mais, en cas de danger, ils préfèrent de loin prendre la fuite. Leur connaissance des réseaux et du fonctionnement de la SNCF les y aide : quand ils se sentent pris, ils actionnent le signal d'alarme, s'enfuient à contre-voie, s'égarent dans les emprises ou les dépôts, dans l'enchevêtrement des voies et des hangars qu'ils connaissent parfaitement. En revanche, les règlements de comptes entre eux ne sont pas rares. Ils sont organisés en bandes ethnico-culturelles, Yougoslaves et Albanais d'un côté, Maghrébins de l'autre, Italiens – les plus efficaces – au milieu. Ils se battent pour un territoire fort convoité, éventuellement pour les quelques égéries qui stimulent leurs ardeurs ou les aident dans leurs entreprises. Car l'une des conditions qui leur permettent d'échapper à la traque inlassable que nous leur infligeons est que le produit des vols ne puisse pas être identifié par son propriétaire en cas d'interpellation en flagrant délit du voleur. En d'autres termes, celui-ci doit se débarrasser très vite de son butin ou ne voler que des choses qui peuvent appartenir à tout le monde et dont il peut lui-même revendiquer la propriété. L'argent est sans odeur, il est la denrée idéale, et, quand ils se font pincer, ils clament qu'il leur appartient. C'est fou ce que ces jeunes gens ont comme économies ou comme chance au jeu ! Pourtant d'autres objets peuvent être fort intéressants : les chèques de voyage, les cartes de crédit qui sont recyclées dans de vastes réseaux de trafiquants internationaux.

Il nous fut donné d'en éradiquer quelques-uns dont les ramifications s'étendaient dans toute l'Europe et dont les profits faisaient tourner la tête. Pour le tireur qui recherche ce type de produits, le principe de base est simple : il doit se débarrasser dans la seconde du produit de son vol. Aussi, à la différence du voleur classique que seul l'argent intéresse et qui travaille en solitaire, ces équipes fonctionnent-elles avec au moins deux individus mais parfois trois ou quatre, rarement plus –, car les groupes attirent l'attention et sont plus vite repérés. La bande investit un train, chaque membre ignorant l'autre et s'étant muni d'un titre de transport irréprochable, principe fondamental et élémentaire qui met à l'abri d'une interpellation intempestive pour fraude. Les compartiments-couchettes sont visités à toute allure, les sacs ou portefeuilles subtilisés passent dans les mains d'un ou d'une complice dans le couloir, qui examine le réticule dans les toilettes. À la sortie, un troisième tandem récupère ce qui doit l'être : les cartes de crédit par exemple. Si le train est « clean » – si aucun policier ou autre élément perturbateur n'a été repéré –, l'opération est renouvelée une ou deux fois, et toute la bande descend à l'arrêt suivant. Il est en effet primordial de ne pas s'attarder et le choix des terrains de chasse est capital. Pas de train sans arrêt, pas de TGV – les vols y sont commis à quai, avant le départ –, pas de voyageurs en état de vigilance. La rapidité d'exécution et la dextérité sont époustouflantes. Certains voyageurs, avertis des risques, se sont fait voler des sacs attachés à leurs poignets ou à leurs chevilles, un skieur a même failli se faire délester de sa paire de skis, arrimée à lui de cette façon. Le pire pourtant fut l'aventure d'une brave femme de la région de Chambéry qui s'en allait en pèlerinage à Lourdes à bord d'un convoi spécial de pèlerins, particulièrement prisé des voleurs. Avant de quitter son domicile, elle avait, comme tout un chacun, planqué l'argenterie dans la trappe de visite de la baignoire, les estampes entre les draps de l'armoire, cachettes originales visitées en tout premier lieu par les cambrioleurs, mais ne savait que faire de ses bijoux. Un parent, employé de la SNCF, lui conseilla de les emporter avec elle, qu'aurait-elle pu redouter dans le train ou à Lourdes ? On lui vola le sac dans sa couchette, à son grand désespoir mais aussi au grand dam de son parent qui considéra l'affaire comme une atteinte indélébile à son honneur de cheminot. Que l'on pût s'attaquer à un train de cette manière le révulsait. Cette fois-ci, pourtant, nous eûmes de la chance, car la dame possédait des photos et quelques-uns de ses bijoux, retrouvés chez un receleur de Marseille, permirent l'arrestation de ses détrousseurs. Comme d'habitude la victime n'avait rien vu, rien entendu au moment des faits, la discrétion étant, pour les voleurs, un critère de réussite.

C'est ce qui fait toute la différence avec les voleurs violents. Ceux-là ont besoin de se manifester physiquement, ils recherchent une confrontation, un affrontement. Globalement le profit est infiniment ridicule par rapport à celui de la « tire », ils ont infiniment plus de risques d'être pris et sont plus lourdement condamnés. L'agression physique prévaut toujours sur le gain, et ces actes sont commis « en réunion », sans précaution de discrétion, au contraire. Ils sont rarement prémédités, sont déclenchés de façon opportuniste en fonction de l'humeur des auteurs ou du profil de la victime dont la seule attitude, de peur ou de résistance, voire de soumission excessive, peut conditionner un passage à l'acte.

Une aventure très triste arriva ainsi à un des chauffeurs d'un ministre des Transports.

M. André vit et travaille à Paris, il est célibataire et, régulièrement, le week-end, rend visite à sa mère qui habite Marseille. Après avoir passé avec elle un jour ou deux, il « remonte » à Paris par un train de nuit. C'est un dimanche soir, il y a peu de monde dans le train, M. André s'installe dans un compartiment vide. Le train s'ébranle lentement, à peine a-t-il quitté la gare Saint-Charles que la porte s'ouvre avec fracas. M. André pense d'abord au contrôleur, mais ce sont trois hommes, jeunes, qui investissent son espace, s'installent en face de lui et engagent la conversation. Son supplice commence, il va durer une petite heure sans que personne entende, réagisse et, bien entendu, intervienne. D'abord, les questions des loubards fusent sur le mode bon enfant, puis, comme M. André ne se presse pas de répondre, elles se font insistantes. M. André n'est pas rassuré, pourtant il se résigne à jouer le jeu un moment car le ton de ses interlocuteurs devient grinçant. Il répond donc à leurs questions en se demandant si cette curiosité incommodante va se prolonger jusqu'à Paris. Puis le ton monte, un des hommes s'assied près de lui, très près. M. André fait mine de se lever pour sortir dans le couloir, il commence à paniquer, il veut aller chercher du secours, au moins respirer. Mais un loubard bondit sur la porte, la bloque avec sa ceinture, tire les rideaux. M. André devra remettre tous ses biens, son argent, ses papiers, tout ce qui a un peu de valeur, une chaîne en or avec une croix, sa montre... Le tout sous les quolibets, les gifles aussi, bientôt, car M. André proteste. Il refuse de donner sa chaîne, un cadeau de sa mère. On la lui arrache avec hargne. Les voyous s'énervent encore un peu plus quand ils se mettent en devoir de lui ôter une chevalière qu'il porte au petit doigt de la main gauche. La bague est coincée sur le doigt gonflé, c'est un bijou que M. André n'enlève jamais. Il est mis en demeure de la libérer sous les coups qui pleuvent dru. À moitié assommé, M. André essaie de crier, une nouvelle volée de coups le réduit au silence. Un des voyous, un grand coléreux au crâne tondu, a sorti un couteau ou un rasoir, M. André ne sait plus trop tant il a peur, et entreprend de couper les chairs de ce doigt qui résistent autour de la chevalière. Il parvient à ses fins après avoir à moitié arraché le doigt du malheureux qui saigne abondamment. Le train entre dans une gare, ralentit, va s'arrêter. Les loubards, soudain pressés, abandonnent leur victime, sortent du compartiment et s'évanouissent dans la nuit bien avant que le train soit complètement à l'arrêt. Transporté à l'hôpital en état de choc, M. André y restera plusieurs jours avant de pouvoir être entendu.

Le ministre des Transports s'émeut du sort de son chauffeur, je le rassure ; dès les premières minutes, mon équipe de Marseille s'est rendue sur place et mobilisée sur l'agression, toutes autres affaires cessantes. Les signalements qu'ils obtiennent sont très vagues. Deux des voyous ressemblent à la moitié des voyous de Marseille. Le troisième pourtant est, malgré l'émotion et la peur de la victime, plus précis. M. André l'a davantage détaillé, à cause de son apparence très particulière. Il faut dire aussi que c'est celui qui s'est montré le plus insistant. Il est grand, mince, porte une boucle d'oreille. Un autre détail m'intrigue : il a le crâne tondu. Or ce n'est pas à la mode, les crânes rasés n'ont pas encore envahi l'espace, et le fait que les deux autres ont, eux, les cheveux longs, confirme mon intuition : ces cheveux très courts ont une raison d'être. Par réflexe, je pense à l'armée, ce peut être une jeune recrue, puis je pense prison, un peu stupidement, puisque tout le monde sait bien que l'on ne tond plus les prisonniers, sauf s'ils le demandent. Mais il faut bien chercher quelque part. Une équipe se colle donc sur les élargissements récents de la prison des Baumettes, recense toutes les sorties depuis un mois. Au-delà ce n'est plus crédible, les cheveux repoussent vite... Une autre équipe écume les fichiers avec le signalement de cet homme, ses mensurations, sa boucle d'oreille, puisqu'il ne faut pas compter sur les deux autres, trop vagues. Le fichier Canonge de Marseille livre quelques noms d'individus connus pour des faits de violence en réunion. Nous récoltons plusieurs dizaines de photos, à Paris également, pour des faits similaires, et nous en constituons des albums. Mais mon plus grand espoir est de trouver notre oiseau parmi les anciens pensionnaires des

Baumettes dont nous avons réalisé un album spécifique. Quand M. André se présente dans mon bureau, quelques jours plus tard, il est encore tout chamboulé par sa mésaventure. Conscient d'avoir échappé au pire, il a peur tout le temps, sursaute à tout propos, confie qu'il a du mal à dormir et que le train lui inspire une sorte de phobie incontrôlable. Désormais il ira à Marseille en avion, encore un client perdu pour la SNCF. Je lui montre les premiers albums, il secoue la tête, désolé. Même celui de l'« amicale des anciens » des Baumettes le laisse de marbre. Je suis vivement déçue. Mon intuition m'a trahie. Je lui montre les deux dernières planches par acquit de conscience. Tous les sujets ont sur les photos des coupes de cheveux classiques, et je demande à M. André de faire un effort pour les imaginer le crâne à nu, j'envisage même, en cas de doute sur un des individus, de faire faire un travail de montage par l'identité judiciaire. Mais rien ne se passe, la victime est désolée, je suis sur le point de refermer mes albums quand, au dernier, M. André qui se tient debout près de moi sursaute. Il manque tomber à la renverse tellement il est bouleversé. Livide, il transpire à grosses gouttes. Je le regarde, inquiète, je pense qu'il me fait un malaise à cause de ses blessures, son petit doigt est encore bandé, maintenu par une attelle. Je lui propose une chaise, mais il refuse, pointe le doigt sur les photos :

– Là, murmure-t-il, c'est lui.

Sur la photo de l'identité judiciaire, l'homme d'une vingtaine d'années est insignifiant avec ses cheveux mi-longs qui pendouillent dans son cou, un air plus stupide que méchant. Je m'étonne :

– C'est lui, le crâne rasé ?

M. André secoue la tête :

– Non, c'est un des deux autres, un qui me frappait, précise-t-il, haletant, il doit être plus âgé que sur la photo, mais je suis sûr que c'est le même.

Il faudra songer à faire brûler un cierge à Notre-Dame-de-la-Garde, la bonne mère doit y être pour quelque chose. Il est vrai que si nous n'avions pas fait tout ce travail de recherches, de recoupements, nous n'aurions rien trouvé du tout. Mais coller dans un album la photo d'un homme dont les éléments de signalement correspondent à un autre relève du coup de bol !

Quelques heures plus tard, notre homme est logé. Arrêté à

l'issue d'une nuit de planque, alors qu'il regagne son domicile, chargé de tout un tas de babioles issues d'une nouvelle expédition, il livre le nom de ses comparses. Le deuxième homme aux cheveux longs sera interpellé quelques jours plus tard. Quant au crâne tondu, nous le chercherons en vain dans tout Marseille, pour finalement le retrouver... aux Baumettes où il a été enfermé pour vol quelques jours plus tôt. Ironie du sort, il n'y avait jamais mis les pieds auparavant contrairement à son copain dont la photo s'est retrouvée dans un album à une place que je pensais être la sienne.

Au cours de ma première année à la tête de la sécurité des chemins de fer, malgré le travail que me donnent la lutte antiterroriste, la délinquance dans les trains du réseau grandes lignes, les contrôles des trains internationaux, un lot de tâches nouvelles m'échoit. La signature du traité de Canterbury entre la France et la Grande-Bretagne concrétise un vieux rêve : relier les îles Britanniques au continent européen par le percement d'un tunnel. Les projets les plus fous se sont succédé depuis un siècle, ils ont tous été abandonnés, relégués au fond de tiroirs poussiéreux. On en a reparlé pour la énième fois depuis l'élection du président Mitterrand, personne n'y croyait vraiment, mais, cette fois, ce n'est plus un fantasme, le pacte est signé, le trou sera creusé. Et, comble de bonheur, le lien sera ferroviaire. S'agissant, de surcroît, du franchissement d'une frontière, je suis doublement concernée. Dès l'ouverture des travaux, j'y suis, avec mon service, étroitement associée, tant dans les groupes qui débattent des protocoles de contrôle transfrontière policier que dans ceux qui seront chargés d'élaborer les procédures de sûreté indispensables. D'emblée, il est clair que ce deuxième point va m'occuper énormément. J'en fais le constat au contact de mes homologues anglais et des spécialistes des British Rails, l'équivalent britannique de la SNCF. Les Anglais, policiers, fonctionnaires du service d'immigration, douaniers, cadres des BR sont, disons-le tout net, catastrophés. D'abord, personne chez eux n'a jamais cru à l'aboutissement du projet, une folie de Français mégalomanes et prétentieux. Même à ce stade où on leur met sous le nez le traité de Canterbury, ils n'y croient pas. La reine va revenir sur terre, le gouvernement d'ailleurs va s'en charger. La Grande-Bretagne est une île. Elle doit le rester. Point.

Aussi multiplient-ils les visites de sites, en France, en Belgique, en Italie, en Suisse pour se persuader de la folie du projet. Nous devons tout leur montrer : le TGV, une hérésie qui ne sera jamais acceptée par les écologistes anglais. Jamais ils n'admettront que cet engin diabolique défigure les tendres paysages du Kent, panique les vaches placides – pas encore folles ! – au milieu de leurs vertes prairies.

Quand je leur explique comment, par l'application de conventions bilatérales déjà anciennes signées entre la France et ses voisins européens, le contrôle transfrontière policier et douanier se fait à bord des trains, en cours de route, ils sont éberlués. Pour eux, le contrôle doit être effectué par un fonctionnaire compassé, derrière un bureau, les gens se présentent à lui, pas l'inverse. Au minimum, si le contrôle doit se faire dans le train, il faut mettre un wagon à la disposition du service de l'immigration, un autre à celle de la douane. Et pas question de partager l'espace avec les Français, toute promiscuité serait vécue comme choquante. Cela fera donc deux wagons supplémentaires. La SNCF fait des bonds ! Où va-t-elle donc mettre ses passagers ?

Et puis ces policiers français qui vont venir jusqu'à Londres, cela ne se peut. Chacun chez soi. Je leur explique que, dans les conventions, ce point est prévu, il suffit de décider d'une clause d'extension de territorialité, très strictement limitative, de décréter une nouvelle frontière, en somme, fictive. Ma démonstration heurte leur pragmatisme, je ne les convaincs pas malgré les voyages incessants qu'ils exigent pour se rendre compte de ce que nous faisons ailleurs, à Bruxelles par exemple. Pour finir, argument massue, ces policiers français qui fouleront le sol londonien seront en service, donc armés. Quelle horreur ! Même si les événements qui commencent à agiter leurs banlieues les font réfléchir sur le concept du *bobby* bon enfant, paterne, quelque peu ventripotent et non armé, ils ne peuvent concevoir le port permanent d'une arme à feu par un policier en uniforme. Or, en France, les règlements d'emploi des personnels en tenue excluent qu'un policier en uniforme puisse ne pas être armé. On le voit bien, nos deux cultures ne se rejoignent pas. Ils n'auront pas le dernier mot, on le sait aujourd'hui, mais que d'efforts, d'explications de textes, de persuasion n'ai-je déployés pendant cette période ! Il m'arrivait même de me sentir découragée alors que je suis au moins aussi têtue qu'un bataillon entier d'Anglais résolus, de dire à mon patron : « Ils auront notre peau, nous ne les convaincrons jamais. » J'eus avec eux de longs dialogues de sourds sur le thème des armes et de tant d'autres.

La sûreté pour commencer... Ce néologisme professionnel désormais incontournable qui désigne l'ensemble des actions préventives destinées à faire échec aux actes illicites contre les moyens de transports, entre autres, particulièrement exposés : le train, l'avion où toute action de terrorisme a l'avantage, pour son auteur, d'une publicité à la hauteur des dégâts commis. Depuis le temps que les avions et les trains sont pris pour cibles, les mesures destinées à en contrer les effets spectaculaires et meurtriers ont évolué au point de les rendre moins faciles, ce qui est le but recherché. Lorsque les tunneliers recrachent leurs premières tonnes de terre, beaucoup de nos partenaires se demandent encore pourquoi les navettes et les trains qui vont passer sous le tunnel transmanche devraient être soumis à des règles particulières. Ce n'est pas le premier tunnel que l'on creuse, ce ne sont pas les premiers trains en circulation, pourquoi ceux-là ? L'IRA certes pèse son poids dans l'explication. La Grande-Bretagne a la particularité de disposer d'un terrorisme interne, jusqu'alors mesuré quant aux actions contre les populations civiles, mais cela peut changer. En outre, au moment où ces débats commencent, quelques terrorismes d'État s'expriment avec hargne et le tunnel sous la Manche peut être pour eux un terrain de manœuvre intéressant.

La réalité est que ce tunnel est sous la mer, c'est son originalité et, psychologiquement, personne n'est vraiment prêt à prendre le risque d'embarquer une bombe avec quarante mètres d'eau au-dessus de la tête. Que l'on se rassure, les spécialistes ont bien travaillé, le tunnel peut résister à une charge phénoménale et, quand bien même, de nombreuses autres sécurités ont été prévues. La deuxième réalité est britannique : en multipliant les exigences, en inventant chaque jour une nouvelle marche dans la gradation des obstacles recensés pour que ce fichu tunnel fonctionne enfin, nos partenaires espèrent peut-être que nos dirigeants renonceront. C'est ce que je me dis à l'issue d'une harassante journée au cours de laquelle ils ont exposé ce qu'ils voulaient comme dispositifs de sûreté à chaque extrémité du tunnel et dans les gares de desserte, en Angleterre, en France et en Belgique. Dantesque. On fait comme pour les avions et le tour est joué. La capacité des TGV étant de huit cents passagers en moyenne, il va falloir commencer trois ou quatre heures avant le départ. Nos arguments les intéressent, mais ils se butent. Ce sera ça ou ça ne sera pas. Il faudra des mois pour les adoucir et les convaincre, des années pour atteindre les objectifs.

La conception des trains, l'emplacement des zones de contrôle, l'aménagement des compartiments, tout est sujet à de lourdes discussions pas toujours sereines mais toujours souriantes et courtoises. Le fair-play... Et là où les Anglais arrivent à trois, quatre ou plus, je suis souvent seule. Dans l'organisation anglo-saxonne, tout est cloisonné, chacun traite une partie du dossier. Les harmonisations et les synthèses se font à un autre niveau. Chez nous, tout se mélange. Je change de casquette constamment, tantôt je traite des aspects réglementaires des contrôles, tantôt des spécificités ferroviaires, tantôt de la sûreté, dans n'importe quel sens. Cela les intrigue et les inquiète. Dans notre système franco-latin, la souplesse est évidente, mais tous ces dossiers deviennent très vite une charge trop lourde. Pour finir, une mission spéciale sera constituée, sous les ordres du sous-directeur de la PAF, pour travailler d'un côté sur les problèmes spécifiques du tunnel lui-même, dont fort heureusement je ne suis pas chargée, de l'autre, et qui me revient, sur les aspects périphériques du dossier : les gares de desserte du TGV transmanche, les trains qui passeront dans le tunnel, le contrôle frontalier et la sûreté en amont. Je serai chargée de mission pour le tunnel sous la Manche et pour l'application de l'accord de Schengen, signé en 1985, prélude à l'avenir policier de la grande Europe. Une tâche qui m'oblige à abandonner pour de bon, à la fin de l'année 1988, la police des chemins de fer.

Je dirigerai donc le service des trains de loin pour rassurer Denis, mon adjoint, et assumer tout ce que j'ai engagé. Au passage aussi, pour garder un œil sur les troupes et éviter qu'en l'absence du chat les souris ne se remettent à danser trop vite... On m'a appris que, même chassé avec énergie, le naturel a tendance à revenir au galop, et je me suis gardée de l'oublier. Et puis, faut-il le dire, je me suis attachée aux cheminots, aux trains, aux gares. Par tendresse pour Marie Gare, à ce moment-là bien loin de mes préoccupations et floue dans ma mémoire, mais surtout parce que ce sont des gens et des lieux magnifiques. Je me suis immergée dans ce monde dur, technique, aux règles draconiennes. J'ai fini par l'aimer, comme toujours, sans nuances, à fond la caisse. Magique ?

Et puis le voyage m'enchante. L'idée du voyage, l'obligation de vivre sur un pied, comme un oiseau prompt à s'envoler à la moindre alerte, le sac toujours prêt. D'ailleurs le sac est vite bouclé, il n'est besoin que de trois fois rien, une brosse à dents, un carré, une carte de circulation, une autre de crédit, ce que j'appelle mon « petit bazar » et que j'ai toujours sur moi. À tout hasard, parce que souvent les déplacements se décident dans l'urgence et qu'ils peuvent durer des semaines entières.

Je passe ma vie dans les trains, soit pour des missions ou des enquêtes in situ, soit pour rejoindre le lieu d'une enquête ou d'une affaire en cours, ou pour rencontrer les autorités locales, préfets, maires, magistrats, commissaires... Je connais toutes les gares, les horaires comme un vrai chef de gare, et c'est inimaginable ce que l'on peut voir, entendre ou découvrir dans un train. Ma famille étant de surcroît toujours en résidence à Orléans, je m'y rends souvent, les fins de semaine ou à la faveur d'une soirée calme. Cinq ou six mille personnes transhument chaque jour entre Orléans et Paris, situation qui n'est pas spécifique à cette ville, mais le propre de toutes les agglomérations situées à cent kilomètres de Paris, et bien au-delà : je connais des gens qui travaillent à Paris et résident à Tours, Dijon, Lille, Rouen, Lyon et même Brive... Je parle ici de ceux qui font les trajets tous les jours, pas de cette nouvelle race de provinciaux, vrais Parisiens à la mode campagnarde, qui partagent leur semaine en deux.

Chaque train, en fonction de son horaire, transporte ses habitués, et le paysage change considérablement selon les heures. Je me suis beaucoup amusée, moi qui n'avais pas d'horaires, à essayer de deviner qui faisait quoi, qui était l'amant de qui, à repérer les couples ferroviaires – ceux qui ne se voient que dans les trains, les histoires d'amour en cours, en devenir ou en phase terminale, les parties de cartes qui reprennent le matin là où elles ont été abandonnées la veille au soir, les têtes courroucées de ceux à qui on a pris *leur* place, le type qui va vous draguer, celui qui s'arrange, dans un compartiment bondé, pour vous faire du pied ou du genou, l'avancement du tricot ou de la broderie qui laisse parfois deviner une grossesse à son début ou le mariage d'une petite-fille.

J'utilise les temps morts pour lire et écrire. Mon courrier, les notes de service, les notations des gars, les premières pages d'un roman encore inachevé, des notes d'ambiance pour celui qu'inévitablement un jour j'écrirai...

Il arrive que les compagnons de voyage interdisent toute velléité même la plus simple, comme de dormir. Ils peuvent aussi être très incommodants : enfants en bas âge qui braillent pendant des heures, ronfleurs supersoniques, bavards logorrhéens et peu discrets.

Un jour que je quitte Toulouse à bord du *Capitole*, après une nuit blanche et pas vraiment reposante, je me trouve dans un compartiment en compagnie d'un couple de retraités qui, en sus d'un bavardage incessant qui leur fait passer en revue tous les membres de leur famille et leurs amis, avec une foule de détails exaspérants pour moi qui ne souhaite pas les connaître, déballent le casse-croûte dès la sortie de la gare de Matabiau. Serviettes sur les genoux, œufs durs, papiers froissés, à sept heures du matin ! le tout avec une abondance de commentaires bruyants qui me font comprendre qu'il en sera ainsi jusqu'à Paris et que je peux d'ores et déjà renoncer aux quelques heures de sommeil que j'espérais. J'essaie de trouver un autre compartiment plus tranquille mais, las ! le train est plein ou presque et je reviens, résignée, à ma place au moment où le train s'arrête à Montauban. Une femme d'une cinquantaine d'années, blonde et grassouillette, d'une élégance voyante, pénètre dans le compartiment, bardée de bagages de toutes tailles, mais tous de la même marque. Dior. Elle les a tous : la grosse valise, la moyenne et le sac de voyage, le vanity, le sac à main, c'est tout juste si elle peut passer la porte avec tout son barda. Le retraité, galant, se précipite pour l'aider à installer ses affaires dans le filet. Il en bave, et en le regardant faire, ses mains gantées de Dior sur les basques de son tailleur Dior, la dame annonce, alors que personne ne lui demande rien, et avec une mimique mystérieuse, comme une excuse inutile, que son mari travaille chez Dior. On ne l'aurait pas deviné, tiens, mais comme si cela ne suffisait pas elle ajoute qu'il a « une excellente situation ». La glace est rompue avec le couple de retraités, et, ô ravissement ! je vais tout savoir de leurs vies respectives. Je ferme les yeux, autant faire semblant de dormir, ils seraient encore capables de m'associer à leurs clabauderies.

Limoges. Le *Capitole* s'arrête et ne repart pas. Plusieurs minutes après l'heure de départ prévue, nous sommes toujours à quai, immobilisés. Pour perpétuer une tradition qui lui est chère, la SNCF ne fait aucune annonce, se contentant de demander aux voyageurs de ne pas quitter le train. Pour aller où, on se le demande bien, mais c'est ainsi, jamais on ne vous dira si c'est une panne, un accident, une manif, du lard ou du cochon. Après dix minutes, je me lève, sors du compartiment. J'ouvre la porte qui donne sur le quai et je comprends aux cris qui me parviennent de la tête de train que c'est une manif. Quelques dizaines de personnes occupent la voie devant la motrice et brandissent des banderoles. Un contrôleur observe la scène depuis le quai, en compagnie du chef de gare. Je me présente à eux, nous échangeons quelques mots, le chef de gare m'informe que la police est en train de procéder à l'évacuation des manifestants, employés d'une manufacture de porcelaine en liquidation. Il y en a bien au moins pour un quart d'heure sinon davantage, et je suggère au contrôleur de faire une annonce dans le convoi car les gens commencent à descendre pour se renseigner. Il acquiesce, nous remontons ensemble dans le train, je regagne mon compartiment tandis qu'il se dirige vers son micro.

Mes trois compagnons de voie ferrée sont en pleine discussion sur la politique, l'incompétence du gouvernement et le coût de la vie qui n'arrête pas d'augmenter, quand l'agent fait enfin son annonce : « Notre train est immobilisé en raison d'un mouvement de grève des porcelainiers, nous vous demandons encore quelques minutes de patience. Veuillez ne pas quitter le train s'il vous plaît... »

Le compère et les deux commères se sont tus enfin. La retraitée fronce les sourcils en époussetant une miette de biscuit sur sa jupe :

– Les porcelainiers ? C'est quoi, ça, encore ?

Mme Dior hausse ses épaules rondes sur lesquelles s'étale un châle... Dior, est-il besoin de le dire :

– Ben, dit-elle avec un demi-sourire content, les porcelainiers, c'est les éleveurs de porcs !

Les retraités s'exclament que « bien sûr, qu'on est bêtes ! ». Ils auront appris quelque chose aujourd'hui, ils sont contents, Mme Dior se rengorge, surprise de sa propre science. Je ne peux retenir un fou rire. Leurs regards qui me scrutent sont pleins de commisération.

Fort heureusement, ce n'est pas toujours ainsi, et je fais parfois de longs trajets tranquilles qui me permettent de me livrer à mes cogitations. J'entreprends la rédaction d'un long rapport dont je ne sais pas encore l'impact qu'il aura, ni qu'il fera date dans l'histoire de la police et des trains. Je me suis livrée à quelques observations sur la prise en compte de la sécurité du réseau ferré français. La technologie et les conditions du transport ferroviaire ont évolué plus vite que les réformes administratives, et il me semble que l'on pourrait mieux faire notamment en centralisant, sous la responsabilité d'un seul service, les actions nécessaires ou tout au moins en organisant leur coordination. J'évoque de nombreuses possibilités pour parvenir à un équilibre dans ce domaine en révolution. J'en chiffre les besoins, immobiliers, matériels, humains. Il faudra mettre en œuvre beaucoup de moyens et, en tout cas, pas moins de sept cent cinquante personnes. À ce stade de mes travaux, je dispose d'une cinquantaine d'hommes, mais nous ne pouvons continuer à travailler de cette façon décousue.

J'évoque avec insistance un secteur du monde ferroviaire qui me semble particulièrement préoccupant : la banlieue. Celle de Paris au tout premier chef mais aussi celle des grandes métropoles urbaines de province. En sectorisant judicieusement les moyens, on pourrait couvrir aussi ces banlieues en déshérence. En 1987, de nombreux élus commencent à s'alarmer, à réclamer des moyens, des forces de sécurité. La banlieue, celle de Paris, va craquer comme un orage trop longtemps contenu. J'ai fait quelques incursions, pendant l'été de cette année-là, sur les réseaux suburbains avec quelques faméliques effectifs oubliés par les vacances. J'y ai vu et senti des choses préoccupantes. Non pas ce déferlement des bandes dont on nous rebattra les oreilles un ou deux ans plus tard, mais un monde oublié, un territoire abandonné dont il était clair qu'il ne le resterait pas longtemps, la nature ayant horreur du vide. Le choix du modernisme n'a visiblement pas affecté les trains de banlieue, le matériel est usé, à bout de course, déglingué. On y fait à peine le ménage et les tags commencent à fleurir ici et là. Ce n'est pas encore l'explosion, mais on la sent en devenir sous les rails. Dans les gares c'est la désertification avancée – les tripodes (tourniquets) ont depuis longtemps remplacé les hommes –, elles sont devenues le territoire des zonards, des dealers et de toute une faune qui y étale à son aise ses turpitudes. Même le personnel de la SNCF semble désenchanté. Les agents se terrent derrière leurs comptoirs, et dans les trains on voit bien qu'ils ont envie de baisser les bras. La banlieue échoit toujours aux laissés-pour-compte, à ceux et à celles qui ne peuvent accéder au prestigieux TGV à cause des distances ou pour d'autres raisons plus vagues. J'écris dans mon rapport que les problèmes sont là, à notre porte, comme un poil sous la peau. On peut en palper vaguement la consistance, on l'entrevoit mais on ne sait pas encore quelle taille il aura ni à quel moment il va jaillir.

Mon rapport se balade au ministère, transporté par quelque lapin de corridor et finalement poussé par une grenouille d'antichambre dans les mains du ministre de l'Intérieur. Je ne sais s'il l'a lu, on m'a dit que oui, je n'ai pas vu la tête qu'il a faite mais je l'imagine... Sept cent cinquante hommes dont les deux tiers pour la banlieue, ben voyons ! Une bagatelle, une broutille ! À l'heure où l'on parle – déjà – de dégraisser les effectifs de la fonction publique, envisager un tel recrutement relève de l'utopie la plus farfelue. Et puis l'heure n'est pas non plus à la centralisation. On revient lentement de l'idée de spécialisation à tout prix. Mais polyvalence et rentabilité ne sont encore que de doux murmures ou de mauvaises pensées. On a à la bouche « îlotage », « police de proximité », « partenariat »... des mots à la mode pour dire le retour à la police de papa ! Ah ! le doux temps des concierges, la nostalgie des pèlerines et des hirondelles... Pourquoi pas réhabiliter les diligences aussi ?

Et les services existants, que deviennent-ils ? Ceux sur le

territoire desquels se trouvent une gare, un morceau de rail, un dépôt, un garage, un entrepôt de marchandises ? J'ai réponse à tout : je ne leur vole pas leur travail, mais je centralise les faits, les informations, les renseignements, j'analyse, je coordonne les actions à conduire. Enfin, moi ou quelqu'un d'autre, l'essentiel est de le faire.

Pour la banlieue de Paris, la complexité confine au ridicule : les différents services de police et de gendarmerie se partagent le territoire ferroviaire et les missions. Les uns s'arrêtent au périphérique, pas question de sortir de cette ceinture étroite, les autres ne peuvent quitter les limites de leur circonscription. La police judiciaire parisienne a le droit d'œuvrer en petite couronne tandis que celle de Versailles éradique la délinquance de la grande couronne. Et, entre tous ces services, la gendarmerie nationale joue des coudes dans les zones non étatisées, s'interposant sur les lignes entre deux commissariats de banlieue. Pour compléter le tableau, les circonscriptions judiciaires obéissent encore à un autre découpage. Un seul service dispose d'une compétence nationale et peut donc s'affranchir des limites. Le mien.

Mon rapport reçoit la mention très bien, mais échoue dans un placard. Les obstacles débordent le cadre des moyens que l'on souhaite investir et la question n'est pas encore assez politique.

Je continue donc comme avant et, pour diversifier les activités et rentabiliser les expéditions ferroviaires, j'intéresse de plus en plus le service au contrôle de l'immigration clandestine. J'ai fait mes armes dans un aéroport où les contrôles sont sévères et les possibilités d'y échapper limitées, ce qui oblige les trafiquants d'immigrants clandestins à se montrer ingénieux. Chef de la police des chemins de fer, je prends conscience que les trains sont devenus des vecteurs de passage sous-estimés. Les conditions de leur contrôle au franchissement des frontières, soit dans une des trente gares frontalières de l'Hexagone, soit entre deux de ces gares, à cheval sur la frontière, en vingt minutes ou une demi-heure limitent la consistance des vérifications. J'organise alors souvent des opérations plus approfondies dans un train « signalé », ou lorsque nous avons obtenu des informations sur une nouvelle filière que dénonce une soudaine affluence de clandestins interpellés à Paris ou dans les grandes villes. Les trains qui descendent du nord amènent des Zaïrois, Haïtiens, Chinois qui peuvent être accessoirement des passeurs de stupéfiants, ceux qui viennent de l'est cachent des Turcs, des Philippins, des Chinois aussi, pas encore ou peu de ressortissants des pays de l'Est, car le mur de Berlin est toujours debout et presque infranchissable, ceux du sud remontent des Maghrébins, des Africains, des Sud-Américains, des Chinois toujours, en quête d'un miracle ou d'une vie moins dure dans cette Europe qu'on leur a tant vantée. Parfois l'Europe n'est qu'une transition vers l'Amérique ou le Canada, qu'importe, il faut tenter sa chance quelque part, dans un eldorado brillant comme un miroir aux alouettes.

Comme tous les chefs de division de la PAF, j'assure, une semaine sur six, la permanence de commandement en relation directe avec tous les postes frontières terrestres, aériens et maritimes de France et des DOM-TOM. Je me rends compte, au cours de ces gardes, que les filières d'immigration sont coriaces, que, d'un tour à l'autre, je retrouve des groupes d'étrangers de même nationalité, convoyés par un passeur chaque fois différent puisque le précédent a été arrêté. Ils arrivent par Nice, Lyon, Marseille, Hendaye, sont refoulés et réacheminés dans leur pays d'origine ou dans le pays de transit vers la France – Allemagne, Italie, Belgique. Le convoyeur est mis en prison mais, comme s'il s'agissait d'une génération spontanée, il semble que, aussitôt, d'autres soient prêts à assurer la relève. Tout cela nécessite des actes de procédure, des effectifs pour les mettre en œuvre et en exécuter les suites, l'entrée en jeu des magistrats, procureurs de la République, juges d'instruction qui ordonnent de poursuivre des enquêtes longues et parfois lointaines. La lourde machine judiciaire et administrative s'est ébranlée, mais, pendant ce temps, d'autres groupes de clandestins arrivent avec d'autres convoyeurs, dans d'autres aéroports ou d'autres gares. Comme si cela ne suffisait pas, il y a aussi des cars qui déversent dans des gares routières de Paris des faux touristes en quantité, des voitures, taxis occasionnels ou professionnels, qui font de longs périples pour les amener dans la capitale. Et cette fois il n'y a personne pour les voir passer puisque tout le monde est occupé à faire de la procédure pour éradiquer la première filière, parfois loin de ses bases.

Ces filières ressemblent à l'Hydre de Lerne dont les tentacules, déjà nombreux, repoussent dès que coupés.

Je constate, à l'examen de deux affaires de trafic de ressortissants philippins – des jeunes femmes vouées à la prostitution pour les plus jolies, à la domesticité pour les autres, en France, en Italie ou en Allemagne –, que les informations recueillies indiquent un point de convergence à Paris, un hôtel qui sert de lieu de rendez-vous et de centre de tri. Le numéro de téléphone de l'hôtel a été découvert sur un papier roulé menu et caché dans le chignon d'une des clandestines interpellées à Lyon. Or, quelque deux mois plus tôt, j'ai déjà eu à traiter une affaire identique à Nice. Un des « attendants » interpellés était un chauffeur de maître venu récupérer, avec la Rolls de son patron saoudien, deux jeunes « bonnes à tout faire ». L'enquête avait révélé que le passeur devait conduire le reste du groupe à la gare de Nice, l'installer dans un train pour Paris où quelqu'un l'attendrait en gare de Lyon... Comme à Nice, les Philippines ont des passeports japonais de bonne facture, censés les mettre à l'abri de la curiosité policière. Mais les policiers ne s'y laissent pas tromper, ils font d'un seul coup d'œil la différence entre une touriste japonaise et une fille des quartiers pauvres de Manille. Elles se font vite piéger entre un anglais approximatif et un espagnol plus spontané.

Plutôt que d'envoyer à Paris une équipe d'enquête lyonnaise qui a mieux à faire dans son aéroport, je sollicite et obtiens du parquet de Lyon de pouvoir continuer les investigations à Paris, comme m'y autorise la compétence judiciaire nationale de mon service.

Le jour même l'hôtel est identifié, des planques montées à ses abords, le téléphone surveillé, de même que l'arrivée des trains du Sud qui remontent d'Italie via Nice. Des fiches d'attention aux frontières doivent permettre le repérage d'autres convoyages et évaluer l'ampleur de la filière. Une incursion discrète dans l'hôtel permet de constater la présence de quelques jeunes Asiatiques qui, visiblement, attendent, on ne sait pas trop quoi, elles non plus sans doute. Le téléphone fonctionne beaucoup. Le soir même, un coup de fil à l'hôtel adressé à l'une des jeunes femmes désigne celle-ci comme une des accompagnatrices et fixe un rendez-vous pour le lendemain matin, « à l'endroit prévu ». C'est comme dans les polars ou les séries télévisées, en mieux. L'organisation fonctionne à la perfection et, bien que je n'en connaisse ni l'étendue ni l'ancienneté, tout laisse supposer un mécanisme efficace. Mais malgré les précautions des commanditaires, sans doute rassurés par l'apparente absence d'obstacles, il y a toujours un couac. Cette fois ce sont les filets de la gare de Lyon qui se referment sur une troupe de Philippines exténuées et hagardes, sorties d'un compartiment où elles devaient être tassées comme des anchois car nous en comptons neuf. Les jeunes filles sont de petite taille, cela autorise toutes les audaces, mais quand même, elles ont une drôle d'allure, chiffonnées, en zigzag. Un jour nous avons failli rater une jeune fille pliée en quatre entre la fenêtre du train et la valise qu'un de ses compagnons de route avait installée sur la banquette et sur laquelle il avait négligemment posé le bras. C'est une lueur suspecte et anxieuse dans le regard du passager assis en face qui alerta un de mes hommes. Et, en y regardant de plus près, nous en découvrîmes une autre dans le compartiment voisin, derrière une muraille de sacs que par paresse nous n'avions pas dérangée.

L'équipe en planque à la gare demande des instructions. Je décide de laisser filer, elles sont peut-être attendues dans le même hôtel, comme le laissent supposer les informations recueillies à Nice. Elles sortent sur l'esplanade, semblent un peu perdues, s'arrêtent sur le trottoir, attendent. Le dispositif se tient au large, à l'écart, et, pendant cinq bonnes minutes, rien ne se passe. Je crains que nous n'ayons été « détronchés », le grand Meunier va encore jubiler.

Puis un homme européen, gras et chauve, s'extrait d'une cabine téléphonique, s'avance nonchalamment, mais l'œil vif, aux aguets. Il arrive vers le groupe, palabre avec une des femmes. Par gestes, il désigne du doigt un taxi stationné un peu plus loin, vide. C'est une vieille Mercedes, il semble expliquer qu'elle ne suffira pas à transporter les neuf filles et leurs bagages, un léger viatique chacune. Il regarde autour de lui, pas tranquille, mais ne paraît pas nous avoir repérés. Il hésite, indécis. Finalement il fait appel à un confrère pour éviter d'attirer l'attention en restant trop longtemps sur le trottoir avec son encombrant cheptel.

La discussion est animée entre les deux taxis et nous en

comprenons la raison lorsque, à peine cinq minutes plus tard, les filles sont déposées devant l'hôtel, situé à quelques encablures de la gare, dans une rue qui longe l'îlot Chalon. Le taxi réquisitionné refusait une course aussi courte, quelques billets craquants ont eu raison de sa mauvaise humeur.

Le chauffeur de taxi gras et chauve repart à son tour, nous ne le quittons pas d'un pouce. Un quart d'heure plus tard, il s'arrête devant un bar, met le cache sur son enseigne, pénètre dans le bistrot, passe derrière le comptoir et reprend son travail de « taulier » là où il l'avait laissé le temps de réceptionner ses « clientes » et de les conduire à bon port. C'est un spécialiste du genre ; il exploite un débit de boissons et, sur commande, grâce à sa licence de taxi, va prendre livraison de cette très particulière marchandise qu'il lui arrive de convoyer très loin, hors des frontières. En raison des risques qu'il prend, il pratique des tarifs exorbitants : de cinq à huit mille francs par tête pour l'Allemagne. C'est plus rentable que la limonade...

À l'hôtel, le calme règne. Rien ne bouge jusqu'au soir. Vers vingt-deux heures, une voiture immatriculée en Allemagne fait un ou deux passages de sécurité devant l'hôtel avant d'aller se garer dans un parking public. Pas de risques inutiles. Un homme rejoint l'hôtel, y passe un moment. Il ressort à vingt-deux heures trente avec quatre femmes. C'est dans le parking que nous les interpellons. L'homme est allemand, il a dans la boîte à gants les passeports tout neufs qui permettront aux Philippines de passer en Allemagne. Celles-ci étaient plutôt jolies, elles étaient destinées à un Eros Center de Hambourg. L'hôtel est investi, le chauffeur de taxi arrêté peu après. Une longue nuit de travail commence, des auditions et confrontations rendues difficiles par les problèmes de langue. Un Allemand qui prétend ne comprendre que l'allemand, des Philippines qui parlent un drôle de dialecte entre l'espagnol et on ne sait trop quoi. Nous nous débrouillons en anglais, appelons à la rescousse des interprètes, quand nous en trouvons. Cette fois, ça va encore, mais certains langages rares et peu usités, comme certains dialectes chinois de provinces rurales, nous donnent carrément du fil à retordre.

Au petit matin, nous avons mis à plat une partie de l'organisation. Il s'agit d'un vaste réseau dont le point de départ est à Manille, chez un agent de voyages. C'est par les billets d'avion que nous l'avons repéré. Le nom de l'agence qui vend les billets y est inscrit comme la signature d'un forfait. Plus l'enquête avance, plus elle s'enlise. L'agence est une structure mouvante qui change de domiciliation à la moindre alerte. Elle opère dans des hôtels internationaux, ses bureaux sont une chambre d'hôtel, ses responsables insaisissables. Le juge d'instruction lyonnais en charge d'une partie du dossier envisage même de m'envoyer à Manille avec une équipe pour remonter à la source, tant la filière est profuse. Malgré la convoitise que suscite le déplacement (même loin de toute idée de villégiature le voyage à l'étranger est toujours une tentation), je décline l'offre. En mission à l'extérieur des frontières, sur commission rogatoire internationale, nous ne sommes plus maîtres de notre enquête, ce sont des policiers du cru qui opèrent sur nos indications. En réalité, ils font ce qu'ils veulent, comme ils le veulent. S'ils coopèrent, tout va bien, s'ils ne veulent pas jouer le jeu, tout le monde perd son temps. Je ne connais Manille que de réputation, mais, au vu des quelques semaines d'enquête que nous venons de passer, je ne suis pas sûre que ce soit une bonne idée d'aller là-bas. La filière est entièrement philippine, notamment à son sommet, et paraît disposer d'une collection de complices fortement corrompus. Quand on connaît le niveau de vie et le salaire des fonctionnaires, policiers entre autres, de ce pays, la cause est entendue : nous n'irons pas à Manille dépenser inutilement les sous des contribuables. Les gars sont un peu déçus mais ils n'ont pas tout perdu : ils iront débusquer les ramifications de la filière en Italie, en Allemagne et... dans le XVIe à Paris. Car la demande est là aussi. Pour tarir la source, il faudrait supprimer cette demande, mais ceci est une autre histoire. L'employée de maison philippine est très prisée à Paris, à la mode même, comme le furent un moment les domestiques sri lankais de sexe masculin. Avoir un factotum de Colombo était du dernier chic, et tellement avantageux. Le réseau de recrutement est énorme. Les demandes sont déposées chez les commerçants chics de l'arrondissement, sous la forme d'une petite annonce offre d'emploi banale et neutre. Puis le bouche à oreille fonctionne. Les rendez-vous se font un peu n'importe où, c'est fonction de la qualité de l'intermédiaire. Nous aurons même l'occasion d'interpeller un prêtre qui organisait les rencontres entre futur employé et employeur dans son église. Imparable ! Bien entendu, le curé nous jure que c'est pour la bonne cause, par charité chrétienne. Nous démontrons qu'il savait parfaitement à quoi s'en tenir sur l'origine et la destinée des malheureuses filles vouées à la clandestinité *ad vitam aeternam*. Pas le droit de sortir sans courir le risque d'une interpellation, pas le droit de tomber malade, pas le droit de grève ou de revendiquer un salaire décent. Car, en échange d'une très relative protection, les employeurs se conduisent comme de véritables négriers. Une des branches du réseau nous conduit dans un pavillon de banlieue, d'une banlieue pas rupine, pas Neuilly, ni Sceaux, ni Chatou, plutôt Genevilliers ou Champigny. C'est une adresse que nous avons arrachée à un intermédiaire de haut niveau. À six heures du matin, nous réveillons une vingtaine de pensionnaires, empilés dans la salle à manger, sur des couchettes de fortune. Le propriétaire de la maison, un banal retraité, exploite un filon juteux qui lui rapporte de quoi assouvir quelques bénignes passions : Loto, tiercé... Il est très organisé : le mouton égorgé est prêt à cuire au fond du jardin, et les voisins, malgré le fait que les maisons, construites sur des terrains exigus, ne peuvent prétendre à la moindre confidentialité, jurent n'avoir rien remarqué. Pourtant vingt pensionnaires en permanence ou presque, ça se voit, non ? Ceux-ci ont le regard résigné des gens nés malheureux et qui, sauf miracle, le resteront.

Cette affaire qui n'en finit pas, qui resurgit sans cesse dès que nous croyons toucher au but, ressemble à toutes les autres du même genre. Ce sont des affaires au carbone, il suffit de changer les nationalités, et encore, personne n'est vraiment jamais sûr de rien dans ce domaine. Car non seulement ces immigrants sont condamnés à la clandestinité, mais ils devront aussi renier leur nationalité, oublier jusqu'à leur nom. Cependant, comme c'est une question de survie, au diable les regrets... Une chose est sûre : les enjeux de ce trafic sont colossaux, l'argent mène ce bal-là aussi. D'un bout à l'autre de la chaîne, tout le monde en croque, tout le monde est gagnant, sauf le candidat à l'immigration à qui il en coûte entre quatre-vingt mille et cent mille francs pour réaliser un rêve de bonheur qui va se terminer dans un atelier tout aussi clandestin que lui ou dans l'arrière-cuisine d'un restaurant minable, où il devra travailler dix ans, car bien entendu il n'a pas le premier sou pour rembourser le fabuleux magot qu'on lui demande.

Il en est ainsi des Chinois qui viennent en grand nombre après des périples compliqués par le Népal, l'Inde et l'Europe de l'Est, des Indiens qui essaient plutôt l'Angleterre et l'Amérique du Nord, des Africains du Nord et subsahariens que l'on va retrouver dans les HLM de La Courneuve à quinze dans un trois pièces. Les associations caritatives et d'action humanitaire jouent un rôle certes louable mais aux effets ambigus. L'aide que l'on apporte de bonne foi crée toujours un effet d'appel direct ou indirect. Ainsi tout système d'aide de première instance, toute forme d'allocation qu'elle soit d'installation ou familiale est une incitation de plus. Nous le constatons lors des interpellations de clandestins ou dans le démantèlement des filières, les candidats à l'immigration sont fréquemment en possession de documents très détaillés sur les conditions de vie dans les pays où ils projettent de se rendre. Les mérites comparés de la France, de l'Allemagne et de l'Angleterre y sont expliqués : comment entrer sur le territoire, que faire ensuite, comment demander l'asile politique, pourquoi c'est mieux qu'une tentative d'installation classique, quel est le montant de l'allocation, à quelle association, à quel organisme ou institut s'adresser. De vraies fiches de cuisine.

Quelques semaines avant un match de coupe européenne de football opposant Monaco à l'équipe turque de Galatasaray, un informateur nous avertit d'une tentative massive de pénétration de Turcs sur le territoire. Ils seront entre trois cent cinquante et cinq cents, et doivent franchir les frontières mélangés aux supporters, munis de surcroît de faux billets d'entrée au stade et de faux visas sur leurs vrais passeports. Ces problèmes de double billetterie, une vraie, une fausse, sont bien connus des milieux sportifs, quant aux autres faux, passeports et visas, c'est pour ainsi dire, pour moi, la routine... L'honorable correspondant me remet une liste de quelques noms pour commencer et un exemplaire du faux visa. Ce sont des vignettes que l'on colle sur une page du passeport. Elles ne sont pas infalsifiables mais quelque chose l'est-il encore ? Les premières vérifications confirment le renseignement à ceci près que la vignette visa que j'ai entre les mains est au premier abord authentique mais qu'elle ne correspond pas, selon le numéro qu'elle porte, à la personne dont le nom est inscrit dessus. Il s'agit d'un procédé classique dit de « doublonnage », qui consiste à établir plusieurs documents portant les références d'un vrai et à y inscrire ensuite l'identité que l'on veut. Imiter la signature du consul est un jeu d'enfant et en cas de contrôle, même approfondi et avec des moyens techniques – lampes UV, lecteur à infrarouges –, il est impossible de se rendre compte qu'il s'agit d'un faux. Un vrai-faux... Il faut, pour lever le doute, vérifier individuellement auprès des consulats et ce n'est guère envisageable dans les conditions d'un contrôle ordinaire.

Les supports vierges ont préalablement été volés au consulat de France d'Istanbul ou d'Ankara, à moins que ce ne soit de Moscou, d'Alger ou de Buenos Aires car, dans ces réseaux, tout est possible, y compris la complicité d'un agent du consulat qui aurait « oublié » de signaler la disparition des précieux bouts de papier ou les aurait vendus ou donnés pour se faire de l'argent ou aider des compatriotes.

Après avoir acquis la conviction que le tuyau est bon, j'informe les autorités représentant la France en Turquie afin qu'elles se montrent vigilantes et circonspectes au moment de la délivrance des visas pour le match, et je monte une vaste opération sur la frontière italienne afin d'y attendre les cars et les avions qui vont jeter dans nos filets les clandestins potentiels. Avec mon équipe, j'y resterai presque une semaine, à éplucher des centaines de passeports entre la frontière terrestre de Menton et l'aéroport de Nice, en étroite collaboration avec nos homologues italiens et nos collègues des Alpes-Maritimes. Nous n'eûmes pas à endiguer le flot annoncé, nous ne « capturâmes » que quelques isolés passés entre les mailles d'un filet finalement efficace. Le travail effectué en amont par les organisateurs au départ de Turquie, alertés par le consulat de France des risques d'intrusion d'indésirables dans leurs troupes de supporters, permit d'enrayer le phénomène. À défaut, notre comité d'accueil y aurait pourvu, mais ils auraient perdu dans l'histoire le coquet bénéfice de l'entreprise. Puis les Italiens s'y mirent aussi, à l'entrée des supporters sur leur territoire par la Yougoslavie où ils en attrapèrent encore, ce qui ne nous laissa que des interpellations résiduelles, mais permit de démontrer une fois de plus comment fonctionnaient ces filières. En échange d'un bon pactole, les organisateurs s'occupaient de tout : la place pour le match, le visa, la location des cars qui, mêlés aux nombreux autres, parfaitement en règle ceux-là, passeraient les frontières sans difficulté. L'entrée en France devait se faire de nuit à l'heure où tous les chats sont gris et où les contrôles sont saisis d'une étrange langueur. Je connaissais ce détail par l'informateur, il nous valut de passer quelques nuits blanches à guetter l'arrivée des fameux cars. Mais que sont, dans ce métier, quelques nuits de plus ou de moins ?...

Une fois la frontière franchie, plus question d'aller au match, ce n'était qu'un mauvais prétexte, les clandestins étaient lâchés dans la nature mais pas n'importe comment. Des margoulins avaient copié à des centaines d'exemplaires un document élaboré par une association de Paris et distribué sous le manteau à tous ceux qui voulaient émigrer en France par les cars de supporters. Il y figurait la marche à suivre pour se rendre à l'OFPRA [1], ou dans quelques préfectures judicieusement choisies (pour leur réputation d'absence de sévérité ou leurs qualités d'accueil...), les pièces administratives à fournir, etc. Les trafiquants avaient même établi un questionnaire type et en regard les bonnes réponses à donner lors de la demande d'asile politique. « Avez-vous été persécutés ? » « Votre famille subit-elle des menaces ? » « Portez-vous des traces, des cicatrices qui pourraient accréditer le fait que vous avez été torturés ? » Il y était recommandé aussi de se débarrasser de son passeport dès le contrôle d'entrée sur le territoire français pour consolider la version d'un départ précipité et clandestin, ce que la présence d'un visa, même faux, aurait rendu peu crédible.

On le voit, c'est un vrai casse-tête, et, comme tous les trafics, il est illusoire de tenter de l'enrayer. Les raisons en sont l'argent, l'argent, encore l'argent, un déséquilibre grandissant entre les régions du monde et les hommes, entre les riches et les pauvres. Il m'est arrivé de me demander, face aux regards suppliants ou pleins de détresse, ce qu'il fallait faire : laisser faire, tourner la tête pour ne plus les voir, ou continuer. Malgré quelques moments d'incertitude, de lassitude aussi, j'ai toujours choisi de continuer. Les grands raisonnements de ceux qui palabrent sans savoir, sans avoir jamais vu ces cohortes misérables et leurs pauvres baluchons s'en retourner vers la misère, me laissent froide et ce n'est pas à eux que

1. Office français pour la protection des réfugiés et apatrides.

je recours quand je me sens flancher. Je n'appelle pas davantage à la rescousse un sentiment nationaliste ou protectionniste, je ne suis pas juge d'une politique. Je m'implique quand je vote, pas quand je travaille. La seule valeur qui vaille c'est la mission que j'ai choisi de mener. Sans fausse honte mais sans aucune concession à la lâcheté ou à la malhonnêteté. Et le jour où je serai en désaccord avec ce choix, où je devrai changer de trottoir pour éviter de me croiser, je ne ferai plus ce métier.

Malgré le début de centralisation qui s'opère à la PAF grâce au traitement des filières par mon service, le travail à accomplir est gigantesque. Tous les services concernés par les questions de trafics d'immigrants ne se rejoignent pas forcément ni ne coopèrent, par habitude ou par choix. Mon patron est convaincu comme moi qu'il y a mieux à faire que ce que nous faisons en France pour faire la chasse à ce trafic odieux. À notre niveau, nous avons créé la SOC (section opérationnelle centrale), qui deviendra plus tard la division des affaires judiciaires de la PAF, dont les missions seront recentrées sur la lutte contre l'immigration et l'emploi des clandestins. Je suis d'avis qu'il faut aller plus loin, créer un véritable organisme de centralisation, un office central comme il en existe déjà pour les formes spécialisées du grand banditisme ou des trafics illicites – stupéfiants, proxénétisme, œuvres d'art, fausse monnaie, terrorisme, etc. – qui dispose d'un droit d'évocation sur les affaires de sa compétence. Mais, là encore, c'est trop tôt, les seuls mots d'immigration, d'étranger constituent une sorte de poil à gratter qui déchaîne les passions dans l'opinion publique et le monde politique. Même si, de tous bords, on est finalement d'accord sur un point : les pays nantis n'absorberont pas la misère des pays pauvres où la natalité galope et où on n'est pas toujours à même d'assurer le niveau de survie le plus élémentaire. Face à ces exclus de la prospérité, que peuvent faire les autres ? Au fait, comment doit-on les appeler, les autres, quel est le contraire d'exclus ? Inclus ? On ne peut quand même pas prétendre de ces « inclus » qu'ils sont tous riches...

Alors, pour cette fois encore, exit l'office central de la lutte contre l'immigration clandestine. Il n'avait dans notre esprit d'autre fonction que de lutter contre l'exploitation du rêve et de la misère par des charlatans qui ne sont pas différents de ceux qui écoulent de la came ou achètent des enfants au Cambodge pour les prostituer en Europe. Depuis, ce projet est ressorti des placards où il avait atterri comme mes propositions sur la sécurité des trains. Il n'est pas forcément bon d'avoir raison dix ans trop tôt...

C'est au cours d'une de ces opérations que j'organisais dans les gares de Paris, que je croisai Thierry Paulin. C'était un mois avant la fin de sa macabre aventure, et il en était à son vingt et unième assassinat de vieille dame. J'avais déployé un personnel important dans la gare du Nord, nous étions sur une affaire de trafic de faux documents (faux passeports, fausses cartes de séjour) et avions déjà interpellé plusieurs individus prostitués et travestis qui constituaient l'ossature du réseau. Des tapineurs qui squattaient une des « alvéoles » de la gare du Nord. Il y avait d'autres espaces, pour les dealers, les vendeurs à la sauvette d'objets volés, chacun respectant le territoire de l'autre. L'entrée de la gare RER était celui des zonards et des exploiteurs de femmes et d'enfants qui mendiaient dans les environs sous l'œil vigilant des maris et des pères occupés à taper le carton et à boire de la bière en attendant que ça se passe. Mais s'ils font semblant d'ignorer leurs propres enfants, ils n'oublient pas de récolter les gains à tout bout de champ.

Il devait être minuit, et nous attendions la fermeture de la gare pour lever le dispositif, terminer les procédures, envoyer les clients au dépôt et revenir le matin à cinq heures pour effectuer quelques perquisitions. En général, ces opérations ne duraient pas plus de deux heures car nous étions très vite « retapissés ». Il fallait faire vite et intervenir dans la première demi-heure. Au-delà, les oiseaux s'étaient envolés. Une seule équipe surveillait encore la gare car certains clients, pas au courant, venaient se jeter dans la gueule du loup. Nous attendions un Black et un travesti marocain – de toute beauté –, et espérions bien les voir arriver. C'est une sorte de créature surréaliste que je vis pénétrer dans le commissariat du quai O. Un grand Noir aux cheveux décolorés en blond platine, portant plusieurs boucles à chaque oreille. Le piercing forcené, du nez, des sourcils, des seins, du nombril, nouvelle mode après les cheveux de toutes les couleurs des punks, les crêtes iroquoises et autres joues truffées d'épingles, n'avaient pas encore sévi, sinon il aurait probablement été, lui aussi, percé de partout, comme une écumoire. Il a été contrôlé dans la zone des dealers, il venait chercher quelques grammes de shit ou de coke. Il est détendu, habillé avec une recherche voyante et hors de prix. Il montre ses papiers et se conduit avec nous comme s'il prenait le thé avec des potes. Il s'appelle Thierry Paulin. Passé au fichier, épluché sous toutes les coutures d'une identité au demeurant irréprochable, il n'est pas inquiété, car pas inquiétable. Inconnu, non recherché. Il n'a pas de came sur lui, rien qui justifie qu'on le retienne ou qu'on approfondisse les recherches. Il est donc remis en liberté, et je le regarde partir, la démarche souple et nonchalante, décontracté. Ce garçon a retenu mon attention, mais pas plus que tous ceux que je croise et qui n'arborent pas l'apparence de tout le monde. Comme ce jeune détrousseur de touristes au visage tatoué, contour des yeux, sourcils, joues, tout est couvert d'arabesques, de traits, de points. C'est original et... indélébile. Comme ces deux ou trois filles aux cheveux teints moitié vermillon, moitié vert ou bleu, qui font la manche près du marchand de journaux. Comme ce fugueur de quinze ans tombé aux mains d'une bande de punks et qui, comme eux, s'est fait percer les narines et les oreilles et les relie entre elles avec une chaînette. Comme dit l'inspecteur Lavaux, c'est plus commode pour l'emmener au poste...

Quelques jours plus tard, le portrait-robot du tueur de vieilles dames circule dans les services. Comme tous les commissaires, je le contemple avidement. Enfin du concret dans cette affaire interminable et follement angoissante, car rien n'est pire que de ne rien avoir, pas d'indices, pas d'éléments. Je ne bronche pas, ce type ne me dit rien, les gars sont comme moi, tous ceux qui auraient pu réagir restent de marbre. Dans ces cas-là, il y a toujours l'espoir sauvage, le cri que l'on espère : « Je le connais ! c'est Machin... » Pour peu qu'en plus on sache où il crèche et c'est l'embellie, la vraie, celle que tout flic espère rencontrer au moins une fois dans sa carrière. Ou alors il n'est pas un vrai poulet. Le portrait-robot est distribué, chacun l'a au fond de sa poche. Quelques jours plus tard, c'est le commissaire Jacob, un camarade de promotion en fonction dans le Xe arrondissement de Paris, qui l'interpelle à quelques centaines de mètres de la gare du Nord. Il a le portrait-robot en sa possession, mais je pense qu'il est mû davantage par une intuition que par une réaction spontanée qui lui ferait dire : « C'est lui ! »

Nous sommes tous soulagés quand la nouvelle tombe et que nous apprenons que l'homme interpellé avoue les assassinats des vieilles dames. Mais, quand son nom est enfin dévoilé, je bondis. Ma mémoire est excellente, elle emmagasine même parfois des éléments parasites, inutiles, des dates de naissance, des numéros de téléphone qui l'encombrent. J'ai retenu le nom de Paulin parmi les cent ou cent cinquante identités vérifiées au cours de cette soirée. Après avoir vérifié que je ne me suis pas trompée, je fulmine : avoir eu Paulin entre les mains pendant une heure sans avoir su qui il était, il faut avouer que ce n'est pas de bol !

Ma colère n'y changera rien, j'ai beau retourner le problème dans tous les sens, je ne pouvais pas interpeller Paulin. Sa bobine n'était pas encore distribuée dans les services, et personne ne connaissait son identité. Il n'en reste pas moins que cela m'a longtemps dérangée, même si ce n'est pas la première fois que cela arrive. Dieu merci, entre le soir où je l'ai contrôlé et le jour où Jacob l'interpella, il ne fit pas de nouvelle victime, je pense que, dans le cas contraire, j'aurais eu bien du mal à le digérer...

10

DE LA BANLIEUE, DES TRAINS ET DE SA BRIGADE : LA BSCF...

En 1989, les banlieues s'agitent. Ce n'est pas un scoop, tout le monde s'y attendait. À la SNCF, ça bouge aussi. La contestation cherche de nouveaux angles d'attaque. Les mouvements de grève intempestifs et répétés sont impopulaires, ils irritent les usagers qui ne comprennent pas pourquoi on s'en prend à eux qui ne constituent pourtant pas, sur le réseau de banlieue, une population nantie. Ils sont, comme les cheminots, obligés de faire de longs trajets matin et soir pour aller gagner une misère. La grogne des hommes du rail, même légitime, est de plus en plus mal vécue. La montée de l'insécurité, le « sentiment d'insécurité », ce nouveau concept développé à longueur de journaux par d'habiles sociotrucologues, donne un nouvel élan à leur mauvaise humeur. À force de ne rien obtenir, de se sentir mal aimés, délaissés, les cheminots de la banlieue se sont lassés. Les incidents se multiplient, ils les acceptent de plus en plus mal. Plus moyen de faire son métier sans être exposé aux insultes, aux bras d'honneur, voire aux gifles et aux coups de couteau. Les tags et graffitis fleurissent partout sur les murs des gares, des souterrains ; dans les trains, les banquettes sont lacérées, les vitres explosées, personne ne semble être en mesure d'enrayer un phénomène dont la nature très voyante alimente la peur. Et, par un processus très naturel, plus c'est sale, plus on a envie de salir.

Les conducteurs de trains n'osent plus rentrer leurs convois dans les dépôts. Les clochards et zonards ont envahi les rames, il est impossible de les en faire sortir et quand ils ont trop bu ils cognent. On commence à parler des bandes, ces familles de substitution que les jeunes se fabriquent pour combler le vide et chasser l'ennui de la cité. Ce ne sont souvent que des groupes bruyants et tapageurs, mais il arrive qu'ils soient vraiment méchants, dépouillent, volent et agressent en provoquant tout ce qui symbolise l'autorité : les contrôleurs, les policiers. Ils se battent aussi entre eux pour le territoire, en une guerre des boutons moderne, pas plus agressive, juste plus animée, plus bruyante et surtout exposée en public à longueur de colonnes. Aujourd'hui les jeunes franchissent les étapes de leur évolution d'une bien curieuse manière. C'est le passage par le commissariat et l'affrontement avec l'autorité qui les font passer dans le monde des adultes. Ils remplacent le troc des culottes courtes contre les pantalons longs, la communion solennelle, le droit de tirer deux tafs sur la cigarette de papa et de boire un doigt de vin.

Entre les jeunes agités qui incommodent et les autres qui agressent, l'amalgame se fait. Les médias relaient la légende, histoire d'en rajouter. La psychose est née. Un incident un peu plus sérieux, un cheminot à l'hôpital pour avoir essayé d'imposer la règle du jeu en faisant respecter l'ordre dans *son* train et c'est l'explosion. Malgré les signaux, les clignotants au rouge, on n'a pas pu éviter cela. La SNCF a tardé à se préoccuper de son réseau de banlieue, les autres acteurs se sont renvoyé la balle, la partie de ping-pong tourne court. Début mai, le réseau nord de la SNCF-banlieue, là où se trouvent les dépôts les plus durs, pose le sac. Une grève sans merci commence. Malgré les discussions, les négociations, les cheminots ne désarment pas et, comme dit la presse, le conflit s'enlise. Trois semaines après, on en est au même point, à la différence près que la grève a gagné le réseau est et que les autres sont sur le point de tomber les uns après les autres. Les usagers se mobilisent à leur tour, sensibles aux arguments des agents de la SNCF. L'argument des arguments : la sécurité. La leur. La politique s'en mêle, les élus emboîtent le pas des usagers. Le président de la SNCF appelle le gouvernement à la rescousse.

Mais que veulent donc ces cheminots ? Faire leur travail et pour faire leur travail ils demandent une protection. Qui peut la leur assurer ? La police ! Mais, encore une fois, les services traditionnels ont été consultés. Une fois encore ils n'ont pas pu répondre faute de compétence territoriale adaptée, faute d'effectifs, de moyens. On a retourné le problème dans tous les sens, trois semaines après il n'y a pas de réponse, cela ne peut plus durer. Reportons-nous au chapitre précédent... quand on ne sait plus quoi faire en France, on crée un service de police.

C'est ce qu'annonce le Premier ministre, Michel Rocard, à l'Assemblée nationale le 24 mai 1989. Il crée un service spécifique de police dédié à la sécurité des trains de banlieue, une force de cinq cents hommes qui devra être mise en place en deux ans, dont une première moitié tout de suite. Cette annonce fait l'effet d'une bombe, elle prend tout le monde par surprise, y compris le ministre de l'Intérieur, Pierre Joxe, que son chef de gouvernement avait visiblement oublié de mettre dans la confidence. Il faut dire qu'il s'était depuis longtemps prononcé sur cette éventualité : ce n'était pas une bonne idée, il avait dit non, avec l'autorité qu'on lui connaît. Et ce n'était pas faute d'avoir expliqué et étayé son point de vue : si la SNCF veut de la protection rapprochée, elle n'a qu'à se la faire et se la payer. Les flics ne sont pas là pour faire les gardes du corps. Et les usagers, ils ont bon dos, ils ne sont qu'un prétexte. Il n'a pas tort, car si l'on regarde les statistiques on constate que le pourcentage de délits commis dans les trains de banlieue est plutôt faible, sans commune mesure avec les délits commis dans les autres trains ou dans les grandes gares. Mais le banlieusard n'est pas victime des mêmes avatars, quand il a deux cents francs sur lui, c'est le bout du monde, et quand il se fait chahuter, bousculer, prendre à partie par quelques jeunes qui délirent, voire dépouiller d'un blouson, il ne va pas forcément s'en plaindre. D'abord parce qu'il doit aller au commissariat et que cela va lui coûter une demi-journée de travail ou plus, puis qu'en cas d'interpellation de son agresseur il sera mis en sa présence. Il redoute de le retrouver en face de lui dans un train, parfois le soir même, car il sait que la police va le relâcher illico, que la justice est débordée – lui va penser laxiste – et les prisons surpeuplées. Il préfère donc s'abstenir, par désintérêt, par absence de préjudice ou par crainte d'hypothétiques représailles. Le ministre n'a pas tort mais le problème est quand même complexe, et, je l'ai écrit trois ans plus tôt, cette police des réseaux est bien incohérente. Et puis la RATP a eu son service de police privatif en 1981, non ? Pardon ? Vous dites ?

Ah oui ! la RATP est à Paris ! La RATP est à Paris, et la SNCF en banlieue, il ne faut pas confondre. D'ailleurs, confondre on ne fait que cela, puisque les bouts de ligne du métro sortent de Paris et que la SNCF et la RATP se partagent le réseau RER de banlieue. Un beau méli-mélo.

Michel Rocard a tranché : il y aura un service spécialisé pour la sécurité des trains de banlieue, je suis ravie qu'enfin quelqu'un soit de mon avis même si ce projet n'est pas encore assez près, à mon goût, de mon ambitieux rapport !

L'agitation est grande dans la maison police. Qui va hériter du bébé ?

L'après-midi du 24 mai, j'assiste à la réunion des chefs dans le bureau du directeur. Je suis chargée de mission pour le tunnel sous la Manche et les affaires européennes depuis quelques mois. J'ai néanmoins gardé la section opérationnelle centrale qui lutte contre les filières internationales d'immigration en attendant que quelqu'un veuille bien s'en charger et un œil sur les chemins de fer où mon successeur est attendu pour le mois de juin. Le directeur de la PAF est en voyage à l'étranger, le sous-directeur préside la réunion. Le téléphone sonne, c'est le directeur général de la police nationale qui annonce la nouvelle que certains d'entre nous connaissent déjà par l'AFP. Cette fois, les choses se précisent : la PAF a été désignée pour installer la fameuse brigade des trains de banlieue. Comme en 1975 pour la sécurité des grandes lignes, l'histoire repasse les plats et, visiblement, *on* a retrouvé mon rapport. Rien ne se perd... Pierre Quilici, le sous-directeur, nous fait part de la décision du ministre de nous confier le bébé. Il est, comme nous tous, partagé entre l'excitation et l'angoisse, un peu abasourdi quand même. Les commentaires se bousculent. Tout naturellement, il m'interpelle :

– Comment allez-vous procéder ?

– Moi, monsieur ? Je vous rappelle que j'ai été mutée... Les trains, c'est fini pour moi.

– C'est vrai, j'oubliais ! Bon, alors je vais répartir les tâches.

Un quart d'heure plus tard, chacun de mes collègues a reçu une mission : le recrutement des personnels, l'habillement, l'immobilier, la formation, les contours juridiques de la mission, la préparation des arrêtés... Tous viennent d'hériter soudain d'une tâche aussi lourde qu'inattendue. Ils me pourchassent dans le couloir :

– As-tu une idée pour les implantations ?
– Peux-tu me donner quelques contacts ?
– Dis donc, toi qui connais bien la SNCF, et les réseaux, comment vois-tu la mission ?

Je soupire en m'éclipsant. Bien sûr que je vais les aider. Bien sûr que je ne vais pas abandonner Denis, mon ex-adjoint, que la nouvelle laisse sans voix. Il connaît l'administration comme moi et il a très peur. C'est humain mais il a compris qu'il se retrouve en première ligne et, qui plus est, seul, sans chef de service. Le commissaire qui doit me succéder vient d'un aéroport, les réseaux ferrés lui sont étrangers et le temps qu'il ait tout assimilé... Enfin, ce n'est plus mon affaire. Je rassure Denis et retourne à mon tunnel.

Les cheminots ont entendu la nouvelle et ils sont mitigés. Contents bien sûr mais pas fous : eux aussi connaissent l'administration et font un rapide calcul. Une brigade de cinq cents hommes, formidable ! Mais il va falloir les recruter et on ne va pas dégarnir les services existants qui pleurent déjà après les effectifs à longueur d'année. Les chefs de service vont se coucher en travers de la porte de leurs commissariats pour empêcher une hémorragie fatale. Qu'à cela ne tienne, on prendra des jeunes ! Bonne idée mais il faut ouvrir un concours, présélectionner les candidats, faire passer les épreuves, assurer la formation. Il y en a au bas mot pour deux ans ! Que feront les cheminots pendant ce temps ? Qu'est-ce qui va changer pour eux dans l'immédiat ? Est-ce qu'on les prend pour des innocents, des niaiseux ? Les discussions tournent à l'aigre. L'administration est piégée dans cette histoire, elle ne peut rien promettre, elle promet quand même : les instructions du Premier ministre seront exécutées. Il ferait beau voir ! Oui, mais quand ?

En fin de matinée, le 25 mai, la situation est de nouveau bloquée, la grève est reconduite, plus dure encore. Elle durera tant que les flics promis ne seront pas arrivés, comptés un à un sur le quai. Point. Pierre Joxe s'énerve. Il faut sortir de là, d'ailleurs on ne lui laisse pas le choix, le bébé hurlant est dans ses bras, c'est à lui de faire le nécessaire. À midi il décide de mettre à la disposition de la PAF les deux compagnies de CRS qui sécurisent les gares de Paris et dont on avait cru un moment qu'elles suffiraient à calmer la colère des cheminots. Mais, les flics, ils les veulent dans les trains et en banlieue, dans les derniers convois de la nuit, ceux qui font peur, pas à Paris. Ou alors les deux.

Ce jour-là, je reçois des collègues anglais de la police du Kent pour une nouvelle séance de travail sur le tunnel. Nous sommes attablés à La Flèche d'or, le restaurant de la gare du Nord. Il est presque quatorze heures, nous commençons juste à déjeuner. Le serveur me fait de grands signes en me montrant le téléphone. C'est Jean-Louis Ottavi [1], le chef d'état-major de la PAF :

– Je suis dans la merde ! Y a que toi qui peux m'aider. Tu connais le boulot, les réseaux... Tu es la seule spécialiste des trains.

– Mais...

– J'ai deux compagnies de CRS sur les bras, je ne sais pas à qui les donner. Et il faut en faire quelque chose d'urgence, la grève continue, ça va mal finir. Je ne vois que toi... Désolé.

– Mais...

J'ai de la conversation, décidément... Jean-Louis est du genre volubile, et il n'a pas intérêt à me laisser parler. Il reprend très vite :

– Le ministre exige la note de service à seize heures sur son bureau, les premières patrouilles à dix-sept heures dans les trains. Il viendra ce soir, vers vingt heures, à la gare du Nord, pour vérifier que le dispositif est en place. Je t'attends dans une heure, grouille-toi !

Une heure, c'est le temps qu'il me faut pour prendre congé de mes Anglais éberlués – mais ce sont des flics aussi, ils ne se formalisent pas et me souhaitent bonne chance –, foncer au service heureusement de l'autre côté de la cour de la gare, rameuter avec Denis tous les gars disponibles et nos camarades de la surveillance générale de la SNCF qui, immédiatement, m'apportent leur aide sans réserve pour mettre sur pied notre plan de bataille : relever à la hâte les horaires des trains du réseau nord pour les quelques heures à venir, se tenir prêts à escorter les patrouilles de CRS pour qui la mission va être une totale découverte. Et, comme on n'a pas vraiment le temps de leur expliquer, il faudra improviser. Pas question de les lâcher seuls, en petits groupes de trois ou quatre, isolés dans des convois et des gares de banlieue, où ils vont croiser des loubards qui, contrairement à eux, connaissent le terrain par cœur.

Je n'ai pas le temps de rédiger au service la note que le

1. Aujourd'hui directeur du service de coopération technique internationale de police.

ministre attend, il est déjà quatorze heures trente. Je n'ai pas de chauffeur, Denis va me conduire place Beauvau, et je rédigerai ma note dans la voiture, bercée par le deux tons. Une dactylo est en stand-by à la direction pour la taper. Dans le couloir, je me heurte aux deux commandants des CRS qui viennent chercher les instructions. Ils sont nickel dans leurs uniformes, je suis en sueur, crade, échevelée. Je leur demande quelques instants de patience, une heure ou deux, le temps de faire l'aller-retour au ministère. Ils ne comprennent pas vraiment la situation, eux non plus, je consacre quelques précieuses minutes à la leur résumer. Bon, ce sont des mecs bien, ils vont assumer. Ils m'escortent dans la cour où les convois des deux unités ont brutalement rempli l'espace sous les regards curieux, un peu inquiets des passants. C'est impressionnant un convoi de CRS, alors deux ! J'ai une sorte de vertige, une petite faiblesse dans les jambes, une légère rancune à l'encontre de mon ami Ottavi, mais je ne peux plus reculer.

Une folle histoire commence, une aventure unique et exaltante, une chance comme on n'a jamais, ou si rarement, l'occasion d'en vivre dans sa vie de flic. Créer un service, jeter des bases pour demain... Flonflons, drapeaux flottant au vent, *Marseillaise*. Faisons un rêve.

Réveil brutal tandis que je fais mouvement en sens inverse vers la gare, à bride abattue grâce aux deux tons, après avoir déposé ma note de service sur le bureau du ministre et remercié Jean-Louis Ottavi du cadeau qu'il vient de me faire.

Les CRS sont au garde-à-vous dans la cour de la gare. Je n'ai pas de local assez grand pour les contenir tous, du reste, je n'ai que trois bureaux minables sur le quai O. Je donne mes consignes et commente la mission dans la cour, debout sur un chariot à bagages au milieu des taxis et des voyageurs épatés. À dix-sept heures et quelques minutes – je n'ai pas pu faire mieux, il n'y avait pas de train à dix-sept heures pile – les premières patrouilles montent dans les convois, cornaquées par les agents de la Suge [1]-SNCF.

Ouf, j'ai rempli la première partie du contrat. On pourrait se dire, là, à froid : mais pourquoi cette agitation ? À l'impossible nul n'est tenu... Mais c'était possible puisque je l'ai fait.

1. Diminutif de la surveillance générale de la SNCF. Composée de cheminots habilités à relever les infractions à la police des chemins de fer en application d'une loi spéciale de 1845.

Plus tard dans la soirée, les autorités viennent faire leur tour, le directeur de la PAF, le directeur général de la Police nationale. Le ministre de l'Intérieur n'est finalement pas venu, il a envoyé à sa place un conseiller qui semble s'ennuyer à mourir ou souffrir de l'estomac. Il a le regard perdu au loin, et je me demande s'il est satisfait ou déconfit. Cette épopée ferroviaire, ce n'était pas l'idée du ministère, il ne lèvera pas un cil pour m'encourager, je soupçonne même que ce bon début l'étonne ou l'agace. Ou alors c'est moi. Confier un truc pareil à une femme, a-t-on idée ? Mais non, me dis-je, ce doit être un début de paranoïa, à cause du stress...

Enfin, je n'ai pas le temps de prolonger l'analyse. Pour l'heure je rejoins mes gars dans le poste grillagé du quai 0 et prépare le plan de bataille. Le débarquement des CRS dans les trains va faire l'effet d'un raz de marée, il faut être prêt à recevoir le produit du ratissage !

À peine une heure après, les premières patrouilles sont de retour. À dix-neuf heures, le poste est plein, on ne sait plus où donner de la machine à écrire et du FPR [1]. Les loubards ont été surpris, dérangés dans leurs petites entreprises malveillantes. Dans la gare aussi, les contrôles sont productifs. Bref, on n'a plus de place et on s'étale un peu dans les bureaux de la Préfecture de police. Ce que nos collègues parisiens – des vrais Parisiens, eux – n'apprécient pas du tout le lendemain. Un, parce que les gares de Paris, c'est, jusqu'à nouvel ordre, chez eux ; deux, parce que nous dérangeons leur train-train... Aussi dès le lendemain nous trouvons leurs bureaux fermés à clef, gare du Nord et dans les autres gares de Paris où nous allons travailler au cours des soirées qui suivent, histoire de ne pas favoriser un réseau au détriment des autres. Territoire interdit. Les OPJ chargés de rédiger les procédures devront squatter les command-car des CRS faute de locaux et en attendant ceux que la SNCF cherche pour nous installer...

Un conflit stupide qui laisse mal augurer de l'avenir d'une cohabitation forcée et que le préfet de police sera lui-même contraint d'arbitrer. Nous ne sommes pas un service de police parisien, Paris est une chasse gardée et, même si la clôture a des trous et si nous ne sommes habités que du seul souci de l'intérêt général, nous sommes perçus comme des

1. Fichier des personnes recherchées.

intrus : comme me l'explique le préfet de police, la première mesure que l'on applique à un corps étranger, c'est d'essayer de l'expulser. Il me recommande la résistance intelligente, la patience, encore, toujours. Le temps au temps.

Ce soir du 25 mai, nous n'en sommes pas encore à ressentir la moindre amertume. Je suis partie bille en tête, dans l'enthousiasme et l'exaltation, et, innocente, je ne peux imaginer qu'on puisse me mettre d'aussi mesquins bâtons dans les roues et, à vrai dire, je m'en fous. Car, à vingt heures, les cheminots reprennent le travail sur le réseau nord. Soulagement général mais victoire précaire. La blessure est encore à vif, la prudence est de rigueur.

Je considère pourtant, modestement, que c'est une victoire. À deux heures du matin, nous terminons les procédures, la gare est fermée, les balayeurs balaient, les CRS sont rentrés dans leurs cantonnements, ils reviendront demain. Je suis comme assommée, engourdie dans un rêve étrange d'où je ne vois pas comment je vais émerger. Je me sens de plus en plus crade, molle, je bâille et me rends compte que je n'ai rien mangé de la journée depuis mon melon avec les Anglais. Dieu merci, le Terminus Nord nous fera une fleur en acceptant de nous servir un repas malgré l'heure indue. L'aventure qui commence est longuement commentée par les gars partagés entre l'excitation et une réticence pessimiste face aux montagnes de difficultés qui nous attendent. La nuit est bien avancée quand je rentre chez moi, dans mon appartement derrière la gare. J'ai une vue étonnante sur la grande verrière tout éclairée et qui semble posée sur la nuit comme un vaisseau fantôme. Aux heures d'ouverture de la gare, je peux entendre les annonces de départs et d'arrivées mêlées aux hurlements des sirènes des ambulances qui passent par ma rue pour rejoindre les urgences de l'hôpital Lariboisière. Le dimanche ce sont les hélicoptères qui amènent les blessés de la route. Dans cette ambiance, je suis sûre de ne pas perdre un poil de ma vigilance policière...

Je contemple longuement la verrière cette nuit-là, incapable d'aller me coucher, certaine de ne pas trouver le sommeil.

À sept heures je suis déjà redescendue. Je sais que ce n'est qu'un début.

Les premiers arrivés au service, presque en même temps que moi, ce sont les journalistes. Je les reçois entre deux coups de téléphone de la SNCF, des CRS qui demandent les consignes, de la hiérarchie qui veut connaître la suite du programme. Un délire. Je ne sais pas trop quoi dire à une presse surtout avide de sensationnel. Je ne sais pas comment cette affaire va se passer, je vois seulement arriver les soucis à la tonne, les nuits blanches encore, le tout pour un résultat incertain. Nous nous limitons à quelques photos et à l'inévitable série de questions sur mon passé, mon présent. L'avenir, je ne le connais pas, ils ont le bon goût de ne pas insister, et je leur donne rendez-vous dans quelques mois, pour des reportages complets sur cette nouvelle unité qui fait couler tant d'encre et de salive.

La SNCF et l'administration de la police se sont mises d'accord sur un point : les CRS resteront sur les réseaux de banlieue tant que la brigade ne sera pas opérationnelle. Personne ne dit comment on va faire pour y parvenir. Je suis dans le brouillard : je connais encore mal les réalités de la banlieue, sa délinquance, les besoins exacts que devra assurer le service dont j'ai repris la tête sans y être réaffectée. Ce qui veut dire que j'assure mon propre intérim, situation cocasse et plutôt rare dans une vie administrative, fût-elle policière !

Du reste, je conserve mes autres attributions et j'ai très vite beaucoup de mal à tout concilier. J'ai une équipe solide et brillante à la mission pour le tunnel, je peux lui faire confiance et lui lâcher la bride. Mais je sens très vite que cela ne suffira pas. D'emblée j'ai négocié avec mon patron : je mettrai la brigade de banlieue sur les rails mais en aucun cas je ne souhaite revenir pour de bon dans les trains auxquels j'ai déjà beaucoup donné. Mon contrat, non écrit, prendra fin en octobre, puisque c'est la date qui m'est fixée pour que vive la brigade et qu'elle prenne son envol. Ça, c'est pour la petite histoire, et à vrai dire c'est un souci encore lointain. J'en ai de plus présents et de plus indigestes.

Le ministère de l'Intérieur peut à la rigueur fournir le personnel et ses équipements. Je dis bien à la rigueur, car, comme prévu, les chefs de service se couchent en travers de la porte de leurs commissariats : on ne leur prendra pas un flic, sauf peut-être quelques valétudinaires indésirables... La promotion de jeunes gardiens de la paix en cours de formation suffira à peine à combler les vides, voire les béances de certains commissariats, pas question de taper dedans.

Finalement, après de longues tractations, et comme il n'est pas question d'immobiliser deux CRS jusqu'à la nuit des temps, le ministre tranche : j'aurai cinquante jeunes gardiens stagiaires, une quarantaine de civils et le reste en officiers, gradés et gardiens qui seront recrutés dans les services. Je sens que je vais me faire une foule d'amis...

Pour le reste, l'immobilier, les moyens radio, les véhicules, il n'y a pas de budget au ministère. Le temps presse si l'on veut respecter les délais, on ne peut s'offrir le luxe de s'enliser dans les lenteurs administratives. La SNCF en prend conscience en même temps qu'elle s'aperçoit que si elle ne fait rien, rien ne se fera. La logique la plus élémentaire commande qu'elle s'implique directement dans le dossier. En écus sonnants et trébuchants. Ce qu'elle fait.

Le 26 au matin surgit dans mon bureau Patrice Leroy. Il a été chargé par le président de la SNCF de suivre la mise en place de la brigade. Il a carte blanche et vient se mettre à ma disposition. En tout premier lieu, je réclame des bureaux pour installer l'état-major. Nous sommes confinés dans cinquante mètres carrés, et j'attends des renforts d'encadrement sans lesquels je ne pourrai rien faire. Le plus simple serait de rester dans la zone où nous sommes et de nous étendre dans les bureaux voisins. Ils sont occupés par le Sernam qui vient justement de les repeindre. Nous y faisons une descente en force qui les laisse éberlués, d'autant que Patrice Leroy leur donne une semaine pour déménager. Sous le choc personne ne proteste, mais dans la journée je suis assaillie par les employés mécontents qui n'entendent pas se laisser expulser sans mot dire. Le ton monte un peu, la négociation patine. Je calme le jeu, choisis l'explication patiente au lieu de la menace tout en me disant, in petto, que c'est moi qui ai les CRS... Finalement nous parvenons à un accord, ils auront une semaine de plus, et la SNCF s'engage à les reloger dans un endroit convenable. Ils ont lu les journaux, assisté à l'agitation soudaine de leurs turbulents voisins policiers, ils renoncent à toute résistance et, fair-play, m'invitent à l'apéro le jour de leur départ !

Nous voici à la tête de quelques bureaux de plus qui deviendront très vite insuffisants. Qu'à cela ne tienne, je continue mon exploration et déniche, au-dessus de nos têtes, de magnifiques greniers presque vides, et... en piteux état. Leur réfection, chiffrée à la louche, va coûter très cher.

Qu'importe, il faut savoir ce que l'on veut. Ce que je veux surtout c'est aller vite, battre le fer tant qu'il est chaud. Je me remémore les conseils d'Albertine, ma grand-mère : « Pendant la lune de miel, tu peux tout demander. Il faut juste se rappeler une chose : ça ne dure pas longtemps. » Alors je fonce, je demande. En jargon policier, on appelle cela « bourrer la chaussette », une façon de se presser d'emmagasiner des réserves avant l'hiver. J'obtiens mes greniers, leur rénovation. Nous choisissons celui où sera installée la salle d'information et de commandement et dressons la liste des équipements dont nous aurons besoin. Premier hic : le réseau radio n'existe pas, et si, dans l'emballement du début, nous lançons les bases d'un ambitieux projet de transmissions, dans l'immédiat nous sommes confrontés aux limites de la technique. Les trains, les sous-sols, les tunnels ne laissent pas passer grand-chose, et nous sommes contraints de trouver un système convenable, car il n'est pas question de laisser les hommes dans la nature sans contact. Le choix, après de nombreux essais infructueux et décourageants, portera sur des téléphones portables doublés d'Opérator. Ça marche, ça ne marche pas, l'efficacité est capricieuse mais c'est mieux que rien. Et, vu le prix, il est préférable que ça soit utilisable.

Il a été décidé, sur mes propositions, d'implanter le service non pas sur une seule plate-forme mais sur les six emprises ferroviaires de Paris. La centralisation, option choisie par le SPSM [1] quelques années avant nous, offre des avantages. Elle permet de faire des économies d'échelle, facilite le commandement, la gestion des hommes et l'organisation de la vie administrative dans de bonnes conditions. En contrepartie, elle est d'une lourdeur opérationnelle extrême. Les équipes, me semble-t-il, doivent être au plus près des réseaux, sinon les trajets d'approche mangeront un temps précieux et, du coup, stérile. Cette idée est débattue et finalement retenue : la BSCF sera présente dans les six gares parisiennes, point de départ des réseaux de banlieue.

Me voici partie à la chasse aux mètres carrés dans les gares de Paris. Je n'aurai dans un premier temps que deux cent cinquante policiers, je choisis de ne pas les disperser d'emblée dans les six emprises, car plus les unités sont numériquement faibles, plus il est aléatoire de couvrir des amplitudes importantes avec des équipes à effectif constant. Les implantations

1. Service de protection et de sécurité du métro.

prioritaires affecteront les trois gares les plus exposées, Nord, Lyon, Saint-Lazare, soit en raison de leur trafic, soit en raison de l'importance de la délinquance. Les trois autres, Est, Austerlitz et Montparnasse seront des satellites ou des postes subdivisionnaires des stations mères. La BSCF y disposera d'un « pied-à-terre », tandis que dans les points principaux seront mis en place de véritables postes de police avec les installations traditionnelle du genre vestiaires, geôles, accueil, bureau, cuisine, etc. Dans certaines gares stratégiques de banlieue, d'autres pied-à-terre seront également mis à notre disposition.

Je visite les surfaces que l'on me propose et, comme il est manifeste que tous les services de la SNCF et ses partenaires se les arrachent avec hargne, ce ne sont pas des palaces que je découvre. À Saint-Lazare, on nous a installés dans des locaux situés en dehors de la gare, dans l'accueillante rue d'Amsterdam et au fond d'une cour habitée par des rats gros comme des chats. Accessoirement aussi par les « tireurs » qui viennent y faire l'inventaire de leurs vols et s'y débarrasser des portefeuilles et sacs à main. On n'a pas à aller très loin pour les « serrer », c'est un avantage.

À la gare de Lyon, ce sont des bâtiments de la rue Corbineau, à un bon kilomètre à pied de la gare, et voués à la démolition. Les locaux sont immenses, des surfaces inutiles et désertes, la cour est ouverte à tous les vents et non gardée. Ce n'est pas le Ritz, mais j'obtiens, en compensation, un coup de peinture partout et des sanitaires décents.

Reste la gare du Nord où, malgré les efforts de la SNCF, il semble n'y avoir pas un centimètre carré de libre. Les projets d'aménagement de la nouvelle gare TGV nord et transmanche imposent des contraintes nouvelles. La gare doit être entièrement restructurée, et toutes mes propositions se heurtent à ce butoir infranchissable. Enfin on trouve une surface, au bout de la gare banlieue, entre la voie des taxis et la pharmacie. Un volume plutôt car, en dehors du plafond et de la façade, c'est le vide. Ce n'est pas plus mal, nous ne serons pas dérangés par des cloisons ou des murs porteurs qui sont, chacun le sait, toujours mal placés. Aussitôt les plans arrêtés, les travaux commencent et marchent à toute allure. Coup de chapeau à la SNCF et à sa formidable volonté d'aboutir dans cette affaire dès lors qu'elle en prit l'engagement ! Si certaines choses parurent difficiles, aucune ne fut jamais impossible. Ce fut sans doute ma plus agréable surprise dans cette aventure. Certes, ces locaux de la gare du Nord étaient provisoires, et ils le sont encore aujourd'hui, mais ce qui devait être fait le fut, et dans les délais.

Je suis architecte, prescripteur, bâtisseur, contrôleur des travaux, testeur de faisabilités techniques en matière de transmissions, je choisis les véhicules les mieux adaptés, leurs couleurs, leurs équipements. Je deviens experte (!) en matériel informatique et il est clair que je vais avoir, pour un temps au moins, le service le mieux équipé car, comme pour le reste, la SNCF ne lésine pas sur les moyens.

Je suis aussi sergent recruteur : je vais parler du nouveau service dans les écoles de police aux élèves gardiens, aux élèves inspecteurs. Les missions sont encore vagues, mais j'ai des projets, des idées et j'en parle avec passion. J'obtiens un succès appréciable et les candidats se bousculent : j'aurai les premiers des promotions sortantes.

Le succès se confirme avec les appels à candidatures dans les services. Ils sont presque cinq cents à vouloir intégrer cette nouvelle unité. Beaucoup souhaitent surtout une nouvelle affectation, espérant je ne sais quoi d'un nouveau service puisqu'ils savent à peine ce qu'ils vont y faire. J'ai constitué une équipe de première urgence qui supervise les opérations, épluche les dossiers un à un. Je reçois personnellement tous les candidats officiers et tous les civils, à raison d'une dizaine par jour. Et si, à cause des règles administratives qui président aux mutations, je n'ai qu'un champ de manœuvre restreint, je peux au moins éviter le pire avec certains et en décourager d'autres par des arguments imparables. Quelques flics sont venus par curiosité, d'autres se demandent où ils ont mis les pieds, la plupart n'ont pas encore eu de patron féminin. Cette particularité pèse lourd, dans un sens ou dans l'autre, sur leur décision. Encore une fois, il y aura les pour et les contre. J'affronte leurs regards, leurs réticences. Leurs réserves fondent devant mon enthousiasme et mon énergie inépuisable à les entraîner dans l'aventure. Pour certains, ce fut sans doute trop, ils s'enfuirent en courant. Ceux qui sont restés ne l'ont pas regretté, moi non plus.

Le plus beau compliment me vint d'un inspecteur plutôt réservé sur la question et, en fait, réservé tout court. Je ne savais jamais ce qu'il pensait, si son attitude froide était de l'indifférence ou de l'hostilité au commissaire, à la femme ou au commissaire femme. Il fallut des mois pour qu'il s'exprime, il le fit un soir où il avait libéré ses blocages grâce à quelques apéros. Nous eûmes une discussion intéressante, à l'issue de laquelle il m'avoua ressentir une formidable admiration pour la femme patron que j'étais. Quand je lui demandai pourquoi, il répondit : « Parce que vous avez des couilles, patron ! » Le cri du cœur...

Puis il faut travailler sur les missions elles-mêmes, en fixer le cadre juridique, géographique. Je fais quelques sorties, mon équipe encore famélique aussi, sur les réseaux, pour me rendre compte. Rencontrer les commissaires de banlieue, les gendarmes, les magistrats, quelques élus et les associations d'usagers des transports dans un marathon exténuant. Le temps manque. Je ne peux être juge et partie, être au four et au moulin. C'est un consultant extérieur qui prend le relais. Une expérience pilote, une innovation étonnante dans le contexte et formidablement intéressante. Les conclusions de cette enquête qui ira fouiller dans les moindres recoins d'un réseau complexe, questionner les usagers, les policiers, les agents de la SNCF, de la RATP, seront les fondations du service. Chacune de mes idées sur la façon de faire sera ainsi validée : les horaires, la tenue des policiers, les méthodes de travail, la formation initiale et continue. Car ce service est entièrement original, il ne se réfère à rien de connu, à aucun service existant, si ce n'est peut-être au SPSM. Mais, là encore, je déchante vite, le réseau du métro n'a rien à voir avec le réseau banlieue où nous avons quelques problèmes particuliers qui tournent au casse-tête : que faire des individus interpellés ? les ramener à Paris en perdant un temps précieux ? les remettre dans les commissariats ou gendarmeries de banlieue au risque de nous faire mal voir tant ils sont déjà débordés ? Comment assurer les derniers trains ? Comment faire revenir les patrouilles une fois que les convois sont au dépôt, au fin fond de la banlieue ? Le SPSM a été organisé d'une façon qui n'est pas transposable à la BSCF même si, au passage, j'y puise quelques idées.

Je vais jusqu'à Londres pour tenter de m'inspirer du British Transport Police, un des seuls services de police au monde dédié aux chemins de fer et dont l'existence se justifie par le seul fait qu'étant un réseau public les autorités se sont préoccupées de le sécuriser en même temps qu'il se construisait. En France, les réseaux furent d'abord privés, chacun avait organisé sa police interne et, comme cela fonctionnait plus ou moins, personne ne voulut remettre le sujet sur le tapis après la nationalisation des chemins de fer. À Londres non plus je ne trouve pas de recette toute prête. Des idées, des trucs que je pompe sans vergogne, mais je reviens avec la conviction que la brigade de banlieue doit être construite ex nihilo. Mon équipe famélique se met au travail d'arrache-pied.

Pendant les premières semaines, c'est un tourbillon insensé. Tout me tombe dessus à la fois, je suis au travail à l'aube, et, le soir, il faut animer les équipes de CRS qui se succèdent sur le réseau selon un turn-over démentiel. Certaines compagnies ne restent qu'une soirée ou deux, nous contraignant chaque fois à rabâcher les consignes, inlassablement. Une fois de plus, comme à l'époque des missions TGV, je les vois presque toutes défiler, y compris la 40 de Dijon, mais toujours sans mon frère... Nous finissons toutes les nuits vers deux heures. Après trois semaines de ce régime, je suis épuisée. Denis a perdu cinq kilos, il n'en peut plus. Mes quelques heures de sommeil sont entrecoupées de cauchemars qui me dressent sur mon lit, persuadée d'avoir oublié quelque chose d'essentiel. La plupart du temps, ce n'est qu'une impression désagréable, parfois, c'est bien réel et je me lève au milieu de la nuit pour noter un rendez-vous oublié. Il n'y a pas d'arrêt, pas de repos, pas de dimanche.

Vers la mi-juin, je suis invitée à un repas de baptême. J'ai du travail par-dessus la tête, mais je ne peux me dérober : je suis la marraine. Tous les invités présents ont entendu parler de moi et de cette fameuse brigade, ils me pressent de questions. Je suis en vrac, je m'endors au bout de la table. Je les sens déçus, frustrés. Je ne sais pas à quoi ils s'attendaient : une superwoman bardée de calibres et de gardes du corps. Qu'est-ce que je donnerais pour être dans mon lit !

Cela ne peut durer ainsi et je décide le lendemain de modifier notre organisation. Je fais venir les gars de province pour nous aider et demande des renforts à la direction. On racle les fonds de tiroirs, ce ne sont pas forcément des opérationnels mais, au moins, cela me permet de souffler.

Puis l'été arrive et les choses se mettent en place malgré tout. La charge de travail et le stress sont toujours aussi intenses mais on s'habitue et, petit à petit, la BSCF sort des limbes. Les missions sont établies, l'organisation du service est finalisée. On connaît les policiers qui seront affectés à la brigade, ils seront placés dans les gares en fonction de leur lieu de résidence. Cette idée est de moi. Elle consiste à rapprocher les hommes de leurs réseaux pour éviter les longs trajets nocturnes, leur permettre de prendre et de finir leur service sur la ligne où ils habitent, et, de plus, en tenue. Cette pratique a été abandonnée en 1968, car on avait peur que les policiers isolés ne subissent un mauvais sort de la part des gauchistes qui, tout le monde le sait, vont aux manifs en bus ou en métro. On ne l'a jamais réactualisée par la suite. Moi, je tente le coup. Les gars sont d'accord, ils feront les premiers et les derniers trains, ce sera compté comme temps de travail, tout le monde y trouve son compte. Malheureusement cette « bonne » idée s'avère imparfaite, car elle se heurte à des réalités insurmontables : les déménagements, les mutations, le déséquilibre entre les réseaux. Rares en effet sont les jeunes policiers qui peuvent se loger dans l'Ouest parisien, ce n'est pas une raison pour n'y mettre personne. Certains choisissent l'Est et le Sud, mais une majorité écrasante se détermine pour le Nord où l'habitat de banlieue est bon marché. À la longue, seul le groupe Nord conservera l'organisation d'origine, les autres ayant dû être recalés sur une organisation plus traditionnelle.

Aléa de la gestion administrative : les cinquante stagiaires sont affectés début septembre, les autres, anciens et gradés, n'arriveront que début octobre ! Que faire de ces jeunes de vingt ans, inexpérimentés ? On leur a prévu de la formation, mais une partie devra être conjointe à tous, il faut qu'ils se connaissent, qu'ils découvrent ce que sont les réseaux ferrés, leurs partenaires de la SNCF. Pour apprendre les réseaux, il n'y a qu'un moyen : y circuler. C'est ce qu'ils font pendant un mois avec les formateurs et quelques inspecteurs volontaires. Relevé de lignes, entraînement aux techniques d'intervention que nous avons mises au point au bénéfice des trains et qui se déroule sur un site reconstitué, spécialement conçu pour nous par la SNCF.

Le 1er octobre, les autres arrivent. Je les ai tous réunis dans une salle que l'on appelle la grande verrière. Je suis diablement émue même si je fais tout pour le cacher. Ça y est, ils sont là, deux cent cinquante hommes et femmes (quelques-unes quand même bien que le train ne semble pas les attirer beaucoup) qui me donnent le vertige. Ils sont en tenue, tout est neuf, les combinaisons bleues qui les feront confondre avec les CRS, les rangers, les bâtons de défense (autrement baptisés « triques »), les Manhurin, les téléphones portables. Ils sont superbes. Je me sens fière. Et j'ai la trouille. Et si ça ne marche pas, si je n'arrive pas à tenir le gouvernail, et si je n'ai rien compris, et si, et si... Créer un service comme celui-là est un coup de poker, c'est passionnant et exaltant, je me suis extraordinairement impliquée et amusée. Tant que tout est sur le papier, tout va bien, dès que les hommes arrivent, tout change. J'ai exercé des commandements, plus modestes certes, et je sais de quoi je parle... Deux cent cinquante policiers, cinq cents l'année prochaine, c'est deux cent cinquante problèmes tout de suite, cinq cents bientôt. Plus les miens... J'ai rempli ma mission de création, le service va tourner dès les prochaines semaines, en autonomie. Je pense que je vais retourner à mon tunnel sous la Manche. Je rêve d'un peu de vacances, d'une île au soleil, d'une plage, de silence, d'un peu de temps pour lire... Pour me rendre compte avec consternation que, tout compte fait, je n'en ai pas envie. Je veux rester là, avec eux.

D'ailleurs, quelques jours plus tôt, le nouveau directeur de la PAF m'a demandé de prendre le commandement de la brigade de banlieue, l'arrêté est prêt. Mais je peux encore dire non. Je n'y songe même pas, c'est tellement logique, cette tournure que prennent les événements...

Le 8 novembre, à cinq heures, les patrouilles de la brigade sont lancées sur les réseaux. Un quart d'heure plus tôt, j'ai accueilli celles de la gare du Nord afin de couper un symbolique ruban. Denis est à la gare de Lyon, le commandant à Saint-Lazare. Nous sommes tous étreints de la même fougue, de la même appréhension aussi. Nous sommes fiers de ce que nous avons réalisé, et ce bébé qui se présente bien est à nous.

Dans l'émotion, un gardien, le nez sur ses rangers, me prend pour la femme de ménage...

La presse se déchaîne à nouveau. Reportages, films, interviews. À chaque étape de la première année de la vie de la brigade, elle sera présente : le 12 décembre, jour de l'inauguration officielle et en grandes pompes par Pierre Joxe, quelques mois plus tard quand Michel Rocard demandera qu'on lui fasse une démonstration des prestations de la brigade sur les réseaux. Ce jour-là, l'équipe est conduite par un brigadier expérimenté mais très ému. Il ne bafouille pas, il mange juste les mots et sa voix est un peu rauque. Il faut le comprendre : dans certains services, on ne voit pas le patron tous les jours, le directeur central jamais. Alors le Premier ministre, les ministres de l'Intérieur et des Transports, le directeur général de la Police nationale, le directeur de la PAF, le président de la SNCF et tous ces inconnus autour, que des huiles des ministères, trois chaînes de télé, des radios, et une bonne cinquantaine de journalistes et photographes. Le pauvre...

Côté SNCF, ça roule. Les locaux et le matériel promis sont livrés dans les délais. Il y a bien ici et là quelques conflits larvés entre policiers et cheminots, mais ils résultent d'une méconnaissance commune. L'adage selon lequel « l'ennemi est celui avec lequel on n'a jamais travaillé » ne se dément pas. Les dialogues de sourds surgissent entre les contrôleurs qui espéraient être escortés par cette brigade au cours de leurs opérations de contrôle sur les réseaux et les policiers qui refusent de n'être employés qu'en appui à des opérations qu'ils ont baptisées « tirelire », les conducteurs qui veulent une escorte dans la cabine de conduite et des bras pour évacuer les zonards des rames et les policiers qui ne veulent pas être assimilés à la brigade d'aide aux personnes sans abri. Les uns ont raison, les autres n'ont pas tort. Nous décidons d'organiser des séminaires communs pour les faire se rencontrer, débattre de leurs problèmes respectifs. Bref, se connaître et se reconnaître.

Personnellement, je vais fréquemment dans les gares, rencontrer les hommes de la brigade pour mettre à plat les incidents, expliquer ce qui n'a pas marché avec les cheminots ou avec les usagers. Debriefer... car il est évident pour certains que les particularités du travail dans les convois en marche n'ont pas été assimilées et qu'ils reproduisent des comportements antérieurs peu adaptés, c'est un euphémisme, à ce milieu nouveau pour eux. Certains ont passé dix ou quinze ans dans des arrondissements chauds de Paris ou de banlieue, cela laisse des traces.

Le premier incident est relaté par un hebdomadaire destinataire d'une lettre rédigée par une banlieusarde outrée. Elle a assisté au contrôle d'un Africain dans un train du réseau nord, s'est offusquée de ce contrôle qu'elle estime injustifié, voire raciste, puisqu'elle-même n'y a pas été soumise. Elle a donc interpellé la patrouille :

– Pourquoi faites-vous cela ? Pourquoi cet homme et pas moi ?

Le gardien auquel elle s'adresse a travaillé dix ans dans le XVIIIe. Il en est arrivé depuis peu, brut de fonderie. Il hèle son collègue, même origine, même profil :

– Tiens, y en a une qui veut être palpée !

L'autre riposte en rigolant :

– Ça va pas la tête ? Elle est trop moche.

Le brigadier, pas assez aguerri, est vite débordé par l'incident qui tourne au vinaigre entre la femme ulcérée, à juste titre, les policiers et les autres voyageurs qui prennent parti selon leur sensibilité personnelle. Enfin, l'affaire s'arrange, la patrouille regagne sa base mais oublie de rendre compte de l'affaire que je découvre comme tout le monde dans la presse sous le titre racoleur : « Un train, une femme, un Noir, trois CRS. » Le ministre exige des explications que je lui donne et des sanctions que j'inflige malgré l'intervention des syndicats qui ont bien sûr suivi l'affaire de près.

Un détail n'a pas échappé aux syndicats : on a pris les policiers de la brigade pour des CRS. Et cela n'a pas échappé non plus aux CRS qui protestent contre ces gens qui s'habillent comme eux. Il est hors de question qu'il puisse y avoir confusion. Leur syndicat porte la contestation chez le ministre et, deux jours plus tard, je reçois l'ordre de remettre les troupes dans une tenue traditionnelle de gardiens de la paix, identique à celles que portent les flics dans les commissariats, afin d'éviter les confusions fâcheuses.

Or, cette tenue, dite de maintien de l'ordre (MO) en jargon du métier, n'a pas été choisie par hasard ; elle s'est dégagée de l'audit auprès des usagers et cheminots très loin devant la tenue classique par sa force de dissuasion. Elle en impose aux loubards, c'est l'argument majeur mais il y en a d'autres : elle est moins salissante, les rangers sont plus sécurisants dans les convois et les soufflets que les chaussures de ville, le calot est plus pratique que la casquette que, par crainte de la perdre, ils portent sous le bras.

Quand j'annonce la nouvelle à mes troupes réunies, c'est d'abord la stupéfaction. Puis la colère. Eux l'aiment, cette tenue, elle les rassure, elle les valorise aussi et elle est confortable. Ils ne sont pas d'accord. Je déplore la décision des autorités mais je dois la faire exécuter. Je le leur dis. Point. Exécution.

Mais la coupe déborde. Déjà, quelques semaines plus tôt, un syndicat de policiers est intervenu en haut lieu à propos des horaires. Sur le coup, j'ai cru que certains fonctionnaires du service s'en étaient plaints, mais non, il s'agissait bien d'une initiative de ce syndicat qui refuse toute dérogation au roulement réglementaire en cinq brigades, jour et nuit. Or, quand j'ai analysé les besoins de présence policière sur les réseaux, il est apparu que les vraies difficultés commençaient l'après-midi pour monter crescendo dans la soirée et en début de nuit. Il fallait donc adapter l'emploi des personnels à ces réalités en créant un horaire spécifique. Raison de plus qui démontre l'inadaptation du roulement traditionnel à ce service : les gares sont fermées la nuit, les trains au garage. Que fera une brigade de nuit sans travail à part dormir ou taper le carton ? La règle est la règle mais dans ce cas, même l'administration était de mon avis. Le syndicat ne se priva pourtant pas de la rappeler aux usages même si cela devait aboutir à une situation grotesque. Le personnel nouvellement affecté à la brigade avait compris l'intérêt de cet horaire dont certains aspects positifs pour lui ne lui avaient pas non plus échappé. C'est lui qui monta en première ligne et me permit, avec l'aide du directeur général de la Police nationale, de maintenir le cap.

Pour la tenue, l'histoire recommence. Cette fois, les gars se fâchent. Leurs délégués en tête, ils vont dire leur fait à leurs dirigeants syndicaux. L'administration fait une nouvelle fois machine arrière. La brigade des trains conservera la tenue MO. Moi, je continue à ne pas me faire que des amis...

Puis la routine s'installe. C'est inévitable. Une routine lourde car les problèmes, je l'avais pressenti, se multiplient. Je suis un flic de terrain mais je ne peux, avec une telle armée, participer à toutes les enquêtes et affaires, et cela me manque. Pourtant, je le fais le plus possible, comme je suis le plus souvent possible près des gars, dans les trains du soir, à Sarcelles ou à Juvisy, à Cergy ou à Marne-la-Vallée.

Les affaires vont bien, le milieu délinquant des gares et des trains a cédé du terrain, mais on sait qu'il est illusoire d'espérer mieux. Cette première période est celle des dégradations qui fleurissent partout : le tag est devenu un signe de reconnaissance, les graffitis, de l'art. Je prône le nettoyage et la remise en état systématique : c'est une façon de revendiquer son territoire même si le coût en est prohibitif. En revanche, la justice est désarmée. Les auteurs de tags et de dégradations que nous arrêtons sont des gamins, la sanction, le nettoyage, devrait leur être appliquée sur-le-champ. Or on ne sait pas faire, et les sanctions tardives n'ont aucun effet. Un adolescent n'a pas une maturité qui lui permet de se projeter dans l'avenir et, si on doit le punir, il faut le faire aussitôt, pas six mois après la bêtise. Parallèlement, je prêche la patience : j'ai observé l'expérience américaine, notamment dans le métro de New York que j'ai visité. Le tag est en train de refluer, les entreprises de transport assurent mieux la protection de leur réseau, le nettoient, l'entretiennent. Pour eux c'est un phénomène de mode qui va passer. Les Américains ont attendu trois à quatre ans pour cela. Le Vieux Continent n'en est qu'au début, il a toujours un train de retard sur le Nouveau Monde. Il faut s'armer de patience mais cela passera. Ouf !

Les vols à la tire dans les gares sont plus pratiqués que jamais, ils évoluent lentement mais sûrement vers les vols avec violences. Les marginaux les pratiquent au cutter, au chien, à la seringue.

C'est à une sorte de jeu du chat et de la souris que nous nous livrons avec des gens de plus en plus jeunes, de plus en plus livrés à eux-mêmes. La plupart du temps les raisons qui nous font nous intéresser à eux sont mineures, comme eux. Ils ont fugué, voyagé sans billet, dépouillé un autre jeune de quelques pièces. Parfois c'est plus grave. Quand ils sont plusieurs, ils ne se contrôlent plus. Ils sont capables de mettre le feu à une rame, de pousser par jeu un des leurs hors d'un train en marche et de s'étonner qu'il en soit mort puisque c'était un jeu, de lancer sur les convois des projectiles variés et dangereux : vélos, blocs de béton, troncs d'arbres. De placer sur les rails des objets incongrus « pour voir ce que cela fait quand le train passe dessus ». Comme ce jeune homme qui provoqua un déraillement, la mort d'une personne et des blessures graves à de nombreux voyageurs. On trouve de tout sur les voies : boulons, cailloux, blocs de caniveau, caddies de supermarché pleins de pierres et même, une fois, un lit !

Les accidents sur les voies sont fréquents. Ils sont le fait des franchissements à pied des passages à niveau encore nombreux en région parisienne, des chutes des trains en marche ou des descentes prématurées quand le train entre en gare. On ne compte plus les membres coupés, écrasés, les décès. Comme ce garçon de seize ans qui, pour épater sa copine, saute du train alors qu'il roule encore à une vitesse trop élevée. La manche de son blouson reste accrochée à la portière. Déséquilibré, il tombe entre le quai et le train et y laisse ses deux jambes. L'électrocution est relativement fréquente entre les gares pour des raisons diverses. En sont victimes deux gamins qui jouaient avec un ballon, lequel reste coincé sur la caténaire. Pour le sortir de là, ils ne trouvent rien de mieux que d'aller chercher une canne à pêche. Quelques instants plus tard, une patrouille trouve leurs deux corps carbonisés.

Et puis il y a les suicides. Tous les matins, en arrivant, je vais consulter la main courante, la bible du service où sont consignés les faits recensés, en continu, vingt-quatre heures sur vingt-quatre. Cela va des mouvements des patrouilles et de leurs positions aux interpellations en passant par les personnes passées au fichier. En général, quand le nombre des suicides est plus élevé que d'habitude, je regarde le calendrier. Les opérateurs de la salle d'information et de commandement connaissent ce rituel, ils savent ce que je vais dire : « C'est la pleine lune, non ? » Coïncidence ? Hasard ? En tout cas, à quelques exceptions près, le constat est clair : les gens se suicident plus à cette période du mois, comme ils se suicident plus en hiver, autour de Noël.

La clientèle des trains de banlieue est variée. Les trains sont le vecteur de toute une collection d'événements qui se passent à Paris ou très près : les manifestations, les fêtes – de la Musique, des Potes, de l'Humanité. Pour chacune d'entre elles, j'ai mis en place des dispositifs de surveillance, après que des casseurs se sont déchaînés une fois ou deux dans Paris et dans les trains qui les y conduisent. Nous contrôlons, interpellons, dépouillons de certains objets interdits les sacs des trouble-fête.

Les moments les plus glorieux sont cependant récoltés avec les supporters de football, exceptionnellement de rugby. Il arrive parfois à ces derniers, pourtant placides, de se fâcher. À l'occasion d'une finale au parc des Princes, ils sont venus nombreux du Sud-Ouest à bord de trains spéciaux et, à l'arrivée, ils ont déposé leurs sacs à la consigne de la gare d'Austerlitz pour avoir les mains libres. Quand ils reviennent prendre leurs trains de retour, la consigne est fermée et personne ne semble disposé à la leur ouvrir. Fureur des supporters qui refusent de repartir. Début d'émeute, casse. Finalement quelqu'un viendra ouvrir, une ou deux heures après...

Le football c'est autre chose, nous sommes parfois obligés d'escorter les supporters pour éviter qu'ils ne saccagent les trains ou ne dévalisent les voyageurs.

La Coupe du monde de 1990 nous occupe durant tout un mois. Certains supporters de l'Angleterre et du nord de l'Europe figurent sur des listes noires, classés par catégorie de dangerosité. Les plus durs, ceux qui portent le nom de leur club tatoué à l'intérieur de la lèvre inférieure et des poignets de force hérissés de clous de cinq centimètres de long, sont surveillés comme des centrales atomiques. Lorsqu'ils utilisent les trains pour se déplacer, nous allons les attendre au débarquement des ferries et les amenons à Paris. Puis, de là, dans le Sud, à la frontière italienne. Les interventions à bord des trains sont fréquentes et posent un certain nombre de problèmes techniques. Avant toute chose, nous faisons en sorte de leur subtiliser les packs de vingt-quatre ou quarante-huit bières prévues pour le voyage et tous les objets prohibés ou dangereux, et de fermer les bars dans les convois. Mais cela ne suffit pas toujours et certains arrivent à embarquer une bouteille de whisky malgré notre vigilance. Dans un premier temps, les voyageurs tranquilles en font les frais, puis c'est sur le dos des flics que ça se termine. On ne compte plus les blessures en service. La routine.

Pour boucler la boucle, nous retrouvons encore et toujours des étrangers clandestins, des passeurs et des filières. La chute du mur de Berlin a libéré le flux de l'est de l'Europe. Un matin, en gare de l'Est, les employés du nettoyage des trains ont entendu des coups et des appels provenant du plafond d'une voiture. Après avoir dévissé le plafonnier et ouvert une trappe d'accès au système de climatisation, nous découvrons sept hommes jeunes, qui ne prononcent qu'un unique mot de français : « asile », en brandissant un papier sur lequel figure l'adresse de l'OFPRA. Ce sont des Roumains. Le lendemain, il en arrive dix, dans les mêmes conditions. Dans les semaines qui suivent nous observons encore des passages massifs, jusqu'à dix-sept à la fois. Ceux-là sont en piteux état, l'un d'entre eux décédera même quelques jours plus tard. L'enquête est difficile, mais elle aboutira néanmoins avec l'aide de nos collègues allemands. Bien que non concernés directement, ils sont sur un territoire de franchissement et nous menaçons de leur renvoyer les clandestins. Le point de départ de la filière est à Prague, les candidats au voyage sont recrutés aux abords de la gare et, moyennant l'inévitable pécule substantiel, installés par un passeur tchèque, employé des chemins de fer – ça aide –, dans le plafond d'une voiture. Pas n'importe laquelle, une voiture de première classe climatisée. Dans la cavité vidée du matériau isolant, les hommes sont allongés les uns contre les autres, dans un espace de trente centimètres de haut. Ils sont en possession d'une nourriture frugale et de flacons pour uriner car ils restent ainsi, dans cette position, sans air, pendant vingt-quatre heures. Jusqu'au moment où le flux commença à tarir, nous retrouvions tous ceux qui purent arriver en France par ce moyen à la gare du Nord, ivres du matin au soir, squatters bruyants, indifférents aux voyageurs que leurs comportements excédaient, insouciants de nos interventions puisqu'ils avaient en poche le précieux papier rose. Et une aide qui leur permettait de boire. Quand ils l'avaient épuisée, ils volaient et rackettaient. Il faut bien vivre.

Les affaires sont les affaires. Leur issue nous satisfait ou pas, cela dépend des jours. En règle générale, les décisions des magistrats sont rarement adaptées à ce que nous espérions. Car, pour le policier, il n'y a pas de petite affaire. Il est tenu à des règles de procédure qui lui donnent le même travail qu'il s'agisse d'un gros poisson ou d'un petit malfrat. Ce dernier sera remis dehors avant que la procédure soit terminée et s'en tirera parce que, dans le feu de l'action – il y en a trois qui attendent derrière –, le procédurier a oublié une formalité qui fera annuler la procédure, ou même interrompre les poursuites sur-le-champ. Je connais bien la légère déprime qui étreint le policier qui n'a pas obtenu ce qu'il estime être la juste récompense de son travail.

En qualité de chef de service, j'ai à gérer le moral des troupes. Je fais en sorte d'être présente pour les écouter quand ils ont envie qu'on les écoute et qu'il est encore possible de faire quelque chose. Et, si les affaires me concernent quand même, c'est bien avec les problèmes humains du service que je passe le plus clair de mon temps. Avec les accidents en service et hors service, les suicides puisque personne aujourd'hui n'échappe à cette douloureuse calamité. Avant le suicide, il y a eu des signes, des appels au secours, un divorce qui se passe mal, un mal de vivre brusquement trop lourd à traîner. Mais, ces signes, on ne les voit pas forcément et, même si on les voit, cela arrive, nul n'a la capacité d'interrompre le processus quand il n'y a plus de relais familial ou conjugal, quand la solitude est telle que l'intéressé lui-même n'ose plus en parler. Quelque nostalgique du passé a tenté de faire croire que si les flics se suicident beaucoup c'est à cause de la mixité qui perturbe les uns et les autres, notamment au cours des longues heures passées dans les voitures... J'aurai tout entendu, mais celle-là, elle est raide ! Il est bien connu que les flics s'ennuient dans les voitures au point de ne plus savoir à quoi passer le temps ! Et les homosexuels, dont la police, comme tout groupe social, n'est pas dépourvue, ne se suicident-ils donc pas ? Une chose est sûre, quand l'envie de se suicider titille un individu, quand il ne voit d'autre issue que de sauter le pas, il le fait. La différence essentielle que je vois entre les policiers et les autres réside dans le moyen utilisé. On ne parle pas plus des suicides ratés que des trains qui arrivent à l'heure. Le groupe social se referme sur une tentative, bien content de s'en tirer à si bon compte. Les barbituriques, la noyade, les veines tailladées provoquent rarement une mort instantanée. Quelqu'un peut survenir et inverser le processus, une intervention providentielle qui transforme l'horreur de la mort en appel au secours. Avec une arme à feu, c'est plus difficile. À la brigade, un jeune gardien se tua un matin avec son arme de service. Il était arrivé comme tous les jours, sans signe extérieur de détresse, sans cris ni pleurs. Il mit son uniforme, prit son arme à l'armurerie, se dirigea vers le bac à sable pour la manipuler, y remettre les cartouches. Après quoi il se fit exploser la tête sous les yeux de ses collègues horrifiés qui ne purent rien faire. Et, si le suicide est l'acte le plus terrifiant, il en est d'autres qui perturbent tout autant.

Deux événements curieux et pour le moins insolites surviennent presque en même temps à la brigade. Ils illustrent l'ambiance d'un service important et ses vicissitudes.

Je suis appelée une nuit à mon domicile par l'officier de quart. Le commandant est près de lui et ils ont un problème. Quelques instants plus tôt, une patrouille de la Préfecture de police, en opération dans le bois de Boulogne, a remarqué une personne au comportement suspect, dans une voiture. Selon la formule consacrée, elle a « tenté de se dissimuler à leur vue » et ils l'ont contrôlée. Pile au moment où elle finissait d'enfiler ses bas résille et sa minijupe, soigneusement maquillée. Pas de surprise, la jeune femme est un homme, c'est d'un commun, au bois... Mais, stupeur, l'homme est un gardien de la paix et qui plus est, de la brigade... Il est plutôt costaud, viril, il vient de se marier. Il est impeccable dans le travail, calme, sans problème. Il reconnaît que ces pulsions l'agitent depuis l'adolescence et qu'il se travestit régulièrement. Sélection ? Recrutement défaillant ?... Finalement, il démissionne le lendemain, il a vingt-cinq ans. Je me demande ce qu'il est devenu.

Le second est soumis à un test avec d'autres pour la préparation d'un examen. Il ne semble pas inspiré par le sujet puis, soudain, se met à écrire, écrire sans pouvoir s'arrêter. Les autres ont remis leurs copies depuis longtemps qu'il écrit encore. Inquiet, le formateur se penche vers lui, lit par-dessus son épaule, et... décide de descendre me chercher. Ce qu'a écrit le gardien n'a rien à voir avec le sujet (genre : vous êtes de service de circulation à un carrefour...). Les propos sur trois pages sont d'une violence inouïe, c'est une succession de mots crus, de menaces incohérentes, de références bibliques aussi. Et, dans ce fatras, des faits concrets qui indiquent des lueurs de lucidité, des faits qui se rapportent à son enfance, aux violences qu'il a subies. Il est sur une autre planète, nous regarde sans nous voir. Il sera conduit au service des urgences psychiatriques de Sainte-Anne. Je pense à ce qui aurait pu se produire dans un autre contexte, sur un quai de gare, au milieu de la foule. Le commandant qui le conduit à Sainte-Anne me dit en rentrant que le gardien n'a eu aucune réaction, même quand un grand malabar, un pensionnaire de l'établissement, genre Frankenstein fou, s'est approché d'eux, menaçant de leur faire la peau. Le commandant, par contre, avoue qu'il a eu très peur de ce grand escogriffe. Comme l'autre, il n'a pas trente ans.

Puis il y eut l'inspecteur qui pourchassait sa femme dans la rue, à moitié nu et armé d'une machette, pour lui régler son compte. Celui qui se suicida dans une chambre d'hôtel après une bringue d'enfer dans Paris, celui qui se tira une balle dans le ventre dans une voiture de service, au petit matin. Ces deux-là avaient programmé leur mort, on en retrouva des traces dans leurs agendas. Celui enfin qui mourut un soir, sur une autoroute, pour avoir trop aimé la vitesse.

Mai 1992.

La brigade des trains de banlieue a trois ans. Ce n'est plus un bébé mais un petit enfant solide sur ses jambes. Comme tous les enfants de son âge, il chancelle parfois ou il pleure un peu trop fort.

Les six gares de Paris sont à présent équipées de locaux de qualité, les effectifs ont progressé comme prévu. Encore un petit effort et les cinq cents hommes promis par Michel Rocard seront là.

Que de chemin parcouru avec ces hommes et ces femmes qui n'ont, j'en suis sûre, pas oublié cette exceptionnelle aventure. Leur travail, leur courage et leur formidable amitié sont le plus beau souvenir de mes vingt dernières années.

Le train va partir. Je suis à son bord, en route pour un autre service, d'autres histoires, d'autres rencontres. Mais, quelles qu'elles soient, elles ne seront jamais aussi belles.

Au moment où je vais refermer la porte des trains, j'aperçois mon officier qui arrive, essoufflé.

Comment, quel officier ?

Ah ! vous aviez oublié la valise découverte sur le toit de la gare en feu ?

– Patron, dit-il, j'ai les résultats de l'Institut médico-légal... Ce ne sont pas des restes humains, c'est une épaule de mouton... Le préposé à la consigne manuelle était incommodé par l'odeur, il a eu l'idée de monter la valise par les toilettes et de la déposer sur le toit en attendant que le propriétaire vienne la reprendre.

Un jour d'incendie, vous vous rendez compte ?

11

ET DES TRAINS... AUX AVIONS

Chef de la sûreté... à Air France

Décembre 1994. Je vais bientôt achever un autre chapitre de mon histoire avec la police. Un chapitre syndical, cette fois-ci, qui m'a portée, élue par mes pairs, à la tête du Syndicat des commissaires et hauts fonctionnaires de la Police nationale. Ce fut, dans ce parcours atypique, une autre façon de cheminer sur les lignes de crête, tellement étroites parfois que le vertige m'y prit souvent. Une autre foule d'histoires à vivre, d'hommes et de femmes à rencontrer, à aider, à écouter. Une succession de moments magnifiques et d'excessifs tourments. Codiriger cette organisation me valut, ainsi qu'à Émile Perez avec qui je vécus, comme lui-même se plaît à le dire, ce concubinage syndical, plus de crises de lumbago, de poussées d'urticaire et autres troubles psychosomatiques que vingt ans de terrain. Cette riche expérience prend fin et déjà la phase suivante est prête.

J'ai été contactée par Christian Kozar, un des nouveaux dirigeants d'Air France. Je l'ai connu alors qu'il remettait de l'ordre dans la sécurité de la RATP aux côtés de Christian Blanc et que j'essayais moi-même de rendre un peu de sérénité au réseau RER de banlieue en y envoyant mes patrouilles. Quand il m'a demandé de venir diriger le service de sécurité – on dit sûreté mais c'est la même chose – d'Air France, je n'ai pas hésité un instant. Je n'ai souhaité qu'un délai de quelques mois afin de pouvoir achever mon mandat syndical. Ce sera donc pour février 1995. Pour le reste, travailler avec ces deux hommes est le plus beau cadeau que je puisse rêver. Encore un choix atypique puisque, commissaire détaché, je vais commander une structure opérationnelle hors de la police. Une aventure exaltante, mais pleine de pièges, des âmes charitables m'ont déjà avertie. Si c'est pour me faire changer d'avis, c'est raté, plus on essaie de me dissuader, plus je fonce. Pour voir ce qu'il y a derrière le miroir. Plaisir ineffable : je vais retrouver les beaux oiseaux blancs, la magie des grands avions qui tournent inlassablement autour du monde. Les avions, les trains, les avions. La boucle est bouclée.

24 décembre 1994. Le syndicalisme n'étant pas a priori source de surprises susceptibles de troubler une fête de famille, j'ai organisé, cette année, Noël à la maison. C'est le premier Noël de Manon, ma petite-fille née en mai... En tout nous serons une douzaine, et je me réjouis car mes années de terrain m'ont souvent empêchée de festoyer en rond... J'ai dû souvent annuler un dîner, décommander des invités ou les envoyer au restaurant, quitter une fête de famille pour courir au service traiter une affaire. Aussi, pour éviter les surprises désagréables, il y a bien longtemps que je n'ai pas fait l'hôtesse pour deux ou trois jours d'agapes familiales.

Midi. Les préparatifs vont bon train. Nous avons anticipé sur la fête et hier nous sommes allées à Disneyland, ma fille, mes nièces et moi. Un de ces moments d'intense jubilation dont je ne me lasse pas et que nous commentons en nous activant dans la cuisine. Je suis en train de repasser la nappe brodée qui décorera la table du réveillon quand le téléphone m'interrompt. Je ne pense pas une seconde à une mauvaise nouvelle. Je suis à cent lieues d'imaginer que ma fête de Noël est en train de sombrer corps et biens. C'est Christian Kozar :

– Un de nos avions est détourné sur l'aéroport d'Alger. Je suis aux Antilles, je me prépare à rentrer. Mais je ne serai à Paris que demain matin. En attendant que j'arrive, si tu pouvais aller voir...

Une demi-heure plus tard, je rejoins, à Montparnasse, la salle de crise d'Air France. En dehors du président Blanc, arrivé dans les premiers, je ne connais personne. Rien de ce monde, vu de ce côté-là, et dont je découvre tout, brutalement, en vrac. J'y resterai trois jours, jusqu'au dénouement, le retour des otages et du GIGN à Orly, une nuit de décembre.

La famille a fêté Noël sans moi. J'ai fait de courtes apparitions à la maison pendant les cinquante-deux heures qu'a duré le détournement. Pour goûter la dinde – quand même –, prendre une douche, dormir un peu et repartir dans la nuit glacée. Malgré ce léger contretemps, je suis sûre que personne parmi les invités n'oubliera ce Noël-là.

Le détournement de l'Airbus d'Air France à Alger est un drame même s'il a connu le dénouement que l'on sait. Du coup, j'anticipe quelque peu ma période de détachement dans la compagnie nationale. Il faut se mettre à la tâche d'urgence pour remonter la pente, récupérer le déficit de confiance provoqué par l'événement, contribuer à préparer l'avenir d'un monde aérien dont les crises ressemblent à des convulsions.

Mais ceci est une autre histoire.

Table

1. Appelez-moi patron ! 9
2. Marie Gare 29
3. À la recherche de Marie Gare 38
4. Les petits-enfants de Marie Gare 48
5. D'un concours de circonstances 72
6. Flic, un métier d'homme 86
7. Chef de bande 130
8. Les grands oiseaux blancs 163
9. De la police, des trains et des gares 178
10. De la banlieue, des trains et de sa brigade : la BSCF... 238
11. Et des trains... aux avions 267

Cet ouvrage a été réalisé par la
SOCIÉTÉ NOUVELLE FIRMIN-DIDOT
Mesnil-sur-l'Estrée
pour le compte des Éditions Robert Laffont
24, avenue Marceau, 75008 Paris
en décembre 1996

Imprimé en France
Dépôt légal : décembre 1996
N° d'édition : 37381 – N° d'impression : 36009